新典社選書
126

幕末期の笑話本

可楽から其水・円朝へ

宮尾與男 著

新
典
社

目 次

凡例

※　幕末期の資料の作品名、人名の引用ならびに引用文に関しては、すべて旧字にした。本文での作品名は旧字、人名は新字で記述した。

※　幕末期の河竹其水は、其水で三題噺の会に参加しているので「其水」を用いた。明治十四年（一八八一）に襲名した黙阿弥の号は幕末期の資料にはみられない。引用書名とその引用文にみる「黙阿弥」はそのまま用いた。

※　春陽堂版『圓朝全集』は、岩波書店版の作品名と重なるため旧字で表記した。

※　図版には、おおくの図版を用意したが、本書のための図版作成と使用許可に時間を要するので、図版の点数を大幅に減らし、本書のⅢとⅣの間に**【図版一覧・三十図】**をまとめた。図版のすべては宮尾しげを旧蔵（現宮尾しげを記念會夕霧軒文庫所蔵。©Miyao Shigeo Memorial Library）を用いた。図版には著作権がある。**無断転載、無断使用**を禁ずる。

※　笑話の引用文の会話には、「　」をつけたが、その会話文末の読点と最後の句点を省いた。

※　本書は、近世の古典文学作品の原本を用いた本文を提示している。これらはそれぞれの時代の語彙と表現で書かれており、今日からみると表記や言語に配慮を必要とするものがあるが、これらが今日の言語の元であり、つづく近代文学、現代文学をつくった。わが国の言語の流れを知るためには、古典文学作品の原文のままを、当時の言語で読むのが望ましいと思うので、語彙や表現はそのまま残すことにした。

はじめに

中世から近世にかけて演じられてきた演劇の作品が、近世になると謡曲集、狂言集、浄瑠璃集、歌舞伎脚本集といった作品集に収められた。「文学研究では」これらを〈中世・近世演劇〉の作品集ととらえているが、近世に誕生した落語は、講釈、浪花節、俄、茶番、舞踊などとともに、〈近世芸能〉と呼び、演じた記録がないことや実態がわからないことから、研究は等閑視されてきた。ところが落語には、演じる以前の落語の原作（典拠）が落語家や落語作者、笑話作者のつくる笑話本のなかに五百三十余話もあり、また俄を収める俄本が百十五種の作品、茶番を収める茶番本も三十余種の作品がみられる。それぞれの作品集がまとめられるほどの作品数を残していた。

かつて笑話本を古典文学作品の一つとして、小高敏郎が『江戸笑話集』（日本古典文学大系100。岩波書店。昭和四十一年。一九六六）をまとめ、落語家の鹿野武左衛門、露の五郎兵衛、米沢彦八らの作品を収めたことで、落語家の笑話本が存在することも知られるようになった。はやくは幸田露伴の『笑談五種』（袖珍名著文庫38。冨山房。明治四十三年。一九一〇）には、落語家の林屋正蔵の笑話本集が紹介されたが、そのほかの三笑亭可楽や桂文治らの笑話本が紹介されなかったのでまとめられなかった。これらは落語家が書いた当時の落語でもあり、それによって笑話本そのものがおおきく発展することとなった。また、江戸で笑話を短くした安永期の笑話本がつくられると、落語のマクラで話されるようにもなった。

さて、近世に誕生した落語は、笑話本の延宝・元禄期に、江戸と京都、大坂に登場した落語家が、仕方（形）噺、辻噺、座敷仕形噺、身振り物真似噺などの演じる形態をつくって話したものなどが、そのまま笑話本に収められた。これが近世後期になると、芝居噺（芝居懸り鳴物入り）、怪談噺（化物噺）、音曲噺、和漢滑稽噺、人情噺などの演目を加えた落語の普及によって、落語家の書いた笑話が読まれるようにもなった。ところが、近世落語史にはわからないことが、いくつもみられる。その一つが江戸の落語家三笑亭可楽の演じた三題噺である。辞典、百科事典などには「落語の一種」「落語の形式の一つ」などと説明するが、三題噺は落語の一種でも、落語の形式でもない。可楽は三題噺を即興噺、即席噺、即考、一分線香といっているが、これらがどのようなものであったかはあきらかにされていない。可楽が三題噺をはじめる前に、江戸では即興噺が流行し、その影響を受けた大坂では即興噺の笑話本が刊行され、また江戸での烏亭焉馬の咄の会の開催、大坂の落語家岡本万作の江戸での落語興行、さらに京都の百川堂灌河の即席噺の笑話本、灌河の即席噺の写本、江戸の栄邑堂咄の会による二題噺と三題噺を収める笑話本の刊行がみられた。

この可楽の三題噺が廃れた幕末期に、江戸に三題噺の会が誕生し、三題噺を復活させている。

あらたな演劇、芸能、文学、絵画にかかわる文化人が注目した。三題噺の作例を収めた何冊もの同人作品集の笑話本が刊行され、近世笑話本史の最後を飾る作品ともなった。しかし、この同人作品集を対象とする笑話本は考察されてはこなかった。三題噺の会とは組織グループによって笑話をつくる会のことであり、なかでも同人の歌舞伎の狂言作者、二世河竹其水は三題噺から二つの歌舞伎と一つの落語をつくった。歌舞伎作品は大判錦絵が何枚もつくられ、この作品を文字化した草双紙仕立ての合巻作品もつくられた。それ以来、三題噺の会は作家工房とみられるようにもなった。

其水のほかにも、同じ狂言作者の瀬川如皐《じょこう》、戯作者の山々亭有人《ありんど》、仮名垣魯文、落語家の三遊亭円朝らが同人として参加して、さらに新作が生まれる期待も高まり、月例会には同人以外の贔屓連の人々も参加するようになった。のちに作家となった円朝の開化期、明治期の執筆活動の原動力が、この三題噺の会にあったことを知る人は少ない。

すでに幕末期の笑話本の刊行が衰退していたのは、わずかな作者しかいなかったからである。この時期に三題噺の会が盛んとなり、同人作品集がつくられることで活気づいた。同人のなかには柳亭左楽、春風亭柳枝、立川談志、三遊亭円朝などの落語家もいて、同人の自作自演の笑話にアドバイスをしていたとみられる。三題噺の会は、この時期の笑いの復活に、おおいに協力した。それに対して上方は、いくつかの笑話本で、笑話の創作が活発になることの声掛けをしたが、まったく活気づくことはなかった。それというのは、この時期は、まだ天保の改革の影響がおおきく、江戸でも上方でも、まったく作品が生まれない停滞期であったからである。

いままで江戸の可楽の三題噺から幕末期の三題噺の会までへの流れを、あきらかにしたものがないのは可楽の三題噺とはなにかということ、三題噺の会のこと、同人組織と同人たちのこと、さらに三題噺の会での其水、円朝のことなどの追究をしてこなかったことによる。同人のなかでも其水のつくった三題噺が落語となって円朝によって口演された落語の「鰍沢」は、三題噺の会の報条摺物に、〈二席目〉は其水作とあり、また〈二席目〉を収めた『春色三題噺二編』に其水作とある。つまり「鰍沢」は其水作であることがあきらかとなるが、「鰍沢」は円朝作となって伝わっている。〈二席目〉を『圓朝全集』と『春色三題噺二編』で読み、本文を校勘してみても円朝作でないことがわかる。

本書は、幕末期の笑話本を、三題噺をはじめた可楽の笑話本などにみる三題噺と、三題噺の会の同人作品集の作者たちの三題噺から詳しくみていくことにしたい。

笑話本研究序説

笑い話から笑話へ

初期笑話の『寒川入道筆記』『戯言養気集』『きのふはけふの物語』『醒睡笑』という作品によって、文学史上に一つの文学ジャンルを形成する笑話本が誕生した。笑話のはじまりは、近世以前の説話集にみる笑い話に遡ることができる。上代の『日本霊異記』、中古の『今昔物語集』、中世の『沙石集』『宇治拾遺物語』『古今著聞集』『十訓抄』『古本説話集』などに戯笑譚、滑稽譚がみられ、これにあらたな笑いを加えて近世の初期笑話の古活字版『戯言養気集』と『きのふはけふの物語』が生まれた。ただし刊行されないで写本で残る『寒川入道筆記』（慶長十八年。一六一三）や、おおくの諸本をもつ写本の『きのふはけふの物語』、同じく千二十六話の笑話を収める写本の『醒睡笑』も伝存した。写本は一般の人の目に触れることが少なく、また見る者もかぎられているから、ほとんどの人はみていない。小高敏郎は「寒川入道筆記など も、今は佚亡してその存在を知らないが、古活字版があったのかもしれない」と指摘する(『江戸笑話集』)。だがいま再版を確認できる古活字版『戯言養気集』でも下巻一冊のみの伝存である。たとえ古活字版『寒川入道筆記』があったとしても、それが残っている可能性は低いであろう。しかも古活字版について小高敏郎は「私家版的古活字版」ともいう(『近世初期文壇の研究』明治書院。昭和三十九年。一九六四)。私家版だと、さらに数も少ない稀覯本となるが、川瀬一馬が『古活字版之研究』(安田文庫。昭和十二年。一九三七。増補版。日本古書籍商協会。昭和四十二年。一九六七)にあげるおおくのほかの作品をみてみると、どうも古活字版は私家版的ではなかったようである。

ところで、『戯言養気集』『きのふはけふの物語』『醒睡笑』には、あきらかに『宇治拾遺物語』や『沙石集』から抜き出した笑い話がみられる。いままで笑い話は口誦(口承)されてきたものを蒐集し、それを記載(筆承)して写本をつくってきたとみてきた。だが、さらに写本を書承して蒐集した話を加えていくこともしていた。笑い話を話す口承の者たちの場が少なくなると、いままで覚えてきた話を書き留める書き手に転向する者も出てきた。書き留めた写本は祖本、親本となり、これをもとに転写本がつくられ、本文に言葉を加えたり、言葉を削ったりする作業を行っていった。『戯言養気集』の笑話が、『きのふはけふの物語』にみられるようになり、かつ『きのふはけふの物語』の笑話が、『醒睡笑』にみられるようにもなった。これらは転写本をもとに書承してきたものといえる。

それでは最初に書き留めた本の笑い話は、いったいいつ、どこで、だれが、どのように蒐集してきたのか。その手掛かりを知る資料はないが、笑い話の話し手が話すうちに、さまざまな笑い話が生まれては消えていき、残ったものだけが伝わって、話すスタイルがつくられてきたとみられる。笑い話が楽しまれると、書かれた笑話も読まれるようになった。ここには近世の木版摺技術の発達がおおきくかかわっていた。

笑話本の誕生

どのような笑話が古いものであり、またあたらしいものであるのかは、あきらかにできない。それでも御咄衆の曽呂利新左衛門が話したといわれる笑話本『曾呂利狂哥咄』（寛文十二年。一六七二）は、唯一の御咄衆の人物による作品例を収めたといわれているが、これとて曽呂利新左衛門という人物に仮託した作品であり、また『きのふはけふの物語』に豊臣秀次の「はなしにつまり候やうに」の策略に対応した曽呂利の笑話（話番号74）も、御咄衆の実態を知るものとして紹介されるが、これも信じ難い。初期笑話の『寒川入道筆記』も、寒川入道という架空の人物の筆すさびとして、連歌や狂歌、落書、俳諧、謎々とともに二十三話の笑話を収めるが、作品が写本のままになっているのは、曽呂利新左衛門と同じように仮托の作品だったからであろう。それでも笑話集という形態と文体、内容を示す作品として知られてきた。『戯言養気集』(古活字版。元和ころ。一六一五〜二四)は、戯言に気を養う集、または機嫌よき集と題して、七十三話の笑話を収めて刊行された。いくつかの笑話の文末には「評して云」の評語がついて、笑話に対する読み方と内容について記したことから、初期笑話の方向性を示した作品となった。

『きのふはけふの物語』(古活字版。慶長年間〜寛永十三年以前。一五九六〜一六三六)は、伝統的な書名にこだわっているが、自由奔放な笑話の作品を意識して、伝承の笑い話だけではなく、艶笑性の笑い話もおおく収めた作品である。これは当時の笑話の実態を示したものとみられる。話数も諸本によって百二十六話、百二十四話、百四十二話、百五十一話、百五十三話などと異なっているのは、転写本をつくるときに、笑い話の出入りを自由にして、当時の笑い話をあつめた、別作品をつくるような写本づくりを行ってきたためである。しかもそれを同じ書名のまで残してきたのは、『きのふはけふの物語』が笑話本の代名詞になっていたからとみられる。転写した笑い話とあらたな笑い話を加えた、あたらしい笑話集をつくり、これをもとにつぎの筆者が、また、あらたな笑い話を加えていった。どんどん話数を増やした笑話集になっていくと、別書名をつけた作品にしてもよいのだが、それをしなかったのは、あくまでも筆承、書承に徹して、写すことと創作することを楽しんできたから、書名を同じにしてきたのである。写本はあらたな作品をつくるのではなく、写本づくりをしながら仲間に増補した写本をみせ、それを回覧していったことが想像できる。このように考えることで、なぜ話数の相違をみる写本がおおく残ったのかの謎が解けるのではないだろうか。

つづく、『醒睡笑』（整版本。慶安元年。一六四八）は、「睡りを醒ます笑い」という書名をつけて、写本には膨大な千二十六話（またはそれ以上）を収めている。はじめて編者、作者の安楽庵策伝の名前を出して、いままでの作品にはみられない序文をつけた。また三百十一話を収める整版本を刊行した。笑話を主題別にまとめ、読み物としての笑話本を目指したことで、笑話本作品の水準を一気に高めた。すでに古活字版と整版本の『きのふはけふの物語』がつくられていたが、『醒睡笑』に収める話数を整理した作品は、『きのふはけふの物語』を超えた笑話本の誕生となり、『きのふはけふの物語』の書かれた写本による笑話集の役割は終えることになった。すなわち『醒睡笑』は理想的な近世笑話本を提示したのである。当時の出版された作品名を載せる書籍目録の『和漢書籍目録』（寛文初年ころ。一六六二）と、『増補籍目録』（寛文十年。一六七〇）には、最初に「二冊　咄の本」「二冊　はなしの本」の笑話本が記されている。書名が不明だが、『醒睡笑』以前の二冊本から、これは『きのふはけふの物語』とわかり、古活字版か整版本の寛永十三年版（一六三六）とみられる。つづいて「三冊　醒睡笑」「二冊　百物語」「五冊　しかたはなし」などが並ぶ。はやくも書籍目録は笑話本という分野の幕開けを知らせていることになる。

笑話のイメージ

笑話は短い話とイメージされがちだが、古態の笑い話は長い話であるのが特徴である。どの時代の笑話にも長い話が残されているのは、それらが継承されてきたからであろう。〈話されたもの〉と〈書かれたもの〉とは異なり、読み物は〈書き言葉〉で書かれてきた。もちろん会話体のところは口語調の話し口調を残す手法がとられている。のちの一口話のような「隣の家に垣根ができたね」「へえ」といった、極端に省略する笑いには、笑いの巧みさがあっても、決して味わえる笑話にはなっていない。それは笑話を味わう人々にとっての笑話とは、長い話であったからである。伝える話の筋に肉付けをした導入部、そして簡単な展開部を複雑にして、一気に結末部の落ちへと向かう笑話は、次第に〈読む笑話〉へと変わり、さらにあらたな笑話をつくり、落ちのおもしろさを味わう笑話へと変貌していったのである。

初期笑話の『戯言養気集』『きのふはけふの物語』、そして『醒睡笑』のなかにみる長い話は、古態の笑い話の形を残したものだが、それが短い笑いのエッセンスだけと変わっていった。筋のない笑いだけでは、読むおもしろさを欠くとみた編者たちは、異なる筋のあらたな一条の話につくり直し、味わえる笑話をつくる試みをしていったのである。『醒睡笑』のように、笑われる鯇《うつけ》、間抜け、這出《はいで》などの人物を設定したり、「あるところ」という特定の場もない笑話をつくった策伝は、どの笑話も順序にかかわりない、どこからでも自由に読める『きのふはけふの物語』では、おもしろさが伝わらないと考えて、中世からの笑い話を主題ごとに蒐集し、近世の笑話を並べる方法をとった。

笑話の編者と作者

笑話本は作者名を記さないのが通例である。もちろん作者がいなければ笑話は誕生しないが、昔から笑い話の作者は匿名とされてきたのに倣った。さまざまな笑い話を蒐集し、それを一冊本にすることが近世以前にはなく、『古今著聞集』の「興言利口」の章には、七十一話の笑い話を一章としてあげているが、話し手や作者などは記していない。近世になっても『寒川入道筆記』のように記録者の人物名を書名にしている。また五十四本の諸本をもつ『きのふはけふの物語』でも作者名も編者名もみられない。はじめて笑話本に作者名をあきらかにした『醒睡笑』の整版本には、どこにも編者名も作者名も安楽庵策伝の名さえも記していない。これは『醒睡笑』以前の作品と同じように、匿名の形式をとったからである。それにもかかわらず、書籍目録には策伝の名を作者として記しているのは、作者が策伝であるのを知っている者による記述とみられる。その後の笑話本の歴史をみても、いくつも編者名、作者名のないものがあり、また知られる人物が別号でまとめたのも、笑い話、笑話は話し手が作者であったから、だれがつくった話であるか、どこで聞いた話であるかなどをいう必要がなかったことによる。匿名にしてきたことを受け継いだのである。

『きのふはけふの物語』に関しては、小高敏郎は「編者については全く手がかりがない。未詳というより、おそらく今後も永久につきとめることはできないのではないか」と断言する(「昨日は今日の物語」。解釈と鑑賞。昭和三十九年。一九六四)。要するに『きのふはけふの物語』の編者はあきらかでない。それでもどのような編者であったかは想像しなければならないが、小高敏郎がいうようにわからない。編者が作者を兼ねていたのは、笑い話を読む意識が高く、書き直す文章力をもっていた人物となる。だが、『きのふはけふの物語』の編者とみられる人物が、ほかの笑話本をまとめたということを聞かない。その後の笑話本作者にもなっていないのには、『醒睡笑』の整版本の刊行が、おおきくかかわっている。『きのふはけふの物語』は整版本の正保四年版(一六四七)を最後に、あたらしい版はつくられなかった。これは慶安元年(一六四八)に『醒睡笑』の整版が刊行されたからである。さらに、翌二年には『醒睡笑』の再版がつくられる。この二年のあいだに『きのふはけふの物語』は、まったく過去の作品になって消えていった。厖大な話数の『醒睡笑』によって、近世の初期笑話を集大成した編者、作者の策伝の名は残ったが、『醒睡笑』に影響を与えた『きのふはけふの物語』の編者、作者の名は残ることなく消えていった。

笑話本の世界

小高敏郎は『きのふはけふの物語』を「いわばベストセラーズの一であった（中略）戦国乱世の余風をただよわせた粗野素朴な味が人々に喜ばれなくなるのも当然のなりゆきであった」という（「昨日は今日の物語」）。初期笑話の特徴を「粗野素朴な味」といったのは、時代とともに説話文学から脱却しようとしても、まだ中世の説話のなかの笑い話の流れを受け継いでいたからである。そこには文学作品に流れる笑いの古態の型（話型）があった。笑話本は笑いを主題としているだけではなく、中古、中世以降の物語の主題にみる筋立てや、古語を活かした笑い話を笑話の世界に取り入れてきた。笑いや笑い話にみる笑いの古態に、懐かしさを覚え、落ちとなる結末を微笑ましくおもい、美談めいたものを感じとってきた。そこには可笑み、滑稽という笑いの感情の「をかし」だけではなく、柔和な同情する心や他人への心遣いを抱く感情の「あはれ」が内在していた。

かつて兼好法師が『徒然草』十四段で、「この比の歌は一ふしをかしく言ひかなへたりと見ゆるはあれど、古き歌どものやうに、いかにぞや、ことばの外に、あはれに、けしきおぼゆるはなし（このごろの歌には、ひとかどおもしろく言いえているとみえるものはあるが、昔の歌などのように、どうしてか、言外に情趣深く、余情を感じるものはない）」といっている（永積安明訳。日本古典文学全集27。小学館。昭和四十六年。一九七一）。この過去の和歌と今の和歌をくらべたとき、なぜ古歌に趣を感じるのか。それを永積安明は「兼好の懐古思想」といっている。この懐古する心が説話の笑いにもみられ、近世の笑話の笑いにも伝統的な主題を残して、笑話はまとめられてきた。編者の嗜好、その時代の笑話のあり方、表現のおもしろさを、時代語で表現するだけではなく、近世以前の作品にみる笑いの古態を加えてきたことになる。身近な笑話を提供するためには、適切な〈書き言葉〉よりも、当時の口語、日常語、俗語の〈話し言葉〉を前面に打ち出して、いままでの説話にもみられた卑俗、卑猥、猥褻の語彙などを入れたものをおおく取り入れてきたのである。

古態の笑い

近世の笑話にみる笑いの古態の原型を中世にもとめると、無知の者の買い物の仕方が狂言にみられる。「すっぱ（透波、素波。詐欺師、かたり）」を登場させて、人を騙し、騙される筋を展開する。大声をあげる人物は、物知らずの抜けた男として笑われるが、自分が物知らずであるのを知らない。いや自分が見えていないのである。この人物を麻生磯次は、「無知を暴露し、愚行を演じている」という（『滑稽文学論』。東大新書17。東京大学出版会。昭和二十九年。一九五四）。すなわち世間に適応しない行動が、滑稽をつくっていた。狂言の「すっぱ」にとっては「飛んで火に入る夏の虫」となる。この展開が、『きのふはけふの物語』整版八行本・上巻の「いかにもたか〳〵と、たいかを〳〵とよは、る」（話番号62）で、「鯛買を〳〵」とおおきな声をあげて魚売りを呼ぶところに使われている。買い手は声をあげれば、魚売りが寄ってくると思っている。しかし、「たか〳〵」と目立つような大声をあげ、物を求める知らせ方は失態の行為であった。『醒睡笑』写本・巻一「謂被謂物之由來」（話番号6・整版本29）にも、「随をかはん」と大声をあげて求めた亀を、生き随と騙されて八百文の高値で買わされる。『醒睡笑』巻四「いやな批判」（話番号10・405）にも山家の者の使いが、市で「自鳥買はう」といって歩くが、「こゝろえて市に出、たづぬるになし」という予想外の反応に本人は困り果てる。声を出せば買えるという手法が通じないことに気づいていない。山家の者として登場する人物は、『醒睡笑』には「鈍副子、無智之僧、鵼、吝太郎、文字知顔、不文字、そてない合點、推はちがふた、いひ損はなをらぬ」に百四十余話もあり、似た失態をみる。こうした人物の設定は、読み手にも聞き手にもわかりやすい。つまり人物名の固定によって笑いの展開と結末までの〈見える型〉がつくられた。これは〈見える笑い〉ともいえる。「ある鵼が」といえば失態をする展開が見えてくる。よく知った人物の登場は安心して読むこととなり、その人物の言葉や行動に焦点を合わせて、笑いの準備をしながら読むことができた。

狂言では騙す人は都人、騙される人は田舎人という構図をつくっているが、笑話では這出、遠国の人物に加えて、下働きの男、下働きの女が田舎人に代わって登場する。大声を出して歩く人がいない近世の時代になっても、この人物の登場は、〈笑いの古態の型〉を受け継いでいる。笑いの古態は陳腐な展開になるが、徐々に近世の笑いのスタイルをつくっていくことになった。

笑話は口承、口伝を語る場、話す場が、唱導、法会、談義、説教などに広がっていき、『醒睡笑』の整版本刊行に近い『私可多咄』(万治二年。一六五九)の序にも、「昔にあつむるものしかなり　中川喜雲」と編者名または作者名を記し、本文の冒頭を「むかし」「むかし〳〵」「昔」に統一して、あたらしい形の笑話を読ませる工夫によって、あたらしい時代の笑話本を提示した。

笑話の配列

つぎに、読み手側のことも少しく考えておこう。文字を読むことのできない者がおおくいた時代なので、作品を通して読み手、話し手が話すのを聞いてきた。話し方のうまい人が、どれほどいたかは定かでない。それが人のおおく集まる場で話したのか、それとも数人の前で話したのかもわからない。しかし、ここで聞いた話は、さらに聞いた者が、ほかの人に話すことで伝播していった。また、文章を読める人の作品との接し方は、黙読ではなく音読の時代でもあったので、文語調の文章も口語調の文章も声を出して読んでいた。短い文章と会話体による展開の笑話を、読み聞かせるときに、おもしろい笑話だけを話していけばいいと考えると、短い話の笑話は恰好のテキストとなった。

笑話の配列に、似た笑話をつづけるのは、作者がどのように配列するかを考えて、〈配列の法則〉に従って並べてきたことによる。この法則は笑話本をつくるときの基本となっている。たとえば、初期の『きのふはけふの物語』には、「有わかしゆねんじやとねて取はづして云々」(下巻・通し番号163)につづけて、「又さる若衆ねんじやとねて、是も取はづされた云々」(下巻164)、「かうやひじり若衆にほれて云々」(下巻165)とつづく例がある。笑話として聞き手が笑った話でもあったので、もう一つ、さらにもう一つと話した順のままで並べている。元禄期の『軽口御前男』(元禄十六年。一七〇三)には、「尾張の國みやしげといふところは大こんの名所なるが云々」(巻一・一「御進物の大根」)、「伏見の乗合にて關東の長老と上方への長老とはなしけるに云々」(巻一・二「領解ちがひ」)、「北野天神の前に観世織部太夫、一世一代の勸進能せられけるに云々」(巻一・三「北野の能」)とあるように、意識的に異なる土地での笑話を順にあげる。

安永期の『茶のこもち』（安永三年。一七七四）には、「飛脚」（話番号21。以下数字は話番号）の「狼、口をあき、道なかにゐる云々」につづき、「目利」（22）の「狼と山犬の目利が知れぬ云々」をあげる。「了簡」（68）の「観音様の四万六千日はいつだ云々」につづいて、「塔」（69）の「二人づれで浅艸の観音へ参り云々」とそれぞれの内容にみる言辞をかさねる〈連鎖の配列〉をみる。『新口花笑顔』（安永五年。一七七六）には、「年禮」（11）の「物申けじま屋け兵衛でござります、御慶申し入れます云々」につづき、「夢見」（12）の「おれはゆふべよい夢を見た（中略）一チ富士に二鷹、三エ、違ふた」と正月の笑話を並べる。「魚心中」（15）の「おふなあいの介と深ふ言ひかはして居ける云々」につづき、「魚盡」（16）の「ふぐ、太刀魚、蛸寄合ひ云々」で魚つづきをあげる。「水御望次第」（22）の「水御望次第といふ看板ありければ云々」につづき、「吸物御望次第」（23）の「吸物御望次第といふ看板を出しければ云々」と似た看板の例を並べる。「煙艸」（47）の「女郎買に行つて云々」につづき、「女郎買」（48）の「此中買ふた女郎の所へ云々」は同じ女郎を買う笑話を並べる。「町廻り」（60）と「其二」（61）はつづく笑話である。『鳥の町』（安永五年。一七七六）には「雷」（52）につづいて「同」（53）として並べる。「釣指南」（59）と「平目」（60）は魚つづきをあげる。

寛政期の『落噺詞葉の花』（寛政九年。一七九七）には、「地口指南所」（8）と「欠落指南所」（9）で別の指南所をあげるのは、あきらかに配列を意識したものである。「茶わん」（18）の

「吉原の書見世に云々」、「折句」(19)の「モシおいらん云々」、「山科屋」の(20)「ある所の息子、女郎を請けだして云々」は同じ女郎、おいらんを登場させる。「ふぐ汁」(37)の「吉原の鉄砲見世へ云々」、「禿の咄」(38)の「吉原の禿云々」、「どらむすこ」(39)の「おいらんからも文が参りました云々」、「才歳市」(40)の「女郎がモシ才歳市とは云々」は同じ吉原、おいらんの登場。また「北野のほとゝぎす」(41)の「北野天満宮、淺艸にての開帳云々」の一話をあけて、「鹽」(42)の「女郎屋へ出入りの魚屋云々」と女郎屋をつづけ、ふたたび「山門」(43)の「觀音の山門の上から云々」、「剃刀」(46)の「女郎、若い者に云々」、「淨瑠理」(49)の「北野の天神江戸へ御出云々」、「唐人」(51)の「例の友達打つれ吉原へ行き云々」と並べる。これらは〈類話の配列〉となる。これは相当に意識した〈配列の連鎖〉といえる。近い話題をもとにした類話ともいえるが、それがおおくあっても排除する選び方はしていない。

このような並べ方を編者、作者がとっていることで、配列は意識されていた。これは初期笑話の『醒睡笑』の主題別の章段がもとになっている。過去の作品の流れのなかで、一つの型が脈々と伝えられ、自然と配列の形がとられてきた。たとえ過去の作品が伝存していなくても、身近にある笑話本を読めば、それが見本となり、同じ配列の作品をつくることができたのである。

話の伝承

浄上宗僧であった策伝は、若いころから説教僧として信徒を獲得するための説法、法話、講話をしながら話す術を磨き、さまざまな説話集の笑い話を用いては、説教の話法（話し方）を身につけてきた。説話集のなかでも、もっとも影響を受けたのが『宇治拾遺物語』である。『宇治拾遺物語』からは十八話（実質上は十七話）の笑話を選んでいる。巻一・三「鬼に癖とらるる事」を、前半部（「右の顔に大なる瘤ある翁」）と後半部（「隣にある翁、左の顔に大なる癖ありける」）にわけ、『醒睡笑』写本・巻一「謂被謂物之由來」と巻六「推はちがふた」の二つの章立てに置いている。これは説話に対する策伝の読みの深さによったわけ方であった。

策伝は『醒睡笑』整版本（慶安元年。一六四八）で笑話を主題別にして、上巻に巻一「名津希《なつけ》親方《をやかた》、貴人行跡《きにんのこうせき》、⿰魚空《うつけ》、吝太郎《とんたろふ》、賢達亭《かしこた》」。巻二「謂被謂物《いふにいわれぬもの》之由來《ゆらい》、落書《らくしよ》、ふはとのる、鈍《とん》副子《ふす》、無智之《むちの》僧、祝《いはひ》過るもいな物」。巻三「文字知顔《もんししりかほ》、不文字《ふもんし》、文之品々《ふみのしなぐ》、自堕落《じたらく》、清僧《せいそう》」。中巻に巻四「聞多批判《きこへたひはん》、以屋那《いやな》批判、曽而那以合點《そてないかてん》、唯有《たゝある》」。巻五「⿰女此心《きやしやこゝろ》、上戸《しやうこ》、人はそたち」。巻六「児乃《ちこ》噂《うわさ》、若道不知《にやくとうしらす》、戀之道《こいのみち》、悋気《りんき》、詮《せん》ない秘密《ひみつ》、推《すい》はちかふた、うそつき」。下巻に巻七「思《おもひ》乃色《いろ》を外《ほか》にいふ、いひ損盤《そんは》なをらぬ、似合《にあふ》た乃そみ、廢忘《はいもう》、謡《うたひ》、舞《まひ》」。巻八「頓作《とんさく》、平家《へいけ》、かすり、しうく、茶《ちや》之湯《ゆ》、祝済多《いわひすんた》」を置いた。これらは策伝が笑話を蒐集しながら、笑話を主題ごとに置くことを考えて、策伝の独自の目で笑話をとらえたものである。これを笑話の分類ととらえる人がいるが分類ではない。

たとえば、巻二の「ふはとのる」、巻四の「聞多批判、以屋那批判、曽而那以合點、唯有」、巻五「娒心」、巻七の「似合た乃そみ、廢忘」、巻八の「祝濟多」をみて、すぐにどのような内容をもつ章立てであるかを想像することはできない。また巻一「鮀」と「賢達亭」、巻二「無智之僧」。巻三「自堕落」と「清僧」、巻四「聞多批判」と「以屋那批判」、巻六「児乃噂」と「若道不知」、「戀之道」と「悋気」などは相反するものを立項し、巻三「文字知顔」「不文字」「文之品々」などは文字にかかわるもの、巻七「謡」「舞」と巻八「平家」「茶之湯」は芸能にかかわるもの、巻八「頓作」「かすり」「しうく」は笑いの要素にかかわるものをあげている。章立てによる構想は、笑い話を蒐集しながら考えたもので、分類による章立てでないことは一目瞭然である。

この策伝の章立ては、中世説話集の『古今著聞集』にみる「和歌、好色、博奕、偸盗、祝言、興言利口、佐異、飲食、草木、魚蟲禽獣」などの三十篇にわたる章立てに倣ったものとみられる。しかし、「偸盗」のような笑話の盗人話が集められた章立てができても不思議でないが、『醒睡笑』にはみられない。また「飲食」のような食べ物、飲み物の笑話を集めた章立てもみられない。策伝の章立ての特徴は、「僧侶」「坊主」などの一語にまとめられるものを「無智之僧」「自堕落」「清僧」と僧の実態を具体的にあげていることである。また「児」「若衆」も、「児乃噂」「若道不知」とし、これも児の世界を具体的にあげる。笑話の章立てに、俯瞰的、総合的な名称を用いるのではなく、そこに存在する人物たちの行為、言動によって起こる笑いに焦点を置いて、笑われる人物たちに共通するものを考えている。じつは、このような章立ては策伝の一策であったとみられる。つまり難しい章立ては、本文を読ませるためのもので、各章に蒐集した〈類型の笑話〉を読ませながら、どのような章立てであるかを読み手に知らせたのである。また巻一と巻三、四の十四項目を漢字だけにするのも同じである。写本の「聞た批判」を「聞多批判」、「いやな批判」を「以屋那批判」、「そてない合点」を「曽而那以合點」としている。漢字で統一しようとしたのも、策伝の遊びごころによったものとみられる。

笑話本の文学

仮名草子のなかに『仁勢物語』（寛永ころ。一六二四〜四三）のような『伊勢物語』のパロディ作品（擬物語）が登場すると、どのように『伊勢物語』を捩って楽しいものにつくりあげるのか。替え歌のように歌詞を滑稽的な言辞にするのと同じで、もとを知る人にとっては、うまくリズムよく歌をつくっているとみるだろう。これが狂歌となっていると歌の遊びとなり、読者を得る方法の一つともなった。同じく、『犬枕』（慶長十一年。一六〇六）も『枕草子』のパロディ作品である。「犬」には真似る意味があり、こうした言葉遊びを楽しむ作品も生まれた。
笑話本に、伝存不明の「武體ばなし」（貞享三年。一六八六。山崎麓編『日本小説書目年表』による。近代日本文学大系25。国民図書。昭和四年。一九二九）がある。これは「弐休ばなし」の誤字ではないかとみたい。すでに『一休ばなし』が寛文八年（一六六八）にあり、延宝八年（一六八〇）には、藪医師竹斎と一休が旅する『杉楊枝』が刊行され、また『新竹斎』が貞享四年（一六八七）に刊行され、『一休跡目二休ばなし』を元禄元年（一六八八）に出す。登場人物を模したパロディ作品がつくられているのをみると、「武體ばなし」は「弐休ばなし」であったのだろう。こうした流れは、西行作に仮托された『撰集抄』にもみられる。編者、作者は不明であるが作品は西行作と仮托されている。これを西行作と説話研究者たちが認めるのは、作品に西行らしさがみられるからという。こうなると正式な作者でなくても作品が成り立つことになる。笑話本もだれが笑いをつくったかではなく、それをだれがうまく話に仕上げたか。また、その仕上げた人物を作者とすると、笑いは説話の口誦にとどまらず、どんな作品の編者も作者も、どうでもいいことになってくる。

笑話本は一時期に誕生して衰退していった分野の作品群とはおおきく異なり、それぞれの時代の特徴ある作品をつくってきた。主に短編といえるものが一冊の作品のなかに八十話近くもあると、笑いの連続を楽しむ作品ともみられてきた。なかには同時代の笑いを異なる作者がつくるものもある。笑いは笑話のおもしろさを再出させて、ふたたび読ませる。これは笑話本の読み方の一つである。笑話本は新作の笑話を収めるとともに、笑いを伝承する役割も果たしていた。再出は伝承法の一つであった。類似の笑話は新鮮味の欠けたもの、創造力の乏しいものととらえる人もいるが、それでは笑話本の特徴を理解しているとはいえない。たとえば、封じ紙《がみ》というものがある。冒頭の序文から数丁を読めるようにして、そのあとの丁数を封じ紙で閉じる。その読める丁数の笑話は新作であるので、だれが読んでも新本と思い込み、これを購入して封じ紙を切ると、そのあとは読んだことのある話がつづいている。いわばでっち上げの本であったのである。これを嗣足改題本と呼ぶのは、いい呼称とはいえない。元本がみつけられなければ嗣足したことも改題本であることもわからないから、これを笑話本の特徴というのは相応しくない。作品の一つである事実は残しておかなくてはならないが、挿絵があたらしくなっていると、改題本の範疇を超えている。これは仮名草子の時代からあるつくり方でもあるから、さほど驚くことではない。こうした書誌だけをあきらかにしていっても、笑話そのものの考察にたどりつかない。笑話を読むことからの発見がなくてはならないので、それぞれの時代の笑話本を整理しながら、丁寧に読むことが大事となってくる。

どんな時代にも同じことを笑い、同じ落ちの笑話を読んでも笑えるのが笑話である。笑話には時代を超えた同じ笑いが伝えられ、いつの時代にも生きる笑いを通して、笑いの機知、諧謔、滑稽、洒落を知ることができる。加藤周一は「笑いは本来知的なものでもある」（『三題噺』。筑摩書房。昭和四十年。一九六五）という。しかし、笑話の文学的地位は低いままである。笑いが終わるとその後日談はない。一話は独立しているのである。その笑えるものを集めた笑話本には、当時のできごとを知らないと理解できないものもある。笑いには昔噺のように昔あった笑い話という概念はなく、生きている時代の身近な笑いを素材にした、その時代の笑いであった。

笑話本の流れ

いくつかの時代区分に笑話本の流れをわける方法がみられる。小高敏郎の『江戸笑話集』では、八篇の作品を収めるために四期にわけて、（1）織豊期から寛永期、（2）元禄期、（3）天明期、（4）化政期とし、笑話本としての笑話の特徴をあげている。たとえば、江戸における小咄について、「落ちに向って、話は一直線に並んでさらりと短かく終る。軽妙洒脱、気のきいた小咄となる」といい、化政期は「天明期の小咄の軽妙洒脱さ、簡潔な表現は既に失われて、冗長間のびした文体で、鋭さや粋な味わいは失われてしまっている」という。ほかに前期と後期の二期にわける方法もある。武藤禎夫の『江戸小咄辞典』（東京堂出版。昭和四十年。一九六五）には、前期の初期噺本、軽口本、後期軽口本の三期と、後期の江戸小咄本、中期小咄本、後期小咄本の三期をあげている。前期を軽口本時代、後期を小咄本時代ととらえている。時代の推移とともに特徴ある作品がつくられたと述べている。

こうした時代区分をあげても、明確な時代でわけることができない。ある作品が評判になったからといって、その後の作品が、あらたな時代区分をつくっているわけではない。それでも作品傾向が変わっていった場合は、異なる時期がはじまったといえる。ことに笑話本は作者と作品の登場によって変化することがおおいので、時代で表すのがわかりやすいと考える。それを踏まえて、作者の登場と作品の刊行前後を幅広くとらえると、前期、中期、後期の三期にわけることができる。それぞれの区分は、【前期】（1）初期（寛永・慶安・明暦・万治・寛文期）、（2）延宝・天和・貞享・元禄期、（3）宝永・享保・元文・延享・宝暦期。【中期】（1）明和・安永期、（2）天明・寛政期。【後期】（1）享和・文化・文政期、（2）幕末期Ⅰ（天保・弘化・嘉永期）、Ⅱ（安政・万延・文久・慶応期）となる。作者たちは時代をまたぎながら作品を書いているので、つながった時代で区分するのが相応しい。

以下、それぞれの時代の作品をあげて、笑話本の流れを具体的な作品名でみていくことにする。各時代の特徴を少しくあげ、作品の体裁と冊数、編者・作者、成立年、刊行地をあげた。

【前期】

（1）　初期（寛永・慶安・明暦・万治・寛文期）

中本体裁はわずかであるが、ほぼ大本体裁の時代である。寛文期には『一休はなし』が評判となり、大本、半紙本が刊行される。明暦二年（一六五六）に『きのふはけふの物語』の抜粋本の『わらいくさ』が中本体裁で出ている。同じく、『醒睡笑』『私可多咄』の抜粋本の『わらひぐさ』が寛文初年ころに中本体裁で出ている。伝存不明の『私可多咄』の万治二年（一六五九）版の本文がみられ、再版本（後印本・後摺本ともいう）の寛文十一年（一六七一）版の本文と異なるので、この作品は万治二年版の本文を用いたことがわかる。また『理屈物語』の改題抄本が『山ほとゝぎす』となって天和二年（一六八二）に出ている。初期から、つぎの延宝・天和期にかけては抜粋本、改題抄本などと、知恵をしぼって笑話本をつくっていた時代である（作品名、作者名は新字を用いる。以下同）。

きのふはけふの物語	中本二冊	編者不詳	寛永ころ	京
醒睡笑	中本三冊	安楽庵策伝	慶安元年	京
百物語	大本二冊	編者不詳	万治二年	京
私可多咄	大本五冊	中川喜雲	万治二年序	京
狂歌咄	大本五冊	瓢水子松雲	寛文十二年	京

（2）延宝・天和・貞享・元禄期

軽口本の時代である。元禄期に活躍する落語家たちは延宝期から話をし、天和・貞享期になると、あらたな笑話本をつくった。三都の落語家の笑話本が揃う時期でもある。延宝期には

『当世軽口けらわらひ』『口まね笑』『当世軽口うかれはなし』とともに、『当世軽口にがわらひ咄揃』『軽口大わらひ』『当世手打笑』などと〈わらひ〉を書名に入れた笑話本がつくられた。ほぼ半紙本体裁となるなかで、大本体裁の刊行もみられた。

秋の夜の友	中本五冊	編者不詳	延宝五年	京
当世軽口にがわらひ咄揃	半紙本五冊	編者不詳	延宝七年	京
軽口大わらひ	半紙本五冊	山雲子	延宝八年	京
当世手打笑	半紙本五冊	編者不詳	延宝九年	京
鹿野武左衛門口伝はなし	大本二冊	鹿野武左衛門	天和三年	京・江戸
江戸鹿の巻筆	半紙本五冊	鹿野武左衛門	貞享三年	江戸
正直咄大鑑	半紙本五冊	石川流舟	貞享四年	江戸
はなし大全	半紙本三冊	編者不詳	貞享四年	江戸
新板かの子はなし	半紙本三冊	咄の会同人	元禄三年	江戸
露がはなし	半紙本五冊	露の五郎兵衛	元禄四年	京
座敷はなし	半紙本五冊	夜食時分	元禄十年	京・大坂
初音草噺大鑑	大本七冊	寓言子	元禄十一年	京
当流軽口百登瓢箪	半紙本五冊	編者不詳	元禄十四年	京

露新軽口はなし	半紙本五冊	露の五郎兵衛	元禄十六年	京
軽口御前男	半紙本五冊	米沢彦八	元禄十六年	大坂
今様軽口ひやう金房	半紙本五冊	編者不詳	元禄ころ	京

（3）　宝永・享保・元文・延享・宝暦期

この時期は半紙本体裁の笑話本が刊行される。元禄期以降の軽口本の盛んな時期である。享保期は京都が中心になっている。宝暦期以降からは大坂での刊行もみられる。江戸で刊行された作品の元禄期以降は数えるしかないので、停滞期であった。そのなかで小本体裁の作品が京でつくられているのは珍しい。また改題本もおおくみる時代でもある。

御伽咄かす市頓作	半紙本五冊	東の頓作	宝永五年	京
軽口臍おどり	半紙本五冊	都亦平	享保十年	江戸・京
軽口はなしとり	小本五冊	編者不詳	享保十二年	京
軽口機嫌嚢	半紙本五冊	小松松泉	享保十三年	京
咲顔福の門	半紙本五冊	江島其磧	享保十七年	京・江戸
軽口独機嫌	半紙本五冊	江島其磧	享保十八年	京・江戸・大坂
軽口福おかし	半紙本五冊	米沢彦八	元文五年	京

軽口耳過宝	半紙本五冊	米沢彦八	寛保二年	京
軽口浮瓢箪	半紙本五冊	探華亭羅山	寛延四年	大坂
軽口腹太鼓	半紙本五冊	矢木鰭輔	宝暦二年	大坂
軽口東方朔	半紙本五冊	並木正三	宝暦十二年	大坂

【中期】

（1）明和・安永期

江戸で小本体裁の一冊本が、明和九年（安永元年。十一月十六日改元。一七七二）に刊行されると、一気に小本の作品がつくられた。その数は安永期に百冊を超えている。大坂では噺の会が開催され、応募された笑話のなかから選ばれたものの作品化が行われている。この噺の会本は大坂で刊行され半紙本体裁で、七席までがつくられた。その後、噺の会本は天明・寛政・享和・文化・文政・天保期までつづいた。

話稿鹿の子餅	小本一冊	山嵐	明和九年	江戸
珍話楽牽頭	小本一冊	稲穂	明和九年	江戸
聞上手	小本一冊	小松屋百亀	安永二年	江戸
興話飛談語	小本一冊	宇津山人・菖蒲坊	安永二年	江戸

楽牽頭後篇坐笑産	小本一冊	稲穂	安永二年	江戸
俗談口拍子	小本一冊	軽口耳秡	安永二年	江戸
当世口合千里の翅	小本一冊	能楽斎	安永二年	江戸
座笑産後篇近目貫	小本一冊	稲穂	安永二年	江戸
安永新板絵入軽口五色帋	半紙本五冊	百尺亭竿頭	安永二年	大坂
豊年俵百噺	中本二冊	鳥居清経	安永四年	江戸
風流はなし亀	中本二冊	富川吟雪	安永四年	江戸
年忘噺角力	半紙本五冊	岡本対山編	安永五年	大坂
立春噺大集	半紙本五冊	常笋亭君竹・後素軒庭編	安永五年	大坂
咄の会三席目夕涼新話集	半紙本五冊	参詩軒素従編	安永五年	大坂
鳥の町	小本一冊	来風山人	安永五年	江戸
咄の会七席目時勢話大全	半紙本六冊	橘香亭瓶編	安永五年	大坂
咄の会七席目時勢話綱目	半紙本六冊	必々舎馬宥編	安永六年	大坂
今歳笑	小本一冊	泥田坊	安永七年	江戸
鯛の味噌津	小本一冊	新場老漁	安永八年	江戸

（2）天明・寛政期

江戸では小本体裁が定着していくが、寛政期あたりから中本体裁が出てくる。江戸の咄の会本が美満寿連によってつくられた。大坂では噺の会同人による『雅興春の行衛』『新噺庚申講』などが半紙本体裁で出た。また、この時期は戯作者たちが作品を著すなどと、おもしろい笑話本がつくられていった。

柳巷訛言	小本一冊	明誠堂喜三二	天明三年	江戸
夜明烏	小本一冊	無尺山人	天明三年	京
福茶釜	小本一冊	茶東亭醒里	天明六年	江戸
千年草	小本一冊	無辺斎	天明八年	江戸
笑の種蒔	小本一冊	石部琴好	天明九年	江戸
うぐひす笛	小本一冊	改年堂御慶	天明ころ	江戸
落話花之家抄	小本一冊	白川与布弥	寛政二年	江戸
振鷺亭日記	小本一冊	振鷺亭主人	寛政三年	江戸
笑府衿裂米	中本一冊	曲亭馬琴	寛政五年	江戸
軽口筆彦咄	半紙本五冊	悦笑軒筆彦	寛政七年	京
喜美談語	中本一冊	美満寿連	寛政八年	江戸

雅興春の行衛	半紙本五冊	一雄・魯道ほか	寛政八年	大坂
新噺庚申講	半紙本五冊	慶山・一雄・酒林	寛政九年	大坂
詞葉の花	中本一冊	美満寿連	寛政九年	江戸
無事志有意	中本一冊	美満寿連	寛政十年	江戸
腮の掛金	小本一冊	桜川慈悲成	寛政十一年	江戸

【後期】

(1)　享和・文化・文政期

江戸と大坂に、ふたたび落語家が登場する。十返舎一九が活躍し、小本、中本の作品を二十篇以上もつくった。同時期の式亭三馬らとともに滑稽本を刊行した時期でもある。そこに江戸の可楽、大坂の文治が笑話本をまとめている。文政末期には京の落語家の喜蝶が作品を出している。三都の落語は全盛期を迎えた。大坂では浪華一九の活躍が目立つ。文化・文政期の江戸では、三遊亭円生の『東都氣質』、可楽の『流行咄の随筆』がみられる。

笑の友	半紙本五冊	編者不詳	享和元年	京
花の咲	中本一冊	春日亭花道・千差亭万別	享和三年	江戸

落咄腰巾着	小本一冊	十返舎一九	享和四年	江戸
落咄見世びらき	小本一冊	十返舎一九	文化三年	江戸
新作噺の百千鳥	小本一冊	三笑亭可楽	文化五年	江戸
新板しかた噺浪速みやげ	半紙本二冊	編者不詳	文化五年	大坂
玉尽一九噺	半紙本二冊	十南斎一九	文化五年	大坂
新選臍の宿かえ	半紙本五冊	桂文治	文化九年	大坂
新作落咄福三笑	小本一冊	万載亭・千束舎	文化九年	江戸
会席噺袋	半紙本三冊	浪華一九	文化九年	大坂
璃寛芝翫花競二巻噺	中本二冊	浪華一九	文化十一年	大坂
故事付古新噺	半紙本五冊	浪華一九	文化十一年	大坂
落咄熟志柿	小本一冊	美屋一作	文化十三年	江戸
ひらがな絵入しん噺	半紙本一冊	桂文治	文化十三年	大坂
一雅話三笑	小本一冊	曼亭鬼武	文化ころ	江戸
落噺桂の花	写本三冊	桂文治	文化ころ	大坂
新板落噺	小本三冊	桂文治	文化ころ	大坂
春興噺万歳	半紙本五冊	桂文来	文政五年	大坂

軽口頓作ますおとし	中本一冊	林屋正蔵	文政九年	江戸
落噺腮懸鎖	半紙本五冊	和来山人	文政九年	大坂・江戸・名古屋・京
御陰道中噺栗毛	中本二冊	都喜蝶	文政十三年	京

（2）幕末期Ⅰ（天保・弘化・嘉永期）

　享和・文化・文政期で活躍した作者たちが天保期の初期に没したことで、あらたな作者たちが登場し、慶応期まで活躍することになる。幅広くとらえると後期の文政末期あたりから慶応期までとなる。または天保期あたりから慶応期までを幕末期とみることもできる。天保期は文政末期のつづきで、江戸は正蔵の活躍が目立っている。天保末期になると動きが止まるが、これは天保の改革の影響である。大坂の『繪本顔盡し落噺』は江戸の『寫生百面叢』『百面相仕方ばなし』を真似たものである。弘化三年（一八四六）には二代正蔵の『春羅萬象』という作品も出ている。

新作笑話之林	中本一冊	林屋正蔵	天保二年	江戸
十二支紫	中本一冊	三笑亭可楽	天保三年	江戸
落咄大仏柱	中本一冊	都喜蝶	天保三年	京
落噺笑富林	中本二冊	林屋正蔵	天保四年	江戸

落噺百歌撰	中本二冊	林屋正蔵	天保五年	江戸
東海道中滑稽譚	中本一冊	花山亭笑馬	天保六年	江戸
写生百面叢	中本二冊	花笠文京	天保十年	江戸
百面相仕方ばなし	中本二冊	土橋亭りう馬	天保十三年	江戸
往古噺の魁初編	中本一冊	松尾屋文暁	天保十四年	大坂
往古噺の魁二編	中本一冊	松尾屋文暁	天保十五年	大坂
古今秀句落し噺	中本一冊	筆庵英寿	天保十五年	江戸
絵本顔尽し落噺	中本一冊	暁鐘成	天保十五年	大坂
大寄噺の尻馬	半紙本三冊	一九・文治・生瀬	天保ころ	大坂
往古噺の魁三編	中本一冊	松尾屋文暁	弘化二年	大坂
縁取ばなし	中本一冊	鼻山人	弘化二年	江戸
絵本落噺千里薮	半紙本五冊	花枝房円馬	弘化三年	大坂
昔噺当世推故伝	中本一冊	鳥亭焉馬	弘化五年	江戸
しんさくおとしばなし	中本一冊	東里山人	弘化ころ	江戸
放生会	中本一冊	東里山人	嘉永三年	江戸

俳諧発句一題噺	中本二冊	空中楼花咲翁	嘉永四年	江戸
大寄噺の尻馬	小本六冊	月亭生瀬	嘉永ころ	大坂

（3）　幕末期Ⅱ（安政・万延・文久・慶応期）

ほぼ江戸の作品となっている。その中心が三題噺の会の同人作品集である。安政期で江戸の個人作品集は終えたともいえる。

落ばなし活人形	中本一冊	骨董屋鈍通子	安政三年	江戸
落噺笑種蒔	中本一冊	金龍山人谷峩	安政三年	江戸
粋興奇人伝	中本一冊	三題噺の会同人	文久三年	江戸
今様三題噺初編	中本一冊	三題噺の会同人	文久三年	江戸
春色三題噺初編	中本三冊	三題噺の会同人	元治元年	江戸
追善落話梅屋集	中本二冊	三題噺の会同人	慶応元年	江戸
春色三題噺二編	中本二冊	三題噺の会同人	慶応二年	江戸

以上が笑話本の流れである。もっとも注目したいのは、【中期】（1）明和・安永期である。江戸で隆盛した小本体裁の作品群のはじまりの明和九年は三篇、安永二年には二十二篇、三年には八篇、四年には十一篇、五年には十四篇、六年には十一篇、七年には十三篇、八年には九篇、九年には十一篇で、合計百二篇の作品を数える。この時期には改題再摺本もあるので、さ

らに作品は増えるであろう。

いまも年表類にあっても作品に出合えないものがあるが、これだけの作品群を前にすると、爆発的な評判となった安永期の笑話本が絶頂期といえる。その後の天明・寛政・文化・文政期にいたると、さまざまな作品がつくられていった。いまだ笑話本研究は書誌の整理が終わっていない。本格的な研究は、これからである。

I　幕末期の笑話本

幕末期の笑話本

幕末期の笑話本は、江戸も大坂も落語家を中心に作品がつくられていた。江戸では文化・文政・天保期に活躍した三笑亭可楽が天保四年（一八三三）に没し、林屋正蔵が天保十三年（一八四二）に没すると、ほぼ江戸を代表する笑話作者はいなくなり、一気に笑話本の作品点数が下降線をたどった。大坂でも桂文治が文化十二年（一八一五）に没すると同じ状態であった。さらに天保期以降になると、江戸では朝寝房夢羅久（二年没・一八三一）、三遊亭円生（九年没・一八三八）、金原亭馬生（九年没）、麗々亭柳橋（十一年没・一八四〇）、三笑亭左楽（十二年没）、翁屋さん馬（弘化四年没・一八四七）、司馬龍生（嘉永三年没・一八五〇）、土橋亭りう馬（四年没）、都々逸坊扇歌（五年没）、都屋都楽（五年没）、古今亭志ん生（安政三年没・一八五六）らの落語家たちが没して、落語そのものも壊滅的となった。笑話本の衰退期へと突入すると、すでに笑話本を読み、楽しむ時代などではなくなっていたが、それでも江戸では笑話本に、りう馬の『百面相仕方ばなし』（天保十三年・一八四二）、二代正蔵の『春羅萬象』（弘化三年・一八四六）、三題噺の会同人作品集が出て、近世最後の笑話本が刊行された。大坂も十偏舎一九・桂文治・月亭生瀬の『大寄噺の尻馬』（半紙本。天保ころ）、松尾屋文暁の『往古噺の魁初編』（天保十四年・一八四三）、花枝房円馬の『繪本落噺千里藪』（弘化三年）、生瀬の『大寄噺の尻馬』（小本。嘉永ころ）が刊行された。

こうした笑話本の点数が数えるほどになったのは、天保末期の老中水野忠邦の改革での出版統制で、板木没収、焼却、版元への重過料、江戸所払い、作者への手鎖の刑などの出版取締りがおこなわれ、江戸、京都、大坂の書肆の株仲間の解散が命じられたのが理由であった。天保十四年（一八四三）九月に水野忠邦の失脚により、出版統制がゆるみだすが、一向に改革前の状態には戻ることはなかった。同時期には浮世絵取締り、風俗取締りもおこなわれ、あらゆる幕末文化といわれるものは、思いどおりの動きが取れなくなった。禁令の影響は弘化・嘉永期から慶応期までつづき、笑話本をつくることへの躊躇から自然と遠ざかっていった。

そうしたなかで、大坂には文化末期から天保・弘化期に、ある特徴ある作品がみられる。それはかつての笑話本を懐古し、笑話の歴史を述べるもので、書名にも『故事附古新噺』、『往古噺の魁』のように、「古新」や「往古」がつけられている。また、『大寄噺の尻馬』は過去に刊行した薄物の冊子の合本であり、『繪本落噺千里藪』は笑話本の歴史と桂文治とその一門による大坂落語の繁栄を口絵に描いた。懐古することは時代との惜別であり、どのように近世の終焉期を迎えるかを考えた行動であった。しかし、生きることをあきらめた厭世観の強まる状態のなかで、時代遅れの笑えない笑いを提示するのが限界でもあった。

　江戸でも同じように過去に遡った現象があった。可楽の三題噺を復活させようとする三題噺の会を開催した。世の中は暗く、幕府批判の風刺画がおおく出る不安な時代に、大地震、麻疹、コロリなどの流行で死が身近なものとなり、そこから人々は脱出することができずにいた。この時期に陽気に騒ぐ余裕などなく、幕府が倒れる時間が迫るなかで、なんとか粋人たちと楽しむときを、駄洒落、茶番、俄、落語で、あかるく過ごそうとし、また三題噺の会の月例会での優秀作を収めた同人作品集を読むことで憂さを忘れようとした。この同人作品集は粋興連の頭取の援助によってつくられたが、開催回数がおおいにもかかわらず、わずか五冊で終わっている。まだ出版の取締りを意識していたのであろうか。

林屋正蔵の存在

すでに笑話本がつくられなくなっていく文政・天保期に、一人奮闘したのが林屋正蔵であった。可楽門人として落語の世界に入ってから、あらたに怪談噺（化物噺）で評判をとるようになり、可楽とともに江戸を代表する落語家となった。国芳の描いた「百物語化物屋敷の圖」という浮世絵には、「林屋正蔵工夫の怪談」とあり、怪談噺で知られる正蔵の道具入り怪談噺は、大仕掛けのもので評判になった。すでに式亭三馬の滑稽本『浮世床』初編（文化八年。一八一一）に夢羅久、正蔵、円生の名が会話のなかに出てくる。また、正蔵のための「林屋物語」を三馬が創作するなどと三馬の好む落語家であった。笑話本に、『軽口頓作ますおとし』（文政九年。一八二六）、『新作笑話たいこの林』（文政十一年。一八二八）、『新作笑話《はなし》之林《はやし》』（天保二年。一八三一）、「壬辰新作七寶はなし」（一枚摺。天保三年）、『落噺笑富《わらふ》林《はやし》』（天保四年）、『落噺百歌撰』（天保五年）、『落噺年中行事』（天保七年。一八三六）、「新作おとしばなし」（天保九年。一八三八）などがあり、それぞれの作品は改題再摺本がつくられるほどであった。ほかに滑稽本の『先開而《まずあけて》三升《みます》の世界』（文政七年。一八二四）、『寶合勢《たからあはせ》貢《みつぎ》之《の》藏入《くらいり》』（天保八年。一八三七）、合巻の『尾尾屋《おびや》於《お》蝶《ちょう》三世《さんぜ》談《ものがたり》』（文政八年。一八二五）、『復讐鶉權兵衛《うづらごんべゑ》物語《ものがたり》』（文政十二年。一八二九）、『怪譚《くわいだん》桂《かつら》乃《の》河浪《かはなみ》』（天保六年。一八三五）、『御家《おいへ》のばけもの』（正蔵校合。天保十年。一八三九）、『怪談春雛鳥《くわいだんはるのひなどり》』（天保十二年。一八四一）もあり、落語家のほかに文筆で鬻ぐほどであった。また西両国広小路の寄席の経営もした。この活躍に及ばないと思う落語家たちは、同じような笑話本の創作をする力もないので、ほとんど作品はつくらなかった。

こうした時期に三題噺の会が誕生したのは、落語界への激励でもあった。怪談噺で落語界の頂点にいた正蔵の影響を受けない純粋なまでの笑話にこだわろうとした。つまり三題噺の会は笑話の復活を願い、怪談噺の世界からかけ離れたものへの軌道修正をして、積極的に笑いの復権を試みたのであった。

笑話本を懐古する

この江戸の前向きな笑話に対する姿勢は大坂にはなかった。それでも笑話本の『故事附古新噺』、『往古噺の魁初編』、『大寄噺の尻馬』、『繪本落噺千里藪』の四作品は、笑いの復活の声掛けをしている。大坂落語が盛んに演じられたのは文化・文政期である。桂文治は笑話本『新選臍の宿かえ』（文化九年。一八一二）、『ひらがな繪入しん噺』（文化十三年。一八一六）のほかに、薄物冊子の作品を二十一篇も出すほどの活躍をし、また、文治の演じた笑話または落語を書き留めた『落噺桂の花』（写本。三冊。文化ころ。一八〇四〜一七）は、一門の覚書としてつくられ、落語の原作（典拠）が三十三話もみられ、これによって当時の大坂落語を読むことができる。

この写本から抜き出された『新板落噺』（小本。文化ころ）もつくられているが、三冊で終わっている。これは大坂の笑話本に対するあきらめの姿とみていいだろう。

それでは、大坂笑話本の特徴といえる四作品をみていこう。

一つは、浪華一九の『故事附古新噺』（文化十一年。一八一四）である。巻一の題簽に「故事附古新説話」と記し、古新の「古」に、中世説話集の『宇治拾遺物語』の笑い話をあげ、「新」に近世の笑話本をあげる。「古い説話から新しい説話へ」または「説話から話へ」と題して、笑い話から笑話への変貌を述べている。一九は話す笑話に長けた能力をもち、「素人はなし見立角力」「浪華素人はなし見立角力」の見立て番付では、関脇、大関、勧進元などに位置し、素人はなし家として大坂では知れ渡っていた人物であった。一九が笑話とかかわったのは、大坂噺の会に参加してからである。噺の会は雑俳者が中心になって開催したので、雑俳のつくり手でもあった一九も、噺の会の同人になって、噺の会本『新噺庚申講』（寛政九年。一七九七）では、同人または選者の一人として名を連ねた。その後、笑話から落語がつくられていくと、ふたたび笑話の口頭伝承が行われていったなかで、一九は笑話を都市に定着させようとしたが、結果的には思うようにはならなかった。

二つは、松尾屋文暁の『往古噺の魁初編』（天保十四年。一八四三）である。序に、

往古の噺本、五郎兵衛が露の噺は北野に置《おき》て今に消ず。武左衛門が鹿の巻筆は、よく炑の

長夜の伽艸とはなりけり。されば噺の趣向は爺が芝かる山〳〵にして、姥が物洗川水たへせず、流よるかみ世のむかしより、今にいたりて、此道、彌《いよ》〳〵行はれり。爰に予《やつがれ》噺の魁をあらはして、諸人のあぎとをとかんと計る。或人予《われ》に向ふて曰、噺にうみて拙き書ざまを笑ふ而巳《のみ》と、左もあらばあれ、何《ど》の道にも笑ふを本意の滑稽雑話《ぞうわ》、わらふ門には福壽艸のはなしの初席、其中うりの昆布にあらねど、みづから筆を走らす事しかり。

蓬萊文暁

とある。「あぎと」は顎、腮のこと。松尾屋文暁と序文を書いた蓬萊文暁とは同人物とみられるがあきらかでない。大坂の笑話本でありながら、「江都　蓬萊文昌画」と記すなどと、刊行には不明の部分がある。「往古」は昔をいい、「噺の魁」は笑話のはじまりをいう。本書は短い笑話をまとめたもので二編・三編もつくられた。落語の原作（典拠）が十六話もみられるので、文暁は落語作者または笑話作者の一面をもっていた人物とわかる。三遊亭円朝が、『雪月花一題はなし』（明治二十二年。一八八九）に話した笑話が、この初編の「四季の註文」にみられる。

三つは、桂文治門人の月亭生瀬が中心になってつくった『大寄噺の尻馬』（嘉永ころ。一八四八～五三）である。大坂道頓堀の本屋安兵衛が売り出した、二丁から四丁の薄物冊子を半紙本体裁でまとめて、一篇から三篇の三冊を出し、その後、小本六篇六冊をつくった。一篇には「ぼうつくし」「はやロ升つくし」「三づくしおとし噺」「貝づくし」「新はなしふつくし」「なぞぐ〳〵づくし」などの「尽くし物」、二篇は「女夫げんくわ」や「尽くし物」、三篇は「合戦物」などを収めている。奥付に「右之本御のぞみの御方様へは、一冊ツヽのとぢわけ本にいたし御座候間、何方の本や、又は、はんこやへも賣出し置候間、おどけ本安本と被仰下、御手寄之本や、はんこやに而御求可被下候。四篇近日出板仕候」とある。「おどけ本安本」はおどけ本を出した本屋安兵衛のことである。「おどけもんく」「おどけはなし」は笑話、落話をいうが、三篇には「新もんくおどけ講釋」ともあるので、落話だけの言辞ではなかった。文治について、『皇都午睡』には「薄物の綴本に著せし道具大平記、蚤風人間躰道中記、大開好色合戦など出せり。此好色合戰は甚鄙陋也といへども、以前聞し事有て、其文のおかしき所を思ひ出て、爰に書つく」とある。「薄物の綴本」は『大寄噺の尻馬』の元冊子をいう。

小本の序に「乍憚口上を以御披露申上升る」と記して、

一私方当本大寄噺の尻馬は、先年大本にて三編まで賣出し候所、御蔭を以御見物様方の御意に叶い、大慶至極に奉存候。夫に附右継編、大本のつもりに仕懸り候所、當時小形本追々流行に附、御見物様の御覧も甚だ見易く、懐中御勝手に御持參、且は御進物等にも岌低にて奇麗成を十人取仕候義を存じ、此度新作のおどけばなし色々取交、改て尻馬小本の別編として、追々編數相かさね出板仕候。尤彫を改め、繪面等精々畫工へ相励ませ、仕立寄麗《(ママ)》に致し候て、御土産物には至極能品と、成丈相働き賣出し置候。本安のおどけ小形本と被仰下候はゞ、何方の本屋、はんこやにても有之候。尤御勝手に依ては、とぢわけの本一冊づゝ放して賣出し有之候。是また御手寄の本屋、板行屋にて、御求め被遊可被下候と、噺の尻馬にのつて、口上の鞭をはやめ、一ばん剱る尻馬の一騎駈は、御ぞんじの本屋安兵衞にて候。

と記している。小本体裁の流行から小本でつくるといい、半紙本の大本の「継編《つぎへん》」として出すという。半紙本の八十三作品に、小本の九十九作品の合計百八十二作品を収めるが、薄物の冊子には、いくつもの笑話を収めているので、話数は作品点数よりもおおくなる。さまざまな笑いをみるが、いままでの笑話本の内容から離れた作品でもあった。桂文治に薄物の笑話冊子があるように、これらは寄席などの観客のための土産物としてつくられた。また薄物の笑話冊子を笑話本ともとらえていたほど、大坂には笑話本の作者が登場しなくなり、すでに一冊の笑話本もつくられない状態であった。

四つは、江戸の落語家である葉南志坊円馬が、大坂で花枝房円馬と名乗ってまとめた『繪本落噺千里藪』である。二十六話を収めるが、おおくは長い笑話である。序は「浪華江南市隠楠里亭其樂」で「丙午のはる日」と記すので弘化三年（一八四六）とわかるが、月亭生瀬が記す「凡例」の「噺のはなし」には「天保十二年辛丑はつ春」とある。天保十二年（一八四一）は五年前となる。本書には二つの笑話の歴史の記述がみられ、最初に置く「はなし角力故實」

は、笑話を出し合って優劣を争う遊びである。口絵に「北桂舎、初代吾竹、先里壽、桂文吉、元祖文次《（ママ）》」「二代目吾竹、櫻川春好、圓馬悴小圓馬、馬伊助、勢樂」「花枝房圓馬、月亭生瀬」たちを見開き三図で描いている。すべて元祖文治一門の人物たちであるのは、大坂落語の勢力を示したものとみられる。「はなし角力故實」には、

東西〳〵たはら一面しばらくおしづまリ下さり升ふ。すべらぎの御代豊に萬民喜悦の眉をひらく折から、はなし角力興行仕候処、賑々しく御入來被下、有がたき仕合に奉存ます。随而、はなし角力の故實といつぱ、東西〳〵則噺といふ文字は、日片に新しきをよしとす、まつた口へんをこうとよみ、あたらしき文字をしんとよみ、是則ち噺はこうしんの夜とは此いはれ也。まつた咄の字を三字にかけば、はの字は八の字にて、角力の八十八手をひやうす。なの字は七ツの数にて七の字を用ゆる。是則ち七福に表し、只にこ〳〵と笑ふことを司とる也。まつたしの字は四ツの數にて、持國、増長、廣目、多門の四天王をひやうすなり。はなしとは八七四と書くをもつて、唐土にては、はなしを八七四と申す也。則ハマチエスウを書とめたる本をのせるゆへに、まへなる臺をばけんだいとは申也。はなし角力の故實、あまたござり升れど、いかゞしたやら、故實に毛がはへて、みな故實毛でござり升れば略仕リまして、追々新手を組合せます。

とある。「ハマチエスウ」は不明。何らかの符牒であろうか。つづいて「凡例」の「噺のはな

し」には、

落し咄のはじまりは、詳かならずといへども、東都の本に、天正元和の頃に、安樂庵策傳といふて咄の上手、茶の妙手あるといへり。是其頃大坂の曾呂利新左衞門の類ひにて、おとし咄の作者にして、誹諧の芭蕉翁、其角のるいにして、風流の翫びなり。是より百餘年を經て、元禄の頃、鹿野武左衞門、仕形咄をはじめるといへり。浪花にては、漸延享の頃、仕かたはなしある中にも、大萬といへる人名高し。噺家は寛政の頃、松田彌助、桂文治に始る。文化二、三年の頃、鳴物道具入の始るは、是渡世になるべきやうの工風仕たるもの也。流行の素人咄は、江戸の安樂庵、浪花の曾呂利の流れにて風流のたのしみ、先生家のなす所の業なれば鳴ものを加へず、素ばなしにていたし度ものなり。然しながら、當時の流行は鳴もの入なれば、衆人これを専らとす。されど噺の筋は通したきもの也。おとし咄は嘘のかたまりといへど、筋通らざるは聞くるしきものゆへに、初代文治時代に、去咄師のいへる文句に、『長吉よ、われは雪隱へ這入と小便でせんち蟲をおとしてゐるが、此日のみじかいにならずめが』といひしを、文治聞て曰、『日のみじかい時分には、雪隱蟲はなし』と笑ふたり。はなしは此やうなる所へ氣を附べし。又、文治を行司といたし、角力噺といふを始る。咄角力などには、別してかやうなるに心をつくべし。亦、角力噺に禁言あり。盡し物とまへ口上なり。前口上は噺家の用ゆるものなれば也。角力咄は風流のもてあそびゆへ、前口上を禁言にせしは、逍の文治なりといひしとかや。今、滑稽のおとし咄に心を寄せたまふ諸君へ、足をさゝげんとかいへり。

とある。「江戸の安樂庵」は誤述である。「東都の本に」を江戸ととらえたので、これも間違える。しかし、すでに「天正元和の頃」が二百余年前のこととなると、過去のことなので間違えるのは当然であったか。「盡し物とまへ口上」の尽くし物は言葉を並べていくものであり、「まへ口上」はマクラのことであろう。「滑稽のおとし咄」は滑稽の笑いをもつ落語をいっている。『大寄噺の尻馬』の作品にみる尽くし物を否定し、落語を楽しむのを勧めているが、落語以外の笑いも安定していなかった時期であった。

大坂での笑話本の刊行が途絶えたのは、大坂の笑いが行き詰まり状態だったからである。この時期に過去の笑いに救いを求め、歴史をもつ過去の笑話本のように、あらたな笑いと作品をつくらなければ、笑いは消滅していくだろうという危惧を、四作品の作者たちは述べている。埋没するのを打破するための模索の時代であった。

笑話本と落語

こうしたなかで、当時の大坂落語の実態を知るものに、『風流昔噺』（万延二年［文久元年］。一八六一）がある。ここには落語の演目が記録されているが、落語には演題はなく、ほとんど通称、略語で呼んでいる。筋の一部と「但シ」書きの落ちのある落語を、百四十三話もあげるが、そこには一つも演目名が書かれていない。これは書かなかったのではなく、当時は、演目名がなかったのである。『風流昔噺』を所蔵していた三代桂米朝（大正十四～平成二十七年。一九二五～二〇一五）は、「どこにも演目名がないので、演目名の想像がつかない」と書いている。それでも、いくつかのわかる例をあげている。たとえば、

一、百人壱衆　在原なり平　但シ、先の名であろ　落　現行落語「千早振る」

一、源兵衛　火のようぢん　但シ、こなたわどうてもよろしい　現行落語「市助酒」

と記している。のちに円朝が覚えた演目数を、「三遊亭圓朝子の傳」に、「十通りも覚えたるものは、記憶《ものおぼえ》よしとて賞めはやされる習なるに、圓朝は僅かの内に落語の数五十餘通りを覺えしと、其の道の者を驚かし」（『圓朝全集』十三巻。昭和三年。一九二八）とある。十通りの演目で落語を伝承していたとは考えられないが、新作の生まれない時代であると、これが覚える演目数だったのであろう。

一方、江戸落語の天保期以降に誕生した落語家たちの名を、「東都噺者師弟系圖」「爲御覽噺連中帳」「噺家奇奴部類」などに記している。この一覧は、落語家の存在を示そうとしてつくられたものである。「東都噺者師弟系圖」のほかが写本で残っているのは、一覧を手控えのためにつくったからである。この一覧を読みすすめると、落語家たちが何度も改名していること

に気づかされる。なぜ改名をくりかえしたのかを論じたものはないが、これはあたらしい落語家の登場を知らせるための改名とみたい。知らない亭号の落語家は、あらたな落語を演じる人物と思わせるためであったとみられる。この改名は落語の伝承のための停滞期を乗り越えるための一策と考えたい。落語の型がつくられていくのも、この天保以降のこととみられる。落語の型といっても、いまの落語の型と同じではない。この時期は、型をつくっていく過程の時代である。それでもこの時期の軸になっていたのは、落語を特徴づける滑稽噺であった。のちの円朝が演じた人情噺のなかに、滑稽な言葉を挿入して演じているのがみられる。これは滑稽が噺の場の緊張感をほぐしてきた名残である。滑稽は聞き手に対する落語家のリップサービス(口先のことば)とみていいだろう。聞き手は落語を笑うもの、楽しめるものと思い込んで聞いている。滑稽の挿入は話し手にとっては必要不可欠なものであった。

三題噺の会

江戸の幕末期に可楽のはじめた三題噺を復活させた三題噺の会は、同人という集団で笑話の創作を楽しむ集まりであった。一年で三百弱の笑話をつくり、幕末期の安政末から万延、文久、元治、慶応まで、十年近くもつづけられた。長い期間にわたったのは、この時期の憂さを忘れるためである。同人作品集がつくられて、百十余話ほどの笑話が読める。無理難題の三題を一つの笑話に仕上げるので、笑話としてのおもしろさには欠けるものもあるが、さまざまな笑話好きの同人が、笑話の構成を踏まえて落ちのある笑話をつくっている。優秀作が選ばれる会でもあったので、それに選ばれるのを目的とした同人もいたであろうが、そのほかの同人は、ほかの同人の創作した笑話を聞いて楽しむ人たちであった。狂言作者、戯作者、落語家などが集まっているなかで、河竹其水（のちの黙阿弥）は新作の歌舞伎と落語をつくった。話した笑話が、ほぼ同人作品集に残ったのはおもしろい。どのようなものが当時の笑話であったのかがわかるからである。笑話を熟知する同人たちの自分らしさを出した笑話にも興味をもつが、むしろ歌舞伎や落語にもなる三題噺が、目の前でつくられる場に立ち合っている喜びのほうがおおきかった。幕末期に笑話本の創作をあきらめた大坂とは異なり、前向きな江戸の創作は対照的であった。

心を癒す喜びをもとめる

噺・話の国字に咄という語がある。『天正十七年節用集』（一五四八）に「咄」を雑談と記している。書籍目録に笑話本を「咄の本・咄之本」と分類したのも、雑談のおもしろさ、おかしさと珍しい笑いを収める作品群とみたからであろう。耳あたらしい話題の新鮮な笑いを素材にしている笑話は、かつて松田修（昭和二〜平成十六年。一九二七〜二〇〇四）が笑話には、「事実と虚構の両面を担う」二面性があるといい、語りは「伝承の連続性」、話は「一回性の消費」を期待するといい、「語り」には絶対性、「話」には相対性があるといった（「解釈と鑑賞　講座日本文学　西鶴上」。至文堂。昭和五十三年。一九七八）。松田修が近世における「語り」と「話」の相違を的確に述べるのも、中世の笑い話にある「語り」の面が、近世になると笑話にある「話」の面へと変化していったからである。笑いのもつ力は生活を活性化させて、おおくの笑話本をつくっていったといえる。

作品のない時代となると、過去の作品を読み直すこともできたが、あたらしい時代の笑話に触れたくても、作者たちが不在であっては、笑いをもとめることができない。大坂では安易に『大寄噺の尻馬』のような、薄物冊子を合本した作品を出して、かつての笑いを読ませようとしたが、江戸には一向にそうした兆候はなかった。それは笑いの枯渇からあらたな場の娯楽に楽しみをもとめ、駄洒落の会、書画会、写し絵、蔭芝居、手妻、曲芸、軽業などの見世物などへと楽しむ場を広げていたからである。大道芸などのような道端で演じて移動していくものは、毎日、どこかの空き地や広場で演じられ、つねに身近なところに、あたらしいものと接する機会があった。たとえば、籠抜けなどは籠を抜けるだけの芸なのに何百年も伝承されている。綱を渡る芸も単純でありながらも、磨いてきた技術をみせる。くりかえして演じてきた大道芸に、おもしろさのあることに気づいたのが幕末期であった。

また、子どもたちの演じる角兵衛獅子の曲芸と軽業は、江戸白山に常宿（獅子宿）があり、何組みもの角兵衛獅子が、江戸市中をめぐっていた。森鷗外の書いた『澀江抽齋』には、「わたくしの敬愛する所の抽齋は、角兵衛獅子を観ることを好んで、奈何なる用事をも擱《さしお》いて玄關へ見に出たそうである。これが風流である。詩的である」といっている（その二十三。大正五年。一九一六）。抽齋が好んだのは、可憐な子どもたちの素朴な芸に喜びを感じたからである。市中に出れば、ほかの娯楽にいくらでも出合うことができただろうが、市中を廻るコースのなかに抽齋の家があるので、いつも角兵衛獅子がやってくるのを楽しみにしていたのである。慣れた芸を難なく演じる角兵衛獅子の子どもたちが、いつも心を癒してくれるのを抽齋は喜んだ。それを鷗外は「風流」「詩的」といった。味な楽しみ方をする人だと鷗外はみて、飽きることのない角兵衛獅子の芸に惚れる医師抽齋の心がみえるととらえた。

このような江戸の状況を救ったのが三題噺の会であった。同人作品集には選ばれた同人の笑話を収めている。同人は読みながら、月例会の会場を思い出し、楽しかったひとときを、ふたたび笑話本を通して触れたのである。生きた笑話が、そのまま作品で読めるのは、ほかの笑話本にはない醍醐味であった。この江戸の幕末期の笑話本は、すこぶる価値ある同人作品集をつくったのである。笑話本研究としても、遊びを超えた幕末期の笑話づくりを考察する意義はおおきいといえる。

Ⅱ　三題噺とはなにか ―― 三笑亭可楽の三題噺

はじめに

文化元年（一八〇四）に落語家三笑亭可楽が落話会（落語会）の席で三題噺をはじめた。戯作者式亭三馬は、「落話會刷畫帖」（文化十二年序。一八一五）に、「三題はなし」と題して、

〇聴衆に對て三ツの題をもとむ。聴衆一人より一題を出して、合て三題となる。たとへば一人鼈といふ、一人火の消たる巨燵といふ、一人唐山の遊女といふ、これを合せて三題とす。三題を得て一回の落話に作るを號て三題はなしといへり。衆口争て難題をあたふ。可樂自若として須臾に頓作し、聴を驚かす事常也。俗にはなし家と自稱して、落はなしを講ずるもの概門人に属す。

といい、さらに、つぎのようにいっている。

○三題はなしは文化元年甲子六月より肇、下谷廣徳寺門前孔雀茶屋において落話夜講あり。此夜、辨慶、辻君、狐、此三題を得て頓作す。これよりのち三題はなしといふもの今に連綿す。

○可樂は捷才頓智の人。つねに自作を講じて他人の糟粕を嘗らず、席に臨て三題話を作る。最賞するに絶たり。

また、可楽はみずからを「三題噺元祖」と笑話本『新作噺の百千鳥』（文化五年。一八〇八）序に記し、三馬も「落話會刷畫帖」で、文化八年（一八一一）の「三笑亭可樂落話會披露之團扇」を紹介する。その傍らに、「此人三題はなしといふものゝ元祖也」と記した。可楽が三題噺をはじめたのは、寛政十二年（一八〇〇）に、可楽と改名して開いた初度の落話会から四年目のことであった。しかし、落語に三題噺と分類される演目は存在しない。可楽がはじめたので、三馬も「元祖」と記したが、三題噺とはどのような演目であるのかを伝える作例はあげなかった。これは三馬が三題噺を落語ではないと判断していたからである。

いままで、可楽の三題噺とはなにかを検証したものはない。近世落語史の啓蒙書や国語辞典、百科事典などにも、三題噺によってつくった落語の演目例をあげてはいるが、すべて三題噺の会の河竹其水の三題噺「鰍沢」である。しかも、そのすべてが、「鰍沢」の作者を三遊亭円朝としている。だが、この記述の誤りを指摘したものがない。このように可楽の三題噺と三題噺の会とを同一のものととらえるのは、なぜであろうか。この疑問点をあきらかにしようとすることも、まったくない。可楽が三題噺をはじめた契機の考察はなく、だれもが三題噺をはじめた可楽といい、可楽が三題噺から落語をつくったなどと、一行ほどの記述ですませている。三題噺の説明も落語の一つというだけで、一切、三題噺に触れることがない。

さて、これまで三題噺を知る資料はないとみられてきたが、可楽の三題噺は存在していることがわかった。それは可楽が即興噺、即席噺といっているものである。ここでは、知られてこなかった資料をあげながら、可楽の三題噺以前と以後を考え、はじめて可楽の「三題噺とはなにか」をまとめることにしたい。

落語興行と三題噺

三題噺は、むすびつかない語彙を三題あげたのを、即座に一つの笑話にまとめることをいう。可楽は、「浮かんだ言葉を一人一つずつあげてくだされ、それもむすびつかない言葉を三つあげたら、その言葉を入れた笑話をつくりましょう」というと、聴衆は可楽を困らせる言葉を一つずつあげ、三つ揃うと、ただちに可楽は話をはじめた。聴衆はあげた言葉を覚えながら聞き入っている。わずかな時間に三つの言葉を入れた笑話をまとめ、ちゃんと落ちまでつける。これに驚かない聴衆は誰一人としていない。大喝采を博した。こんな光景が想像できる。

可楽が落話会ではじめる以前に、内輪での試演があったかどうか、また三馬がいう「下谷廣徳寺門前孔雀茶屋において落話夜講あり」のときが、はじめてであったのかどうかはわからない。どんな題があげられても、笑話をつくる可楽は、自信に満ちていて、動揺する顔などみせることはなかったであろう。その後、十年にわたって三題噺を演じていくのを可楽は想像もしていなかったのだが、はじめて三題噺をつくることに成功すると、可楽を中心にした江戸落語が、江戸市中で評判を得るようになった。可楽は内心ほっとしたはずである。それはその後の可楽のおびただしい活躍の道がつくられたからである。

ところが、そのときにつくられた三題噺を記録したものが一つも残っていない。江戸市中で起きたできごとを、具体的に記録した随筆類がおおくあった時代に、どこにも書いたものがないのは、なぜであろうか。三題噺をはじめたことがわかっても、どのようにして三題噺がはじまったのかがわからないのである。

即興噺の流行

三題噺をはじめた文化元年（一八〇四）以前の寛政五、六年（一七九三、九四）ころに、江戸で即興噺の流行があった。だが、この即興噺の記録はみられないといわれている。江戸のどこで流行したのだろうか。ところが、この流行が確かに江戸であったことを、大坂の書肆が刊行した即興噺の作品は記している。すでに江戸では天明六年（一七八六）四月に、烏亭焉馬による初度の咄の会が開かれ、同八年（一七八八）に二席目、寛政元年（一七八九）に三席目、同二年に四席目、同三年に五席目があり、同四年からは、毎年正月二十一日に咄初《はなしぞ》めを開いたという。この咄の会の成果は、『喜美談語』（寛政八年。一七九六）、『詞葉の花』（寛政九年）、『無事志有意』（寛政十年）の笑話本作品となっている。この咄の会の影響が即興噺の流行にもむすびついたと考えられるが、その即興噺が、どのようなものであるかがあきらかでない。

ちょうど、この時期には寛政三年（一七九一）二月と寛政十年（一七九八）六月に、大坂から下った落語家岡本万作（年齢不詳）が、「頓作かる口はなし」の看板をかかげて江戸興行を行っている。これに刺激を受けて、同月に山生亭花楽の名で落語家の真似をし、「風流浮世おとし噺」の看板をかかげて立川金升、春夏亭草露、瓢我とともに興行をした。この花楽が、のちの可楽である。未熟な話術と笑話の種切れで、五日だけの興行で終わり、花楽は江戸を離れて修行の旅に出た。同年十月一日から越ケ谷で木戸銭十二文を取って興行をし、その後、松戸で山生亭花楽を三笑亭可楽に改名するべきといわれて改名を決意し、越ケ谷、松戸での一年以上もの修行をして江戸に戻った。どのような修行をしたのかはあきらかでない。話術を磨いたのはいうまでもなく、新作の笑話をつくったのをもとに持ちネタを増やしたと思われる。江戸を離れた花楽が戻ってくるまでの二年の間、かの落語家万作が二年にもわたる江戸興行をつづけ、江戸に大坂落語を受け入れる土壌をつくってきた。花楽が戻ると同時に万作は消息不明となる。花楽は可楽の改名披露をして、江戸落語家としての活動をはじめた。

ところで、即興噺の流行が江戸であったことを、修行中の花楽は知っていたのだろうか、また万作の活躍を知っていたのだろうか。即興噺については、大坂で刊行された笑話本作品で知ることはできても、実際に聞くことはなかったであろう。むしろ烏亭焉馬の咄の会と、その作品集に刺激を受けたとみられる。ようやく江戸にも落語を必要とするときとなり、花楽は万作に引けを取らぬほどの評判をとった。

寛政十二年（一八〇〇）に可楽と名乗って落話会を開いた。だが、この落話会以前に、花楽の名で修行成果を発表していたのではないだろうか。そうでなければ、可楽の改名披露を兼ねた落話会を、深川親和門人華溪の書画に、烏亭焉馬、桜川慈悲成らの狂歌を添えた摺物で祝うことなどできなかったはずである。可楽の名での興行の落話会を焉馬、慈悲成たちの前で開く機会があったとみたい。

寛政期の大坂での即興噺についての詳細は、あとで触れるので略すが、享和期（一八〇一〜〇三）に入ると、京都や江戸でも即興噺の笑話本がつくられている。いわゆる「探題噺」「お題噺」の笑話が登場する。京都の百川堂灌河《かんが》の『新撰勧進話《かんじんはなし》』（享和二年春。一八〇二）の作品や、同じく瀧河の「列々波奈志《つらつらはなし》」（写本）によって、即席噺の趣向を楽しみ、さらに、江戸の『落噺廣品夜鑑《ひろしなやかん》』（享和三年。一八〇三）には、あきらかに「お題噺」の作例をみることができる。なかでも写本ではあるが、瀧河の「列々波奈志」で目指したものと、可楽の三題噺の趣向が同じであるのがおもしろい。それは、「卽席夜話」「卽席噺指南」「探り題」「卽席雑話」「卽興」「探題の話」「兼題話」「月々題を出して」「題とりて卽席に作りたる話」などと記して、即席、即興の笑話は「興あるもの」という。これは可楽の発想と同じであった。ただし作品は写本で残り、刊行されていないが、「文化二年丑十月」の出版届出の日付がある。可楽の文化元年の三題噺をはじめた後となる。可楽の三題噺を江戸に来て、聞いてから書いたと思われる節もなくはない。よって同じ発想であったかどうかは注意しなければならない。すでに作者の瀧河は笑話本『新撰勸進話』を刊行して、この作品で即興噺の笑話を指摘している。「列々波奈志」で記したことは、はやくから瀧河がもっていた考えであったので、江戸に京から下って可楽の三題噺を聞いたかどうかは考えなくてもいいであろう。

瀧河と接点のない可楽が、「一歩線香卽席噺」「卽席ばなし」「卽考」という即興でつくる笑話の錦絵、摺物をつくっていることがわかった。三題噺が即席噺、即興噺と同じなら、『新撰勸進話』と「列々波奈志」の作品は、可楽の三題噺を知る上にも、おおきくかかわってくる。それだけではなく笑話題を二題あげ、また三題あげて笑話をつくっている、江戸の栄邑堂咄の会の笑話本『落噺廣品夜鑑』も「列々波奈志」の写本の記述を実践した作品であるので、同じ発想が灌河だけではなく、栄邑堂咄の会でもあったことになる。どの作品の影響かというよりも、「お題噺」を楽しむことが同時期に考えられていたのである。『落噺廣品夜鑑』は、板元の村田屋治郎兵衛こと栄邑堂が主催した咄の会の作品である。この作品は、可楽が文化元年に三題噺をはじめる前年の享和三年（一八〇三）に刊行された。

誤謬の記述

さて、三題噺を説明する辞典の記述例をあげ、どのように書かれているかをみてみたい。『精選版　日本国語大辞典』（小学館。平成十八年。二〇〇六）には、「落語の一種。客から任意に三つの題を出させ、それを織り込んで、その場で一席の落語にするもの」とある。これは三馬の「落話會刷畫帖」の記述にもとづいているが、三題噺は「落語の一種」でも「一席の落語にするもの」でもない。この語例として、

歌舞伎・三題噺高座新作（髪結藤次）（1863）二幕「何だ、三題噺をしろ、べらぼうめ高座でなくっちゃあ出来ねえわ」

をあげ、さらに「語誌」の説明として、

「古典落語の名作とされる「鰍沢」や「芝浜」も三題噺として創作されたもの。歌舞伎狂

言や戯作にも新しい趣向を提供し、幕末、明治時代初期の文学にも大きな影響を与えた」とある。この説明の「語例」も「語誌」も、幕末期の三題噺の会のことをいっていて、可楽の三題噺のことではないので間違った記述となる。

ほかの辞典、事典も、「はじめたのが可楽」という記述ばかりで、可楽の三題噺とはどのようなものかについて触れたものは一つもない。しかも、「可楽は即座に落語をつくった」という記述がおおい。これは三題噺が落語ではないことを、まったく知らない人たちが、落語の歴史を語り、三題噺を落語と記述してきたのである。同じく幕末の三題噺の会の記述も、「落語の「鰍沢」と「芝浜」を円朝が三題噺によってつくった」と述べるのも「鰍沢」は河竹其水作である証拠があるから、あきらかな誤述である。これを「伝円朝作」とはせずに、「円朝作」とする説明は、はなはだしい誤述となる。このように可楽の三題噺から三題噺の会までの記述が誤謬だらけなのは、三題噺のことを明確に定義してこなかったことに起因する。三題噺の会についても、幕末期に果たした役割はおおきく、そこに其水、如皐、有人、魯文、左楽、円朝たちが参加して、三題噺を創作したことがわかっても、三題噺の会の実態を曖昧にしてきたことが誤りを生じさせる要因となっている。すなわち可楽の三題噺も三題噺の会についても、だれもが何一つあきらかにしてこなかったのである。

江戸で即興噺が流行し、笑話本『滑稽即興噺』（寛政六年十一月。一七九四）と笑話本『鳩灌《きうくわん》雑話《ざつわ》』(寛政七年。一七九五)が大坂で刊行され、つづいて京都でも笑話本『新撰勧進話』(享和二年春。一八〇二)による即興噺がつくられた。さらに江戸でも『落噺廣品夜鑑』(享和三年。一八〇三)を刊行するなどと、いままであきらかでなかった三題噺以前の即興噺、即席噺にかかわる作品の存在が述べられてこなかった。可楽は三題噺を文化末まで演じていたが、天保四年(一八三三)に没すると、その後、三題噺は途絶えてしまった。その後、三題噺の会をはじめる前に、三題噺の会同人である落語家柳亭左楽が三題噺をしたという噂があり、これを知った山々亭有人が「左楽を軸に三題噺の会をはじめよう」といった。しかし、左楽が途絶えていた三題噺を演じたという記録はない。すでに万延、文久元年(一八六〇・六一)ころには、三題噺の会が行われたが、左楽のほかに三題噺を演じた落語家がいたことはみられない。ここで三題噺の会について触れるのは、可楽の三題噺がはじめられた文化元年(一八〇四)から、万延、文久ころに開いた三題噺の会まで、七十余年の時間が経過しているにもかかわらず、辞典、事典などでは可楽と三題噺の会とが同時代、いや同時期のものととらえている。

三題噺の会は、可楽のように一人で演じたものではなく、おおくの同人たちが、それぞれ三題噺を自作自演する形式で行った異なるものであった。創作したものは同人たちが評価して、優秀作を選び景品を出す集まりでもあった。しかも可楽のように三つの題を即座にまとめるのではなく、発表の前日までに三題を企画した同人の月番が、兼題(三題)を知らせる報条摺物をつくったものを同人宅に届けた。この報条摺物には同人のだれが、どの兼題で笑話をつくるかを記しているので、ほかの同人の兼題を同人たちは知った上で出席する。月例会（定会ともいう）は三題噺の発表と、それを同人たちが聞く鑑賞会を兼ねていたといえる。時代を異にする三題噺を、まったく同じものとみてきたのが誤述のはじまりであった。

三題噺元祖

可楽が活躍した時代に、可楽は自らを「三題噺元祖」と名乗っている。のちに三遊亭円生が当時の落語家をまとめた「東都噺者師弟系圖」（天保七年ころ。一八三六。「東都噺者師弟」は奥付に「東都噺家師弟兄弟分」ともいっているので、「噺者」は「はなしか」と読み、「師弟」は「師弟兄弟分」を含めていることがわかる）に、

「鳴物入芝居懸り元祖　三遊亭圓生」　「百まなこ元祖　可上」　「うつしゑ元祖　都樂」
「所作はなし元祖　龍齋」　「どゝ一元祖うかれぶし　扇歌」　「つゞき物語元祖　馬生」
「道具入怪談入元祖　正藏」

などと記して、それぞれの演目をはじめた落語家たちを「元祖」といい、あたらしい特徴ある落語の演目を演じた落語家たちを示した。その後、芝居噺（芝居懸り鳴物入り）、怪談噺（化物噺）、音曲噺、和漢滑稽噺、人情噺などといった演目の定着とともに、演目の分類ともなって

いるが、ここに「三題噺元祖　可樂」は書かれていない。つづく二代船遊亭扇橋のまとめた「噺家奇奴部類」（嘉永五年序。一八五二）には、可楽を「江戸席亭開ノ元祖」「席上三だひ咄ヲ初ム。古今ノ名人ナリ」とあり、「三だひ咄」をはじめたと記すが、ここでも「三題噺元祖」とは書いていない。なぜ、「東都噺者師弟系圖」「噺家奇奴部類」が「三題噺元祖　可樂」と書かなかったのか。これは三題噺が演目ではなかったからである。つまり「落語の一種」という演目としての三題噺は、当時の落語には存在していないのである。「東都噺者師弟系圖」「噺家奇奴部類」をまとめたときから、すでに三題噺は、ほかの落語家の「元祖」とは異なっていたといえる。

それでは、三題噺とはどのようなものをいうのであろうか。聴衆から得た三題によって笑話をつくる即興噺であり、三馬がいう「三題を得て一回の落話に作る」も一条の笑話をつくることであり、「落話」は落語のことではなかった。三題をもとに即座に笑話をつくる可楽の〈ねらい〉は、新作をつくる時代に、いくつもの笑話をつくり、落話会や寄席興行を活気づけることであった。可楽の三題噺は、落語と落語の合間に演じた余興の一つとしてはじめた。その後、謎解きの春雪が現れると、可楽は「自分も謎解きができる」といって謎解きを同じように余興の一つとしてみせた。どんなことでもできることをみせるのが可楽の性分であった。三馬が「落話會刷畫帖」の序を書いた文化十二年まで「三題はなしといふもの今に連綿す」といっているので、長い期間にわたって三題噺は演じられた。これは「三題噺元祖」と名乗っている以上、聴衆の要望に応えるために演じつづけたわけである。また、三題噺を入れた番組構成をつくって興行していたからとも推測することができる。三馬は「式亭雑記」の冒頭に、

これまで雑記せし冊子のありけるが、文化三年寅の春三月四日、芝高輪牛町よりの出火のをりから、日本橋十九文横町の寓舎も類焼して、年来の藏書、あまた烏有となりぬ。其後、本石町四丁目新道に轉居して、ことしまで五年が間は、しばらく雑記せざりしが、今また思ひをおこして、再び雑記する事となりぬ。／文化七年庚午六月／　式亭自記／于時三十五齢

といっている（『続燕石十種』第一巻。中央公論社。昭和五十五年。一九八〇）。三馬が可楽の三題噺を演じた文化元年の作例を書かなかったのは、この「雑記」が灰燼に帰してしまい、そのときの内容を確認できなかったからである。まだ二十九歳の三馬ではあったが、すでに落語のことを記録していながら、それを詳しく思い出せなかったのは、三馬の性格が詳細な記録を書いた「雑記」が手元になければ書けなかったためである。すでに「落話會刷畫帖」の序に、「年月の前後を訂さず、且うしなひて漏たるもの少からず」と記しているのも、誤記を避けるために記せなかったのである。もし三馬が可楽の三題噺の笑話の作例を書いたとしても、一つの笑話をあげたに過ぎず、そこに三題噺をつくっていく妙技を読み取ることはできないのである。

即興と即席

可楽が三題噺をはじめる契機となったのは、いったいなんであろうか。何度も記述しているように、三題噺以前に即興噺、即席噺が話されていたことと、焉馬の咄の会での笑話が話されたことが、まず考えられる。すでに咄の会については研究もあるので省くが、もっともかかわりがおおきいのは即興噺、即席噺である。即興噺が江戸で流行したのは、可楽が十代のころであった。この流行を記録したものは、いまのところみられないが、寛政六年（一七九四）十一月の大坂で刊行された笑話集『滑稽卽興噺』（山東京伝閲。大坂河内屋太助等板。半紙本五巻五冊）の見返しに、

　這卽興咄《このそくきやうはなし》は東武《とうふ》の流行京摂《けいせつ》の珍話《ちんわ》、すべて滑稽なる噺を精選して、四方《しはう》の君子に布《しく》は春日秋夜噺《しゆんじつしうやはなし》盡て後噺《のちはなし》を成す一助ともならんかと梓行《しこう》する者也《ものなり》。

とある。ここでいう「東武の流行」とは江戸での流行を指している（以下、引用文の必要と思われる語彙には※印の私注を記す）。作品の序に、

　昨日《きのふ》の卽席料理は今日の卽席噺《そくせきばなし》、此節《このせつ》江戸のはやり物《もの》、専《もつぱら》浪速に流行のからくり的《まと》に、さも似たり。何《なに》が出《で》よやらしれなゐの舌巻《したまき》たてゝ、腹《はらわた》を耕《たかや》す道もすきの道、くわをぬかして咄《はな》ス夜《よ》の長ひは燈心《とうしん》、庚申《かうしん》の晩に〳〵と言《いひ》のばした鼻毛《はなけ》にあらぬ噺のかづ〳〵、書《しよ》

林何某《りんなにがし》書輯《かいあつめ》し京摂《けいせつ》の珍話《ちんわ》とりまじへ、耳とつてかみたる鼻紙《はなかみ》のはしに、かゐつけ送る事しかり

※くわをぬかし　過をぬかす。ほらを吹く。鍬を掛ける。　**庚申の晩**　庚申待ちの日の晩。この日に集まって青面金剛《しょうめんこんごう》の像を祀り、申刻から寅刻までの十二時間、寝ないで行う祭。この夜に寝てしまうと三尸虫《さんしちゅう》が人の命を短くするという俗信がある。

とある。可楽が聴衆の目の前で即興、即席にまとめる発想は、この流行を作品化したものの影響であろう。『滑稽卽興噺』の各巻の冒頭の笑話には、すべて笑話は即興で創作すると記している。たとえば巻之一の「眞顔《まがほ》」では「此はなしはある人、下駄《げた》さいて傘《かさ》はかにやならぬとぜつくせし。京傳卽興に製《せい》す。すべて此例《れい》也」といい、つぎの笑話をつくる。

本郷邊《ほんこうへん》のさるおれき〳〵、春の日のつれ〳〵、物見《ものみ》に出、往來《わうらい》を見給へば、實盡《げにつき》しなき人通り、百萬石《ごく》もけんべきもと、城木《しろき》屋の淨るりにいふた通りのはんくはの地《ち》。是は一ッ興《けう》と、殿はかたづをのんで見給ふ内、東南より雲をこり、どふやら一トしきりふり出しそうな雨《あま》もよふ。袴羽織《はかまはをり》で、男つれた町人がそらながめ〳〵

「コリヤ三助、どふでも此雨《あめ》は來《き》そうな、傘《かさ》はいて下駄さゝにやいかれぬ。一トはしりいんで、取てこい」

と言附《いひつけ》るを聞《きゝ》給ふて、殿は大《おゝい》に腹筋《はらすじ》をより給ひ、あまりのおかしさに、其まゝ御殿へか

へり給へども、なを御笑ひやまず。近習《きんじゅ》がそばから
「御前《ごぜん》には何をお笑ひあそばす」
殿「イヤけふはあまり退屈したから、物見で世中《よのなか》の往來を見よふとながめていたれば、はかまはをりで、供《とも》つれた男が、供にいひつけるは、『どふやら雨《あめ》がふりそふなから下駄はいて傘《かさ》さゝにやいかれぬ。はやくいんで取てこい』といひ附た。何とおかしいでないか」
近習「ヘイ」
殿「下駄はいて傘《かさ》さゝにやならないとは、おかしいでないか」
近習「ヘイ」
殿「どふじや、げせぬか」
近習「イヤ随分げしてをりまする」
殿「げせたらおかしからふ、次で笑へ」

※次で笑へ　近習は殿の御前で笑うのは失礼にあたるとして笑わなかった。それを笑うのを我慢しているとみた殿は「笑いたければ次の間で遠慮なく笑え」といった。

この笑話は、すでに笑話本『近目貫《きんめぬき》』（安永二年。一七七三）の四十三「白雨傘」に同話をみることができる。したがって編者の京伝がつくったものではない。その笑話とは、御物見の前で仕事師《し》の頭《かしら》、雨にふられ、「これ長吉、内へ行つてナ、傘《かさ》がふるから雨をよ

こせと云《いつ》てくりやれ」といへば、殿様笑わせ給ひ、御家老を召《めさ》れ、「先刻《こく》ふつゞかな下《げ》郎が通た。『あめがふるから傘がほしい』といふた。石《せき》左衛門、なんとおかしいではないか」。家老、平伏して、「ヘイ」とばかり返答して笑わず。殿「これ石左衛門、こゝで笑ふがゑんりよなら、次の間で笑やれ」。

とある。そのほかにも、巻之二の「紅毛《おらんだ》の鶯《うぐひす》」では「此はなしはおらんだの鳥かごに鶯二羽入レありしを見て卽興」、巻之三の「町髪結《てうがみゆひ》」では「此はなしは丁がみゆひ大通《つう》したてにして通ルを見て、ある妾宅《せうたく》ニて京傳卽興」、巻之四の「商賣《しやうばい》だこ」では「此はなしは大坂あし川にて舩紛失《ふねふんしつ》せしうわさをきゝ、ある人卽興に製す」、巻之五の「最明寺《さいみやうじ》」では「此はなしは豪家《がうか》の庭なる梅松櫻の鉢《はち》うへニ雪つもりしを見て、古人桂山人《かつらさんじん》卽興」とある。「卽興に製す」「卽興」は新作の笑話をいう。どこまでが即興であったのかはわからない。だが山東京伝の名を出して、江戸の即興噺の例をあげるのは宣伝文句に過ぎない。

巻之一の即興噺の例のように、『近目貫』の笑話の再出と同じく、巻之一の「丹波男」にも『聞上手《きゝじやうず》三篇』（安永二年）の六十一「他行」をみる。これは落語「他行医者」の原作（典拠）として知られるので、あげておこう。

「旦那様、むかふの隠居さまから、よびにまいりました」「エヽまた來たか。他行《たぎやう》したといふてやれ」「ハイだんなは他行いたしました、といふでください」といへば、使《つかい》のものが、「もし、たぎやうとは、何のことでござります」「ハテ巨燵《こたつ》にねころんで、居《い》さつしやることさ」

※他行　外に出かけて家にいないことをいう。

ほかにも巻之二の「紅毛の鶯」は、『俗談今歳咄』（安永二年）の十一「唐《から》の雀《すゞめ》」の再出である。

唐《から》の雀《すゞめ》を献上するに、一羽《いつわ》たりぬゆへに、日本《にほん》の雀をまぜて上た。殿様御らんなされ、「コレハめづらしいものじやが、日本の雀が一羽《いつは》見へる」と御意《きよい》なさるり《（ママ）》。雀「ハイわたくしは通辞《つうじ》でござります」

※御意なさるり　『俗談今歳咄』は「御意なされり」。**通辞**　通訳。

こうした類話をみると、即興噺というのは江戸で刊行された笑話本からの再出であり、大坂では目に触れることの少ない江戸の笑話を即興噺といっている。なお、同書巻之一の「末しら浪」は落語「締込み」の原作（典拠）としても知られている。読み手の知らない笑話を、いかにも即興でつくったというために即興噺という語が用いられたことになる。

『鳩灌雑話』の刊行

同じく大坂で刊行された寛政七年（一七九五）正月序の笑話本『鳩灌雑話』（虫所の聾人序。

坂東岩止跋。京菱屋孫兵衛等板。半紙本四巻四冊）にも巻一の目次《もくろく》に「二巻　東《あづま》の即興《そくけう》は當時の流行」とあり、その巻二・一「扇屋《あふぎや》」の冒頭には、

賣話郎《ばいわらう》曰《いわく》、這話《このはなし》は東都《とうど》の知己《ちき》より文通《ぶんつう》ニ而至《いた》る。則《すなはち》當時専彼地《もつはらかのち》の流行にして、凡《すべ》て其席《そのせき》の模様を即座に話として興《けう》とす。這《この》話は山東京傳心易《こゝろやす》く行《ゆく》、豪家《ごうか》の室《しつ》、其元吉原《もとよしはら》の傾城なる故、人の子を偖《もふける》を羨《うらや》み、淺艸観音へ告子《もうしご》せしを即席に製《せい》す。尤《もつとも》精選ならざるは即興文通の儘《まゝ》なればなり

と記してある。これは『滑稽即興噺』の翌年に出た作品であるから、ここでも山東京伝の噺のことを述べている。「當時専彼地の流行」は江戸の流行であり、「即座に話として興とす」「即席に製す」は即座、即席のことである。また巻二・二「犬」の冒頭には、「這話兩國へ人面犬《にんめんけん》見せものに出たる日、即席に製す。作者は嘉《か》六といふ通人、吉原細見に吾妻路《あづまぢ》都《みやこ》太夫《だゆう》とするす」とある。文末に、

山東京傳曰《いわく》、兩國へ人面犬の見せものが出た時、嘉六か這話をしやしたを鷄舌樓《てりじや》へいつて、わつちが馴染《なじみ》の女郎《じよろう》に咄《はなし》してきかせやしたら、女郎感心して「ヲヤエイ咄《はなし》てをつす。おふれがきは、きついもんでをさんす」といつたゆへ、京傳感心したが「畜生め」と脊中を叩《たゝけ》ば「ヲヤ〳〵馬鹿らしい。畜生なら、こんやァわつちをおとぼしなんすな」。這即席《そくせき》話《はなし》、古來より我浪華《わがなには》になきにしもあらず。事舊《ことふり》たれば其題《そのだい》は失亡《しつぼう》せしが云々

　※**とぼし**　点し。男女の交合。「蝋燭をとぼし」の略。

という。ここでも『滑稽卽興噺』や京伝のことに触れるが、その真偽は疑わしい。この作品には落語「雁とり」の原作（典拠）がみられる。

『新撰勸進話』と「列々波奈志」

享和二年（一八〇二）に京都で、『新撰勸進話』（百川堂灌河序。京都鉛屋安兵衛、吉田屋新兵衛板）が刊行される。この巻之五追加部に、つぎのようなことが書かれている。

　五月雨《さみだれ》ふりつゞく頃、友がきの打寄て、光る君《きみ》にはあらねども、四方《よも》の女の品定《しなさだめ》より、うちものがたらひて、終《つひ》に雪隠《せつゐん》のはなしにいたり。興もやゝさめなんとするに

　「ある人の題を出して、新作のはなしを卽席にせよ」

　といへりしを、いと興あることにおもひて、おの〱筆をとりてかくなん

「ある人の題を出して、新作のはなしを卽席にせよ」の部分を、もし可楽が読んでいたならば、『新撰勸進話』によって即興の三題噺をつくるヒントを得たといえなくはない。作品は京都噺の会同人作品集である。灌河は京都噺の会の主催者であり、書肆吉田屋新兵衛、狂歌師文屋茂喬として知られている。灌河には「列々波奈志《つら〱はなし》」（写本。文化二年（丑の初秋）序。一八〇五）がある。この書は刊行する予定でいたが、写本のままで残っている。巻五は「列々波奈志巻之

五　附録《》卽席夜話」とし、冒頭の「卽席噺指南」には「此巻一冊は卽席にはなしを作意し、座興となす仕方、幷に作例をあぐるもの也」とある。即席に笑話をつくるといい、題を二、三、五、六つ出すともいっている。執筆は、享和二年の『新撰勸進話』前後とみられるので、同書巻五に作例をあげているのは「列々波奈志」の宣伝である。しかもこの写本には巻末に、刊行予定の作品名を五つもあげている。

「列々波奈志後篇　嗣出　百川堂著　全五冊」

※「列々波奈志」の「後篇」で五冊を予定している。「前篇」のすべては、ここにあげているが、はやくも「後篇」を用意していると宣伝する。ほかの作品のように、ここには宣伝文がない。本書の写本はつくられず、また刊行もされなかった。

「新選《ママ》勸進話　同作／全五冊」「此本は、諸々方々の話好の人々作られしをえらびあつめ、且、探題の話等をいだす」

※「同作」は百川堂著。享和二年に刊行した作品。「探題の話」は探題話、お題話のこと。

「同　麻疹話　同／全四冊」「此本は、はしか流行の節、諸家のはなしの内、興あるものをえらびあげたり」

※「同」は新選。「同」は百川堂著。享和三年に刊行した作品。「諸家」は噺の会同人のこと。

「同　兼題話　同　近刻／全五冊」「此本は、月々題を出して人々の話を集め、よきをえらびた

る題のはなし也 近刻」

※「同」は新選。「同」は百川堂著。本書は刊行されなかった。

「風流卽席夜話 同／同 近刻」「此本は、つら〳〵話五の巻にいへる、題とりて卽席に作りたる話のうち、まことの話にかたるをえらび出す」

※「同」は百川堂著。次の「同」は全五冊。本書は刊行されなかった。

「探題の話」「月々題を出して人々の話」「題とりて卽席に作りたる話」などと、即席噺がどのようなものであるかを具体的に記している。

巻五の冒頭には「卽席噺指南」と題して即席噺の概論を述べる。長文なので大事な部分とみられる一文を区切りながらあげてみることにしたい。

此巻一冊は卽席にはなしを作意し、座興となす仕方、幷に作例をあぐるもの也。

※卽席にはなしを作意 はなしをつくるには「座興となす仕方」があり、その「作例をあぐる」という。

卽席話とは、日待、庚申待にても、あたらしき噺を其座にこしらへて、なぐさみとなす也。

※卽席話 「日待、庚申待」のときに「あたらしき噺を其座にこしらへて」「なぐさみとなす」という。

なぐさみ 楽しむこと。

此仕方は、亭主にても相客にても、其座にゐる人に、はなしの題を出させて其題によりて話を作る。

※**仕方**　どのようにして作るかの方法をいう。**はなしの題を出させて**　出された題で話を作る。座興のことなれば、和歌や詩の題を出す事にてはなく、何成とも思ひ出し次第の雑物、器物、人物、魚鳥の類、又は食物にても、あらゆる物の内、二ツとか三ツ四ツ五ツとか定めて出さす。

※**座興のこと**　集まったときの遊び。**何成とも思ひ出し次第**　どんな題でも浮かんだ題をあげる。「雑物、器物、人物、魚鳥の類、又は食物」といったものの題を例にあげる。**二ツとか三ツ四ツ五ツとか**　一つではなく「二ツとか三ツ四ツ五ツ」を。**定めて**　数を決めて。**出さす**　出させる。

たとへば、豆腐、鯛、唐人、化物、小刀と五ツ色似より似つかずは、出す人の心次第也。

※**たとへば**　題例をあげる。**色似より似つかずは**　似る題よりも似ていない題を選ぶ方が。**出す人の心次第**　題を出す人のセンスである。

これを向ふの人に紙に三色にても五色にても、定の数ほどかゝせ、此方へとりてよみ、ちよとあんじて、すぐにはなし出すなり。ながう思案しては興にならぬ也。

※**向ふの人**　対面に座す人。**三色にても五色にても**　三題でも五題でも。**定の数ほどかゝせ**　作る題の数を決めたのを書かせて。**此方へ**　題によって話を作る人。**とりてよみ**　題を書いた

紙を手にしたのを読んで。　**ちよとあんじて**　少しの時間で考えて。　**ながう思案しては**　時間をかけて考えては。　**興にならぬ**　座興にならない。

かならず紙にかゝせて、とるべし。たとへ二品三品にても、口で云たばかりにては趣向附がたし。かみに書たるをみて作るべし。五ツ六ツになれば、なおさら也。
※かならず紙にかゝせて　紙をみながら即席に作るので、紙に書かせる。　**口で云たばかりにては**　決めた題を覚えて話すのでは。　**趣向附がたし**　趣向にならない。題を確かめながら話すのが趣向となる。　**作るべし**　話を作っていく。これは題を選ぶ作業をいい、次は何を選んだかを周りの人々に知らせるためである。即席噺は題を選ぶことで成り立つのである。三題なら次が何かを知らせながら、聞く人は聞くという趣向である。　**五ツ六ツになれば**　数がおおくなればなるほど残った数と題を知らせて話す。聞く人作る人がともに楽しむのが即席噺となる。
尤、即席作のことなれば、おとしのおもしろく、利屈の詰《つまり》たることは出來ぬもの也。なんとか成共、こぢ附て、おとしさへすればよし。くはしくは奥の作例をみてしるべし。
※即席作のこと　即席につくるものは落ちが面白いもの、理にかなったものなどをいっていてはつくれない。　**こぢ附て**　題をむすびつけるようにして作る。
題を出させて噺を作るは、殊の外六ヶ敷おもはるれども左にあらず。其出たる題によりて作意をなし、又は、右の題あじよく、たちいれさへすれば、おとしはさもなきことにても

興になるものなり。

※題あじよく　題をぅまくつかぅと。　**たちいれさへ**　はまっていてさえすれば。　**おとしはさもなきこと**　落ちが面白くなくとも。

この題なくては、もたれ所なき故、かえつて出來ぬ物也。右の題を出す人も、誹諧、狂歌などに氣のある人は意地わるく、とんとのいたことを出すもの也。

※意地わるく　知っている言葉をあげない意地悪をする。　**とんとのいた**　想像できる言葉をはずす。

たとへば、花、龍宮、牡丹餅などと云やぅに出したり、唐人、不二の山と云やぅに、難題にするもの也。おそるべからず。歌をよむとちがい、長きはなしのことなれば、自由に一ト所へよる物也。

※難題にするもの　くっつきにくい言葉をあげる。　**長きはなし**　創作は展開させて笑話にする以上、長い話になる。題だけをあげるのではなく、ぅまく題をあげながら笑話をつくるから長い話になる。

たとへば唐人が日本へふきながされ、不二の山をみてと、はなせば、何の苦もなくよくよる物也。又は龍宮の乙姫が、嵐山へ花みにと、云出して、おとしを何成とも牡丹餅のことでおとせば、甚だ興になる也。

※何の苦もなくよる物　話がうまく展開するようにするには、くっつかないようにみえる題をうまくつかって展開させる。

かへつて、女、子ども抔は出すにも、かならず、はさみ、小刀、絲といふやうに、一ト所へよる物也。あまりより過て、作りにくゝ作りおふせたる所が、興もすくなきもの也。

※女、子ども　女らしいもの子どもらしいものの言葉をくっつけてあげる。　**より過て**　一つも二つもくっつけていうと。

まづ、出たる題の内にても、題を廻しやうが第一なり。其題の内に随分うごきはたらくものを、始に云廻し、うごかぬ仕方のなき物をあとへ廻すこと、かんようなり。

※題を廻しやう　題を使う順序。　**うごきはたらくもの**　言葉が展開にうまくむすびつくもの。　**始に云廻し**　最初にあげる言葉は。　**うごかぬ仕方のなき物**　ほかの言葉にむすびつかないもの。　**かんようなり**　大事である。

同じことが牡丹餅をいて花みにいくと云出しては、跡の龍宮へ行ことが、はなはだ六ヶしうなる物也。

※牡丹餅をいて　「いて」は煮てカ。時間をかけて熱する、煎ることか。

最初に不二の山へ上つてと、はな出しては、唐人の云所《いひどころ》にこまるもの也。活動のあんばい、案じやうが肝要也。

※はな出しては　「はなし出しては」の「し」が欠か。**云所**　言おうとするとき。**活動のあんばい**　言葉のつかいよう。

兎角ふかく案ぜず、あつさりと落すがよし。作意なき人にても、随分心やすく出來るもの也。つら〳〵と作りてゐる中には、よき落し話も出來る物也。

※あつさりと落す　落ちはすっきりわかるものとする。「あつさり」は自然に。さらり。**つら〳〵と**　何も考えないで、たくさんと。

おとしは、たとへをよく瘖覺へてゐて、たとへに落すか、又は口あいのやうにおとすもあり、又、古きはなしにても、そのおとしのかたを取てやき直して云も、即席のはなしなればくるしからず、興になる物也。

※おとし　落ち。**口あい**　口合。同音異語による言葉遊び。**やき直して云**　つくりなおす。

和歌、狂歌抔の題をとりても出來るものなれど、即席に作りがたきことあり。予が友は折々寄あひて結《むすび》題などを探《さぐ》り題にして作意する也。時の興にのぞみては、これをも作りみるべし。探《さぐ》り題にて作りたる作例は、新選《(ママ)》勸進咄の五の巻にいだせり。

※結題　最後にあげる題。**探り題**　想像させる題を探ること。『新撰勸進話』巻三「池辺音曲探題話ノ内」、巻四「探題話ノ内　遊里夢」に笑話題をあげている。**五の巻**　「樽、佛、川」以下の作例をいう。

卽席雜話の作例、いさゝか左にあぐるといへども、全体、卽席の興に作りたるものなれば、かくいかめしく書つけては、興もなきことなれど、作例のため、こゝに出すものなり。

※いかめしく　難しい題をあげて。

と記している。文章では、以下に五つの作例をあげ、文末に評をつけている。ただし最初にあげる「樽、佛、川　三題」だけに評がみられない。三題の作例なのであげておく。会話文は改行する。

百姓が四、五人、淀川の堤へ出てゐる所へ、川かみから、五升の平樽が、どふりこ〳〵するりと、ながれてくるをみて

一人が云には

「めづらしい樽がながれて來る。あれは正味のあるなら、京か伏みの嫁入の頼《たのみ》にやるものを取おとした物が」

といへば

「いや〳〵あれは酒屋の樽ひらひが、じようだんして、流したのであろ」

といへば、又一人が

「いや〳〵あれは大方、大佛さんの禁酒のぐわんであろ」

※淀川　「川」に「丶」。以下同で、「平樽」の「樽」に「丶」、「大佛」の「佛」に「丶」がつく。

三題があるところを示す。ほかの作例本文にも同様に、題には「ヽ」がつく。**じようだんして** たわむれて。ふざけて。いたずらで。**ぐわん** 願い。

つぎに、ほかの作例の題と評のみをあげる。

「蟹、角力取、絲、おやま、かね　五題」

かくのごとくなるものにて、蟹のはさみ、常の話にしては何も興もなき物なれど、五ツのものをむりにこぢつけてはなしにしたるだけが興なり。

※五ツのものをむりにこぢつけて むすびつかない題をこじつけて用いたのを「興」とみる。

「雷、道風、雪、老人、牛、寺　六題」

これらも雪とかみなりは取合にくきものなれば雪をむりむたいに、おとしにいれしなり。

※むりむたいに 無理無体。強引にむすびつける。

「月、うらなひ　二題」

此はなしも、月夜の米は遠うみへると云はなしが古きはなし本にあり、ぬすみものなれど、卽興趣向なき時は、古きはなしを覺へゐて取まはすも、はたらき也、これをせんとすべからず、おなじうはわるくても、あたらしく落すが興なり、古きを取は口おしきわざ也

※月夜の米 「遠うみへる」という落ちをもつ笑話だが、笑話本は不詳。**ぬすみもの** 盗用。

そのままを用いる。**取まはす**　うまく用いること。**あたらしく落す**　違ったあたらしい落ちにする。**口おしきわざ**　残念な手法だ。

「乳母、病、木綿、紅、開帳　五題」

此はなしも常の話にかくおとせば口合に成てきらふ、全躰、常のはなしは口合とにはかになるものをいむ也。しかれども卽興には、口合にておとすこと多し、興あるもの也、又、たとへ抔におとすことよし、此はなしつぶさに云へば、はじめの木綿やのことは、跡ではどこへやらいてしまふてあり、常のはなしにはきらへど、卽興はさやうに前後つまるやうには出來ぬもの也。

※**口合とにはかになるもの**　口合とか俄の落ちのようになるものは。**前後つまるやうには出來ぬもの也**　話の前後が合うようにはできない。さっきこういったのに違うことをいうなどのズレが生じる。これは即席であるので、題をつかい切ることばかりを考えていると、辻褄の合わないことが生じる。

以上のように、懇切丁寧に即席噺のつくり方や注意点を指摘していることがわかる。どんな手法を用いても、それが、いい悪いなどというよりも、「興」にならなければならないという。だが、作例が手本、見本といっても、決して優れているものとはいえない。いくつかを読み進めれば、だいたいのことがわかるだろうと、例をあげているに過ぎない。

『一粒撰噺種本』の刊行

京都の『新撰勧進話』が刊行されたのと同じ享和二年（一八〇二）に、江戸でも桜川慈悲成の笑話本『一粒撰噺種本』《ひとつぶゑりはなしのたねほん》（春刊行）に「即席療治」（三）がみられる。冒頭に、「こゝに、くろぬりかんばんにきんにて、そくせき御りやうじどころとかけたる、げくはいしやあり云々」とある。つづく「其二」にも、

よしのゝやまおくにて、たゞのぶにどうきりになりし、よかはのかんばん、さらばそくせきりやうじをたのみ、からだをついでもらはんと云々。

とある。胴斬りされたのを即席療治でくっつける外科医者の笑話である。これは落語「胴斬り」の原作（典拠）となるが、すでに『軽口あられ酒』（元禄十四年。一七〇一）巻五・六「けんくわどう切《ぎり》」に原作の初出をみることができる。

大坂《おほざか》からうらい橋《ばし》に、けんくわありて、どう切《ぎり》して本人にげたり。あたりの人きもつぶし、まづいしやをよぶ。外科道賢《だうさい（ママ）》、さう〳〵來《きたり》、「扨も大分《だいぶん》の手おいかな」。まづ、かうやくをつけられた。さつそくなをりたり。しかし、きりこ口一所《ひとどころ》へよせて、かうやくつけたら、よからふに、きれはなれ成《なり》につけければ、弐《ふた》つに成《なり》て、そく才に成《なり》たり。こしからうへは手《て》にてほう、腰から下《しも》は足にてありく。先《まづ》、こしより上《うへ》は江戸へ奉公に下《くだ》す。江戸に

て火の見やぐらの遠《とを(ほ)》目《め》に有附《ありつき》、こしから下《しも》は十年切《ぎり》に、ふやへ奉公にやりて、今にふんでいらるゝ。

※大坂かうらい橋　大坂高麗橋。**外科道賢**　外科医道賢。「道賢」の振り仮名「だうさい」は「どうけん」の誤刻。**手にてほう**　手で這う。「ほ」は「は」の誤刻。**火の見やぐらの遠目に有附**　番太郎の仕事についた。火の見番。**十年切に、ふやへ奉公**　十年期間の奉公契約。「ふや」は麩屋。

これと同じ話が、『今様輕口ひやう金房』（元禄ころ。一六八八〜一七〇三）の「火の見矢藏《やぐら》の事」にみられ、その後の展開が同書の「同直《おなじくなを》し」にみられる。『輕口あられ酒』と同じ時期に刊行された作品だが、どちらが先であるかは確定できない。本書では、つづく笑話へと展開する後半がないので、後半のある『今様輕口ひやう金房』が、『輕口あられ酒』よりあとの作品とみていいだろう。落語の「胴斬り」は、酔った男が、侍にさからったために胴を斬られ、胴から上と下の足が別々になってしまう話である。胴は銭湯の番台に座り、足は蒟蒻屋で蒟蒻を踏む。友が見舞いに行くと、胴は、「目が霞むから、足の三里の壺に灸を据えてくれ」という。足のところに、そのことを伝えに行くと、今度は足が、「胴のところにもどって、茶ばかり飲まないようにしてくれ、小便が近くて困る」といって落とす。

『今様輕口ひやう金房』巻三・四「火の見矢藏の事」は、

長崎より上りたる外科の大上手《だいじやうず》ありけるが、又此比《またこのごろ》、道にてけんくわして、大《お》げさにきられしかば、やがて右の外科をよびにやり、かうやくを附られしが、胴より上《うへ》は上《うへ》、下《した》は下《した》となをり、常の人のごとし。然共《しかれども》、下《した》は足ばかりにて皃《かほ》なし。上《うへ》は皃あれ共あしなし。何共《なにとも》、仕様《しやう》なければ、しあんをめぐらし、「まづ、こしより下《した》は、ふやへ奉公にやれ。また、こしより上《うへ》は、江戸へ下《くだ》して、火の見矢倉《やぐら》へ上《あげ》い」とこゝろ附《づき》、此比下《このごろくだ》りしとかや。

※長崎より　長崎下りともいい、外国伝来の技術などをもつ者の総称。　**かうやく**　膏薬。

とある。『今様輕口ひやう金房』巻三・五「同直し」は、

右の腰より上《うへ》は、江戸の火の見矢倉に居る。腰より下《した》は、京のふやに居けり。有時、近所の衆《しゆ》、江戸へ下用有《くだるようあり》ければ、ふやにいき云やう、「用事に附《つき》、江戸へいくが、其方《そのほう》の腰より上《うへ》へ言傳《ことづて》でもしられんか」と尋《たづね》ければ、ふやの腰より下《した》のもの云やう、「成程頼《たのみ》ましたい事がござりまする。わたくしが上《うへ》の身《み》にあはしやつたらば、あまり其許《そのもと》で湯水《ゆみづ》をのむな、爰元《こゝもと》でしやうべんにかゝつて居ると云てくれ」と云た。

※同直し　巻三・四「火の見矢藏の事」につづくので「同」とする。「直し」は変わったバージョンの意だが、ここはつづきをいう。　**其許**　京。

とある。二話を「つづき噺」のように置く例は、『醒睡笑』にも「同じく」という形で出てくるが、それぞれ一話でも笑話は楽しめる。後半がつくと余計におもしろい話となる。

『落噺廣品夜鑑』の刊行

享和三年（一八〇三）に笑話本『落噺廣品《ひろしな》夜《や》鑑《かん》』が刊行されている（栄松斎長喜画。改題本に『落咄熟志柿』『風話彌三粋書《おとしばなしいよさのすいしょ》』がある。ともに刊年不詳）。『落噺廣品夜鑑』は可楽が三題噺をはじめる前年の作品である。「廣品夜鑑」の書名は「広島薬罐」を捩ったものである。広島産の真鍮でできた薬罐はすぐに湯が沸くというので、「すぐに笑話が湧き出る」を掛けた書名となっている。栄邑堂の会での笑話題三題、三題をあげる趣向を行った記録である。栄邑堂は十返舎一九の滑稽本『東海道中膝栗毛』の出版書肆村田屋治郎衛の号である。栄邑堂咄の会で中心となったのが十返舎一九である。一九が序を書き、作品の校合もする。小本体裁の十六丁、三十六話を収めてある。冒頭から「小おけ、さるぼう、ほうてう」の笑話題の三題がみられる。ほかに三題の作例が五話みられる。本書の改題本『落咄熟志柿』では、さらに「てうし、ちろり、とくり」「かんなべ、とくり、さかづき」「おほかみ、たぬき、ねこ」「いしうす、ちやわん、じうのう」のあたらしい三題の四話を加えている。作例をあげてみることにしたい。三題のつかわれ方がわかるように、その語彙の初出を**太文字**で表記した。笑話題につく番号は笑話の通し番号である。

一　小おけ、さるぼう、ほうてう

「**さるぼう**や、ぬしやァけいせいかいは、すさまじいもんだぜ」
さるぼう「また久しいものよ、手があるといふことか、ぬしもまるいおとこだぜ」
小おけ「うさァねへ。ときにほう丁がべつそうへ、たづねて行ふじやァねへか」
さるぼう「よかろふ」
とふたりづれにて出かけ、ほどなく、**ほうてう**が門口へ來り、あんないをいゝいれると、おくのかたより
ほうてう「ヲヤおそろいで、よくたずねてきなさつたの」
兩人「でへぶ、ふうがな、おすまいだね」
ほう丁「ナニサ、さびたばかり」

※**さるぼう**　片手桶。**さびた**　風雅な住まいの寂びたところと包丁の錆を掛ける。身近な台所にある片手桶、小桶、包丁の道具類をあげる。

十六　ねこ、にわとり、ねづみ

十六、七のむすめがとふると
猫「ア丶イ丶むすめだ、ぐつとふたまた迄、わりこみてへもんだ」
とり「なるほど、とつけこひといふ女だ」
ねづみ「みんなはほめるが、ちうだぜ」

※ふたまた　二股。「小股が切れあがる」の小股が下腹部、両足を指すのと同じように、女性の陰部の部分を指す。**わりこみてへ**　割り込みたい。入れてみたい。**とつけこひ**　鶏の鳴き声。「とつけいこう」の洒落で「結構いい」をいうのであろう。**ちう**　鼠の鳴き声と中ぐらいを掛ける。

猫、鼠、鶏は難題ではないが、鶏のかかわりが鳴き声だけでは、つかったうちに入らない。鼠の「ちうだぜ」は大中小の大きさにむすびつける。笑話にはおおい落ちだが、ここは中ぐらいの評判という。

二十四　へび、わらじ、印らう

料理茶やへゆき、**へび**はのんだり、**わらじ**はぐつたりしているなかばへ、**印らう**きたり。てうし、さかづきをもつてゆくゆへ

二人「コウなぜもつてゆく」

といへば

印らう「ハイさげるのでござります」

※さげる　盃を片付けると印籠の下げるを掛ける。

難題の三題だが、蛇、草鞋、印籠の人物の登場で三題を並べるだけで、そのつながりによる筋がみられず、それぞれが展開のなかで発揮されていない。印籠を下げる落ちも、よく笑話にはみられる。

二十八　うぐひす、油とくり、こよみ

鶯「あるおやしきへ哥でよばれてゆくが、おめへもいってくんなさるめへか」

こよみ「ゆきやせふが、おさんばかり、たんとじやァ、あやまるの」

鶯「むだはよしにせへ。だがまづ、おめへはきまつたが、**あぶら徳利**が『つれていってくれろ』といふが、どうしたもんだらう」

暦「そういふものを、はぶかれもしめへ。とかく、たいらかなのがいゝはな」

鶯「それでも、あいつァ口がすべると、とんだことをいふやつだからさ」

暦「ハテナそんならのぞくことだ」

※おさん　下女や飯炊き女の名。美人な顔でない女をいう。**たいらか**　平らか。安心な人物。穏やかな人物。**口がすべる**　油が口から「零れる」と油だから「滑る」を掛ける。**のぞく**　除く。邪魔者を省く。仲間に入れない。

鶯、油徳利、暦の三題は難題である。油徳利を仲間扱いするかどうか。ついしゃべり過ぎる危ないやつだから省こうとする。鶯と暦をむすびつけるには無理がある。

三十三　土びん、かみそり、こきう

「こんやはおとしばなしでもしながら、にばなでもたのしもうじやァねへか。それについても、**かみそり**をよびにやろう」

こきう「かみそりをよぶなら、おいらは帰るぜ」
どびん「なぜ」
といへば
こきう「ハテあの人とは、すれ〳〵だ」
※こきう　故旧か。古くからの友達。**すれ〳〵**　仲が悪い、合わない。

土瓶、剃刀、こきうの三題は難題である。

三十六　米あげざる、つるべ、なわ

つるべ「モシだんな、女郎かいにいきなさるは、かまいもしねへが、ちつとは内にもいなさるがいゝのさ」
ざる「コレそねへにやきもちをやくな。おれだつても、つきやいといふものがあるから、出ずにもいられへはな」
つるべ「久しいものよ、わたしがちつとなんぞとふと、附合《つきやい》だ〳〵といゝなさるが、吉原のわけも、うす〳〵はせふちさ」
いわれ、ざる、大きにあつくなり
ざる「ナニよし原のわけをしつてゐる、イヤしつているもすさまじい、其のつらはなんだ。そんなにほうをふくらかすな。てうど、つるべずしのおもしがすぎたといふつらだ」

といつぺいをならべてゐる所へ縄きたり
縄「コレ〱久しいもんだ。又ふうふげんくわだの。ちとたしなみなせへ」
といわれ、女房つるべ、表の方へ欠出《かけ》す
縄「コレ〱どこへゆくきだ」
つるべ「井戸へ身をなげにさ」
※**そねへに** そんなに。**つきやい** 付き合いの訛り。**わけ** 訳。理由。**すさまじい** 凄まじい。聞いてあきれる。驚いてあきれる。**いつぺい** 一杯。たくさんと。思う存分に。**井戸へ身を** 井戸に釣瓶で桶をおろして水を汲む。「身をなげる」は自殺する。

米上げ笊、釣瓶、縄の三題も身近なものの例である。「米あげざる」を「ざる」と扱い、旦那役とする。女房の釣瓶が井戸に「身を投げる」という落ちで、うまくまとめる。笑話としての展開もいい。

本書の改題本『落咄熟志柿』で三題の笑話を増やしたのは、その後の咄の会で、おもしろいものができたからであろう。だがその題が「てうし、ちろり、とくり」「かんなべ、とくり、さかづき」「おほかみ、たぬき、ねこ」などと似たものばかりをあげては、おもしろい展開は期待できない。考えられない題は、むずかしかったのだろう。

縁取り噺

改題本『落咄熟志柿』の凡例で、同人の美屋一作が「冬ごもりさくや此はなし本、今を春邊とうり出せしは、ゑんとりの出傍題云々」といい、また「兼題の紙を丸めてふり合す袖も他生の縁とりはなし」の狂歌を詠んでいる。「ゑんとり」とは似た言葉によってつくる笑話の「縁取り噺」をいう。縁のある言葉をあげてつくる笑話のことである。兼題に縁あるものをあげては、話の内容が限られてしまうので、兼題を活かす趣向ではなくなる。本来は難題の兼題にすると創作のおもしろさが出る。だが縁取りの語彙がうまく展開する笑話は、どのような言葉がつかわれるかを注意深く聞くことになるので、話す場では効果的である。狂歌の「兼題の紙を丸めて」は兼題を書いた紙を丸めての意である。「ふり合す」とは丸めた紙を集めて賽の目を振ることをいう。「縁とりはなし」は兼題となる語彙を選び取ってつくる話ということになる。兼題が二つと三つというのは、紙に二つ、または三つの題を書いてあるということか、あるいは話す数の紙を手に取ることをいうのかはあきらかではない。

作例に題の似たもので済ましているのは、咄の会の趣旨が同人には伝わらなかったのだろう。それでも作例のような二題噺、三題噺は、ほかの笑話本にはみられない。笑話としては題を追うような展開ではおもしろくないが、三題噺を演じた可楽が評判になったのは、聞き手にとっては、読むよりは聞きながら、題のつかわれ方を確かめるほうが新鮮に映ったからであろう。
いままでの笑話にはなかった趣向であり、即興でつくったものを演じる即興噺が受け入れられたのは可楽の話術もあったが、聞き手は現場に立ち会う喜びに近いものを味わうことができた。毎回、あたらしいものに接する聞き手にとっては、いままで聞いてきた落語以上に、おもしろく感じたのであろう。もし三題噺から新作落語が、つぎからつぎにできていたならば、ほかの落語家も三題噺を行ったとみられる。三題噺をつくることはむずかしいことと思わないで、新作の笑話が必要な時代と考えたら、なぜ三題噺をつくろうとしなかったのかという疑問がうかぶ。もっと三題噺が定着していれば、当時の落語家たちが登場する寄席や落話会での興行構成を変えることもできただろう。変化のある興行も寄席の魅力となったはずである。

このように大坂の『滑稽卽興噺』、『鳩灌雑話』にみる即興、即座、即席、京都で出された『新撰勸進話』と写本で残った「列々波奈志」、江戸の『一粒撰噺種本』、『落噺廣品夜鑑』などにみる即席噺が、可楽以前にあったことで、可楽の三題噺が生まれる契機をつくったとみることができよう。

可楽の三題噺の噂

可楽の即興噺は自分の趣味とする俳諧や評判の芝居、または芝居の役者などを折り込む笑話で、あたらしさを出そうとした。三題噺について、可楽が笑話本『壽賀多八景《すがたはっけい》』（中本一冊。臥龍園序。歌川美丸画。村田屋治郎兵衛等板。文化十一年正月刊。一八一四）の「談笑家《はなしか》に成《なり》はじめ」に評判を書いている。

（前略）ヲイなんだ、あにい、ちらしをはりに來《き》たのか。ム丶のべの札か、ぜんてへ、のべのちらしなら黄紙《かみ》へかけばいゝ、赤エ《あけ》紙《かみ》は夜《よる》なんざァ字がわからねへ。なんだ極《ごく》ざいしきうつしゑ細工《さいく》人都樂《とらく》か。こちらは新作《しんさく》はなし初《ぞめ》か。いゝ手《て》だが、こふ書《かい》ちやァ目にたゝねへ」トロのうちでよみながら、なんだ夢羅久《むらく》、扇橋《せんきやう》、東里《とうり》、錦太郎《きんたろう》、正三《しやうざう》、鬼丸《きぐわん》、里樂《りらく》、圓生《ゑんしやう》、壽樂《じゆらく》ツ。ごふぎにうざ〳〵出るの。一トばんスケにいつて、きもをつぶさせてやろうかしらん。

※のべ　延。延紙の略。小形（タテ七寸×ヨコ九寸ほど）の杉原紙《がみ》。播磨国杉原でつくられたという紙。

とある。都楽以下、夢羅久、扇橋らは可楽一門である。おそらく可楽の落話会の出演者たちだったのだろう。この一文のあとに、

ナニ可樂《からく》が三だい噺《はな》しかへ、ありやァたわへもねへものさ、可樂なんざァよつほどかんげへてはなすが、わたしらァ高座《かうざ》ですぐにはなしやす。此ちうも唐人《とうじん》にいもに燭《しよく》だいと云題《だい》が出《で》たから、すぐにはなしたら、みんなあきれて、かんにたへたそうで、顔《かほ》ばかり見て

いやした。その時《とき》のはなしかへ、なんのぞうさもねへ。唐人《とうじん》がいもを喰《く》ッて、しよくたいをしたといふ落《おち》さ。

という。可楽の三題噺は「たわへもねへものさ」と否定的にとらえる言葉を述べ、「可樂なんざァよつほどかんげへてはなすが、わたしらァ高座ですぐにはなしやす」とつづけて、わたしたちは時間を掛けないで、「高座ですぐにはなしやす」といい、「すぐにはなしたら、みんなあきれて、かんにたへたそうで、顔ばかり見ていやした」という。「すぐにはなしたら」は三題噺の見本を示したら、飛んでもない内容で呆れて聞くもの同士が顔を見合わせたといっている。「高座で話す」というから同業者の言葉とみられる。三題の「唐人、芋、燭台」の兼題による三題噺は、何も考えないで、「唐人がいもを喰ッて、しよくたいをした」と三題を並べただけの安易な創作では、何も三題噺がわかっていないと指摘している。「燭台」を「食滞」に掛けて、腹を壊したといった落ちでは下卑てよくない。「高座ですぐにはなしやす」のも「なんのぞうさもねへ」から失敗したのだという。「ぞうさ」は工夫、趣向の意味である。そして「可樂なんざァよつほどかんげへてはなす」はよく考えた上で話しているといっているが、実はこれは間違ったとらえ方である。それは可楽が簡単に考えてつくっているわけではないからである。考えていないようにみせて、笑話としての構成を考え、落ちまでの展開にする技をみせているのである。したがって作例の「唐人、芋、燭台」は三題噺の失敗例としてあげる。こうした例のように、言葉を三つ並べ、内容がなくてもいいと、ほかの落語家たちは考えていたようである。

可楽の笑話本

可楽は落語家になってからも笑話をつくることで、江戸落語の宣伝につとめた。笑話本に『落咄山しよ味噌』『東都眞衞』『新作噺の百千鳥』『いさみにつき馬生るい三句佐里』『壽賀多八景』『俳諧百の種』『流行咄の随筆』『十二支紫』や、滑稽本『滑稽枯木之花』などをつくり、また浮世絵師と組んで大判錦絵、双六、摺物などもつくった。その錦絵のなかに「一歩線香即席噺」「即席ばなし」「即考」と記すものがある。「一歩線香」は線香が一歩燃え尽きる間に笑話をつくる遊びである。即席噺は即興噺と同じものであった。「即考」は「可樂即考」「三笑亭可樂即考」とも記し、その場で考えた即席噺、即興噺を指している。創作した笑話には「可樂作」とは書かずに「可樂即考」と書いた。これはすぐに考えて創作した笑話であることを強調するためである。摺物の「役者百題噺の當風流」にも「可樂即考」「三笑亭可樂即考」をみることができる（大判錦絵に摺ったものを六分割にした摺物）。

可楽の最初の笑話本『落咄山しよ味噌』（中本体裁。渓風堂序。栄松斎長喜画。享和二年正月序。一八〇二）に「人情《にんじやう》そく席見《せきみ》立艸花《たてくさばな》」というのがある。三題噺を演じる以前の作品だが、「そく席」といっているのに注目したい。それはつぎのような笑話である。

春のはじめに、艸《くさ》花よりあひ、櫻艸《さう》いひけるは

「おいらも毎年《まいとし》〳〵人のなぐさみにばかりならずとも、ことしから、ぺん〳〵艸《ぐさ》を女房にして、ぶんごの師しやうにでもなろう」

といへば、女郎花《おみなへし》は

「吉はらへぢまへと欲ばり、孔雀艸《くじやくさう》は花鳥茶屋《くわてうぢやや》へ居《い》候と出かけ、金銭花《きんせんくは》は両替見世《りやうがへみせ》でもはじめよふ」

といへば、夕顔はしあんありげに出てゆくゆへ

きんせん花「これ〳〵夕顔どの、貴《き》さまはどこへ行」

ときけば

夕がほ「わたしは吉田町《よしだ》へいつて、夜鷹《よたか》にでもなりませう」

といふ

金せんくわ「ハアそんならづいぶん、はなのおちぬやうにさつしやれ」

※**ぺん〳〵艸を女房**　三味線が弾ける女房。**ぶんご**　豊後節。宮古豊後掾がはじめた浄瑠璃。**吉はらへぢまへ**　「へぢま」は糸瓜。吉原の醜婦のところへ。**吉田町**　本所横川の西岸。岡場所があった。夜鷹の巣窟。**夜鷹**　街頭の娼婦。莫蓙で顔を隠して立つ姿が鷹の姿に似るので夜鷹と

いった。二十四文という安い値段であった。顔を白塗りにして年齢をごまかした。**はなのおちぬやうに**　梅毒にかかって鼻が欠けることがないように。「花が散らないように」を掛ける。

笑話題の「人情そく席」は人情噺の笑話を即席につくったことをいう。花といえば同音異語の鼻を浮かべた落ちで知られるので、決してあたらしさをもつ笑話ではないが、可楽の好む笑話とみられる。つづく可楽の笑話本集『東都眞衛《えどまえ》』（亦吾楼画。岩戸屋喜三郎板。享和四年正月刊。一八〇四）には、この「人情そく席見立艸花」を踏まえた「春の花むこ」があり、花の婚礼の筋にしている。これは落語「松竹梅」の原作（典拠）となるものである。

こゝに梅の仙人と名づけたる古木《こぼく》、庭のすみの白ィ桃にほれて、ひめゆりを仲人《なかうど》にたのみ金銭花《せんくわ》を持《ぢ》さんに、むこ入りをしける夜、おりしも植木屋、木ばさみをもつてはいりければ、花どもこれをおそれて、ちいさくなつて居るゆへうへ木屋「ハヽアこれは今宵、はなむこのくるそうな。これをむじやうにきるでもない」とすたくかえりければ、仲人の花、かへをあげてみて「サア此うち、どなたもおひらきなせへ」

※梅の仙人　古木から仙人と呼ぶ。**白ィ桃**　色白の女をたとえる。**ひめゆり**　姫百合。ユリ科の多年草。花嫁になるので姫百合をあげる。**金銭花**　金盞花。キク科の植物。祝儀の金銭を振る。**持さんに**　持参金。**木ばさみ**　木を伐る鋏。主に枝を切り落とす鋏。**花どもこれをおそれて**

伐採されると恐れて。**かへ**「かほ」の誤刻か。不明。**おひらきなせへ**「ひらき」は宴会を終えること。花を開いて祝いましょうを掛ける。

落語「松竹梅」では、松、竹、梅、の三人が婚礼に呼ばれ、松が「蛇になった蛇になられた」といい、竹が「なんの蛇になられた」といい、梅が「長者になられた」という。最後に三人で「おめでとうございい、お開きにいたしましょう」と決めたが、梅が長者という言葉を思い出せないでいる。三人が隠居に婚礼の報告に行くと、隠居が「梅はどうした」「床の間の隅で小さくなって、しぼんでいます」「それなら心配しなくていい、いまごろ一人で開いているだろう」といって落とす。落語は大坂の初代松富久亭松竹作というが、これは可楽作とみるべきであろう。

笑話題

いままでの笑話本には笑話題をつけてこなかったのが、つけるようになった歴史をみることにしたい。笑話本初期の『きのふはけふの物語』や『醒睡笑』の時代には笑話題はついていない。これは読み手が自由に笑話を読むものであったからである。また笑話題がつくと想像して読まれるので、おもしろさに欠けるのを避けるためでもあった。その後、笑話題がつくと笑話の読み方も変わっていった。

すでにあげた『落噺廣品夜鑑』では、笑話題が二題または三題ついた笑話を読むという形をとったが、これにしたがった作品が、その後、生まれていないのは、この形が歓迎されなかったからである。これが咄の会で行われたのは、読む笑話ではなく、落語を聞いているように書く笑話へと移行させる時代をつくるための一方法だったのだろう。この移行は可楽の三題噺を生み、三題噺の会の三題噺へとつながっていったが、やはり一部の人たちの遊びであって、一般の笑話本の読者にまで浸透しなかった。それは笑話題を二題、三題と決めて創作するのはむずかしく、笑話の世界では笑話題がおもしろさを半減させるので、読者は気軽に笑話を楽しめなくなったためとみる。ところが、安永期の笑話本には、笑話題を連鎖反応のようにつづける例があった。これは笑話を創作しているときに、次の創作を考えたもので、作者だけではなく、読者も続き物の笑話として読んだ。これに対して『落噺廣品夜鑑』や可楽の三題噺のように笑話題を先にあげて、笑話をつくるのを「続き物の笑話（つづき噺）」とみれば問題にはならないのである。

上方（京、大坂）でも江戸でも笑話本の出版がはじまってから、笑話題をつけることが大勢を占めてきた。近世以前の中世の説話文学の笑い話には長い笑い話の題がついている。その流れが近世初期の笑話本にもみられたのは、まだ中世の笑い話からの脱却ができなかったのである。これが短い笑話題になっていった過程には、近世の笑話を特徴づける笑話をつくったからである。しかし、笑話題のない作品は、長い笑話題が短い笑話題へと変わる以前の形であった。まだ長い笑話題が、延宝から元禄期の時代の笑話本にみられ、すぐに短い笑話題になったわけではない。軽口本といわれる作品群には長い笑話題がおおくあった。笑話題が短い笑話題になったといっても、まだ本文の一部を抜き出したものであった。それが展開や内容を想像させなくなるような笑話題になるのは、江戸の中期以降の笑話本の時代になるまで、時間を要した。

可楽と俳諧

可楽は俳諧（発句・俳句）を好み、笑話のなかに詠んだ句や知られた句をあげる形式をとっている。三題噺をつくるときにも、俳諧の付合語を知っているので、たとえ無理難題の三題が出されても、付合語にある語彙を思い出しては創作したとみられる。三題にあげる兼題について、連歌の式目に倣って、俳諧季語を約六百語あげる俳諧論書の『誹諧初學抄』（齋藤徳元。寛永十八年。一六四一）をみると、どんな題もほぼわかる。また俳諧付合語集の『俳諧類船集』（梅盛。延宝四年。一六七六）になると、見出しの付合語は約二千七百語もある。俳諧論書や付合語集を手にすれば、すぐに付合語を知ることができた。

ところで、三馬は「落話會刷畫帖」に三題噺の兼題の例を二つあげている。「竈、火の消えた火燵、唐人の遊女」と「辨慶、辻君、狐」である。これらを『俳諧類船集』にもとめてみると、「鼈」の語彙は付合語集にはみられないが、鼈はスッポン科に属する軟かい甲をもつカメ類の総称で、別称を「みのがめ、どろがめ、どうがめ（胴亀）」といった。その「どうがめ」は『日葡辞書』（慶長八年。一六〇三）にも「Dŏgame ダゥガメ」とみられ、俳書『犬子《えのこ》集』（寛永十年。一六三三）五にも「鶴の立跡にどう亀はひ上り　松たをれてはうき木とぞなる」と詠まれている。胴亀を亀といっていたことがわかる。だが、「すっぽん」を京都では天和、貞享ころ（一六八一～八八）、江戸では宝暦ころ（一七五一～六四）に食べていた。文化・文政年代（一八〇四～二九）の江戸で「すっぽん」といえば、栄養価の高い強壮剤としても知られ、高級料理の材料として、血液は補血剤として珍重されていた。すでに「どうがめ」といわずに、「すっぽん」で通じていた時代であった。

「火の消えた火燵」の火燵は「猪、老人、藥鑵、矢倉、灸、蒲團、塞フサグ、暑アツキ」の付合語がみられる。「火の消えた火燵」は笑話の火燵（巨燵）の落ちにはよく用いられ、「火燵」だけの題ではなく「火の消えた火燵」とまでいうのは、笑話をよく知る人のあげた題であろう。もしかしたら三馬が考えた題だったかも知れない。「遊女」は「旅籠、舩《ふね》着、金山、陣場、伽、禿、海道、歌、舞」など、おおくの付合語があげられるので、つかいやすかった語であった。

もう一つの兼題の「辨慶」は「六尺、橋、武藏」などの付合語がみられ、「辻君」の付合語はないが、代わりとなる同じ言葉に「うかれめ」がある。「狐」は「稲荷、化者、釣、穴、火、物ぐるひ」などおおくの付合語があるので、これもつくりやすい語となる。二例とも揃いすぎた兼題であるので、これらは聴衆のあげた兼題というより、これも三馬の考えた兼題とみたい。たとえ付合語が浮かんでも、どのように笑話をつくりあげて、落ちに導くかは容易でない。笑話の作者たちは最初に思い浮かべるのは落ちだという。それはそのあとに展開を考えるほうがつくりやすいからだ。

可楽の語彙に対する意識は高く、歌人、俳人のように五七五七七、または五七調や七五調のリズムを身につけているので、語彙だけではなく、連なる言葉も、すぐに浮かんできたと思われる。可楽の笑話本『俳諧百の種』（文政八年。一八二五）と『流行咄の随筆』（文政十一年。一八二八）は、俳諧を筋の展開にむすびつけた作品である。いくつかの例をあげてみることにしたい。自作の句や人の句をあげる笑話は、可楽にとっては一つの〈笑話の型〉になっていたとみられる。笑話のなかの発句・俳句は**太文字**で表記する。まずは『俳諧百の種』からあげる。笑話の番号は作品の話番号である。

二　ふじの山

「**あを空《そら》やふじは日本のたてゐぼし**ト いふ句があるが、アヽいふ大きなゐぼしがあつたなら、さぞしやうぞくにこまるだろう」

といへば

「そんなせまい事をいゝなさんな。國ひとつで、すはうといふ所がある」

※すはう　周防（現山口県）と素襖を掛ける。

四　花見《はなみ》

「その夜《よ》寐《ね》て眼《め》にみゆるなり山さくらトゆうべのよふに、あべこべをくつたばんもねへ。はな見のかへりにさくら屋へまづよしサ。そして吉さんのあいかたが花人《はなひと》、久《きう》さんのが八《や》重咲《ゑさき》、わたしのかつた新《しん》ぞうが、としが十四で名《な》がひとゑ、それもいゝが床《とこ》へくると、おやく〵ぬしのはなは、てんぐさまのようだねへと、夜《よ》ッひとへ、はな斗《ばか》りみていやァがつて、いまに寐《ね》るかく〵トおもつているうちに、夜《よ》ががらりと明《あけ》たから、日くらしでなくつて夜《よ》くらしサ。花《はな》見でなくて、はなみられ。それよりまだ、あべこべな事をきゝなせへ、かわらけになげられやした」

※あべこべ　物事の順序が反対になること。**日くらし**　日暮らし。朝から晩まで。**夜くらし**　日暮らしの洒落。朝まで起きた状態。**かわらけ**　土器。成女の無毛症。**なげられやした**　投げられた。振られた。

五　さとり

「きのふ山ひらきのかへりに平清《ひらせい》えよると、向《むか》ふのざしきに、仲町《なかてう》のはをりのうちでも、ひつこぬきといふてやいが六、七人ンいやしたが、そのうちでも、みや吉、さよ吉、ひな吉、三八なぞは客人なしの櫻丸と見へて、まつ白な手を出して、けんなぞうちながら、雪のごとくなるはだをあらわして、何《なに》かおたがいにのろけていやしたが、なるほど、いかなる君子《くんし》も城をかたむけ、家くらをうしなふはもつともな事トじつにかんしんいたしました」

「コレ〳〵それは貴公《きこう》にもにやわぬ事をのたまうものかな。かの鬼貫《おにつら》の句に『**がいこつのうへをよそふて花見哉《はなみかな》**』。かならず色にまよう事なかれ。さとりたまへ〳〵」

しめせば、

「ハヽアあゝ見へましても、しようはがいこつかな。どうりこそ、みなしやれておりました」

※平清　深川八幡前にあった会席料理屋。仲町の呼び出し茶屋。**ひつこぬき**　引っこ抜き。生え抜き。生粋。**櫻丸**　勘定を自弁する。身銭を切る。**けん**　拳。遊戯。**鬼貫**　上島。俳諧師。**がいこつのうへをよそふて花見哉**　『鬼貫句選』所収。**しやれて**　骸骨・髑髏の別称「しやれこうべ」を掛ける。

六　はつ松魚《がつほ》

「**煮《に》てくろう下戸《げこ》こそにくめ初《はつ》がつほ**といふ句もあれば、骨つきのほうは、きやくの來るまでのこしておいて、半分はさしみにしてのむべい」

とふうふむつましくのんでいる所え、となりの上《かみ》かた者めが、いつものとをり、かぎつけ

て來おるゆへ、うろたへておくえかくれ
「今うちじやァしやくがおこつて、いつそくるしがつているから、なんぞ御用なら、のちにおいでなせへ」
「イヤしやくなら、わしがおしてあげましやう」
「イエモウありようは死んでしまいました」
いへば、あたりをきよろ〳〵と見まわし、とう〳〵ほね附のほうを見附出《いだ》し
「モシおいへさん、あれほど心安《こゝろやす》うして、ひとつなべの物迄《ものまで》、たべあふた治郎《ぢろ》さんが、ほんまにしんでなら、せめてかた身など、もろうてさんじませう」

※**はつ松魚**　山口素堂の「目に青葉山ほととぎす初松魚」の俳句がある。それによるか。**骨つきのほう**　中骨のところを中打ち、中落ちという。鰹の中心の太い骨の両側にある細い骨の肉。**今うちじやァ**　いま亭主は。**ありようは**　癪の者の実際は。亭主は。**ひとつなべ**　一つの鍋を二人で食べる。**かた身**　骨つきの片身と亡くなった人の形見を掛ける。**さんじませう**　参じませう。行きましょう。行くの丁寧語。

この笑話は、落語「形見分け」の原作（典拠）となる。

七　しよくらん

「**紫陽花《あぢさい》や何《なに》ひと色も咲《さき》とげす**トおのれは何《なに》をさせても三日ぼうずなれば、なになりとお

のれがすいた喰《くふ》たねの商賣せいと云て金をわたしたに、三日このかた内《うち》えもかへらず、どこへゆきおつた」

ときけば

「ハイまづ内を出ますと、舩《ふな》はし屋の軍治《ぐんぢ》が見せで、ねりようかんを三さほたべまして、それからあたけの松がすし、出羽《では》屋の松がまくのうち、權三《ごんざ》がわきでおまへの蕎麦をたべまして、すだのつゝみのさくらもち、山谷《さんや》の角《かど》の玉庄《たましやう》で、しゞみの汁を五、六ぱい、酒は内田の宮戸《みやと》川、寶來《ほうらい》茶づけに、かや町の喜八だん子《ご》のしるこもち、千《ち》とせのあなごに菊《きく》屋《や》のうなぎ、笹《さゝ》や治兵衞がかもなんばん、かの吉兵衞がてんぷらから、明月堂《めいげつだう》におまんすし、江戸に名高《なたか》キ名物は、のこらずたべてそうろう」

とはらをなでゝいゝければ

「ヤイ〳〵こゝなくらゐぬけめが、しやうばいせいと金やつたに、あまい物から酒肴《さかな》、てんぷらまでもうちくらい、なにしやうばいをはじむるぞ」

といへば、むす子、ぬからぬ顔で

「ハイ今に小間物みせを出しませう」

※しよくらん　食乱。食いしん坊。　**あたけの松がすし**　堺屋松五郎。浅草平右衛門町。　**寶來茶づけ**　宝来屋利兵衛か。浅草天王町。　**菊屋のうなぎ**　菊や惠助。横山町一丁目。　**明月堂におま**

んすし　紀伊国屋吉右衛門か。上槇町。**小間物みせを出しませう**　食べたものを食いすぎて吐き出す。

つぎに、もう一つの『流行咄の随筆』をみてみよう。

一　木場のりやう

さみだれやある夜ひそかにはいかいれん。紫若に条三、三ツ五郎、つきぢのぜんこう、菊五郎その外、大ぜいうちよつて月を見ながら

きく五郎「なんとなりたやのあにき、こんやの月をむなしく見るでもねへが、おれがおかぶのばけ物といふをだいにして、ほつくを仕《し》のてんを取にやりつこはどうであらう」

三（条三）「**大海のひとつまなこや夏の月**」

紫「**へいごしにほそい手のおる花ふくべ**」

三ツ「**夕立や足のついたる米たはら**」

くめ「**青ひ火の通夜に見へるほたるかな**」

きく「**鬼ゆりや鐘馗《せうき》（ママ）のまへもはゞからず**」

若「**なつの日も笹をかついで雪をんな**」

三升「なつのくに、雪女とはどういふ心いきだ」

若「ハテサおとはやのおやかたが、せうきだから、わたしなァ○季のちがつたのさ」

※木場のりやう　寮は七世市川団十郎の住まい。　**紫若**　岩井。初世。のち七世半四郎になる。
粂三　岩井。二世。のち六世半四郎になる。　**三ツ五郎**　坂東。三世。　**つきぢのぜんこう**　築地善好。戯作者。森島中良。天竺老人。万象亭。竹杖為軽。森羅子。宝暦六〜文化七年。一七五六〜一八一〇。　**菊五郎**　尾上。三世。　**鐘馗**　鍾馗の誤刻。　**せうきだから**　鍾馗と正気を掛ける。
季のちがつたのさ　季節が間違ったと気が狂うを掛ける。

四　初がつほ

「**ゐぼしとも松ともいはふはつがつほ**。かたみはすまのしほやきにして、あとのなかをちはにつけにごぜんのおかずがよからう、とまつかぜのもんくでしやれるから、かつほが、めをぱつちりとひらいて見れば
「にられるおなべは、ゆきひらさ」

※まつかぜ　松風。富本節の詞章か。松井由輔作詞。名見崎喜惣治作曲。本名題「徒髪恋曲者《いたずらがみこいはくせもの》」。寛政八年（一七九六）江戸桐座初演。　**ゆきひら**　行平。行平鍋。平椀の形をした陶製の蓋付き鍋。真鍮製もあった。

六　吾妻下り

ていしゆ「もし其角さま、此あづま下りの畫《ゑ》に賛《さん》をおねがひまうしあげました所が、見ますれば

「みちべたのお公家は馬にのられけり」とユウおしやれなされましては、これではほつ句にはなりますまい」

「ハテよし原だけに、しやれたのぢや。なぜといふと見給へ、此くらひなことを句にすると、壽命がちゞまる」

※**みちべたのお公家は馬にのられけり**　芭蕉の「道のべの木槿は馬にくはれけり」(『のざらし紀行』)を捩る。**句にする**　句につくると、苦しむを掛ける。

七　小町ざくら

「ふりかへり小まちざくらにほれにけり。それはふかくさ、これは淺艸トよまれしは、花をほめたのではなふて、こちのおむすの事を、小まち〳〵といふて、ゐらいひやうばんぢや」

トほむれば

母おや「いやもふ小まち〳〵とほめらるゝは、うれしいが、とかくお茶代が少々には、こまります」

※**小町ざくら**　植物。「墨染桜」の異名。常磐津「積恋雪《つもるこいゆき》関扉《のせきのと》(関の扉)」の詞章に「水に戻れば墨染の小町桜と世に広き云々」とある。**小まち**　美人の小野小町から美しい娘をいう。

このようなもののほかに和歌、川柳、狂歌などを用いたものもあり、可楽は短詩型文学を用いるのを好んだことがわかる。即席の笑話でありながら、知られる俳句をあげて笑話を展開させる手法は、可楽の笑話を特徴づけているといえよう。

即考（1）

ふたたび即考について別の資料をあげることにしたい。大判錦絵を縦から半分に裁断した横長の一枚摺の「役者百題《やくしやひやくだい》噺《はなし》の當風流《あてぶり》」（宮尾しげを旧蔵。文政九年～天保初年ころ。一八二六～三〇）がある。ここには「可樂卽考」「三笑亭可樂卽考」とある。この摺物には横長の一枚摺となって出したものと、一枚ずつを截断（分截）したものとがつくられる。いままで題名がわからなかったが、表紙を発見できて判明した。截断された表紙は、「役者百題噺の當風流」の袋（タテ十七・五センチ×ヨコ十三・三センチ）とみられる。中央に「役者百題噺の當風流」、右に「三笑亭可樂戯作（二つ入れ子桝印）／一圓齋國丸戯画（重年玉印）」、左に「はなし連中似顔正うつし、來ル正月二日より、右百題追々出板奉入御覧ニ候、御賑々敷御求、御高覧可被下候／板元　兩國加賀や」とあり、加賀屋吉兵衛板の摺物とわかった。「役者百題」は役者を百人あげる予定だったものだが、六人しかつくられなかった。

六枚の摺物には落語家六人の高座姿が描かれ、「可樂風、新口風、可上風、東里風、むらく風、金馬風」と題されている。可楽、可上、むらく、金馬には「可樂卽考」「三笑亭可樂卽考」

とある。新口風、東里風は「可樂倅　亦三郎作」とあるが、これも「可樂卽考」だったのだろう。ここにみる「可樂卽考」「三笑亭可樂卽考」は即座に考えた笑話であることから、三題噺と同じとみることができる。つぎに、可楽風、新口風、可上風の笑話をあげることにしたい。

可樂風

ひいき「右をむき左りをむいて見物の人といふもじ入といふもじと何がし先生のよまれし通り、なるほど二丁町ともにかほ見せのぜんせい、あれ斗は餘國《よこく》にはあるまい、なかんづく去年の顔見せにふきや町一町へ、富本といふのぼりのすさまじきこと、初午のごとくであつた」

見物「そのはづさ、あれはかのめいじん王子ろかうのばつようなり、ことにやくしやは玉ぞろひ、それに午之助が初ぶたいゆゑ、それで初午の心で、のぼりもたくさんたてましたのさ」

ひいき「ハヽアそれでは、ことしもいなりでござりませう」　可樂卽考

※二丁町　堺町の中村座、葺屋町の市村座の芝居町を併称したもの。去年の顔見世は文政八年（一八二五）十一月の市村座のことで、中幕の『顔楓色夕映』に富本午之助連中が出演しており、「午之助初ぶたい」（『歌舞伎年表』第六巻。岩波書店。昭和三十六年。一九六一）という。**いなり**　稲荷。立役中、最下級の役者をいう。下立役《したたちやく》。役者が二年以上にわたって同じ座に出つづけ

る「居成」を掛ける。

ここでは、午之助から初午の賑わいへと展開する。初午は「王子の初午」で王子露考にむすびつける。王子には稲荷神社があり、関東稲荷神社の総元締として知られる。露考は二世瀬川菊之丞で、役者は粒ぞろいというところを「玉ぞろひ」といい、稲荷の宝珠の玉を掛ける。落ちは稲荷と「居成」を掛ける。居成は歌舞伎用語で、役者の二年以上にわたる同一座への出演をいう。この笑話は午之助の初舞台を話題にした際物話である。際物で展開させるのが「可樂卽考」の特徴であった。

新口風

「むらさきは江戸の花かやかきつばた」といたされたほつくもござるほど、紫と名のつくものは江戸の事じや。きよねんのかほ見世に、紫若と粂三のおそめ久松は、きれいであつたが、また半四郎のおはんも、かはゆかしかつたげな」

とはなすそばに小僧がゐて

「わたしはおかみさんのおともでまゐつたから、よく見ましたが、まことに七つぐらいに見へました」

「なんぼほめればとて、七つといふおはんがあるものか」

こぞう「それでもね、見物が岩井だと申しました」

可樂倅　亦三郎作

※**紫若**　初世岩井紫若。七世半四郎となる。**粂三**　二世岩井粂三郎。六世半四郎となる。文政八年十一月、中村座が第二番目大切に『おそめ久松／道行浮塒鷗《うきねのともどりかもめ》』を出し、紫若、粂三郎が演じた。**半四郎**　五世。初世粂三郎。**おはん**　お半。信濃屋お半と帯屋長右衛門の通称お半長右衛門の道行である。天保元年市村座初演の『月友桂川浪』は、おはんを半四郎、長右衛門を坂東三津五郎が演じているが、この初演をいったかどうかは不明。ほかの笑話の際物話から時代が下りすぎるので、これ以前に演じた半四郎のおはんをいっていると思われる。**七つ**　年齢。十四歳の半分。岩井半四郎から半分という。

可上風

子天狗《こてんぐ》の鼻《はな》引のばすおやごゝろと、附合にもあるとほり、高《かう》らい屋のむすこどのも、めっきりと水ぎはがたつて見へます、たにんのわくどもでさへ、うれしいから、さぞおやかたは、よろこばるゝであらう、それにつけても、金ばこ〱とほめるは、あたりまへじやが、かうらいやのむすこを、金蔵《かねぐら》〱とほむるは、いかゞのわけであらう」

ひいき「イヤあれは金蔵《きんぞう》〱とほむる心さ、なぜといふて見給へ、幸四郎はむすこのためには、まことのおやぢばしじや」

と、しやれれば

やぼ「はゝァどうりこそ、見物がこまがいゝ〱とほめました」　可樂卽考

※高らい屋　松本幸四郎の屋号。五世幸四郎は鼻高幸四郎とよばれた。**むすこどの**　高麗蔵（六世幸四郎）。**水ぎはがたつて**　きわだって美しいこと。**金ばこ**　高麗蔵は金を稼げる役者であるから金箱。**金蔵**　最初は「かねぐら」。あとは「きんぞう」と読む。**おやぢばし**　幸四郎がつくった芸の橋。親父橋は東堀留川にある橋。**こまがいゝ**　高麗蔵と芸が細かいを掛け、また「駒がいい（高麗がいい）」を掛ける。

高麗蔵の蔵を「くら」と読むのは「金箱」とのかかわりからである。これを間違った読み方と思ったので、「ぞう」と読むといった。

これらの笑話を比較しても、可楽風、新口風、可上風の違いや特徴はつかみにくい。ここでは「可樂即考」とした例のように、際物の芝居を扱うといった身近な素材で笑話の新しさを示している。際物の芝居は「可樂即考」の素材になり、可楽の〈笑話の型〉をつくっていたといえる。

可楽の笑話本『新作可樂即考』（文政六年カ。天保十三年とも。後者だと二代可楽の作品となる）は書名を「可樂即考」とする。この奥付に「東両ごく定席において／毎月一六ノ日／新作はなし集會　作者三笑亭可樂」「毎日出席連中／里樂／亀樂／左樂／古樂／東里／催主　可樂」と記し、可楽の新作笑話や落語が聞ける落話会を毎月開いていた。可楽没後に刊行された空中楼花咲爺の笑話本『俳諧發句一題噺』（嘉永四年。一八五一）の序文に、故人可樂、三題噺といへることを工風して、世に流行し、其糟粕《そのそうはく》をねぶる者すくなからず。小唄にさへ作り、三弦《さんげん》にあはせてもてあそぶ。又近頃俳諧の發句おこなはるゝこと甚《はなはだ》しく、兒婦童蒙《ぢふどうもう》もいはざるはなし。こゝに於《おい》て耳にとまれる名吟を題とし、拙作《せつさく》の落語《らくご》を附《ふ》會《くわい》して上梓《しやうし》す。昔々《むかし〱》、爺《ぢゞい》は山へ艸双紙《くさぞうし》、婆々《ばゝア》ならねど洗濯《せんたく》し、ひつかく筆も三本たらぬ猿智恵《さるちゑ》にて、横に這《は》ふ蟹同前《かにどうぜん》、口《くち》を糊《のり》する業《わざ》にはあらねど、勸學院《くわんがくいん》の雀《すゞめ》にもおとり、蒙求《もうぎう》も囀《さへづ》らず。餘りべちやくちや多辨《しやべつ》たら、にくまれて舌《した》をちよつきりやられぬ用心、たゞ小童衆《こどもしゆ》の徒然《いたづら》よけになれかしと、こひねがふものは誰《た》ぞ。名もなき花咲爺が誌。

とある。可楽が笑話でみせた書き方を真似たといっている。可楽は演じるときも俳句・発句を冒頭にあげていた例は、すでにみてきた。

即考（2）

即考が摺物のほかに錦絵類にみられるが、一つだけ異なるものにびらがある。これをびら絵という。いままであげてきた「一分線香（一歩線香）」「卽席」「三題」の言葉が並んでいる。三題噺の宣伝びらとして三題噺の特徴をあげ、同じ意味で用いている。びらをつくった時期は、三題噺をはじめたときとみると文化元年（一八〇四）か、またはそれに近い時期であろう。評判になった三題噺を演じているのを知らせる落語会の興行、寄席の宣伝とみられるが、このびらに描かれた絵が、笑話本『俳諧百の種』の口絵、大判錦絵「一分線香」の画題の背景にも描かれている。可楽の三題噺を印象づける絵であったことがわかる。

　この一枚摺の絵は、「わんがなければ茶椀であがれ」の言葉遊びをあげたもので、可楽がつくった笑話を絵にした。絵師名はわからないが興行のあるときは、このびら絵を落話会や寄席の入り口に張ったとみられる。右端に「一分線香／はなし／即席三題」。下に「三笑亭／からく」と書いてある。可楽の三題噺を演じるときのびら絵であった。左には橋の上を三国一の甘酒売りが通る絵を描いている（『此花』十四号。此花社。大正二年。一九一三）。これをみる犬が「わん」とほえる。その傍を通る女がこの光景をみて微笑む絵である。犬が「わん（椀）に甘酒を一杯くれ」というのを、甘酒売りの主人が「飲みたければ銭を払って茶椀の注文をしてくれ」といった。「わんがなければ茶椀であがれ」の「わん（椀）」は、乞食などが物乞いするときに用いる御器から、犬の鳴き声の「わん」を「めぐんでくれ」ととらえ、甘酒屋の主人が「わんにくれくれ」といわないで「茶椀で飲んでくれ」といった。甘酒は寒い時期の飲み物として売られた。その甘酒には生姜が入れられていたので身体が暖まった。生姜は江戸芝神明の生姜市（九月十一～二十一日）で売られてから用いられたという。生姜は生薑とも書き、風邪除けに効く食べ物であった。

「一分線香／はなし／即席三題」の「はなし」は笑話をいう。「一分線香」と「即席三題」から三題噺を「一分線香」の短い時間で即席につくることをいった。的確に三題噺とはなにかを表す言葉で、だれがみてもわかるびら絵であった。可楽の『俳諧百の種』（文政六年。一八二三）口絵にも描かれ、晋米斎玉粒（一七七五～一八二七）の狂歌「甘き酒にがく良薬うしや世は胸のやけるとせわのやけるに」を添える。玉粒は文政八年（一八二五）に二代芝全交を名乗る戯作者である。この絵はびら絵を踏まえたのであろう。絵師は口絵裏に亦三郎の姿を描く歌川国安とみる。国安は豊国の門人である（寛政六～天保三年。一七九四～一八三二）。

「一歩線香即席噺」の五渡亭国貞画の画題の背景にも描かれている。これは山口屋藤兵衛板で、この絵もびら絵を踏まえたものである（→**大判錦絵3**）。このびら絵を紹介する朝倉無声は、二つの資料をあげて解説している。『日本繪類考』巻五（飯島虚心。写本。明治三十三年序）の「びら画」の序に、「文化年間、落語家三笑亭可樂が、淺艸の孔雀長屋の席亭にて、碗がなければ茶碗であがれと云、ビラ画を貼り出したるを始とす」とある。びら絵は可楽が三題噺をはじめたときのこととみている。無声は「次葉一面に縮刻掲載した挿畫は、右にいへる三笑亭可樂ビラ繪の原物で、實に天下一品のものである」といっている。また、「「さゝ千巻」に岡本萬作の繪入りのちらしを張りて客を招く云々というから、寛政年間に始まったとするのが妥當であらう」と述べ、びら絵のはじまり時期を訂正し、万作のびら絵は寛政十年（一七九八）六月のこととする。こうしたびら絵は手書きであったから何枚もあったわけでないが、びら絵と同じ構図の絵を、ほかにもみるので、もしかしたらびら絵は摺られたものであったかも知れない。
『繪《え》美《び》良《ら》圖譜』(伊勢屋商店。大正十一年十月。一九二二)にも似た図像がある。解説には「本邦最古三笑亭可樂のびら」とある。「このびらは、木版摺りにて、當時の蒔びらの一種なり。(大さ竪一尺三寸八分横一尺一寸六分)」とある。「蒔びら」は「まきびら」と読むのであろう。「戯作噺情語　三笑亭可樂」の文字を書くが、初代の可楽のびら絵ではないので「本邦最古三笑亭可樂のびら」は誤りとなる。解説に「二一歩線香卽席噺」と題したるもあり、橋と甘酒賣と犬の三題の意の明ならざるは遺憾なり」とも書いているが、このびら絵を三題の兼題と間違ってとらえているので、これも誤りとなる。

つぎに三題噺の錦絵類をあげることにする。

大判錦絵1

画題「落ばなし」(国貞画。伊場屋仙三郎板。板行時期不明)は、「三升　落ばなし　求に応じて　三笑亭可樂作」「大和や　秀佳　落ばなし　はんもとの求に応じて　三笑亭可樂作」とある。ほかに「大和屋　杜若　落ばなし　求に応して　三笑亭可上作」「はまむらや　路考　落はなし　求めに応して　可樂悴亦三郎作」「おとわや　梅幸　落ばなし　求めに応じて　百眼可上作」もある。ここには可楽のみをあげることにする。

三升　落ばなし　　求に応じて　三笑亭可楽作

善好「モシ親方へアノ子、近頃《ちかごろ》の、川柳點に、『らかんからみれは市川よこつつら』と云ふ句がありやすから、マア市川の鯉《こい》はあたりめへ、尤五代目の隠居さんも、替紋《かいもん》が鯉だから、向嶋にござつたが、木場に住とは、どふ云ふもんだねへ」

三升「これた事よ、まだ海老がちいせいからだは」

※よこつつら　横つ面。よこつらの促呼。横顔の卑語。罵語。　**これた事**　知れたことと同じ。

大和や　秀佳　落ばなし　　はんもとの求に応じて　三笑亭可楽作

「すだのほとりの、朝まだき、うちしほれたる袖垣に、袖をしほりのあさがほは、もろき泪《なみだ》のしら露に、ぬれてしつぽりいろまさり艸、むすぼれたるむねのうち、よれつもつれつ口舌《くぜつ》して、あじにからみし言の葉も、たゞあを〳〵とすへかけて、盛り久しき花にぞ有けると」と言ふ唄を造て、三味線の手を附てみよふとおもふうちに、トロ〳〵ト霞むつて艸のこゝろで、いろ〳〵三味線の手を工夫して居ると、そばから

「てうしをなをせの」

「おさへるがいゝの」

「ヤレかんがわりいの」

と言から、だれだかしらねへが、ぶしつけなやつだとおもつて、ふつと目がさめてみたら、

枕もとで酒盛りさ

ここには「三笑亭可樂作」とあり「卽考」とは書いていない。しかし芝居役者の三升、秀佳をあげているので「卽考」とみていいだろう。仵亦三郎の路考、可上の杜若、梅幸も可楽がつくったとみたい。この錦絵には元版の五枚続きがある（文政八年ころカ。一八二五）。大山石尊大権現への大山参りの六月二十八日の山開き前に、両国橋のたもとの垢離場で千垢離をする。それを背景に描いている。その背景のすべてを削除し、そこに笑話を入れている。元版には「落はなし／惣連中」と書かれたびらが掛けられている。元版を利用して、可楽の即興噺を入れた新版の一部に削った版の元が残っている。これは削り忘れである。五枚続きは右から市川三升（七世市川団十郎）、岩井杜若（五世岩井半四郎）、坂東秀佳（三世坂東三津五郎）、瀬川路考（五世瀬川菊之丞）、尾上梅幸（三世尾上菊五郎）の役者たちを描いている（↓【図版一覧・三十図】1―1・2・3・4・5）。

中判錦絵1

画題「拳角力」（五渡亭国貞画。伊場屋仙三郎板行。天保三年。一八三二）は団扇絵である。五図の伝存がみられる。「拳角力　沢村訥升、三枡源之助」「浄るりのけいこ　關三十郎、岩井粂三郎」「拳角力　坂東三津五郎、坂東三津右エ門」「無題　市川海老藏、市川團十郎」「拳角力中村芝翫、中村芝藏」。すべて「三笑亭可樂卽考」とある。拳角力が流行した時期のものとみられる。役者絵に可楽の笑話をつけたもので、国貞画の資料には、この団扇絵はみられないので、新出の国貞の錦絵となる。可楽の芝居好きからつくられたと思われるが、大判錦絵とともに役者が登場することで、可楽は芝居噺も得意としたことがわかる。二つあげることにしたい。

　拳角力　沢村訥升、三枡源之助

未枡《ママ》や「モシ訥升さんおまへも升《ます》、わしも桝《ます》ぢや、升桝《ます〱》當《あた》るトいふぎえんに、てつぽう拳《けん》はどうぢやあろ」

「イヤホンニてつぽうといへば、おまへのほうにゑらう拳《けん》の好《すき》な人があつて明《あ》けてもくれても拳《けん》〱トいふそうなが、マアたれであらうナ」

訥升「エヽ其、ケン〱トいふのは、記次《きじ》でござりやせう」

※未桝　三枡。**記次**　雉。鳴き声は「ケンケン」。記次の役者名は不明。沢村一門か。

　浄るりのけいこ　關三十郎、岩井条三郎

くめ三「わたしの上るりは五だんめのまくあきといふもので、火《ひ》なわくさいが、歌山《かざん》さんの三みせんは、おやふかうだとほめるから、こゑにおやふ孝《かふ》トいふのはあるが、さみせんにおやふかうトは、どういふわけだと聞《きい》たら、いゝあたりだ」

○其二「アイわつちかェわつちやァ、鷲のだんをさらうのサ」

※歌山　五世市川中車の俳名か、五世川八百蔵の俳名か、または二世関三十郎の俳名か。**○其**

二　不明。

大判錦絵2

画題「一《いち》歩《ぶ》線香《せんかう》卽《そく》席《せき》噺《はなし》」（五渡亭国貞画。山口屋藤兵衛板。板行時期不明）で、九図が伝存している。「しやうたく」「きむすめ」「女かみゆひ」「わか後家」「辻君」「はをりしゆ」「無題（団十郎は月がないたか時鳥）」「無題（御おもてぶぜん太夫をめした時）」「無題（いざゝらば雪見にころぶ所まで）」。画題の背景に描く絵は「わんがなければ茶椀であがれ」の絵である（→**即考（2）**）。画題が「一歩線香卽席噺」となっていて「一分線香卽席噺」となっていない。同音であればいいという時代であるので、誤記とみることはできない。もともと連歌、俳諧の速吟法に「五分線香」があるので、線香が五分燃える間の意味でいうと、五分を可楽は一分でまとめる意気込みを画題にした。びら絵にも「一分線香／はなし／卽席三題」とあるので「一分線香」が正しいのであろう（→【図版一覧・三十図】2—1・2・3）。

辻君《つぢぎみ》

ふじといふつぢきみ、兩國のはしで漬《つけ》なすのしまひをかふとて、大きいのばかりゑり取ゆへ

「もし〳〵あねさん、ちいさいのも入なせへ」
といへば
つぢ君「これさ、なすやさん、鼻《はな》おちはごめんだ」
※ちいさいのも　大きい茄子のほかに、ちいさい茄子を用いて張形の代用にする。**鼻おち**　梅毒で鼻が落ちること。

きむすめ

あのね幸四郎も三津五郎も梅幸も關三も、おかみさんがありますが、團十郎ばかりは、おかみさんがないそふで子、つでもにらむときには『ア丶妻《つま》もねへ』と申ます
※妻もねへ　「つがもねえ」の洒落。「つがもねえ」は「ばかばかしい。くだらない。たわいもない」ことを、代々市川団十郎が見得をきるときにいう決まり文句。

無題

『いざゝらば雪見《ゆきみ》にころぶ所《ところ》まで』と申ス句は名高ィ句でござりますが、そのばせをとやらは、年中ころんでおりましたかねへ。ヲやそれでもね、其ばせをトやらの事を、おきな〳〵ト申ます
※いざゝらば雪見にころぶ所まで　芭蕉の句。『鶉衣』に「いざ出む雪見にころぶ所まで」をみる。『笈の小文』と『曠野』では「いざ行かん雪見にころぶ処まで」。『花摘』（其角編）には「いざさ

らば雪見にころぶ所迄」とある。おきな〳〵「起きなさい」と芭蕉翁を掛ける。

大判錦絵3

画題不明（歌川国芳画。山口屋藤兵衛板。板行時期不明）。扇面絵と団扇絵を上と下に描き、そこに笑話を添えている。1～3は国芳の版下絵が残っているので板行されなかったことになる。この版下絵の蔵書印に「若樹文庫」（林若樹）、「しげを」（宮尾しげを）をみる（三図とも宮尾しげを旧蔵。夕霧軒文庫蔵）。4は板行された摺物（宮尾しげを旧蔵。夕霧軒文庫蔵）。可楽以外の紫連は『十二支紫』（中本一冊。嘯月亭主人序、芙蓉亭文雄跋。香蝶楼国貞、文雍画。山口屋藤兵衛板。天保三年正月刊。一八三二）の序文を、茶番紫連の嘯月亭主人（紫亭、喜僊）が書いている。紫連のグループの作品となる。可楽も紫連に属していた。ほかに扇巴亭紫交、芙蓉亭文雄、山林舎五明、喜鶴、仲雍らの同人をみる。なお式亭三馬編『茶番狂言早合點』二編下之巻（文政七年。一八二四）に「第二十二　忠臣蔵十一段つゞき」を可楽は創作している（『茶番狂言早合點』初編の巻末には同作を「好屋爺作」と予告するが、二編では「可樂作」とする）。好屋爺は鹿都部真顔の狂歌号であり、ほかに紀真顔、狂歌堂、鹿杖山人、四方歌垣、四方真顔、恋川好町などともいった。また二編下之巻巻末の第三編の広告に「可樂」と「むらく」の名がみられる。第三編は未刊であるので茶番の演題は不明である。

画題はないが、1「花魁と禿　紫連（喜せん印）」「辨慶の提燈と釣鐘　可樂卽考（可印）」。2「いはらぎや留女　可樂戯言（可印）」「忠臣藏祇園一力茶屋の場　可樂卽考（可印）」。3「丑の刻參りと犬　扇巴亭紫交（印）」「蒸風呂と女たち　可樂卽考（可印）」。4「駕籠舁き　三笑亭（可樂印）」「韓信と蜆賣り　紫連（印）」の内容をもつ絵である。可楽のものをあげる。

辨慶の提燈と釣鐘　可樂卽考

しづかどのは大しやうのおもひもの、おれがおもいものは、此つり鐘《かね》だ。そりやァそうト
おうしうへ下らうトいふさんだんは
「小田原《をだはら》かしらん」

いはらぎや留女　可樂戯言

いばらきやの内《うち》ではお綱留女《つなとめをんな》をおいたが、あれでもずいぶん亭主《ていしゆ》のかたうでになるであらう

忠臣藏祇園一力茶屋の場　可樂卽考

ゆらの助「おかるがかんざしをほしいといふから、おれが小間物《こまもの》見せを出したが、みんながいやがるなら九太夫《くだいふ》めにくはせろ、あいつめはもろ直《なほ》が犬《いぬ》じや」

蒸風呂と女たち　可樂卽考

「どふいうふわけで女をむしぶろでむすだらう。ハヽアきこゑタ、アノうちには、こわめ

しのやうな顔《かほ》もあり、ふけすぎたのもあるからだらうが、しかし引《ひき》ずりな、かゝァは御亭《ごてい》主《しゆ》も」

「もちにつく事であらう」

駕籠舁き　三笑亭

行じや「なんだ坂《さか》をのぼるから坂手《さかて》をくれろといふのか。べらぼうめェそれじやァ下りのときはたんきり代《だい》でもねだるであろう」

「三笑亭」「可樂卽考」のほかに「可樂戲言」がみられる。この「戲言」も即考と同じ用い方をしたのであろう。

大判錦絵4

双六。画題「役者茶番可樂數語録」（宮尾しげを旧蔵。歌川国芳画。山くち、越長、伊勢小板。文政七年。一八二四か）。三笑亭可楽、三笑亭馬士三郎作で、茶番紫連の同人たちも参加している。二十の升目のなかに可楽のつくった即興噺がみられる。可楽（尾上菊五郎、坂東三津五郎、松本幸四郎ほか十四名）、馬士三郎（市川団十郎、市川寿美蔵）。山林舎五明（市川こま蔵）、扇巴亭紫交（市村羽左衛門、岩井紫若）、紫亭（岩井半四郎）作もみられる。可楽の笑話をみておこう。

沢村訥升　よりかね

おけいぶつはとうふでムり升。是はふねの中できりまして水ちうへ入まして、それからぼうこんになり升から、まつしろでしかももみぢがついており升、これらももとのおこりは、まめでムり升。

松本幸四郎　五右衛門

これは三もんでくろうするすがたで櫻をながめており升、むす□ころすみぞうと申た事もムり升。それだから何れのやぐらでもおほぜいおしこんで、當《あた》り升。

岩井粂三郎　お七

きよねん白玉をいたされましたが、まだ水〳〵トいたしており升から、お七なぞは本やくでムり升。みづ〳〵にしら玉でムり升から、こりんもそへてさし上升、此うちに、こしやうもムり升。

『はなし本　披露目本』の作例

可楽が演じた三題噺が、可楽の笑話本『はなし本　披露目本』（文化年間カ。一八〇四～一七と文政六年カ。一八二三。仮題の合冊本）に「三題」と題した作例がみられる。「三題」と題した笑話題は、「三題」だけでも三題噺とわかるので、そのままにしたのだろう。書名の「披露目本」は「ひろめぼん」と読み、落話会か寄席で披露した笑話の本をいう。最初に「みちのく千柳亭大人の許において／　○三題《だい》　可樂卽考」とある。つぎの笑話題に「狂哥四天王」「仲わる」とつづいている。全三話を収めた三丁の冊子で、柱題には文字を削った跡が残るので、別の書名の一部を記してあったのだろう。また、この冊子のあとに、十二支に因んだ亦三郎の笑話の三丁がついている。これは別冊子であったのを合冊にして綴じたことがわかる。表三の奥付に、「東両ごく定席において」「毎月一六ノ日　新作はなし集會《しふくわい》　仕候」「連名　里樂　左樂　可免緑　新笑　新口　可樂」と寄席での会を知らせる。これは可楽の『新作可樂卽考』（文政六年カ）と似る宣伝である。この時期前後の広告なのであろう。『新作可樂卽考』では「毎日出席連中／里樂　亀樂　左樂　古樂　○催主　可樂」とあり、出演者が異なるので、こうした冊子を何か月かに一回、または毎月つくっていたとみられる。そのたびに笑話を収めていたとみられるが、同じ資料が伝存していない。奥付の最後に「可樂倅　十三歳　東希亦三郎戯作（紋）」とある。東希は不詳だが東都と同じ意味と思われる。可楽の笑話本、摺物、双六にも、亦三郎が登場する。金原亭馬生の門人となって馬士三郎と名乗ったが、のちに廃業した。

さて、「みちのく千柳亭大人の許において／　○三題《だい》　可樂卽考」の千柳亭大人は誰であるかはあきらかでない。千柳は川柳のことであろう。初世柄井川柳は享保三～寛政二年（一七一八～九〇）の人物であるから、初世ではない。二世は宝暦九～文政元年（一七五九～一八一八）である。作品が文化年間の刊行とすると二世川柳となる。「みちのく」も不詳だが奥州、陸奥か、それとも名前の亭号、店の名前であったかわからない。千柳亭大人の家で、三題噺を演じた笑話を収めたことになるが、三題の兼題はわからない。「○三題」のほかに笑話題をつけるなら、内容から「ゑび」か「だい〳〵」となろう。

○三題

手長海老《てながゑび》と車《くるま》海老と伊勢ゑびと三人のあつまつて、おの〳〵身《み》のうへばなしをかたりあふをりから、いせゑびのいふやうは

「さてはや、おなじゑびに生《うま》れついても、車ゑびは引物《もの》にもつかはるれど、手長ゑびは白《しら》波《なみ》に住《す》んで、ぬす人同様《どうやう》の事に思《おも》はるゝ、わしは頭《かしら》に伊勢といふ二字《にじ》をかうむるゆゑ、春《はる》にもなれば」

トいひそうにすると

手ながゑび「ひさしいもんだ、まただい〳〵につくのか」

※引物　引出物。**白波**　海と盗人の白浪を掛ける。**ひさしい**　正月が過ぎてもまだ橙につく自分を自慢する。**だい〳〵**　左に「橙」とあり、右に「太々」と書く。「太々」は末永い代々をいう。

「手長海老と車海老と伊勢ゑび」と海老の種類をあげている。これを一つの兼題とすると「ゑび・海老」となり、あとの二つは「白波」または「ぬす人」と「だい〳〵」となろう。伊

勢海老が正月に橙の上に置かれていることで縁起の「代々」を掛けたことがわかる。

字数は百六十一字である。冒頭に「手長海老と車海老と伊勢ゑびと三人のあつまつて」と海老たちの会話を設定し、伊勢海老の言葉に手長海老が口をはさむ。伊勢海老が「車海老は引物につかわれ」「手長海老は白波に住んで盗人同様の事」をするというと、手長海老が伊勢海老に対して、「ひさしいもんだ、まただい〳〵につくのか」といった。あげられた三題はむずかしい題ではない。それでも、どれが三題であったのかはわからない。三題のうちの二題の「だい〳〵」と「ゑび」を入れた二題噺が『落噺廣品夜鑑』（享和三年。一八〇三）にみられるので、参考にあげておこう。

○だい〳〵　ゑび

だい〳〵とゑび、柳ばしからふねにのると
船頭「モシだんな。深川は夜ルよりか、ひるがよふござりますねへ」
代々「ひる、いきてへが、此せつは、くいつみでいそがしいから、夜ルたのしむのよ」
船頭「ヘエそんなら十五日過からは、おひまでございますかへ」
ゑび「そうさ、十五日はセンシウらくだよ」

※**だい〳〵**　橙。**くいつみ**　食積み。年賀客用の重箱に詰めた正月料理。**夜ルたのしむ**　夜に抜け出して楽しむ。**十五日**　小正月。元旦からの正月行事は十五日で終わる。この日に「とんど」

「左義長」が行われ、注連縄、門松、書初めなどを焼く。センシウらく　千秋楽。小文字で書くのは、伊勢海老が役目を果たしてお役御免になるので、うれしい気持ちを小声でいったのだろう。あと一題の「深川」とか「舟遊び」などをあげれば三題噺となる。正月の時期は忙しいというところがおもしろい。迷惑がっている伊勢海老は、十五日過ぎれば自由に昼間から遊べるという落ちにする。

可楽の笑話をみると二題で落ちと筋を浮かべ、あとの一題は場所、時間、季節などの語彙にむすびつけている。すなわち可楽の三題噺の創作法は「二題噺」を軸にした落ちをつくり、そのあとに筋を整えていく手法のようである。そのあとに「一題噺」を筋の前後に挿入して即興噺をつくる。最初に浮かべるのは落ちであり、そのあとに想像力と構成力で笑話をまとめる。

つづく二つの笑話の「狂哥四天王」「仲わる」も同じ席での創作とみていいだろう。これらも即興噺となる。ともに兼題は不明である。笑話から「四ツ足、狼、猫、犬、鼠、大鼬、貂」などが浮かべられる。参考にあげておこう。

○狂哥《きやうか》四天王《してんわう》

今《いま》は昔《むかし》、いづれのほとりにかありけん。狂哥四天王と仇名《あだな》のつきたる、をのこありしが、今は其身も老《おい》の部《ぶ》に入り、四十路《よそじ》の坂《さか》をうちこえて、かの山の名《な》に愛《めで》て、みづから大江山《さん》人《じん》と號し、鬼神《おにかみ》と聞《きこ》えし、歌よみのもとに尋《たづ》ねゆきて、たがひに一禮をのべをはりて後《のち》、酒宴《しゆえん》もやゝたけなはにおよび、大盃《たいはい》の數《かず》かたむけしをりからに、主人より、「酒の肴に、おの〳〵歌一首《しゆ》ヅゝよみ給へ」
とあつて四《よ》ツ足といへる題をぞ、いだされける、［一人の男とりあへず］
「深山《みやま》へは人もゆかねばいたずらふ月日ばかりをおくり狼《おほかめ》」
ト［よみけるにぞ、主人「フヽン」とわらひながら］
「コリヤもうやくたいじや、一向《かう》、點《てん》にならぬ」
ト［いへば、又、次の男］
「猫《ねこ》の子《こ》をはかりにかけてもらへども朝と昼とは目のちがふなる」
主人「にやんのおもしろうもない、點にはならぬ」
といふ。［今一人の男］
「かふ人の恩《おん》はさかなの骨にまでよくかみわけて門守《かどまも》る犬《いぬ》」
主人「これもおなじく、棒《ぼう》じや〳〵」
ト［いふにぞ、四人めの男］
「子鼠のあこぎにかぢる網戸棚《あみとだな》たびかさなりて猫にとられな」
主人「これもチウ〳〵、いつかうモウやくたいじや、何をいふても點にはならぬさかい、歌の事はやめにせい」

トいはれて、一人の男、やつきとなつて、大さかづきを引うけながら
「さやうならもういつしゆ、『身の丈《たけ》も二尺あまりの大鼬《おほいたち》そのゆくすゑは何になるらん』」
トよみて
「もし先生、こればつかりは、てんになりやせう」。

※狂哥四天王　和歌四天王（浄弁、頓阿、兼好、能與（慶運をあげることもある））を踏まえて、ここでは狂歌詠み四人をあげて狂歌四天王といった。実際に江戸の天明期（一七八一～八八）に狂歌四天王（宿屋飯盛、鹿都部真顔、頭光、馬場金埒）がいた。**四ツ足**　四本足の動物。**やくたい**　益体。益体無しの略。役にたたない。**點**　評点。**にやんの**　にやんとも。なんとも。どうにもの地口。まったく。**棒じや**　評価に値しない。**あこぎにかぢる**　ずうずうしく齧る。**チウ〳〵**　中ぐらいの出来。**てんになりやせう**　点と貂を掛ける。貂と鼬は俚諺に「鼬なき間の貂誇り」がある。恐れるものがないのを幸いにいばること。貂の天敵は鼬である。鼬は貂を捕えるので鼬がいない間だけ、貂はいばることができる。『軽口筆彦咄』（寛政七年。一七九五）序に「虎渓の三笑は、大笑ひの水上といへとも、李白、杜子美、人丸、赤人、其余名たる詩人歌人のつらね言も、是みな笑ひ艸の種なるへし。其たね、つたへ〳〵て今の世までもはびこり、貂となり鼬と変じて、日々夜々笑ふにいとまあらず」をみる。

「四ツ足」という題で、文中で狂歌を詠むが、評点をつけられない狂歌ばかりなので、狂歌

づくりをやめにするというと、もう一首詠むものは、評点がつくはずだといい、「大黜が貂になる」から「黜」はつくと落す。可楽は俳句、和歌、狂歌などの韻文を好むので、あげる狂歌は自らが創作したものとみられる。

○仲《なか》わる

かうや町のほとりに住居《すまゐ》ける何某《なにがし》とかいへる先生、ある夜《よ》、下部《しもべ》三助をよびおこして「コリヤ〳〵三助よ、こよひもまた格子《かうし》のそばで、白めがゑろうほへくさるが、なんでもこりやぬす人がうせたものであらう。氣をつけて見い」

三助、目をこすりながら、ふせうぐ〳〵立いでて

「イヨウだんなさま、犬めがほへるはづじや、ひらき戸の猿が、をりてござります」

※**下部**　下男。**白め**　白犬めの略。**見い**　よく見ていろ。**猿**　戸の締まりをするために設けた木具。または金具。くろろ。さん。おとし。

俚諺「猿と犬（犬と猿）」を踏まえた笑話である。俚諺は仲の悪い者同士のたとえに用いられ、「犬猿の仲」ともいう。「下部、犬、猿」が兼題とみられるが、犬と猿では俚諺が浮かびやすい。三題噺かどうかは判断しかねる。これも即興噺であろう。

『十二支紫』

もう一つ三題噺の作例がある。『十二支紫』（山口藤兵衛板。天保三年正月刊。一八三二）である。序文を江戸茶番紫連の嘯月亭主人が書いている。序文の冒頭に置いた俳句は嘯月亭主人か可楽であろう。この紫連や嘯月亭主人については不詳だが、可楽は紫連に属して茶番をつくっていた。のちの三題噺の会の同人河竹其水が茶番の司馬連をつくって楽しんでいるが、可楽も紫連主催の茶番の席で、茶番以外に三題噺を演じていた。この作品も即興噺集である。

作品の表紙は可楽の紋の二升（三枡を捩ったもので、「可」を象形化した紋）。紋の周りは紫色で摺られる。茶番の紫連を表している。『十二支紫』は江戸紫の洒落である。「十二《え》支《と》紫《むらさき》の序《じよ》」に、

「春霞棚引《はるかすみたなひき》そめし朝《あした》より」。吉《きち》〳〵と三笑亭可樂《みたびわらふてたのしむべし》とは、彼福神《かのふくじん》の詫言《たくせん》〈ママ〉にて、當《とう》時流行新説《じりうかうしんせつ》の魁《さきがけ》、言葉の華の爛漫たる、是《これ》や大江戸の花也、とみな人ごとに云《いひ》「綿《わた》の鼠《ねづみ》」、げに茶番仕《ちやばんし》の座頭《ざかしら》に「すへもの〈陶物〉ゝ牛《うし》（大人）」「張《はり》この虎《とら》の」うなづくは四方《よも》の受《うけ》よき吉兆に而、幾星霜《いくせいさう》の年月《としつき》を、ふみかためたるかたおや父《ぢ》も、瀬川五曉《ごきやう》の雪の場には、耳《みゝ》ひつたて〈雪の兎〉ゝ兎の如《ごと》く、後《あと》をたのむの妙智力《みやうちりき》。「虎溪《こけい》の橋《はし》の高名《かうめい》は三國一の不二《ふじ》土産《みやげ》、「麦わら細工《ざいく》の大辰《おほろち》」、その乾徳《けんとく》も在田之龍大人《ざいでんのりうたいじん》に見《まみゆ》るに利《り》ありとは雲上様方《おくげさんがた》、御大名様《おやしきさん》、多《おほ》

くの席《せき》の賜《たま》ものは、巳《み》(金物の巳)になる金《かね》の餘光《よくわう》にて、酒樓《しゆろう》(しゆろの馬)に登《のぼ》つて甜《うま》ものぐひ、滑稽の開《かい》語《ご》には駟《し》も及ばずといへども、意《こゝろばえ》の香《かん》ばしきは、持皷郎の類《たぐひ》に入《い》らず、實《じつ》に風流《ふうりう》の一奇人《きじん》なり。たま〳〵餘《よ》が書屋《しよおく》に來《きた》つて、茶話《はなしちやばん》の新題《しんだい》をもとめに応じて、雑毛《ぞうげ》(象牙の羊)の水《すい》筆《ひつ》、屠所《としよ》の羊《ひつじ》にあらねども、はこばぬふでに十二支《し》へ、かさ(笠)を附《つけ》たる「きれの」結《むす》びあはせし「糸細工《いとさいく》」、呼々《あゝ》鶏《にわとり》のおもしろしおけつこふじやとおだてられ、その圖《づ》にのりぢで序《じよをかく》を世上《せけん》の博覽《がくしや》にうたれたら、顔から火の出る「石の犬《いしいぬ》」、たゞあやまつて蹲踞《はつつくばい》申上升。そのあとはこのさし畫《ゑ》こそ、五渡亭《ごとてい》と文雍大人《ぶんようし》の筆《ふで》なれば、「畫《ゑ》の猪《ゐ》」いところを御賞翫《ごしようくわん》。こゝへ十巻(十干)かしこへもと十二支《えと》紫《むらさき》の御評判《ごひやうばん》。よろしくねがひたひまつるは

江戸茶番紫連の嘯月亭主人（「喜僊」）

※當時流行新説　いま流行の新笑話。**瀬川五曉**　四世瀬川路考の俳名「路曉」の誤刻か。**持皷郎**　太鼓持ちのことか。**五渡亭**　歌川国貞。香蝶楼。三代豊国の前名。**文雍大人**　遠坂《とおざか》文雍。江戸時代後期の画家。谷文晁に師事。天明三〜嘉永五年。一七八三〜一八五二。

とある。十二支を読み込んだ序文である。つぎに「ぎんざ二丁目／坂本うじの御ひろう」をあげ、最後に三題噺の創作を可楽に頼む。

娘の子「をばさん〳〵、わたくしの所のおつかさん(母様)は、化粧《けせう》のたんび(度)に仙女香《せんぢよかう》をつけましたら、まことに美《うつ》しくなつて、トントはま村やのやうになりましたから、それからお

とつさんもまけぬ氣《き》になつて、美玄香《びげんかう》でしらがをそめましたら、まことに若《わか》〳〵となつて、成田屋《なりたや》か音羽屋《おとはや》か源《げん》の助《すけ》といふやうな能男《いゝをとこ》になりましたをば、「ヲヤ〳〵それではさぞおつかさんが、黒《くろ》うなさるであらう」

此とき紫連《むらさきれん》の喜仙《きせん》、喜鶴《きくわく》、仲雍《ちうよう》といへる三大人の御いでにて、在下《やつがれ》へのおみやげには大和屋の瀧水《たきすい》、倅馬士三郎《せがれまご》には瀬戸物町《せともてう》の町田《まちだ》の將棊《せうぎ》らくがんを御持參《ごぢさん》にて

「扨可樂子《さてからくし》、この大和屋の瀧水とせうぎの駒《こま》で、ちよつと三たいばなしを聞《きゝ》たいネ」。

※黒うなさる　色が黒くなると苦労を掛ける。**紫連**　茶番の連。喜仙、喜鶴、仲雍は同人。**大和屋の瀧水**　江戸和泉町の四方久兵衛の四方ケ店で売る銘酒を大和屋でも販売していたか。大和屋の営業場所は不詳。三題噺の一題とする。**町田の將棊らくがん**　町田の落雁。町田は店名であるが不詳。**せうぎの駒**　三題噺の一題。駒から成駒屋を浮かべる。

といって三題噺を所望する。本文の「扨可樂子」から「この大和屋の瀧水とせうぎの駒で、ちよつと三たいばなしを聞たいネ」の間の本文が削除されて空白の状態になっている。問題になる記述の一文があったのを削ったのだろう。つづく「〇三題ばなし」の形は『はなし本　披露目本』の「〇三題」と同じである。ここでは「〇三題ばなし」とする。

〇三題《さんだい》ばなし

うそつき「此あいだモシ、をかしい事がございました。三升連《みますれん》のおきやくの所へ鯉《こい》をもつ

ていつたら、瀧水《たきすい》を三升下《さんじやうくだ》すつたから、芝翫連中《しくわんれんぢう》のお客《きやく》の所へいつて、金《きん》を一チまい引とらうと思つて、なりこま屋をほめると、小づかひを四貫《しくわん》くださる。これからなんでも肴《さかな》をほめ出してへもんだと思つて、かつみ連《れん》のしゆ《（衆）》うの所へいつて、思入れ簑《みの》さんをほめたあとで、モシだんな、大和屋のおやかたのあばたは、まことに女の惚《ほれ》る、あれがほんの愛《あい》きやうあばたでござりますとほめたら、大そうに嬉《うれ》しがつて、さかなを奢《おご》るから、おやぢ橋《ばし》まであい《（歩行）》べと云《いは》つしやるから、ハヽア先生《せんせい》、女川《めがは》のあなごをおこる氣《き》だなと、だん〳〵ゆくと山がた屋へいつて、ばんどう《（八文）》のいも《（芋）》サ」

三大人「ばんどうのいもはありがてへ、目出度《めでたく》一ツ〆やしやう。シヤン〳〵〳〵シヤン〳〵〳〵シヤン〳〵〳〵、大極《おほきま》りシヤント」

三笑亭可樂卽考（可樂紋）

※**三升連**　市川団十郎贔屓の連。**瀧水**　江戸和泉町の四方久兵衛の四方ケ店で売る銘酒。三題噺の一題。**芝翫連中**　中村歌右衛門贔屓の連。**金を一チまい引とらう**　祝儀を一ついただこう。将棋の金を掛ける。金は玉の強力な守り駒であるとともに敵玉にとどめを刺す駒。**なりこま屋**　成駒屋。中村歌右衛門の屋号。「せうぎの駒」の一題と、将棋で相手の陣地に進み、駒を裏返して動き方を変えるのを「成る」という。これを掛ける。**四貫**　金と芝翫を掛ける。一貫文を一万二千円とするとその四倍。**かつみ連**　不明。簑助の贔屓連か。**簑さん**　坂東簑助。三津五郎の俳号。**大和屋**　坂東三津五郎の屋号。店名を掛ける。**愛きやうあばた**　痘痕が靨にもみえるので

愛嬌といった。**おやぢ橋**　東堀留川に架かる橋。吉原の創設者庄司甚右衛門が架けた橋。甚右衛門は親父と呼ばれていた。**あいべ**　「あいぶ（歩ぶ）」。歩いて行こう。**女川**　浅草雷門前広小路の菜飯屋の名。**山がた屋**　不明。青物屋の店名か、または店の紋、商標の∧印をもつ店のことか。**ばんどう**　八文と坂東三津五郎を掛ける。ばんどうは魚屋、鮨屋・青物屋などがつかう符牒。八・八十・八百などの数をいう。

可楽に「大和屋の瀧水とせうぎの駒」の兼題で「三だいばなし」を聞きたいといっているが、二題しかあげていない。あとの一題は「大和屋」で、「瀧水」は別々の題とするのか。「せうぎの駒」には「なりこま屋」を掛けている。三升連を「瀧水を三升」とし、芝翫に「四貫」を掛ける。役者たちを登場させるところに可楽らしさをみる。

登場人物の「うそつき」は笑話を話す人物として登場し、嘘ばなしをする。どんな嘘をいうのか。つくられた嘘であるから、わかりやすいものをあげる。ここでは洒落をいいながらの嘘ばなしで、嘘つきの例ではない。「三升連のおきやくの所へ」「鯉をもっていったら」「瀧水を三升」は、俚諺「鯉の瀧登り」を掛ける。三升連から三升。「芝翫連中」「なりこま屋」「四貫」で中村芝翫。「かつみ連」「簑さん」「大和屋のおやかた」で坂東三津五郎。最後の「ばんどう」も坂東と八文の符牒の「ばんどう」を掛ける。

字数は二百七十六字である。『はなし本　披露目本』の百六十一字の三題噺より長いのは、演じたままを載せているからだろう。

芝居を題材にする可楽は、いつも身近な興行の演目や役者への興味をもっていたことになる。「東都噺者師弟系圖」の「鳴物入芝居懸り元祖　三遊亭圓生」「百まなこ元祖　可上」「うつしゑ元祖　都樂」「つゞき物語元祖　馬生」「道具入怪談入元祖　正藏」などの落語家たちも芝居とかかわっているが、可楽も芝居を落語に取り入れた手法をとっていたことになる。いままで可楽が芝居噺の落語をつくったという指摘はみられない。芝居噺を円生だけとみるのは誤りとなる。これによって当時の落語の世界が、芝居噺を中心に演じていたとみてもいいだろう。

最後に、二代可楽の笑話本『新作可樂卽考』をあげておきたい。本書には刊記がないが、天保十三年（一八四二）刊といわれている。初代可楽は天保四年（一八三三）没だから、本書は二代可楽の作品となる。本書の冒頭で、

おのれ一夕《いつせき》さる御やしきへめされ候節《せつ》、當時《たうじ》りうかうの。神《しん》。玉《ぎよく》。水《すゐ》。といへるくすりをを《(ママ)》出《いだ》し給ひ、此みつの文字《もじ》を題《だい》にして、かの一分せんかうの間《あひだ》に卽考《そくかう》せよ、とありければ、可樂まゆに八の字のしはをあらはし、湯《ゆ》を一ト口のんで、エヘントせきばらひしをしながら、まづかみといふ字《じ》のはなし

という。ここにみる「みつの文字を題にして」「一分せんかう（一分線香）の間に」「卽考せよ」は、初代可楽が用いていた言葉である。「神玉水」の兼題を別々にして三つの笑話をつくって

いる。三題を一つの笑話にしたものではない。二代は初代門人の芝楽から可楽になり、のちに翁屋さん馬、楽翁となったから初代の三題噺は心得ていたはずであるが、三題噺の解釈を間違ってとらえている。「可樂まゆに八の字のしはをあらはし」という表現も初代可楽が考えている姿としているが、これも初代なら面倒くさい顔などはせずに、即座に創作したはずである。書名の『新作可樂卽考』も、どこまで正しく理解していたかは疑わしい。

おわりに

三題噺をはじめた可楽の三題噺が、あきらかでないままなのは、いままで近世落語のなかで、三題噺を評価しようとしてこなかったからにつきる。そのため、その後、幕末に三題噺の会が誕生しても、なぜ三題噺を復活させたのかという疑問も抱くことなく、三題噺の作例は、可楽の三題噺を真似たものであり、同じものだから、「三題噺とはなにか」を考える必要はないとみてきた。

三題噺は即興噺、即考噺であり、すばやくつくる可楽の妙技が評判となり、あらたな寄席芸を落語のなかに加えたことになる。ほかの落語家が演じなかったことから、三題噺は継承される芸にはならなかった。笑話を早く仕上げるといっても、三つの兼題を入れた笑話をつくるのはむずかしい。可楽のいう「卽考」は三題噺による笑話の創作をいい、落語をつくることではなかった。三馬が「可樂自若として須臾に頓作し、聴を驚かす事常也」「可樂は捷才頓智の人、つねに自作を講じて他人の糟粕を嘗らず、席に臨て三題話を作る。最賞するに絶たり」と書いたのも、可楽の当意即妙さを「捷才頓智」といったのである。

この三題噺を、幕末の三題噺の会が復活させた。いったいどのように三題噺を復活させようとしたのか。つぎに考えてみたい。

Ⅲ　三題噺の復活 ―― 三題噺の会誕生

はじめに

三題噺の会が、どのような経緯でつくられ、いつからはじめられたのか、また二つある粋狂連と興笑連の同人は、だれによって、どのように集められたのかなどを詳しく述べたものは、いままでみられない。

三題噺の会は日本橋万町（現中央区日本橋一丁目）の柏木亭で催したのがはじまりというのは誤りである。最初に開催した場所は、柏木亭ではなく馬喰町の松本茶亭であった。松本茶亭は会席料理屋または即席料理屋であったとみられるが、『江戸名物酒飯手引草』（嘉永元年。一八四八）にも店名はあげられていない。嘉永期のあとの安政、万延期（一八五四〜六〇）にあった店なのかも知れないがわからない。資料の一つに「知己の家を借設け」というから、個人の家の座敷を茶亭といったのかも知れないが、いまは貸席、貸座敷とみておくことにする。仮名垣魯文は『粋興奇人傳』（文久三年春。一八六三）の「粋興奇人傳後叙《かうぢよ》」に「于時文久三《ときにふんきうみつ》の春はじめの二日、若水《わかみづ》くめる龜井町門邊《かめゐちやうかとべ》云々」と記して、

本朝《ほんてう》の通客粋興《つうかくすいきやう》の畸人《きじん》を湊《つど》へて三題噺を再興せり、さるは此道《このみち》の龍虎山《りゆうこざん》に比競《たぐへ》し、有人《ありんど》、玄魚《げんきよ》の兩遊子《りやういうし》、去々歳《いぬるとし》、伯樂街《はくらうちやう》なる松本茶亭《しやうほんさてい》の伏魔殿《ふくまでん》に、高坐を開拓《ひらきはじめ》しより云々

と書いている。「龜井町」は魯文の住んでいた場所である。「伯樂街なる松本茶亭」で催したのを、魯文は「去々歳」といっている。これは一昨年か去年のことになる。執筆時が文久二年（一八六二）であるから、万延元年（一八六〇）もしくは文久元年となる。さらに地口本の『地口雛形駝洒落早指南《だじやれはやしなん》』初編の文久二年秋の序でも魯文は、「集會同盟《あつまるなかま》の粋興連類は倶共《ともぐ》洒落のめす」といい、文久二年秋前に粋狂連と興笑連が合流した粋興連のことをいっている。その粋興連の会の貸席「古柏樓」（柏木亭のことをいうか）の座敷を、大判錦絵（三枚続き）の「茲三《こゝにさん》題噺集會《だいはなしのよりぞめ》」（文久二年。改印は閏八月）と題して、同人の一惠齋芳幾が描いているのも文久二年秋である。いずれにせよ万延元年、文久元年のときには、三題噺の会がはじまっていたことになる。

ところで、この三題噺の会には、同人の一人となった三遊亭円朝も参加した会だが、岩波書

店版『円朝全集』別巻二（平成二十八年。二〇一六）の年譜には、「金座役人・高野益十郎は三題噺の再興を図ろうと」「柳亭左楽、円朝らを誘って」とあるのは誤りである。山々亭有人が落語家柳亭左楽の人気を高めるために提案した会を松本茶亭で、有人が主催したのが最初の三題噺の会であった。有人が仲間たちに声をかけてはじまったが、この発足時には、肝心かなめの左楽は参加していない。また円朝に声かけをしたという記録もみられないから、年譜の記述は正しくない。有人、梅素玄魚、魯文、芳幾、河竹其水（のちの黙阿弥）たちは、松本茶亭で月例会を重ねていくうちに、同人も増えた。支援者の好文舎花兄が、「もっと広い会場がいい」といって会場を柏木亭に移すことになった。したがって高野益十郎（好文舎花兄）が目論んで三題噺の再興を図ったわけではない。

三笑亭可楽のはじめた三題噺を即興噺、即席噺、一分線香、即考ともいい、落話会（落語会）の高座で、即座にあたらしい笑話をつくっては、落語と落語の合間の余興に演じた。このことから可楽は自らを「三題噺の元祖」と名乗っているが、これは自讃の気持ちを表出するための「元祖」とみられる。可楽没後に演じられなくなった三題噺を、幕末期に復活させたのが三題噺の会である。どのようにして誕生し、そしてその実態はどうであったのか。こうしたことを残された同人作品集の笑話本から、三題噺という笑話の作例を通して、三題噺の月例会の報条摺物の考察と、もっとも活躍した同人たちをあげて、三題噺の実態をみていくことにする。

三題噺を復活させる

なぜ、三題噺の会が三題噺を復活させたのか。その経緯から考えていくことにしよう。三題噺の会は山々亭有人が、「昔、三笑亭可樂の演ッたといふ一分線香三題噺を再興させては」と提案したのがはじまりであった。可楽は三題噺を、「一歩《ママ》線香卽席噺」「卽席ばなし」「卽考」「可樂卽考」「三笑亭可樂卽考」とも呼んでいた。「一歩線香三題噺」は「一分線香即席噺」と同じであるので誤りではない。有人は三題噺と即席噺は同じととらえていたので、好文舎花兄の座敷での話のなかで、可楽の「一分線香三題噺」のことを口にした。「可楽の即席で三題噺をつくる三題噺の会をやれば、左楽の三題噺の妙技をみることができ、評判になるはずである」といい、参加者に声をかけたが、その左楽は参加に同意してくれなかった。しかし実際にやろうとしても、三題の語彙を入れる条件で、一条の笑話を創作することがわからず、どのような形式でやっていくのかも、まったくわからない状態の不安をかかえながらはじまった。そのなかでも魯文と其水は、三題噺をつくるおもしろさに興味があったので、おおいに協力をしてくれた。すでに可楽の演じた三題噺を知る人もみた人もいないから、なかなか想像することができなかった。しかし、有人がいうように左楽が演じていたという噂があった。左楽がいれば、すんなりと進むはずであったが、左楽の同意が得られなかったので知恵をしぼって、同人一人一人の兼題を決め、それでつくった三題噺を発表するなどの方式を考えた。

三題噺は三つの題で笑話をつくることだとわかっても、笑話作者となって笑話をつくる心構えをもっていない同人がおおいので、はじめはなかなかうまくはいかなかった。同人自らがつくるための手本がないなかで、難なく創作して自演したのが其水であった。其水は芳々と号して、笑話の創作手法と同じことをする茶番の会で鍛えていたから、水を得た魚のごとくに三題をもとにした笑話をつくった。そもそも有人が提案した「一分線香三題噺」は、じつは最初に其水が望んでいたことではなかったかと想像する。其水は「指南役をするから会をはじめよう」といったのだろう。其水がやった茶番は笑話と同じ落ちをもち、兼題のなかの一題によって落ちを決め、あとの二題をうまく展開に活かせば、すぐに三題噺はつくれたのである。芝居のように一幕を二場、三場としてつづけて展開させるのと同じように、三題の言葉によって場面を展開させれば同じと考えた。一題にこだわることはなく、残りの二題で展開させる構想をもてば、すぐにでもつくれた。其水は三題噺を「創作をしながら感覚を磨き、話し方も覚えれば、あとは大丈夫」と同人たちにいったとみられる。

月例会を開く順序は、まず三題を二人の同人の月番が企画する。語彙の三題をあげたら同人の人数分の報条摺物をつくると、できあがった摺物を同人のところに月番が届ける。同人は報条摺物を手にしたら、創作の準備をし、できあがったら話す練習をする。これに慣れるには、相当の時間がかかったであろう。同人には其水、有人のほかに瀬川如皐、魯文、左楽、春風亭柳枝、立川談志、円朝ら二十数名がいた。その後の同人たちの活躍は、三題噺の会で得た経験によって、あたらしい道に光明をあてることとなり、幕末期から開化期、明治期の演劇、芸能、文学、美術、文化の創造に、おおきな役割を果たすことになった。三題噺の会の存在は、個人の力で乗り越える創作の世界を、共同の意識をもった同人組織で乗り越えることを可能にし、あたらしい時代の文化の基盤をつくったのである。笑話をつくって楽しむ趣味の会であると三題噺の会をみるのは短絡的なとらえ方である。三題噺の創作から影響を受けた其水、如皐、円朝、有人、魯文らの作品研究が、すでに先学者によってなされているが、ほとんどが三題噺の会に触れていない。三題噺の作例をまとめることもなく、作者論、作品論が書かれてきた。三題噺を研究対象としてこなかったのは、三題噺の会の三題噺の作例に対する意識がなかったために、考察の対象外としてきたからである。

復活経緯を知る二つの資料

三題噺の会をはじめた経緯がわかる資料が二つある。異なる部分や重なる部分がみられるので、二つをあわせると、ほぼ経緯がみえてくる。一つは、

文久の末より元治の頃、玄魚河竹有人芳幾魯文抔打集り、例の好事の戯れに、天明の昔日

談洲焉馬が落語を權輿しに比競、文化の始め三笑亭可樂が一分線香三題噺の頓作に傚ひ、素人同士職業の餘暇知己の家を借設け、彼三題ばなしを再興せんと企てたるに、當時、金座役員高野某（雅號松花園亦櫻垣）、此事に荷担して、甲子待或は不時の遊宴には、必ず連中を集へ三題話の催しあり。此内の黒人は、故人柳亭左樂と現今の三遊亭圓朝のみ。此戲樂、漸々流行の一部と成、其連號を粹狂連と稱へ、河竹新七は此三題噺の趣向にて新狂言を書おろし、瀬川如皐も又新淨瑠璃の脚色を設く、斯かる程に食類は三題茶漬、三題菓子、煙管に三題張、衣類に三題染、或は三題櫛、三題簪抔、新製の物品多く、三題の字を冠らし、遂に粹狂連興笑連（興笑連は大傳馬町の富豪勝田某）の徒を集め、一小冊に綴り、三題噺畸人傳刻成て、世に発兑せり。（「芳譚雜誌」。愛善社。明治十三年三月。一八八〇）

「玄魚河竹有人芳幾魯文抔打集り」「素人同士職業の餘暇知己の家を借設け、彼三題ばなしを再興せんと企てたる」とある。玄魚、其水、有人、芳幾、魯文らが集まって、「知己の家を借設け」て開いた。この「知己の家」とは松本茶亭のことである。その後、高野《かうの》某が支援して三題噺の会を大きな会場で催すことになった。この高野とは高野益十郎（好文舎花兄）である。「彼三題ばなしを再興せんと企てたる」は左楽のために三題噺をする集まりを考えたから、自らが「再興せんと企てたる」というのは誤述である。なぜ三題噺を復活させようとしたのかは、すでに述べたように左楽のためであった。しかし、発足したときに左楽の参加がないままの見切り発車で「再興」した。すでに左楽の応援のための「企て」ではないのに、三題噺を「再興せん」として「企てたる」という記述となっている。高野益十郎が大上段に構えて「再興せん」としてはじめたものではない。ここには有人が催主となった採菊の会を松本茶亭ではじめた経緯が書かれていないことからわかる。

また「甲子待或は不時の遊宴には、必ず連中を集へ三題話の催しあり」というので、決まった場所でないところでも催したというが、その場所はあきらかでない。その後、昔の字が「廿一日」と読めるので、開催日を二十一日に定めたのは、焉馬の咄の会にはじまる。決して自由な日に開催していたのではなく、集まりやすいときの甲子待などに開催したのを、定まった日にしたのは、順調に三題噺の会が行われ、特定の日の開催にしたほうがいいという案が出たからであろう。月例会以外は別の会への参加もあった。その例に左楽と円朝が、三題噺を落語の合間に演じた落話会を開いている。時間と場所さえあれば、どこでも個人的に演じることができるという落語家のみの特例もあったとみていいだろう。「黒人は、故人柳亭左樂と現今の三遊亭圓朝」というが、ほかに春風亭柳枝、立川談志もいた。ここに「黒人」をあげるのは、三題噺である以上、落語家が三題噺の笑話創作と実演の見本をみせていたからであろう。同人たちには自作自演の手本がなければならない。それを示すためには落語家の加入が必要であった。名前があげられても参加の同意がなければならないから、左楽も三題噺についての知識をもって笑話を創作し、同人の前で発表する会であるのを承諾し、同人への指導をする役割をすることも伝えられたとみられる。文末の「三題噺畸人傳」は同人作品集の『粋興奇人傳』のことである。

ところで、三題噺の会以前に、同人の落語家たち四人と玄魚、其水、有人、芳幾、魯文らは、駝洒落（駄洒落）をつくる会に、粋狂連の同人として参加している。ほかにも扇夫（福井）、円太郎（三遊亭）、松林堂（書肆藤岡屋慶次郎）、芳晴（浮世絵師歌川）、延寿（清元延寿太夫）らの参加がみられ、このときの駝洒落をまとめた作品集に地口本『地口雛形駝洒落早指南』（三冊。初編は文久二年・一八六二。二編は文久三年。三編は慶応元年・一八六五）がある。この本の表三見返しには、駝洒落を募集する撰者に、香以散人（細木香以、津藤）がいるので、この集まりは香以が中心となった駝洒落の会であったことがわかる。香以は森鷗外の「細木香以」や芥川龍之介の「孤独地獄」に書かれた人物である。かつて細木香以について永井荷風研究者の秋庭太郎（一九〇七～八五）の自宅で、自らが発行した雑誌「軟文學研究」を手に取りながら、「もっと調べてみたら、おもしろい人物だ」と話されたことがあった。魯文は板元の松林堂の店番を勤めたことから、松林堂で作品を刊行することを勧め、本書の編輯者として「駝洒落早指南初編叙」を書いている。

いま、この『地口雛形駝洒落早指南』の作品を三冊揃いで所蔵する機関はない（初編に早稲田大学図書館本ほか、二編に夕霧軒文庫本（宮尾しげを旧蔵）ほか、三編に横浜開港資料館本（五味文庫旧蔵）の伝存が確認できる）。序文は、「駝洒落早指南初編叙」「文久二壬戌季秋発市」「假名垣魯文戯述」とある。口絵に、「禍の門の戸さして舌の根に言葉をそへる口合の友」とあり、魯文、三笑、有人、交来、玄魚、芳幾、彫多、扇夫、西竹の人物たちを描いている。柱題は「だじやれ」。奥付に、「地口雛形／駝洒落早指南／袋入毎編一冊　一組五勺吐／入花百孔」「梅素亭玄魚、十瓶舎竺万、香以散人、福亭三笑、河竹其水／戯撰」「後見山々亭有人、傭書根岸交來、畫工朝霞樓芳幾、校合假名垣魯文」「各連月廿日〆切秀逸上開板製本美冊に仕立御出候の諸君子へ呈上翌月廿日無遅滞返艸仕候」「玉句届所／淺艸茅町　藤本繪店、通三丁目　ことふき、甚左衞門町　鈴木やひで／猿若二　木戸玉重、いせ町　文花堂、吉原仲の町　太わらや」「開板所　通油町　松林堂　藤岡屋慶次郎」とある。

このように投句場所を記して、一般の人々にも声をかけている。駝洒落の作例を読めば参考になるだろうと、三編まで刊行している。魯文の「駝洒落早指南初編叙」では、つぎのように記す。

虎溪に三笑あり。苦樂共に頤《おとがひ》を解《とき》。腮《あご》の鎖《かけがね》はづるゝをおもはず。滑稽に三笑あり。常に口から出放題《でたらめ》の駝洒落を吐《はい》て、自己《みつから》喜び笑ふ門には福亭《ふくてい》に。集會同盟《あつまるなかま》の粋興連《すゐけうれん》類は倶共《とも〲》洒落のめす。駝洒落の員《かず》が三萬三千三百三十三句に及べり、かゝる笑《しやう》句を言《いひ》すてになさんも、惜《をし》と山王の例の櫻木《さくらのき》にのぼせ、苦蟲喰《くひ》の娵《よめ》いぢる姑婆《しうと》に、お臍でお茶を沸《わか》させ、抹香嘗《なめ》たる閻魔面《づら》を和《やはら》げ令んと駝洒落の開山《かいさん》。一惠齋が狂畫をそへ、だじやれの問屋《とひや》松林堂に与へて、わらひの種蒔、三馬が口調に倣ふ僕《やつがれ》は、

假名垣魯文戯述

（改印）文久二壬戌／季秋発市

※改印は九月。

「集會同盟の粋興連」による同人組織が中心になって開いている。「倶共洒落のめす」勢いは集団攻めといったところであろう。たとえば円朝の作例をみると「たしかに此道ヲ丶そうだ」「麻疹《はしか》に血の道　疱瘡だ　三遊亭圓朝」、「内をしのんでやうやうと」「潮《うしほ》で呑で楊枝をと　圓朝」とある。「内をしのんでやうやうと」は清元「〔お染久松〕道行浮塒鷗」の文句である。「今もむかしはかわら町、名代娘のたゞひとり、おくれ道なる久松も、まだ咲かゝる室の梅荅の花の、ふり袖も内を忍んでよふよふと、爰で互ひの約束は、心もほんに隅田川、人目堤の川岸を、たどりたどりて來りける」とある（粋史花岳編『〔新撰歌集〕音曲大全』「清元の部」。金松堂。明治十八年四月。一八八五）。このような活動が、月一回行われ、三題噺の会とともに同人たちの結束を高めていくことになった。

もう一つの資料

もう一つは、三題噺の会をはじめた有人が、明治期に回想して書いたものである。有人は、これを書いた翌年の明治三十五年（一九〇二）十一月に七十歳で没した。

文久年間に三題噺といふ遊びが殊の外流行仕たり、是は當時金座役人に號を花垣七五三丸、俗稱高野益十郎、其他長谷川金次郎などいふ人々が、先代左樂を贔屓にされ、彼が芸の上手なる割合に、大人《おほびと》の取れぬを氣の毒に思ひ、何ぞ左樂に人氣の附く法は有まい歟との相談に預り、左樂は氣轉の利く男なれば、昔三笑亭可樂の演ッたといふ一分線香三題噺を再興させてはとの愚見を採用され、左樂へ計ると、左樂は存外臆病で、首尾能く出來れば結構ですが、下手を遣ッて味噌を附ると、取ッて返しが出來ませんから、皆さんで御慰みに二、三會御催しに成ッて、充分調練をした上でと、弱い音を吐きたり。夫も面白からうとて採菊自ら催主となりて、連中を狩集めたるに、之に應じたる人々は河竹其水（黙阿彌）、綾岡輝松、宮城玄魚、瀬川如皐、三遊亭圓朝、假名垣魯文、落合芳幾、武田交來、出揚扇夫、柳亭左樂、山々亭有人、櫻垣七五三丸

（山々亭有人。「魚屋の茶碗」。「演芸世界」四号。明治三十四年六月。一九〇一）

金座役人の高野益十郎（好文舎花兄・桜垣七五三丸）や長谷川金次郎（木しら雪）が落語家の

左楽を贔屓にし、左楽の「人氣の附く法は有まい歟」と有人（条野採菊）に相談をすると、有人がいった「一分線香三題噺を再興させてはとの愚見」が採用され、さっそく左楽に声をかけると、「三題噺をつくる集まりへの参加は断る」といってきた。そこで「採菊自ら催主となりて、連中を狩集めたる」といっている。「一分線香三題噺」は可楽の大判錦絵「一歩線香三題噺」の画題を指している（→Ⅱ「三題噺とはなにか―三笑亭可楽の三題噺」）。有人が催主となって開いたという場所が、魯文のいう松本茶亭である。

ここに同人への参加を断った左楽を、最初からいたとみるのは誤りである。左楽が「皆さんで御慰みに二、三會御催しに成ッて、充分調練をした上で」といっているので、最初の採菊催主の会には参加していない。左楽が加わったのは、「二、三會御催し」の後となる。ここにあげる同人たちは、花兄が中心になった粋狂連の人たちであり、春廼屋幾久が中心とした興笑連の人たちではない。その後、粋狂連と興笑連は合流して粋興連をつくり、華々しい三題噺の会が行われることになったが、この合流時期がいつであるかはあきらかでない。

採菊催主の会

いままで知られていなかった「採菊催主の会」があったことの記述は貴重である。採菊は条野採菊、山々亭有人のことである。「一分線香三題噺を再興させて左楽を応援しよう」といった採菊の意見が採用されたにもかかわらず、肝心の左楽が参加しないのでは会を開く意味がない。だが、まずは実験的な小さな会からはじめることとなり、会場も小さな松本茶亭となった。そのときにどのくらいの人数が集まったかは定かではない。いままで三題噺の会の主催者は好文舎花兄と春廼屋幾久の両頭取とみられて、開いた会場も柏木亭としてきた。しかし柏木亭以前の、このことが触れられていないのは、なぜであろうか。いままで主催者がだれで、会場はどこでなどを問題にしてこなかったからである。採菊自らも左楽の参加がないのに、最初から参加しているように記述しているのは、ほんの数回の参加がなかっただけだったので、最初からいたと錯覚したのだろう。

この知られてきた二つの資料の矛盾を指摘した先学者はいない。また資料には活動していくなかでの問題点や、指導したであろう其水たちの意見などが語られていない。あくまでも其水の存在は推測に過ぎないのだが、其水が茶番の会で経験したことから、会の進め方や三題噺のつくり方などを指導し、会を開きながら問題点などを処理していったとみられる。

かつて大坂で開かれた安永期以降の噺の会が目的としたのは、どんな笑話でもいいから応募して、そのなかから選ばれた笑話を、作品のなかに収めて公表しようと企てた。この形式とは異なる三題噺の会は、同人組織のなかで創作した笑話を自らが発表する。笑話をつくるにあたっては、よほどの創作力と構想力をもっていなければ、まとめることはむずかしい。どうしてもその指導者がいなければ、つづけることはできなかったであろう。笑話は主題とする言葉を用いて、一つの笑話の世界または人物、場所に関連するものをあげて、筋を展開させていった。すなわち笑話を創作しながら、つづく笑話の創作を練って、それをうまく配列させるのがつくり方であった。三題噺では三つの兼題がつながった一つの笑話をつくっていかなくてはならない。話す笑話を創作して自演するには、同人に四人の落語家たちも助けた。ほかにも戯作者の魯文、有人もいたので、其水だけを指導者とみなくてもいいだろう。

左楽の津軽侯御前三題噺

ある寄席か落話会で、左楽が三題噺を演じていた噂を、有人は聞いたといっている。それが左楽への声かけになったならば、どのように演じていたのかを、有人は知る人物となるが、記したものはない。左楽からの「恥をかきたくないので参加を断る」という返事は、演じたことがないから恥をかきたくないといったと読むと、左楽が演じていたという噂と矛盾してくる。もし左楽が、「内輪の会でも、うまくできるとはかぎらない。まして落語家であるから失敗は許されず、しかも左楽贔屓の前で演じるのは遠慮したい」といったとしたら、もっともらしい断り方の返答となろう。その後、参加した左楽の演じた三題噺の評判を知る資料がいくつか残っているが、やはり評判はよかった。

その評判を知った津軽侯の下屋敷で左楽が三題噺を演じていることが『笠亭仙果文集』の「津輕侯親筆三題話題書之裏書」に書かれている。

題を三とりて、はなしをする事は三笑亭可樂がはじめなるべき、此頃三題話の世にいたくおこなはるゝは、松花園のあるじ、其道の人ならねと何事もすてぬ心に、ふと思ひおこし粋狂と云社を結び、今の柳亭左樂などを會主とし、萬うしろはたてゝ、月並の集會を物せらるゝによるならむ。こゝに陸奥津輕の殿、こはいかなる事を物語るにか、きかまほしき事なりとて、去年の十二月二十四日の夜、本所の御館に、左樂をめしあげて、物をさせいと云々

「松花園」は好文舎花兄の号である。「柳亭左樂などを會主とし」は三題噺の会が左楽を中心にした会というが、この記録はみられない。三題噺がどのようなものであるかを、津軽侯は聞きたくなり、左楽を屋敷に呼んで演じてもらったのである。この「陸奥津輕の殿」は陸奥国十一代弘前藩主津軽和泉守順承《ゆきつぐ》（元治二年二月没。一八六五）のことである。「本所の御館」は上屋敷の本所二ツ目（墨田区）にあり、中屋敷は本所三つ目通り（墨田区）、下屋敷は亀戸（江東区）にあった。兼題や演じた三題噺の内容の記録はないが、このときに笑話や落語も披露したとみられる。

円朝の船での三題噺の会

津軽侯の三題噺が行われた「去年の十二月二十四日の夜」には、同じ『笠亭仙果文集』に円朝の演じた三題噺について、「三遊亭圓朝、舩にて三題話の會せし時、其ノさまを書きてそへたる戯文（文久三年七月八日）」とある。左楽の「去年」は文久二年の暮とわかる。すでにこの時期には三題噺の会は開催されている。船で三題噺を聞く会を開いたのも、左楽と同じように三題噺の会とは別に話した例となる。しかも別の船に乗っている興笑連と粋狂連の贔屓連が、これを聞いたというから、三題噺の会とかかわりがなかったわけではない。いままで三題噺の会とは別に、落語家二人が別のところで三題噺を演じていたことは知られていなかった。いったいどのような会であったのか。のちに円朝の章でも触れるが、先にここにあげておくことにしたい（→Ⅵ「三遊亭円朝の三題噺―作家への基盤をつくる」）。（　）内は二行書。

大井河の三の舩は圓融院の帝のむかし〳〵にて、墨田川の三題話の舩は圓朝子が今様の物好なるべし。岩戸丸（神田川の屋根舩の名）に通り神樂の鳴物にぎはしく、有明樓（山谷堀今戸橋の酒樓也）の門近く漕寄て、夕月の入るを忘れ、興盡ざれば（王子猷が故事）夜もふけぬ也。傍にきく人、漸歸去て、興笑連（春野以下の騷客）とたのしみ連（粹狂連を贔屓の徒）のやね（舩名）を左右に三の舩。詩歌管絃の遊より面白し、神もめで給はむかし

（舩號に應ず）

墨（隅）田川の川面といっても、今戸橋の有明楼に上がる板橋に船を舫いながら、円朝の三題噺を聞く会であった。船の中という場での三題噺は、どのように兼題を出してもらったのかなどの具体的な記述はない。この戯文には粋狂連の話を楽しむ「たのしみ連」という鳥屓連のあったことを記している。「たのしみ連」とは粋狂連だけの三題噺の会を楽しむ連とみられる。『粋興奇人傳』の口絵に描かれる会場の高座を取り囲むおおくの人たちが「たのしみ連」の人々であったと思われる。

この二つの左楽と円朝の例は、落語家による三題噺を聞く会となるが、三題噺の会の記録が残っていないなかで、なぜ二人の三題噺の評判がよかったのか。それは鳥屓連が会の様子を伝えたことで知るところになったが、ほかの落語家の柳枝も談志も、同じように別のところで三題噺の会を開いていたのだろうか。こちらにも鳥屓連がいたのかも知れない。

三題噺同人作品集

報条摺物にみる兼題でつくられた同人の優秀作は、同人作品集に収められた。ところが毎月行われた三題噺の会に出された、すべての兼題を知ることはできない。また報条摺物はわずかしか残らなかった。しかも『粋興奇人傳』にあげた二十数名の作例は、月例会を記録した記録書によったものとみられるが、その記録書も残っていない。つまり同人作品集のほかに作例を知る資料がないことになる。

その作例を収める同人作品集は五冊つくられた。このうちの一冊が、このたび発見できた『今様三題噺初編』（宮尾しげを旧蔵）である。ところが笑話本の年表類には同書名の別の『今様三題噺初編』があり、あらたな問題も提示される。五冊の同人作品集の作例から、どのように三題噺がつくられたかをみていっても、なかなか三題噺の特徴を読みとるのはむずかしい。

同人作品集には、作例がみられる同人と、作例がみられない同人がいる。ほかに報条摺物から兼題だけが判明する同人もいる。だが、これらを一覧にしたものはない。ことに兼題のみの同人の作例は、あらたに同人作品集が現れれば、いつの兼題であるかもわかるが、すべての報条摺物が残っているわけではない。別本の『今様三題噺初編』が出てこないかぎりは作例は増えない。また円朝の作例が『粋興奇人傳』の一話だけといわれてきたが、新出の『今様三題噺初編』に一話あり、また、『春色三題噺二編』にも一話あることが発見できた。円朝研究にとってはおおきな収穫になる。最初の『粋興奇人傳』には、当時の同人二十三名のすべての人物紹介と作例がみられる。『三題樂話作者評判記』は同人たちの評判を記したもので作例は一つも載せていないが、書誌だけは記しておく。『今様三題噺初編』は七名の同人の九作例をみる。『春色三題噺初編』には二十六の作例、『春色三題噺二編』は二十八の作例をみる。『追善落語梅屋集』

には二十九の作例がある。五作品の作例総数は百十五話となる。

このように同人作品集が少なかったのは、天保の改革の影響が幕末期までつづいていたので、書肆側に大々的に宣伝して出版しようとする活力がなかったからとみられる。大坂では一口噺のような笑話に挿絵を添えた一枚摺がつくられるなどと、すでに幕末期は笑話本の体裁で刊行する時代ではなかった。作品が内輪の会の同人数の数だけの出版であっても、相当の同人たちがいたとしても、もう販売数を伸ばすことができないと書肆側はみたのであろう。また三題噺という趣向はおもしろくても、優秀作の笑話を集めたところで、それを読み手が、どこまでおもしろいと思ったかわからないが、いろいろな笑話本を幕末期につくらなくなった理由が自ずと想像できる。

つぎに、同人作品集についてみていこう。この一覧をあげたものが先学者の記述にはみられない。兼題の振り仮名、同人名の振り仮名は原本にしたがった。作品の刊年順にあげるので、新出の『今様三題噺初編』も、その時代順のなかに加える。

『粋興奇人傳』

文久三年（一八六三）春に刊行された。三題噺の会の粋狂連、興笑連の同人の肖像を、同人の一惠齋芳幾が描き、狂歌を添え、それぞれの同人のつくった三題噺の作例を一話ずつあげてある。本書の冒頭には、同人の雪松園美さほ蔵の可楽の摺物の模写をあげている。この摺物は式亭三馬編「落話會刷畫帖」に貼ってある団扇絵の裏面で、落語家露の五郎兵衛、鹿野武左衛門、三笑亭可楽の笑話をあげている。これは可楽の文化八年（一八一一）春の両国柳橋大のし富八楼での落話会披露のときに配られた団扇を、三馬が保存していたものである。表面は喜多武清（安永五〜安政三年。一七七六〜一八五六）が描いている。武清は山東京伝の『近世奇跡考』（文化元年。一八〇四）、『骨董集』（文化十一年。一八一四）の挿絵を描いている。「落話會刷畫帖」の「刷」は摺物を指し、一字で「すりもの」と読む。何人もの落語家の落語会のときにつくった摺物の実物を貼ったので書名とした。「畫帖」は美術用語であるので「がじょう」と読む。本書の体裁も表している。画帖は表裏をもつ体裁であるので、裏側には「落話中興來由　兩面」の書き題簽をもち、江戸落語の歴史を記している。「落話會刷畫帖　完」の題簽をもつ表側には文化十二年の序がついている。この最初に可楽の団扇絵が貼られてある。「落話會刷畫帖」は渋江抽齋、飯島花月、京の藁兵衛、雪松園美さほ旧蔵の資料で国会図書館に収蔵されている。同人の美さほ所蔵のときに模写して、『粹興奇人傳』の口絵に用いたことがわかる。三馬自筆本の所蔵者が転々と変わったのは、三馬の趣味による資料であっても文学作品ではないので、所蔵者たちが手放したからか。それぞれの蔵書印の所蔵順は不明だが、相当の蒐集家の名をみると、手放したというよりは、貸したものが戻らなかったのかも知れない。蔵書印は一時的な所蔵であっても所蔵したことの覚えとして押印することを、演劇書、絵本などの和本を蔵書する蒐集家から聞いたことがある。蔵書印を押印できる蒐集家の弁であるので蔵書印の見方の参考となろう。

『粋興奇人傳』の見返しには「假名垣魯文／山々亭有人／合輯」「粋興奇人傳」「寶善堂梓」「春廼屋幾久校合／一惠齋芳幾画／竹堂書」とある。つぎに団扇絵の模写（上一オ・一ウ）。模写末に「美さほ蔵」とある。序は「山々亭有人再記」。序記「文久三癸亥／季春吉辰」（上二オ）である（→【図版一覧・三十図】3―1・2）。

つづいて三題噺の会場の挿絵（上二ウ・三オ）がある。挿絵は一惠齋芳幾が描いた。芳幾の肖像のみは同人の梅素玄魚が描いている。最後に「粋興奇人傳後叙」を魯文が記している（跋一ウ～二ウ）。奥付は「輯者　山々亭有人／假名垣魯文」「畫工　一惠齋芳幾」「淨書　宮城楓阿彌／武田交來」「梓元　丸屋徳藏」とある。なお、「梓元　丸屋徳藏」の別彫の異版が存在する。これは再版とみられる。このことは口絵の三題噺の会場の色版の相違からわかる。口絵を含めて別版がつくられている。序文には、つぎのことが書かれている。

三題ばなしといへる事《こと》は、文化のはじめつとしの水無月《みなつき》、下谷廣徳寺前《したやくわうとくじまへ》なる孔雀茶屋《くじやくちやや》において、落語《らくご》の夜講《やこう》ありしに、此夜《このよ》、彼《か》の辨慶、辻君、狐てふ三ツの題を得て頓《と》んさくすと、古人三馬翁《こじんさんばをう》のしるせり、實《げ》に可樂は捷才頓智《さいとんち》、衆《しゆう》にすぐれ、他《た》の糟粕《そうはく》を嘗《なめ》ず、席にのぞみて三題の話をつくる、誰《たれ》かその才《さい》を賞《しやう》せざらんや、さばれこの人遠き國《くに》に發行《かしまだち》せしより、此業《このわざ》すでに絶果《たえはて》しを、粋狂興笑の兩連、再度《ふたゝび》こゝに起《おこ》りて、各《おの〳〵》辨《へん》をふるひ、才《さい》を戰《たゝか》はしむる、こふしも一時《いちじ》の遊戯《いうけ》といへども、唯《たゝ》いにしへをしのふのゆゑなり、されば先哲《せんてつ》の手《て》ぶりをば、爰《こゝ》にあげ、もつてはし書《かき》に代《かは》るになむ。

山々亭有人再記（印）

文久三癸亥／季春吉辰

この一文で気になるのが、「山々亭有人再記」とあることである。「再記」は有人の二度目の序という意味だが、その一度目の序の頁が本書にはみられない。伝存本のどの本にもないので、ほかに有人の序を書いた本があったことになる。これについては文久二年の『今様三題噺初編』に「有人作」の序があるので、このことを指しているかも知れない。この序文については（↓Ⅳ『粋興奇人傳』の人たち―同人組織のつながり―）の有人のところで述べることにしたい。

作品は、いくつもの版とその改刻版があるので、手元にある資料によって書誌をあげることにする。

宮尾しげを旧蔵本はA、B、C本の三冊がみられる。それぞれを比べると、まず口絵の三題噺の会場の図の色版に相違がある。A、B本は同色版。C本は聴衆の羽織の薄墨色がない。またA、B本は床の間の色が鼠色。C本は蓬生色。さらにC本は煙草盆に黄色がついている。国会本も黄色だが、奥付の「梓元　丸屋徳藏」の「丸」と「藏」の彫りを同じくするのがA本と国会本である。しかし煙草盆の黄色がA本にはない。奥付の彫りを異にするC本は黄色である。武藤禎夫旧蔵本（十四オ）の「文溪舎榮壽」は「文桂舎榮壽」の誤刻のママである、国会本も「文桂舎榮壽」である。口絵色版や奥付の相違があり、初版、改刻版の順序は不詳である。ただしC本の蔵書印「玖侶社記」の黒崎貞枝印と「流行／假名垣／請賣所／魯文記」の仮名垣魯文印（魯文が販売した本）がある。この本は初版だろう。またはA本と国会本は初版か。武藤旧蔵本の「文溪舎榮壽」の誤刻のママの版を初版とみたいが、口絵は薄墨色のない本で、C本と奥付も同じである。B本は奥付を欠くが、色版をみるとA本と同じである。このようにすべてが一致する本がみられない。ただし武藤旧蔵本は複製本によったので、色版に関しては確かめられない。

最後に、（四オ）の木しら雪の名が「松裏紅花艸」、（十二オ）の好文舎花兄の名が「松花園樂雅」、（二十オ）の山衣細道の名が「蒼仙齋東甫」となっている小玉玉晁旧蔵本がある（『異本『粋興奇人伝』解題と影印』。「年報」第十四号。実践女子大学文芸資料研究所。平成七年。一九九五）。玉晁旧蔵本（十四オ）の「文桂舎榮壽」を「文溪舎榮壽」と別名を彫ったのは間違いではない。玉晁旧蔵本は彫り見本の控えを冊子にしたと思われる。たとえば、（十ウ〜二十四ウ）までの丁附が彫られていないことや、（二十五）と（二十六）には丁附がないが、（跋一・二）には丁附があること。さらに奥付もなく、文字を■（黒く塗りつぶしたママ）とするのは、彫師の原稿の判読不可を示したものだろう。刊行本では、その部分を埋木している。序文の「可樂は■才頓智」も訂正後は「可樂は捷才頓智」。瀬川如皐の「南北翁」の「翁」の振り仮名の誤刻は「■」のママ。好文舎花兄の「舩板■■塀」は「舩板の黒塀」。山衣細道の「■より」は「端より」、「■樂しみ」「我樂しみ」などの訂正をみるので、刊行以前の摺りとなる。

つぎに、『粹興奇人傳』にみられる三題噺の兼題をあげる。同人二十三名の発表した作例をあげている。半丁に収めた作例は短めに調整されたものである。同じ月例会のときのものではなく、記録したもののなかから選んでいるとみられる。作例の兼題が『粹興奇人傳』の刊行以前の報条摺物にみられるものもある。兼題につく振り仮名は原本にしたがい、兼題下の同人名に異なる名をみるものも（ママ）と記した。

1　九日小袖《くにちこそで》、駕籠《かご》かき、茶釜《ちやがま》　瀬川如皐《せがはじよかう》
2　秋《あき》の七艸《なゝくさ》、小間物屋《こまものや》、茶《ちや》の湯《ゆ》　木知ら雪《ゆき》
3　隅田川《すみだがは》、紅葉《もみぢ》、湯屋《ゆや》　河竹其水《かはたけきすゐ》
4　水滸傳《すゐこでん》、大女《おほをんな》、涼舩《すゞみぶね》　假名垣魯文《ろぶん》
5　牛車《うしくるま》、柳《やなぎ》ばし、福牡丹《ふくぼたん》　山々亭有人《さん〱ていありんど》
6　醫者《いしや》、うさぎ、追羽根《おひばね》　山閑人交來《さんかんじんかうらい》
7　輕《かる》わざ師《し》、二王《にわう》、沙魚釣《はぜつり》　綾岡輝松《あやをかきしやう》

8 酌人《しやくにん》、薪割《まきわり》、十露盤《そろばん》　柳亭左樂《さらく》
9 刈萱道心《かるかやだうしん》、女郎《ぢよらう》、舩《ふね》　好文舍花兄《かうふんしやくわけい》
10 天神記《てんじんき》、百川《もゝかは》、羽根田《はねだ》　梅《ばい》素《そ》亭《（ママ）》玄魚《げんきよ》
11 山家集《さんかしう》、春雨《はるさめ》、丁稚《でつち》　文溪《（ママ）》舍榮壽《えいじゆ》
12 大晦日《おほみそか》、塵紙《ちりがみ》、葛西《かさい》　立川《たてかは》談志
13 質店《しちみせ》、長命丸《ちやうめいぐわん》、軍談《ぐんだん》　一惠齋芳幾《いつけいさいよしいく》
14 春雨《はるさめ》、戀病《こひやみ》、山椒《さんしよ》の摺古木《すりこぎ》　三遊亭圓朝
15 辨慶《べんけい》、俄《にはか》、川柳《せんりう》　春風亭柳枝《りうし》
16 囲女《かこいもの》、入梅晴《つゆはれ》、鼠《ねつみ》　山衣《やまころも》細道
17 天秤棒《てんびんぼう》、雨《あめ》、須磨《すま》　雪松園《せつしやうえん》みさほ
18 猿嶋《さるしま》、淺艸見附《あさくさみつけ》、酢《す》どうふ　稲《いな》の家《（ママ）》文子《ぶんし》
19 梅《うめ》、螢《ほたる》、行脚僧《あんぎやそう》　全亭愚生《ぜんていぐしやう》
20 宮嶋《みやじま》、蟹《かに》、酒《さけ》　冬の屋嘉遊《かいう》
21 鯱《しやちほこ》、脇差《わきざし》、秋田蕗《あきたぶき》　出揚《（ママ）》扇夫《せんぷ》
22 會席茶屋《かいせきぢやや》、消炭《けしずみ》、硝子《びいどろ》　菊の屋柳美《りうび》
23 田舎者《ゐなかもの》、江戸櫻《えどざくら》、鳥追《とりおひ》　春の屋《（ママ）》幾久《いくひさ》

以上となる。このうちの有人、魯文、花兄、左楽、幾久の作例は、つぎの章で紹介したい（→Ⅳ「『粋興奇人傳』の人たち―同人組織のつながり」）。

『粋興奇人傳』の刊行にかかわった人物たちをみると、（23）の幾久は本書の校合者であり、また興笑連頭取として出版資金の援助をしたので、最後に置かれている。もう一方の粋狂連頭取の花兄は（9）に置かれている。ほかに（4）魯文、（5）有人、（6）武田交来（山閑人交来）、（10）玄魚（宮城楓阿弥）、（13）芳幾、（17）美さほもみられるが、置かれた順番に特別扱いはない。

なお、本書の翻刻は『日本小咄集成』下巻（筑摩書房。昭和四十六年。一九七一）と、『日本近代思想大系』十八（岩波書店。昭和六十三年。一九八八）にみられる。

『三題樂話作者評判記』

宮尾しげを旧蔵本。二冊ある。文久三年（一八六三）葉月に刊行された。本書は三題噺の会の粋狂連、興笑連の合同評判記である。役者評判記の体裁を模した黒表紙の横本一冊。A本は題簽角書に「三題樂話」「作者評判記　全」。脇に「當時流行物見立」とある。叙題「三題噺《さんだいばなし》評判記叙《へうばんきぢよ》」。目録題「三題噺作者惣目録」。叙を春廼屋幾久が書いている。

春雪坊《しゆんせつぼう》がなぞ〳〵は、都川《みやこがは》の今《いま》に流れて、野暮《やぼ》鶯《うぐひす》も氷解《ひとく》と囀《うた》るへど、三笑亭の三題《さんだい》噺《ばなし》は、一分線香の煙《けむ》りと消《きえ》、誰《たれ》しら雪《ゆき》の燼《じやう》を積《つみ》、年《とし》を累《かさね》て絶《たえ》たりしを、花《はな》の舎兄《いろね》の好《かう》文大人《ぶんうし》、去年《こぞ》の春邊《はるべ》に魁頭《まつさきかけ》、再《ふたゝ》び興《おこ》す三題《さんだい》の扇《あふぎ》の風《かぜ》の四方《よも》に薫《かほ》りて、此枝葉都鄙《このわざとひ》に繁《はん》茂《も》せり、さるからに連中各《れんぢうおの〳〵》、辨《べん》を勞《らう》し才《さえ》を磨《みが》き、稱譽《おち》とり〴〵の、聽手《きゝて》の批評を柱礎《どだい》として、粋狂連の頭取何某《なにがし》、其《その》善悪を難波人《なにはびと》、八文字屋が口調《くてう》に倣《なら》ひ、上と吉との黒白《こくびやく》を漫《そゞろ》に舉《あげ》て梓《あづさ》にものせし、巻《まき》の頭《はじめ》に叙《ぢよ》せよと乞《こは》れて、憎《にく》まれ役《やく》のおさき者《もの》、禿《ちび》たる毫《ふんで》をはしらせつ。

文久三亥葉月

春廼屋幾久誌

小原什堂書（印）

「去年の春邊に」は文久二年の春。「柱礎」の二字で「どだい」と読む。「柱」は柱の異体字である。目録には「粋狂連興笑連／家元／好文舎花兄、春の屋《(ママ)》幾久」と記してある。以下、役者評判記と同じように「惣巻頭」に「大極上上吉　春廼屋幾久」から「惣巻軸」の「大極上上吉　好文舎花兄」までをあげる。『粋興奇人傳』にあげる稲の家文子の登場がない。あらたに露の屋梅我、大梨園楽之、五葉舎全語、柳亭種彦、川素真が登場する。ただし楽之は目録にみられる順のところにはみられず、巻末に「追加」としてあげる。二十七名の同人がみられる。

本書には異版のB本がある。梅素玄魚の本文を彫り直して、（八オ・八ウ）の一丁を差し替える。本文に問題があったのだろう。本書の目録順にあげると、

▲惣巻軸　(1)春廼屋幾久
▲立役之部　(2)木しら雪、(3)雪松園みさほ、(4)山衣細道、(5)菊の屋柳美、(6)露の屋梅我、(7)大梨園樂之、(8)文桂舎榮壽、(9)山閑人交來、(10)一惠齋よし幾
▲實悪《(ママ)》の部　(11)河竹其水、(12)梅素玄魚、(13)出揚扇夫、(14)假名垣魯文、(15)冬の屋嘉遊、(16)全亭愚生、(17)五葉舎全後《(ママ)》、(18)立川談志
▲若形之部　(19)綾岡輝松、(20)瀬川如皐、(21)春風亭柳枝、(22)三遊亭圓朝、(23)柳亭種彦、(24)川素眞
▲頭取《(ママ)》の部　(25)山々亭有人、(26)柳亭左樂
▲惣巻軸　(27)好文舎花兄

となる。本文には目録順の(7)大梨園楽之(四ウに入る予定)を彫り忘れたため、巻末の(27)好文舎花兄のあとに「追加」として記している。楽之は異版B本でも同じ「追加」のあとにある。

本書の翻刻は『徳川文芸類聚』十二・評判記(国書刊行会。大正三年。一九一四)にみられる。

『今様三題噺初編』

宮尾しげを旧蔵本。文久三年(一八六三)八月に刊行された。『三題樂話作者評判記』と同じ月

の序をもっている。中本一冊。五丁。表紙は「今様三題噺　初編」「よし幾筆」。狐の絵。上に市松模様、下に「のし丸に桜紋」「井桁紋捩りの三タイ紋」を描いた摺付表紙。表紙二の見返しに「今様三題はなし」「よし豊画」とある。「よし豊」は一龍齋芳豊（国芳門。慶応二年没。一八六六。享年三十七歳）。（一オ）に「亥八月」の山々亭有人の序がある。亥は文久三年の癸亥である。本書は三題噺作品同人集の新出資料である。七人の同人だけの五丁本で、一般書肆からの販売ではなく内輪で配った私家版とみられる。序に、柳亭左楽のことを有人が述べている。

風月《ふうげつ》を友として雪花《ゆきはな》を愛す一派《いっこ》の風雅男《みやびを》柳亭左樂のぬしは、常に好古《こうこ》の癖ありしが、往古《そのかみ》三笑亭が老舗たる三題咄しといへる事、世に絶果《たへはて》しを遺憾とし、席に臨みて頓作なせど、彼髪剃《かのかみそり》の附焼刃《つけやきば》ならねば、怪我過失《あやまち》もあることなし。尒《され》ば其評、辻びらとともに遠近《をちこち》に高く、雅俗老若《かぞくろうにやく》けじめなく、聞《きか》ぬを耻《はぢ》となすものから、爰に大入彼處《かしこ》に客留《どめ》、實《げ》に此うしの秀才頓智、聞捨《きゝすて》になさんも、本意《ほい》なさに、聊耳《いさゝかみゝ》にとらめしを、わづかに小冊《せうさつ》となすとはいへど、夜毎《よごと》の一話《わ》、數《かず》かぞふべくもあらねば、次編《じへん》の発兌《はつだ》を待《まち》玉ひね。

穂《ほ》に咲《さき》し評も咄《はなし》の出來秋《できあき》や量《はか》りこぼるゝ客《きやく》の數〳〵

亥八月　　山々亭有人識

「席に臨みて頓作なせど」は三題噺の会のことである。ただしこのあとに「爰に大入彼處に客留」とあることから、一定の決まった会場での開催をしていなかったことになる。「怪我過失もあることなし」は創作がうまくいかなかったことをいうのだろう。たしかに『粋興奇人傳』の口絵をみると同人だけの会ではないことがわかる。座敷が満席になると「客留」となった。内輪の同人のみの会から同人以外の会に広がったのが、いつごろからであったかは定かでない。また広げた理由もあきらかでないが、貸席の費用を補うためであったともみられる。「次編の発兌」は本書の二編をいうが、二編の刊行はみられない。

1　柳亭左樂　鳴子、物置、丁稚　（一ウ）
2　春廼家（ママ）幾久　小人島、氷室、春屋　（二オ）
3　好文舎花兄　肝積玉、酉の市、いろは組　（二ウ）
4　柳亭左樂　八月三日、嵐山、盆燈籠　（三オ）
5　福井扇夫　元八幡、大石内蔵助、中汲　（三ウ）
6　一惠齋よし幾　孕女、雷干、柳ごり　（四オ）
7　山々亭有人　朝參、猩々、人魂　（四ウ）
8　三遊亭圓朝　西行、祇園會、娘　（五オ）
9　柳亭左樂　大川端清正公、賽、獣　（五ウ）

本書によって九話の作例が増える。しかも報条摺物にみる春廼家の「小人島、氷室、番屋」が、この初編に収められ、「小人島、氷室、春屋」となっている。芳幾も報条摺物の「雷ほし、孕女、柳箇」が、「孕女、雷干、柳ごり」となっている。この二つの兼題をみる報条摺物には、ほかに「如皐、魯文、柳枝、巴月菴紫玉、玄魚、其水、談志、綾岡輝松、山閑人交來、柳亭種彦」の十名の同人名をみるが初編にはみられない。これらは二編に収める予定であったのであろうか。

なお前年の文久二年に別本の『今様三題噺初編』（A本と呼ぶ）という同書名の作品（有人編、歌川芳盛画。一冊。十三丁）があり、「若餅、柳樽、博多」と「すゝ拂、八百屋、寺」の二つの兼題を含めた十二作例を収めている。すでに述べたように、本作品の伝存本はみられない。しかも同書名での刊行は疑問となる。翌、文久三年の『今様三題噺初編』（B本と呼ぶ）とかかわる作品であるかも不明である。文久二年（A本）が初編で、文久三年（B本）が二編であったならば、問題は解決するが、（B本）の序文で有人が「次編の発兌を待玉ひね」というのをみると、文久三年は初編であり、「次編」の二編は文久三年以降となる。あきらかに文久二年の同書名は別作品ということになる。年表にみる二つの兼題が誰の作例かはわからない。この報条摺物もみられない。文久二年以前の月例会の兼題とみると、文久二年の『粋興奇人傳』以前となり、三題噺の会の最初に出た同人作品集ということになる。

この文久二年（A本）は、山崎麓編『日本小説書目年表』（近代日本文学大系25。国民図書。昭和四年。一九二九）と宮尾しげを編「小噺年表」（「稀書」八号。昭和二十七年。一九五二）にみられるもので、文久三年（B本）の誤りではないかとみても、（B本）には同じ兼題がみられないので、どうしても別本となる。また書型と絵師が歌川芳盛（国芳門人。三木芳盛）と異なることが「小噺年表」によって判明する。書誌は、

> 一冊。「タ四寸、ヨ二寸八分」「序半丁ウ、一ウ本文「若餅、柳樽、博多」の三題より「すゝ拂、八百屋、寺」まで十二話、十三丁。

とある。中本よりも小さい書型で、十二話のうちの十話の兼題がわからない。十三丁で話数が十二話であるから一人一話であったか。文久三年（B本）の序記に「亥　八月」とあり、有人が「次編の発兌を待玉ひね」というので、（B本）にみる春廼屋と芳幾の兼題のある報条摺物の「如皐、魯文、柳枝、巴月菴紫玉、玄魚、其水、談志、綾岡輝松、交來、柳亭種彦」の十名を収めた作品を予定していたことになる。

「小噺年表」にあげる有人編、芳盛画の文久二年（A本）版は文久三年（B本）版と同じく私家版であったのであろう。本書は戦前までは存在していたが、いま宮尾しげを旧蔵本のなかに確認できない。別の保存箱にあることも考えたが見出せないままである。また文久三年（B本）版で気になることが一つある。それは序文の「亥　八月」の「亥」が小さな字で書かれていることである。これは文字を削ったところに「亥」を埋木したと想像するが、あきらかにできない。

本書から、『粋興奇人傳』にみる扇夫と芳幾の作例をあげてみよう。二人は『春色三題噺初編』の中巻に一話ずつ、『春色三題噺二編』の巻之中にも一話ずつ、『追善落語梅屋集』にも一話ずつをみるが、ともに作例が少ない同人である。作例には語注（私注）をつける。なお会話文は改行とした。

元《もと》八幡《まん》、大石内蔵助《おほいしくらのすけ》、中汲《くみ》　福井扇夫作

「ヲイ〳〵なんと是《これ》から深川の元《もと》八幡《まん》へいつて大石内蔵《いしくらの》介の書《かい》た額《がく》を見《み》やうじやァねへか」

と、二人つれだち深川の元八幡へいたりしに、何《なに》さま大石内蔵《いしくらの》介が書《かき》しといへる額を見しに、中汲《くみ》と記《しる》してあれば

「どういふわけで中汲《なかくみ》とかいたのだらう」

「夫《それ》はかういふわけ」

「イヤさうであるまい、かうであらう」

など評義とり〴〵なりしが、一人のいわく

「ナニさう深く考《かんが》へ過《すぎ》るからいけない。此社《このやしろ》は八まんだから、白馬《しろうま》といふ心もちであらう」

※中汲　どぶろくの一種。上澄と沈澱との中間を汲み取った酒。**白馬**　どぶろくは白い色の酒から白馬ともいう。

報条摺物には「夏の月、破れ傘、座頭　扇夫」とあるので兼題が異なる。この「元八幡、大石内藏助、中汲」は別の月例会での兼題となってこよう。

孕女《はらをんな》、雷干《かみなりぼし》、柳《やなぎ》ごり　一惠齋よし幾作

さる所の下女《ぢよ》、みそか男を拵《こしら》へて、しのび〳〵に逢《あひ》たりしが、終に只ならぬ身となりしゆへ、おのが在所《ざいしよ》へ立のかんと、二人つれだち立《たち》のきしが、道にて

男「ヲイ〳〵アノおかねは、てめへ持てるのか」

「アヽ柳ごりの中《なか》へ入れておいたから、一寸《ちよつと》あらためて見やう」

と、くだんの柳《やなぎ》ごりをあけたりしに、金《かね》にはあらで、コハいかに雷干《かみなりぼし》にてありければ

下女「ヲヤ〳〵アノおかねが、いつの間《ま》に雷ほしになりしたらう」

男「夫《そ》りやア雷ぼしになるはづだ、根《ね》がへそくつたのだから」

※**みそか男**　「晦日に月が出る」の晦日に月が出るはずのないことをいう意から、ありえないことのたとえ。ここは下女が男をつくることはありえない意か。**只ならぬ身**　妊娠する。腹が大きくなった身。**在所**　出身地。ふるさと。**柳ごり**　柳行李。**雷干**　白瓜をらせん状に長くつづけて切り、塩に漬けにしたもの。渦状が雷の太鼓に似るところからの称。清音と濁音の表記をみるが原本のママとする。**へそくつた**　雷だから臍をくった。

報条摺物には「雷ほし、孕女、柳箇」とあり、ここでは「孕女、雷干、柳ごり」となってい

るので、発表時の兼題とみられる。

本書は未翻刻である。

『春色三題噺初編』と『春色三題噺二編』

宮尾しげを旧蔵本。初編は元治元年（一八六四）に刊行される（年表類による）。春迺家《ママ》幾久輯。山々亭有人校合。一惠齋芳幾画。【初編】は中本三冊。（上巻）は題簽「春色三題噺　上」。「井桁紋捩りの三タイ紋」と「のし丸に桜紋」の表紙。序文は「春色三題噺序」。「のし丸に桜紋」、「井桁紋捩りの三タイ紋」を散らす。序文は綾岡岸雄（↓【図版一覧・三十図】4―1）。

つぎに見開きの三題噺の会の会場図。そのつぎにも見開きの三題噺の茶番図。芳幾画の花咲爺の桜木と鋤、犬を描いた半丁図。内題は「春色三題噺初編上巻」「東都　春迺家幾久輯。山々亭有人校合」。本文挿絵（三ウ・四オ）（七ウ・八オ）（十二ウ・十三オ）の見開き三図。尾題「春色三題噺初編上巻終」。（中巻）は題簽「春色三題噺　中」。内題は「春色三題噺初編中巻」「江戸　春迺屋幾久輯。山々亭有人校合」。本文挿絵（三ウ・四オ）（六ウ・七オ）（十ウ・十一オ）の見開き三図。尾題「春色三題噺初編中巻終」。（下巻）は題簽「春色三題噺　下」。内題は「春色三題噺初編下巻」「東都　春迺屋《ママ》幾久輯。山々亭有人校合」。本文挿絵（五ウ・六オ）（十ウ・十一オ）（十三ウ・十四オ）の見開き三図。尾題「春色三題噺初編下巻終」。奥付欠。柱刻「三題

（上）」。宮尾しげを旧蔵本は一冊合本。題簽「春色三題噺　全」。序題「春色三題噺序」。総話数二十六話。

【二編】は中本三冊。慶応二年（一八六六）刊行。（上巻）は題簽「春色三題噺　二編　上」。内題は「春色三題噺二編巻上」。序記に「慶應元初夏稿／同二寅春発行」（↓【図版一覧・三十図】5―1）。口絵二丁半（↓【図版一覧・三十図】6―1・2・3）。「東都　春廼《ママ》家幾久輯。弄月亭有人校合」。本文挿絵（十三ウ・十四オ）の一図。ノドに「三だい二ノ（一）」。尾題「春色三題噺二編上之巻了」。（中巻）は内題「春色三題噺二編巻之中」。本文に挿絵（四ウ・五オ）（十五ウ・十六オ）の見開き二図。尾題ナシ。（下巻）は内題「春色三題噺二編巻之下」。本文挿絵（六ウ・七オ）（十二ウ・十三オ）の見開き二図。尾題「春色三題噺二編下巻了」。奥付「功阿彌幾久輯／興阿彌有人校訂／惠阿彌芳幾畫圖／文玉堂金語壽梓」（↓【図版一覧・三十図】6―4）。総話数二十八話。

　本書には後摺本（後版・後印本）がある。宮尾しげを旧蔵の後摺本の内題は「　　噺二編上之巻」とあり「春色三題噺」を削除する。尾題も「　　噺二編下之巻了」とある。なお本書の改題本『春色寄合噺（寄合葉名志）』も出ている。序題に「春色寄合噺序」。「　　噺初編上巻」「　　噺初編中巻」「　　噺初編下巻」となっていて、書名の「春色三題」が削除される（↓【図版一覧・三十図】6―3）。

【初編】と【二編】に収める兼題を順にあげてみる。各編各巻の所収話数を記し、兼題には通し番号をつけた。

【初編】

（上巻・1〜10）

1 辻占、初雁、菱垣船《ひがきふね》　菊の屋柳美

2 芋《いも》の露《つゆ》、戀の歌、廻《まは》し屛風《びやうぶ》／碁《ご》がたき、口よせ、早稲苅《わせかり》　雪松園みさほ

3 七色唐《なゝいろたう》がらし、楠正行《くすのきまさつら》、捨扇《すてあふぎ》　柳ばし小春

4 稲荷社《いなりしろ》、水茶屋《みづちやや》、擂鉢《すりばち》　冬の屋嘉遊

5 大江《おほえ》の廣元《ひろもと》、献上博多《けんじやうはかた》、雨夜《あまよ》の鐘《かね》　藤本樓内小松

6 高利貸《かうりかし》、東雲《しのゝめ》、昼寐《ひるね》　梅の屋鶴壽

7 野山《のやま》の色《いろ》、穴藏《あなぐら》、三浦大助《みうらのおほすけ》　よし町布袋やお粂

8 近眼《ちかめ》、負《まけ》をしみ、夕暮《ゆふぐれ》　鱗堂伴兄

9 夜這《よばひ》、湯河原《ゆがはら》、紅葉《もみぢ》　木しら雪

10 千本櫻《せんぼんざくら》、向嶋《むかふじま》、らうのすげ替《かへ》　河竹其水

（中巻・11〜19）

11 輕葛籠《かるいつゞら》、剛力《がうりき》、鞠場《まりば》　とし女

12　霜除《しもよけ》、俳人《はいしん》、會席《くわいせき》　山衣細道
13　こいとり、江戸《ゑど》紫《むらさき》、孑孑《ぼうふり》　柳ばし岡本屋お幸
14　土藏普請《どざうぶしん》、二《に》の足《あし》、江戸《えど》の水《みつ》　福井扇夫
15　餅《もち》つき、今戸燒《いまどやき》、契情《けいせい》　駄茶連芳幾
16　玉蟲《たまむし》、願《ぐわん》ほどき、菜畑《なはたけ》　綾岡岸雄
17　小野道風《をのゝたうふう》、藝子《げいこ》、道具屋《たうぐや》／二月堂《にんぐわつだう》、かんな屑《くず》、仲人　山々亭有人
18　蜜柑《みかん》、附文《つけぶみ》、金時《きんとき》　春（ママ）の屋幾久
19　姫《ひめ》はじめ、辻占《つちうら》、傘《からかさ》　假名垣魯文
（下巻・20～26）
20　多情《たじやう》、橋番人《はしばんにん》、野分《のわき》　功（ママ。「方」の誤字カ）阿彌陀佛
21　時鳥《ほとゝぎす》、温泉《おんせん》、妬《ねたみ》　浪花さん京
22　大磯《おほいそ》の虎《とら》、鵜飼《うかひ》、楊弓場《やうきうば》　光阿彌
23　棚達磨《たなだるま》、おし鳥《どり》、柳《やなぎ》の蟲《むし》／姑姥《しうとばゝ》ア、月《つき》の八日《やをか》、移香《うつりが》　露の屋梅我
24　不二詣《ふじまうで》、織部燒《おりべやき》、其角《きかく》　遊阿彌
25　雀屋《すゞめや》、桃太郎《もゝたらう》、節分《せつぶん》　柳左
26　錦木《にしきぎ》、橋番人《はしばんにん》、天保錢《てんほせん》　樂之

【二編】

（上之巻・1～5）話

1 花火《はなび》、後家《ごけ》、峠茶屋《とうげちやや》　河竹其水

2 千手観音《せんじゆくわんおん》、遣《や》り手《て》、酢《す》の物《もの》　假名垣魯文

3 七艸《なゝくさ》、遊女《ゆうぢよ》、梅《うめ》　春の（ママ）屋幾久

4 入歯屋《いればや》、夢《ゆめ》、地獄《ぢごく》　雪松園みさほ

5 梅見《うめみ》、錦繪《にしきゑ》、小判《こばん》　鱗堂伴兄

（巻之中・6～19）

6 辻君《つぢぎみ》、冬籠《ふゆごもり》、色《いろ》がある　獅子のお富

7 隠居《ゐんきよ》、引眉毛《ひきまゆげ》、力持《ちからもち》　三ツ柏狐遊

8 月《つき》あかり、其日暮《そのひぐらし》、金箱《かねばこ》　功阿彌

9 賢人《けんじん》、土瓶《どびん》、川《かは》　酔旦坊

10 庭作《にはつくり》、酒盛《さかもり》、御加増《ごかそう》　古鳥羽南麻呂

11 大名《だいみやう》、猪牙舟《ちよきぶね》、春《はる》の雪《ゆき》　福阿彌扇夫

12 夜櫻《よざくら》、宿《やど》なし、飛脚《ひきやく》　樂阿彌

13 粂仙人《くめのせんにん》、東西南北《とうざいなんぼく》、白粉《おしろい》　全亭愚生

14　鉢植《はちうへ》の梅《うめ》、おかめ、堪忍《かんにん》の額《がく》　難波さん京
15　氷人石《ひようじんせき》、橘《たちばな》、附會　鈍阿彌文福
16　東鑑《あづまかゞみ》、家主《いへぬし》、初午《はつうま》　いく女
17　初暦《はつごよみ》、湯屋《ゆや》、藝者《げいしや》　菊の屋柳美
18　山開《やまびらき》、舟人《ふなびと》、不二《ふじ》の山　興阿彌有人
19　上野《うへの》の清水《きよみづ》、繪馬賣《ゑまうり》、蛇《じや》の目傘《めがさ》　惠齋芳幾（ママ。「二」欠か）

（巻之下・20〜28）

20　花見《はなみ》、達磨《だるま》、油《あぶら》さし　柳亭種彦
21　菖蒲《しやうぶ》、慢陀羅《まんだら》、土用干《どようぼし》　露の屋梅我
22　思案《しあん》、猩々《しやうぐ〵》、一生奉公《いつしやうぼうこう》　故人梅廼屋翁
23　初嵐《はつあらし》、老木《おいき》の松《まつ》、摺《すり》もの筋《すぢ》　岡本屋大幸
24　芥子坊主《けしぼうず》、不二《ふじ》の山、厚氷《あつごほり》　福阿彌正三
25　顔見世《かほみせ》、嘘《うそ》つき、幇間《たいこもち》　綾阿彌岸雄
26　餅《もち》つき、蹴鞠《けまり》、禿《かむろ》　山衣細道
27　剣附鉄炮《けんつきてつほう》、淺艸海苔《あさくさのり》、孔明《こうめい》　立川談四郎
28　遊女《ゆうぢよ》の無心《むしん》、大黒天《だいこくてん》、彫物師《ほりものし》　橘阿彌三圓

兼題のなかに二つの兼題を並べるのがある。【初編】の（上巻）の2、（中巻）の17、（下巻）の23である。これは発表予定者が欠席したので、会場で即座に二題を一つの笑話に仕上げたものとみられる。すなわち三題噺ではなく六題噺となり、作例が長くなっている。収める作例の報条摺物がみられないので、欠席者がだれであったかはわからない。

また兼題のなかに同じ語彙をみる。「藝者」と「藝子」のような例である。二十名の同人が参加した場合、月番は兼題を六十題も用意することになり、三十名だと九十題となる。不思議と重なる題が少ないのは、過去の兼題を記した台帳があり、それをみながら、あげられていない兼題をあげたからと想像する。

本書の翻刻は【初編】が『噺本大系』十六巻（東京堂出版。昭和五十四年。一九七九）。【二編】が『校訂人情本傑作集』下（帝国文庫三十四。博文館。明治四十三年。一九一〇）にみられる。

『追善落語梅屋集』

宮尾しげを旧蔵本。本書は慶応元年（一八六五）六月に刊行される。序。柴田是真、一惠齋芳幾画。中本二冊。梅屋の追福三題噺会を開催したときの作品集である。『名家合作三題はなし初編』と改題された本が明治四年（一八七一）に刊行される。改題本は序一丁半を削り高座の絵を入れる。序一オにあたるところは表紙となっている。摺付表紙には高座の絵が描かれる。

所収話数二十九話。梅屋鶴寿は狂歌師。秣商《まぐさ》。元治二年（一八六五）正月十二日に六十五歳で没する（慶応元年は四月七日に改元）。『春色三題噺』にも作例を載せる同人であった。

この追福三題噺会の報条摺物が残っている（宮尾しげを旧蔵）。報条摺物は蓮の花、雲などの空摺に薄蓬色の子持ち枠で囲むなかに以下のことを記してある。報条摺物は新出の資料となる。改行ごとに記す。

「梅屋翁追福三題噺合」
「題　よしの山、梅、けぬき　　芝居、狂哥、あくび」
「石橋眞國　梅素玄魚　評　各三才　外七客景呈」
「鶯も蛙も同じく名にしるき本町側の魁首たるうめの屋うしは、過し□かる〳〵しとも、飛梅の筑紫にあらぬ紫の雲井遥にちり行しを、とめこかしの留るに、かひなくせめてはいませるふしに、好まれし三の題もて、作りなすことの葉を、手向となさは花にも香にもまさらんかと、あるじなしとて在りし世の春故、わすれす愚生ぬしの此置字まうけて、諸君の玉のこがね乞はんことをねがふ、さはれ素よりされはみたる事にしあれば、あながちいまはしきを、是となすにはあるし　催主にかはりて　弄月亭有人述」
「右三月廿一日全上切　早々開巻秀上木」
「補助　興笑連」「企　愚阿彌愚生」

この報条摺物には「補助　興笑連」とあるので、粋狂連が中心に行ったことがわかる。兼題は「よしの山、梅、けぬき」と「芝居、狂哥、あくび」の二つから選ぶ。本文は二十九話あるが、選ばれた作者たちが兼題ごとに並べた作品ではないので、それぞれにわけてみる。名前のあとの数字は掲載順の通し番号。

「よしの山、梅、毛ぬき」

柳亭左樂（2）　かつしか猿里（5）　山閑人交來（7）　甘々坊凹得（8）　金星（12）
南阿彌芳幾（13）　春の屋《ママ》幾久（17）　興阿彌有人（21）　綾阿彌岸雄（22）　大辰（27）
一徳（28）　深川羽扇（29）

「芝居、狂哥、あくび」

麟《ママ》堂伴兄（1）　葛飾櫻醉軒（3）　假名垣魯文（4）　古鳥羽南麻呂（6）　福阿彌扇夫（9）
田卜吟造（10）　木の《ママ》しら雪（11）　河竹其水（14）　大笑坊銀尊（15）　菊の屋柳美（16）
可紫好以（18）　立川談志（19）　仙阿彌みさを（20）　春風亭柳朝（23）　夜梅（24）
深川梅園（25）　愚阿彌愚生（26）

はじめてみる同人に、かつしか猿里、古鳥羽南麻呂、甘々坊凹得、田卜吟造、金星、大笑坊銀尊、可紫好以、春風亭柳朝、夜梅、深川梅園、大辰、一徳、深川羽扇らがいる。羽扇は擬細見本のなかに「菊壽堂羽扇」をみるので菊寿堂のことか。麟《ママ》堂伴兄と葛飾桜酔軒は好文舎花兄の別号である。

本書の最初に石橋静舎（人物不詳）の「序」がある。

京極黄門の藤河百首は、三つよつの題を結合せて一首の歌によませたまへるがめでたく、しかもいとたやすからぬ、わざにしあれば、世には難題百首などゝもよぶとかや。そはたとへば夜梅薫袖といへるは、夜と梅と袖と題三つあるが如し。其流をくむとにはあらねど、似つかはしからぬ物三つを取合せて題になずがらへ、今や、かのさとひたる戯物語を作出るが興ありとて、もてはやせるを、わが友なりし梅屋鶴壽翁は、わきて上手なりしかば、後の業の一種にと友だちのつどひて、かくいとなみ集めたる。見れば、すゞろに無き人の口つき思ひ出られて關の藤河せきとめかたき涙の水に筆さしぬらすになむ。

石橋靜舎

※藤河百首　藤原定家。難題百首、四文字題百首、結題百首ともいう。写本のほかに寛文七年版、天和三年版がある。

つづいて、春の屋（ママ）幾久の「追福三題咄序」がつづいている。

歌舞の菩薩を見連《けんれん》の大智識《だいちしき》、梅屋鶴壽居士《うめやかくしゆこじ》、六十五歳の浮世の大詰《おほづめ》に、まづ今生《こんじやう》は是切《これぎり》と、娑婆をしやぎりて極樂の蓮《はちす》の臺《うてな》の高座に上《あが》り、過去現在未來の三題咄を催《もよほ》し、猥《わい》褻嫌忌《せつげんき》を戒《いま》しめて、趣向に文殊の智恵は借《か》らねど、方便風話《はうべんふうわ》の能辨には、富婁那《ふるな》も舌《した》を巻《ま》くなるべし。結跏趺坐《けっかふさ》して七寶《しっはう》の美景《びけい》に眦《まなじり》を垂るゝ羅漢も偏袒右肩《へうだんうけん》して、紫雲《しうん》の天幕を張《はり》こむならん。狂言綺語《きやうげんきぎよ》は讃佛乘《さんぶつじやう》の因《いん》なれど、滑稽洒落《しやらく》に見物衆の論はなし。されば佛《ふっ》在世靈鷲山《ざいせりやうじゆせん》の大寄《おほよせ》にも、遥《はるか》に勝《まさ》る羣集《くんじゆ》の聴聞《ちやうもん》も、欠伸《あくび》の聲絶《こゑた》えて、鑷子《けぬき》を手に取る者《もの》無《む》からむと、遠《とほ》く彼《かの》西方淨土の世界を思ひやりて序す。嗚呼《あゝ》、此居士《このこじ》は今年《こんねん》正月十二日が樂《らく》なりき。

慶應二年六月　春の屋幾《（ママ）》久述（「井桁の三タイ紋」印）／梅素漫書（印）

※樂　千秋楽。最後の日。ここでは亡くなった日。

三題噺の会に鶴寿が同人として参加したのが、いつからかはわからない。作例は『春色三題噺』の**【初編】**の（上巻）と**【二編】**の（巻之下）にみられる。この作例をあげる。**【初編】**（上巻）は、

高利貸《かうりかし》、東雲《しのゝめ》、昼寐《ひるね》　梅の屋鶴壽作

淺艸の藪から奥山へ、東雲《しのゝめ》と申水茶屋《みづちや》を出《いだ》してをる娘がございますが、此《この》おふくろがわるい奴《やっ》でございまして、しのゝめと申名から思ひついたでもございませんが、猿若町《さるわかてう》の茶屋へ烏《からす》をかしてをります。是《これ》は朝、客の皃《かほ》を見て貸《かし》つけ、刎《はね》まへに帳場の前へすはり込《こん》で取《と》つてまいるのが、なへての習俗《ならはし》にて、夫《それ》を面倒だとぞんじて、翌日《あした》へのこして歸りますと、利はあがりましても元《もと》が歸りませんから、夜《よ》が更《ふけ》ましても取《とり》たてますので、夫ゆへ此《この》

おふくろが昼寐好《ずき》で、毎日昼飯《ひるはん》を喰《たべ》ますと、昼寐をしてをります。今日《けふ》も、その隣の女《によう》房《ぼう》が表《おもて》の障子を明《あけ》ながら

「おッかァ、まだおよつてかへ、きまりだね。ヲヤお長《ちやう》さんお出《いで》か。けふは些《ちつ》と寐すごしたがね。夕部夜《ゆふべよ》が更《ふけ》たので、ぐッつり寐だョ。疾晩《はやいばん》もあるが、座敷が長いと勘定《かんぢやう》の下《さが》るまで待《まつ》て寐《ゐ(ママ)》なければならないから、よわるはネ。ついて居《ゐ》ると、茶屋じやァ小蝿《うるさ》がるし、左様《さう》いつて歸れはせず。夕部《ゆふべ》も茶屋のかゝァが、此節《このせつ》は何から何まで、たかくなつて、誠《まこと》に難澁だと言《い》つてこぼすから、吾儕《わたし》が言ふにやァ、他《ほか》の物《もの》は高くなつても、吾儕《わたし》の利は高くはしねへ。此間《このあいだ》も中見《なかみ》せで、烏萬度《からすまんど》を見りやァ、烏の足《あし》が三本《ぼん》あらァ。アヽして見ると、一貫《いつくわん》二百は取《と》つても能《いゝ》のだ。今夜のやうに所作《しよさ》が出《で》るので、おそくなつても利は踊りやァしねへト言つたら、欲張《よくばり》きつてる。おめへの口にやァ叶《かな》はねへと言《いふ》から、どうで烏は口ゆへ憎まれるのサ、ト言つてやつた」

隣の女房「ちげへねへ。しかしおつかァなんざァ、其様《そんな》について居なくつても、芝居町《まち》では通《とほ》つて居る顔だから、翌日《あした》往《い》つてもよこそうぢやァねへか。早く歸つてお休みならいゝに」

おふくろ「わたしの寐るのは勝手次第だが、茶やでねられてたまるものか」

※烏萬度　烏万燈。烏の絵を描いた万燈。長い柄をつけた行燈。祭礼などでは四角な木のわくに

紙を張った箱形のものをいう。

【二編】の（巻之下）は、

思案《しあん》、猩々《しやう〴〵》、一生奉公《いつしやうぼうこう》

故人梅廼屋翁

或《ある》御大名《おだいみやう》でござりますが、殊《こと》の外《ほか》御大酒《ごたいしゆ》で夫《それ》ゆへ酒器《しゆき》もお好《すき》で品々ござりますが、此《この》御本家様に探幽下畫《たんゆうしたゑ》の蒔繪の七人猩々《しやう〳〵》の七合入《しちふいり》の大盃《おほさかづき》を古く御所持でござりまして、いつもお客の節《せつ》は御納盃《このうもの》に夫《それ》でめしあがるごとて其時々《そのとき〳〵》予《よ》も斯《かう》いふ盃《さかづき》をほしいと思召《おぼしめし》ますが、御意に叶《かな》ひましたのがござりませんが、風而《ふと》思召つかれて御本家《ごほんけ》のお盃《さかづき》を拝借《はいしやく》遊《あそ》ばされて、その儘《まゝ》に繪を木挽丁《こびきてう》に移させ、幸《さいわひ》この程《ほど》長崎の御奉行《おぶぎやう》にお手《て》つゞきがあるので、龜山《かめやま》の釜元《かまもと》へ別段薄手《うすで》に仰附《おほせつけ》られ、陶《やきもの》で見事に出來いたし、至って御意に叶《かな》ひ御秘藏《ごひさう》になさッて入《い》ッしやいます、爰《こゝ》に此《この》おやしきのお側女中《そばぢよちう》に、さよと申スのがござりますが、幼少から上《あが》ッてをりましたが、中度縁附《なかたびえんづき》ました所が持《もち》まへの大酒《たいしゆ》で似たもの夫婦とやらで、兩人して身代《しんだい》を呑潰《のみつぶ》し小児《こども》もござりませんゆへ、世帯をおもひ切《きつ》て離縁いたして御一生《ごいつしやう》を申上度《あげたい》と願ひまして再勤《さいきん》いたしてをりますが、奉公なれては居《をり》ます年増《としま》ではあり、不束《ふつゝか》はござりませんが、ある時」

殿「さよ、例の盃《さかづき》で、なみ〳〵かけい」

ト御仰《おつしやつ》て下《くだ》しッたのを御請《おうけ》をいたして、大盃《おほさかづき》を取《とり》あげましたが、思《おも》はず手がはづれて取《とり》おとし、細《こまか》に砕《くだけ》はいたしませんが、ホツクリと底がとれまして、ハツト仰天《ぎやうてん》し、殿の御機嫌をはかりかねて、傍輩《はうばい》の者も、顔を見合《みあは》せ

「只恐伏《たゞきやうふく》してをります、不興至極《ふきやうしごく》で、さよも御前《ごぜん》にをられませんから、早々引下《さう〳〵ひきさが》り蟄《ちつ》して差《さし》ひかへをりますと両三日《りやうさんにち》たつて奥様より殿様へお願ひ遊ばすには、さよ事御愛器《ごあいき》を損じました。不調法《ぶてうはう》の段は恐《おそ》れ入《い》りましてござりますが、盃《さかづき》の御下繪《した》もお手元《てもと》にござりませうから、今一度長崎へ仰つかはされ、御出來《しゆつらい(ママ)》になりまするやう。さよ事、幾重《いくゑ》にも御免被成下て、是《これ》迄の通り、めし仕《つかは》るゝやうにとの御詫《おんわび》ごとでござりました」

殿「二、三日取紛《とりまぎれ》て心つかなんだが、陶器の事ではあり、あれが損じさせん。でもいつか砕《くだ》ける時節もある、何も咎《とがめ》を申附たといふではなし、早々出勤《さう〳〵しゆつきん》させい」

ト有がたの御意で□□へなく勤《つとめ》てをりました、其後《そのゝち》、何とも御意はござりませんが、さよもお氣の毒に存ます心からある日、申上ますには

「先達《せんだつ》ての不調法は恐《おそ》れ入《い》りましてはござりますが、夫《それ》につきまして、私伯父《おぢ》に寛裁と申ス蒔繪師がござりますが、茶器などの損じましたをつくろひますが、至《いた》つて功者《こうしや》じやと申スことでござります。先達《せんだつ》て損じましたお盃《さかつき》をいたつはせ、此度仰せつかはされたのが御出來まで御用ひになるまするやうに申附度ござります」

とねがひますと

殿「ウヽ寛裁か。かねて印籠などで名前は承知《しやうち》いたしをる。頗《すこぶ》る良工《りやうぐ》の聞《きこ》へあるものじや。そちが内縁もあると申せば幸《さいわ》ひのことじや。早速《さつそく》頼みつかはせ」

との事で、この趣《おもむ》きをさよより自分の麁想《そさう》の事をくはしく文《ふみ》にしたゝめ、頼みつかはしましたゆへ、寛裁《くわんさい》も打《うち》おかず、直《すぐ》につくろひにかゝり出來《しゆつたい》あがりましたが、爰《こゝ》が寛裁の老功《らうこう》な所で、見た處《ところ》では能様《よいやう》トやが酒を盛《もり》て見ねば、用立《ようだつ》か用たゝぬか分《わか》らぬと申て、酒を入《い》れまして盃《さかづき》のふちへ兩手をかけて取《とり》あげますと七合の酒の重みでホツクリと底が抜《ぬけ》てしまひました、是《これ》ではいかぬとさま〳〵に思案を更《かへ》て取《とり》つけて見《み》ますが、持保《もちたもち》のない所ゆへ、幾度《いくたび》も同様であぐね果《はて》て、工夫を凝《こら》しをりますとある時、殿《との》おもひ出し遊ばして

「さよ先日《せんじつ》申附《つけ》た盃《さかづき》の繕《つくろ》ひ、モウ出來《でき》たで有《あら》う、聞《きゝ》に遣《つか》はしたか」

ト仰《おほ》せられますから

さよ「その義でござります、伯父《をぢ》が申上ますには、幾度《いくたび》も取《とり》つけて見ますが、見ました處《ところ》では能《よ》うござりますが、お銚子《てうし》を盛《もり》ますると持保がござりませんから、ポッくりと底がとれますので、ほとんど當惑致し居《をり》まする。夫故延引《それゆへおそ□はつ》て居《をる》と申て參りました」

殿「ハヽア夫《それ》では、いくらついでやつても、ついでやつても底抜《そこぬけ》か、其筈《そのはづ》だ七人猩々《しやう〳〵》だものを」

※七人猩々　猩々は大酒飲み。その猩々が七人では酒がなくなるのは当たり前。

そのほかの作例を、『追善落語梅屋集』からあげておこう。同人のうち花兄、魯文、有人、左楽、幾久らは（↓Ⅳ『粋興奇人傳』の人たち―同人組織のつながり―）にあげ、其水も（↓Ⅴ「河竹其水の三題噺―歌舞伎と落語の創作―」）にあげるので省いた。作例の数字は通し番号である。

7　よしの山、梅、毛ぬき　　山閑人交來

●「『目に青葉山時鳥初松魚《あをばやまほとゝぎすはつがつほ》』。何《なん》といゝやうきに成たぢやァげへせんか」

▲「時に袷《あはせ》をこしらへやうと思ふが、三ツ井や大丸《だいま》でもありやすめへ。鳥渡《ちょっと》した下直《げちょ□》な見せはありやせんかネ」

●「さやうサ。仲町のよしのやはどうでござへス」

▲「モウ四月となつちやァ、よしのやでもありやすめへ。花がねへの」

●「そこが山サ。花があつちやァ俗人が多《おほ》ふげす。葉櫻《はざくら》も又ひねりでござへす」

▲「なるほど、公のいふとほりだ。夫ぢやァよしのゝ事」

ト仲町にいたり、よしのやにていろ〳〵反物《たんもの》を見て

●「どうも縞縮緬《しまちち》もきざでげす。あめりか唐桟《たうざん》もおそるべだ。めいせんでもねへ。そこへでたのは何《なん》でげす。なんだ青梅《あうめ》だへ。こりやァいゝ。青《あを》ィといふのは、こつちのはたけにやァねへが、梅はするといふから青梅《あうめ》ときめやせう。裏《うら》はお定《さだま》りの花色絹《きぬ》サ。そこで仕立

は極念《ごくねん》をいれてくだつし。着物の仕《し》たてがわりいと氣《き》のきかねへものだ。一寸あそびにいつても、相方に鼻毛をよまれぬやうな仕立《したて》にたのみやす」
トあつらへて歸りけるが、一兩日過《すぎ》て仕立出來上り、よしのやの子僧《こぞう》持參なしければ、よく〳〵見て
「こりやァよくできやした。しかしなんぼ袷《あはせ》でも裾《すそ》のふきがすこしも出《で》ねへの」
子「さやうでムり升。はな毛をよまれぬやうにとの事でムり升から、裾は毛ぬきあはせにいたし升た」

※目に青葉山時鳥初松魚 山口素堂の俳句。『素堂家集』所収。**三ツ井** 三井。越後屋。いまの三越。**仲町のよしのや** 不詳。遊郭名か。**毛ぬきあはせ** 裁縫で二枚の布を縫い合わせ、両方の布に縫い目から同分量のきせをかけて仕立てること。

9　芝居、狂哥、あくび　　福阿彌扇夫

「芝居の見功者《みごうしや》に見連《けんれん》といふのは、どんな人たちでムり升」

「あれはの、梅の屋さんが世話をして、おもに狂歌の御連中サ」

「隨分いろ〳〵きまりがあつて、見物するのでごさい升うね」

「そりやァいろ〳〵規定《ぎぢやう》もあるし、殊に芝居をしんけんで見るから、役者も一生懸命だはナ。實《じつ》に其御連中で、狂言中にあくびの一つもしやう物なら、舞臺でそゝる人でも、か

くべつ氣をいれませう」

「イヤモもちろんの事サ。高嶋やなんぞのやうに、樂《らく》の日迄まじめに狂言をする人でも、その日はなほさらほねを折《をる》さうだ、さやうかね。そしてあの人は骨も折《をり》ますし、わかい役者を大さうひきたてるではございませんか」

「引立るとも、夫《それ》だから二丁目の太夫元なんぞは、近頃《ちかごろ》ぐつとうり出《だ》したはナ。そのうちにも出來《でき》のよかつたのは、ソレこゝが江戸といふ名題《なだい》の明ぼの源太ョ。別段《べつだん》な事であつたぜ」

「モシ、アヽいふ役の時は、定めて、いろ〳〵とをしへませうね」

「をしへる所ではねへ。實にあのとき高嶋やの喜三郎はかたうでになつたさうだ」
※高嶋や　四世市川小団次の屋号。**樂**　千秋楽。**明ぼの源太**　曙源太。文久三年八月。一八六三。市村座『茲江戸小腕達引《ここがえどこうでのたてひき》』で四世市村家橘が演じた。**喜三郎**　腕の喜三郎。『茲江戸小腕達引』で小団次が演じた。

11　芝居、狂哥、あくび　木のしら雪

「御隠居さん、梅のやさんがなくなつたさうでござい升ねさうよ。をしい狂歌師をなくしてしまつた」

「久しい芝居見でムり升たが。見《けん》れんもあの人がぬけては、古實をいふものがございませんね」

「私《わたし》もよく梅のやとは狂歌を論じたが、詞敵《ことはかたき》をなくなし升た」

「狂歌といへば、近い頃《ごろ》、どこの芝居を見ましても、斯《かう》も有《あら》うかといふ引込《ひっこみ》の狂歌が廢《すた》り升たね」

「とき〳〵のはやりで、近年、狂歌がすたつたゆへ、みんな芝居でも云《いひ》升ぬ」

「やくしやなぞでも狂歌をよむのは、木場の親方ばかりでムり升たね」

「おまへなぞは、しんなさらないが、向嶋《むかふじま》の隠居は狂歌がすきだつた、是《こりや》ァうまかつたじやァムりませんか」

「五代目はほんものサ。花道のつらねといつて、蜀山《しよくさん》、眞顔時分《まがほじぶん》の狂歌師だつた」

「ぶたいでよんだ事があつたぢやァござりませんか」

「そりやァ向島（ママ）へ隠居してから、六代目團十郎が、さかい丁で座頭《ざがしら》になる時、口上だけいひに出て、毎日ぶたいで狂哥を詠《よん》だ」

「そりやァどんな歌でムり升た」

「先評判の歌が、『牛嶋をもう出《いで》まじとおもひしに引出《ひきだ》されたるはなの皃《かほ》みせ』」

「なるほど、これはおもしらうムり升な」

「ところが、すこぶる長《なが》口上で、その跡が狂歌ゆへ、ある日、ぶたいばんの留場《とめば》が、うつかりとあくびをして、ひやめしに成た事があつた」

「芝居であくびは禁物《きんもつ》ゆへ、こりやァしくじりましたらう。其狂歌をよみましたのは、莚《むしろ》といふ字をかくはくゑんでムり升か」

「ナニむしろといふ字《じ》を書のは、そりやァ二代目の柏莚《はくゑん》。五代目のはくゑんは、なんにもしらざると書《かく》、向嶋《むかふじま》の白猿《はくゑん》サ」

「へ、エ向嶋の猿《さる》でムり升か。それじやァあくびを仕《し》升たはづだ」

「そりやァなぜに」

「とめ場《ば》も秋葉《あきは》でムり升たらう」

※**見れん**　役者を支援するグループ。連中。組。組見《くみけん》。**木場の親方**　四世市川団十郎。安永五年九月に一世一代興行後、木場に隠居。**五代目**　五世市川団十郎。四世団十郎の子。寛政八年十一月に一世一代興行後、向島に隠居。**留場**　芝居の用心棒。場内での酔漢や喧嘩などを取り締まった。役者の警固もした。**ひやめしに成た**　解雇された。首になった。**二代目の柏莚**　二世市川団十郎。初世団十郎の子。**五代目のはくゑん**　五世団十郎。白猿。**秋葉**　向島請地村の秋葉神社。火伏の神を祭る。秋葉神社のところに住む男だから。

13　よしの山、梅、毛抜　　南阿彌芳幾

『餅花《もちばな》や鼠の目にはよしの山』といふ句があるが、斯錺《かうかさ》つた所はどうだ」

「しかし、こちらのはうは、鼠の目には梅の花と見へ升」

「そりやァ梅でもさくらでもいゝが、ねづみにつかれぬやうにようじんをしろと其夜《そのよ》はふせりましたが、夜中《よなか》にがたくいたし升ゆへ、『そりやこそついたぞ、生捕《いけどり》にしろ』とやうくつかまへ升たが、『殺すのも、かあいさうだから逃《にが》してやらうが、此ひげはをしい物だ。これをとつてうるし筆にするといゝから、毛ぬきを持《もつ》てこい』と毛ぬきをとりいだし、右の鼠のひげを抜《ぬき》ましたが、『四、五ほんぢやァしかたがねへ。もう二、三疋ほしいものだ。又、こん夜も餅花へかゝるだらう』」

「イヤこんやは餅花ではとれ升めへ」

「なぜへ」

「ねづみを取て筆にするなら、まきゑ《蒔絵》がよからう」

※餅花や鼠の目にはよしの山　松尾芭蕉に「餅花やかざしに插せる嫁が君」がある。「餅花や夜《よる》は鼠がよし野山（一にねずみが目にはとあり）とは其角がれいのはずみなり」と京山が『北越雪譜』に記していることで其角の句とわかる。また地唄「鼠の道行」の「餅花もねずみの目から吉野山、子の日の松もいく春も、大黒天に神かけて契りし仲の子之助云々」を踏まえるか。**餅花**　小正月に飾る繭玉。米の粉で作った様々な色や形に作った団子を樫の枝やケヤキなどの枝に挿して飾る。そんな繭玉を飾ったところへ鼠が現れて欲しがっている。その姿を「嫁が君」と詠む。「嫁が君」

は新春に現れる鼠。**まきゑ**　蒔絵を掛ける。毛棒か粉筒で蒔絵粉を蒔く漆の付着部分に粉がつく。このときの道具に蒔絵筆がある。線描筆は鼠の毛でつくった根朱筆《ねじ》、脇毛筆がある。このことをいう。

16　芝居、狂哥、あくび　菊の屋柳美

中《いとまきかは》側の見物連《れん》、幕《まく》の間《あひた》の雑談《さうたん》に

「モシ鰒《ふく》のやさん。當時の狂言《たて》作者《つくり》は脚色《しぐみ》ばかりぢやァなく、萬事《ばんじ》に心を用ひねへぢやァ成やせんね。すべて役者にやくをふるにも、六氣《ろつき》の配當をさだめておいて、此者《このもの》は赤口が得意だとか、彼者《かのもの》は佛滅を用るとかいふことをせんさくして、その日に役を持込《もちこむ》から、をさまらねへ役でも、先をさまるといふものサ。なんとこつたものぢやァねへか」

「イヤどうもほねのをれたものサ。ついて此頃《ころ》は芝居通《つう》が、はまらねへ役を惡日《あくにち》だといひやすが、そこらからでた通言《つうげん》だらうね」

「さやう〳〵時に今の高嶋やの役は、チトはまらねへぢやァないか」

「わたしもさう思ひやした。大キに惡日《あくび》だね」

ト咄《はな》しのきつかけに、中ぎくのわかいもの

「へイ御たいくつさま」

※中側　糸巻。女の髪形。髪を櫛に巻き付けて糸巻の形に似せる。多くは遊芸の師匠が結う。其

見物が座る席。**高嶋や**　四世市川小団次の屋号。**惡日**　欠伸を掛ける。**中ぎく**　中菊。不詳。**御たいくつさま**　欠伸が出そうなので「お退屈さま」といった。

19　芝居、狂哥、あくび　立川談志

春狂言の大入に、西の下桟敷七、八あたりに、御殿風《ごてんふう》の見物三人連《づれ》にて扇《あふぎ》をひらき
「是《これ》をよんで御《ご》らうじろ」
「右をむきひだりを向《むい》て見物の入《いり》といふ字に人といふ文字」
「なんと理《り》づめな狂歌ではござりませんか」
となりの見物「コレ茶屋の若ィ《わかい》衆《しゅ》、となりの女中づれは、しきりにしやべつて扇を出して、狂歌だの理《り》づめだのと、言葉もへんでわからねへ事ばかりいつて、そのくせ幕が明《あい》てもあくびをしてゐるが、アノ女連はどこの客だか、舞臺《ふてへ》へさはるぜ」
若「アノ御客は中菊《きく》の御客《おきやく》で、たしか佐竹《たけ》の女中、御國《くに》づめのお方《かた》さうにムり升」
見物「ナニサたゞの國《くに》ものか、だうりで芝居がわからぬから、そこでみんなが欠《あく》びをするのだ」
連レ「さうではねへ、佐竹の客だから、あくびはくせだ」
「なぜ」
「みんな秋田《あきた》だ」

※**中菊**　不詳。　**佐竹の女中**　秋田藩の女中。藩主は佐竹氏。　**秋田**　秋田の国と「厭きた」を掛ける。

20　芝居、狂哥、あくび　　仙阿彌みさを

或人友達中《あるひとともだちなか》カ(衍字)あしき所、其頃《そのころ》市村座ににて(衍字)、橘薪水《きつしんすゐ》の中直《なかなほ》り舞臺《ぶたい》にていたせしゆへ、取《とり》扱《あつかひ》の人、右芝居見物にて、双方睦《さうはうむつま》じくせんとて、催《もよほ》しの當日、新幕《しんまく》にて大キに手間どり、皆〱退屈致シ居《ゐ》ると仲人になりし親父《おやぢ》、先《せん》こくより、やたらに喰《く》つてばかりゐしが、これも大あくびをいたし

「此間に狂哥一首《ひとつ》いたしませう」ト

是までのたんまりのまく引返《ひきかへ》し氣も相肩《あひかた》のもとの棒組《ぼうぐみ》
膝とひざ能中《よいなか》むらの下さじき二けんつゞきのへだてたになし

「モシ夫《それ》は眞顔《まがほ》と飯盛《めしもり》のむかしのでムり升」

といふト又大あくびをして

「それゆへ、わしは食滯人《しよくたいじん》だ」

※**橘薪水**　四世か五世の坂東薪水。橘は橘屋の屋号。　**中直り**　体調を崩したのが一時的によくなること。　**眞顔**　四方真顔。狂歌師。　**飯盛**　宿屋飯盛。狂歌師。　**食滯人**　食べた物が消化されず胃にたまった人。食もたれの人。蜀山人を掛ける。蜀山人は大田南畝。

26　芝居、狂哥、あくび　愚阿彌愚生

素人《しろうと》芝居狂言へさそはれてまゐり升たが、あくびが出て困りました。そのうち新口村《にのくちむら》の浄るりで、不斗《ふと》梅鶴翁《ばいくわおう》の兩ごくの狂哥合に、

　桟橋に廿日餘《あま》りのそこり汐《しほ》二分程《ほど》のこる梅川の河岸《かし》

トいふ狂哥を思ひ出して、感《かん》に堪《たへ》たか、欠《あく》びが止《とま》り升た

※素人芝居狂言　茶番のこと。**新口村**　浄瑠璃「傾城恋飛脚」。忠兵衛が故郷の大和新口村に梅川と落ちのび、父孫右衛門によそながら別れを告げる段。**梅鶴翁**　梅屋鶴寿翁のこと。

29　よしの山、梅、毛ぬき　深川羽扇

骨董集《こつとうしう》に耳の垢取《あかとり》といふ事がムり升が、其《その》頃京の人の思ひ附にて、鼻毛、襟《ゑり》の生際《はへきは》をぬくと申事を工風《くふう》いたした愚人《ぐしん》がござり升たが、兎角羣集《とかくくんしゆ》のところでなふては行《ゆか》ぬと四條三條邊《へん》をうながしてあるき升が、丁度其頃《てうどそのころ》、嶋ばらへ梅をうゑた事がムり升たが、雅《が》となく俗となく見物のやまをなし升ゆへ、例の鼻毛抜《ぬき》も、ぶら〳〵島ばらへ出かけてゆくと、全盛ならびなきよしの太夫、早くも見附て

「客の鼻毛はよむのが業《なりは》ひなれど、わが身の鼻毛は終夫《ついそれ》なり。どうぞ抜《ぬい》てもらひたい」

と流石《さすが》はしやれたよしの太夫、鼻毛を抜てもらはんといふゆへ、毛ぬきの男もあまりのうれしさに、ツイ手がふるへて、肉をはさみしゆへ

よしの「アイタヽヽヽ」
トいふにおどろき
附添人《つきそふ》々「此へげたれめが。何しくさる。大切《たいせつ》の太夫さんに、疵《きず》を附をつた」
とくち〴〵にのゝしるを
よしの「イエ〳〵さはいでおくれィなァ。このきずをもとめたは、毛をぬいたゆへじや」
トいふた

※骨董集　随筆書。山東京伝の随筆書。三巻四冊。文化十年（一八一三）成立。**耳の垢取**　貞享ころ（一六八四〜八八）に、江戸神田紺屋町三丁目に長官という者が耳の垢取で鬻いでいた。**へげたれめ**　阿呆め。

本書の翻刻は、『噺本大系』十六巻（東京堂出版。昭和五十四年。一九七九）にみられる。

報条摺物を読む

三題噺の会では、まず三題噺の兼題を摺物にした報条をつくった。この兼題は同人の二人の月番によって企画されるもので、この月番がどのように決めるかは不明だが、過去の兼題の台帳があったと想像する。兼題を決めると彫師に依頼し、摺師が摺りあげる。摺物ができあがると月番が直接に同人たちに手渡すことになる。報条摺物の大きさは（タテ十九・七センチ×ヨコ三十二・二センチ)、(タテ二十三・六センチ×ヨコ三十三・二センチ)、(タテ十六センチ×ヨコ二十二・七センチ)である(河竹繁俊『黙阿弥の手紙日記報条など』。演劇出版社。昭和四十一年。一九六六)。また、宮尾しげを旧蔵の新出「梅屋翁追福三題噺合」は(タテ十七・一センチ×ヨコ二十・五センチ)である。この「梅屋翁追福三題噺合」は同人名と兼題をあげた報条摺物とは異なるので小さい。追福の報条だから小さくしたのだろう。

報条摺物は横三十センチのA4サイズほどの大きさが平均であり、なかには色版をつかったものもあり、墨一色だけとはかぎらなかった。伝存が数点しかないので、ほかに特別な形でつくったものがあったかどうかは不明である。十年以上の開催であると、百二十枚近くがつくられたことになるが、同人の其水のところには三枚しか残らず、また宮尾しげを旧蔵にも二枚が残されているのをみるだけである。二十数名の同人がいたから保存する同人もいたはずだが、過去の震災、火災、戦災などがあった百五十年ものあいだに、ほとんどが焼失してしまったようである。

報条摺物を同人の家々に渡すのは、月例会の前日である。月例会が開かれる二十一日の前日の二十日に、同人たちは兼題を報条摺物で知ることになる。過去の大坂の噺の会では、それぞれ創作したものに天・地・人の得点をつけ、景品を贈呈した。同様のことが三題噺の会でも行われた。どのような景品が用意されたのかは、景品を展示する部屋が、『春色三題噺初編』下巻に描かれている。【図版一覧・三十図】の7―7に見立茶番景物の景品がみられる。それと同じ方法で飾られたのであろう。）

報条摺物には開催日時（開催年は記さない）や場所、企画者の同人名を記すほかには書いていない。そのため伝存する報条摺物の開催された時期が、まったくつかめない。それでも報条摺物の兼題を整理していくと、いままで指摘されていないことがわかった。それは報条摺物の兼題と同人作品集の作例とが一致するので、たしかに兼題によって三題噺がつくられて、発表されていたことがわかる。なかには兼題通りの言辞による作例でないものもあり、作例を兼題通りにつくらなくてもよかったこともあったようである。

三題噺の笑話には、いままでの大坂噺の会の笑話本や、ほかの笑話本にみる笑話や類話をあげる作例もあるが、それらに高得点を与えたものもみられる。撰者がすでにつくられている初出の笑話の存在を知らないで選んでいるものもみられる。再出でも笑話のおもしろさを伝えていればよかったのであろう。こうした指摘がされていないのは、初出、再出などを気にしていなかったからである。

報条摺物の兼題

伝存する報条摺物の兼題を時代の判明するものから順にみていこう。いままで報条摺物を兼題だけの摺物とみて、その兼題の整理をすることもなく、また報条摺物から三題噺の会を考えることもなかった。過去の兼題を知る台帳や、過去の作例を記録した記録書などの伝存は、いまも確認できない。

兼題による創作は、和歌における詞書きのように、詠んだ場所、日時、動機、主題、事情などがわかると、つくった背景が想像できた。詞書きのない和歌はつくった背景を想像しながら鑑賞した。笑話も笑話をつくってから笑話題がつけられ、その笑話題が本文から用いられているのをおおくみる。だが、三題噺は先に笑話題があるから、笑話をつくるのは、とてもむずかしい。

三題噺では、どの語彙で笑話を構成するかは、作者の創作方法によって異なる。笑話そのものに筋を重視するほどの長さはなく、落ちにむすびつく部分だけを浮かべたら、それ以前の内容を広げるのがつくり方となる。三題の語彙から閃く想像を瞬時に膨らませて、構想を練っていかないと、即席噺、即興噺をつくることはむずかしい。だが、これが三題噺のつくり方であると理解すれば、そんなに創作することはむずかしくない。有人、魯文、其水などの文筆を職業とした同人たちは、創作の苦しみよりも、気楽に楽しみながら創作していったと思われる。的確な批評や、つまらない箇所を指摘するよりも、おもしろさを褒めあい、個人が楽しむというよりも、同人仲間たちと一緒に楽しむことをしたのが三題噺の会の魅力であった。

三題噺の会の報条の特徴として、同人たちが報条摺物によって自分の創作する兼題のほかに、ほかの同人の兼題を知ることができたことである。どのような三題噺をつくってくるかを、期待した同人もいたであろう。月例会の三題噺の会では、年間、三百話余りの作例がつくられている。笑話本の新作よりも、さまざまな笑話を聞くことで、異なった笑話を鑑賞し、もし自分がつくるならば、こう考えるといった想像の世界を浮かべることもできた。そうした聞き手の味わい方で笑話の評点をつけると、ほかの同人たちと一致する評点になるものもあり、そのようにならないものもあった。しかし、なかには相違のあることで、笑話の味わい方を知ることもできた。三題噺の会がつづいたのは、こうした笑話のつくり方から、とらえ方までを学べる場であったからといえよう。

以下、報条摺物の時代のわかるもの、推定できるものなどを順にあげることにする。そのあとに年代不詳（年月日のみ）のものをあげる。

文久二年（一八六二）**閏八月**

古柏楼の会場を同人の一惠齋芳幾が描いた大判錦絵（三枚続き）の「茲三題噺集會《こゝにさんだいはなしのよりそめ》」がある。文久二年閏八月の錦絵である。古柏楼は柏木亭のことと思われる。これはもっとも早い三題噺の会を描いたものとなる（↓【図版一覧・三十図】7―1・2・3）。

錦絵は『粋興奇人傳』（文久三年。一八六三）の発行元の丸屋徳蔵版である。座敷の鴨居に吊るす紙に、兼題を書き、発表者の名が書かれている。これが当日の形式だったとみられる。おもしろいのはそれぞれの人物の羽織に家紋を描き、紋から参加する同人がわかるように描いていることである。しかも人物の似顔絵であるので、だれであるかがわかる。絵に男女の子どもが描かれているのは、同人の家族とみられるが、頭取の子どもたちではなかったかと思われる。右図に背中をみせる男の紋は「芳桐紋」であるので芳幾とわかる。出席者のなかの手に煙管をもつ「亀甲に根笹紋」は其水である。煙管は伊達にもったものか、それとも喫煙していたかどうか。これについてはあとで触れる（↓V「河竹其水の三題噺―歌舞伎と落語の創作」）。

描かれた粋興連の十四人は初期のメンバーとみられる。このときの会の兼題を企画した同人は「有人、左楽」の二人である。『粋興奇人傳』にみられる山閑人交来、文桂舎栄寿、三遊亭円朝、山衣細道、雪松園みさほ、全亭愚生、冬の屋嘉遊、菊の屋柳美、春廼屋幾久ら九人の名がみられないのは、この日は欠席したからであろうか。主要な人物たちの欠席でもあるので気になる。

錦絵には色版に異版をみる。初摺と再摺があったことになる。座敷中央に緋毛氈が敷かれ、そこで同人が三題噺を演じている。両脇に燭台がある。会が朝四つから暮八つ半まで開催されたので、暮れ近くなると火を灯した。座敷のなかにも燭台が置かれ、蝋燭の芯を切る女性も描かれている。畳の上に広げた紙を同人たちがみている。「山々亭有人様、假名垣魯文、柳亭左樂様」ほかの名がみられる。これは景品寄贈者の名であろうか。食事（鮨、鯛料理）、菓子（〔かにや・芝口二〕）などが座敷に運ばれ、それらを口にしながら三題噺を聞いたのであろう。『春色三題噺初編』の挿絵には同じように食事を運ぶところが描かれている。また火鉢も置かれ、土瓶で白湯を沸かしている。発表者は同人たちの目線の位置で演じている。これは三題噺の会の初期の形態であろう。『粋興奇人傳』『春色三題噺初編』には高い台を設営した高座の上に、緋毛氈を敷いて蝋燭台、火鉢などを置いている。『粋興奇人傳』の高座は、ずいぶんと高いので、前の畳席には座らずに、高座を囲むように座る。『春色三題噺初編』では大判錦絵と同じように同人たちは高座近くに座り、食事をしながら聞いている（↓【図版一覧・三十図】7―4・5・6）。

江戸時代の寄席を描いた図像がいくつも残っているが、高座は座敷よりも少し高くつくられている。落語が鹿野武左衛門にはじまったときは、座敷で演じたので座敷噺といった。床の間のある広い座敷であったことから、いまの寄席に床の間のある高座が踏襲されている。また高座の正面が唐紙の障子を閉じた形であるのも座敷での形式の名残である。いまの寄席では落語家の座る位置と障子を閉めた部分が重なるのは、高座としてはいいとはいえない。それでも障子が重なることや、屏風の重なる高座は、間違ったままを踏襲している。座敷の畳の上に敷かれた緋毛氈は座布団以前の形である。高座がつくられたときでも、まだ緋毛氈を敷いているのは、この座敷のときの形とみられる。この形は、ほかの落語家を描いた中判錦絵の戯画にもみられるので、高座の緋毛氈が座布団に変わっていった時期を挿絵や絵画で確かめることができる。

錦絵にみる紙に兼題を書いて鴨居に貼ったものを右から順にあげてみよう。ただし、この紙が順番を表すのか、番組表として貼ったものかは定かでないが、おそらく順番であったのだろう。

1	紅葉、隅田川、湯屋	其水	2	口入所、閏月見、藝者	如皐
3	大工、後之袷、狸	玄魚	4	案山子、交易、馬士	綾岡
5	俄、辨慶、川柳點	柳枝	6	礁、太皷、取揚婆	談志
7	人丸、捨扇、料理茶屋	左樂	8	囲女、茸狩、歌合	有人
9	人情本、小町、稲荷	扇夫	10	俳優、新酒、兩國	魯文
11	狂言踊、嶋臺、豐年祭	聞志	12	七艸、茶之湯、小間物	花笑
13	玉兎、小槌、三番叟	洛賀			

貼り出されていない兼題に、(14)「遊女、菊細工、音曲　芳幾」がある。また同人のうち、(11)「聞志」は柳の屋文子、(12)「花笑」は木しら雪、(13)「洛賀」は好文舎花兄のことである。この兼題のなかには『粋興奇人傳』にみる作例と一致するものを三例みる。また兼題の書

かれる順が錦絵の兼題と異なるものが三例もみられる。たとえば、其水の（1）「紅葉、隅田川、湯屋」は『粋興奇人傳』では「隅田川、紅葉、湯屋」である。この作例は（→V「河竹其水の三題噺―歌舞伎と落語の創作」）で紹介することにする。つぎに兼題の順序が異なる二例をあげてみたい。

（5）春風亭柳枝の「俄、辨慶、川柳點」は、『粋興奇人傳』では、「辨慶《べんけい》、俄《にはか》、川柳《せんりう》」とある。順序だけではなく兼題も異なる。

　辨慶《べんけい》つく〴〵おもふやう
「辨慶と小町は馬鹿だナアかゝアト川柳點《せんりうてん》にもいひふらされて、野暮《やぼ》なものゝみなかみになつてるやうだが、猛《たけ》き計《ばかり》が武《ぶ》にもあらず、情《なさけ》の道が弱きにもあらず、ダチト俄《にはか》でもひやかさう」
とお江戸のよし原《はら》へ參《まゐ》つて見ますと、りやうがわのお茶屋はちりからかッぽう、仲《なか》の町は俄のさい中、ふるい川柳にもあるとほり、『あがる氣になるもにはかのおもひつき』で、ツイうか〳〵あがる氣になりまして、其《その》ころ奥州《あうしう》やの衣川と評判のおいらんがムり升たが、これがよからうと茶屋のすゝめに衣川《ころもがは》の所へあがり、座敷も引《ひけ》て、お床《とこ》となり升たが、ひさしくつかはぬ男根《なんこん》ゆゑ、ツイ立《たち》わうじやういたしました」

※ダチ　友達。仲間。　**俄**　吉原俄。　**ちりからかッぽう**　大小の二挺鼓ではやす音。　**衣川**　弁慶

が衣川で立往生をする。一生不犯という俗伝を踏まえる。　**立わうじやう**　弁慶の立往生を掛ける。
（12）花笑の「七艸、茶之湯、小間物」は、『粋興奇人傳』では、「秋《あき》の七艸《くさ》、小間物屋《こまものや》、茶《ちや》の湯《ゆ》」とある。これも兼題が異なる。

向嶋の花屋敷へ一升樽《だる》と笹折《さゝをり》をさげ、秋の七艸を見にゆくものか、俄雨《にはかあめ》に土手《どて》であい、茶の湯の師匠の軒《のき》をかり、雨舎《あまやど》りをなすうちに、家内《かない》を見れば、年《とし》の頃《ころ》廿四、五の美《うつく》しい青比丘尼《あをびくに》一人《ひと》りゆゑ、あぢな氣になり、かの男《をとこ》は酒肴《さけさかな》を土産《みやげ》となし、弟子入《でしいり》を頼みければ、心よくうけがいて、「まづおちか附《づき》に」と酒をひらき、さいつおさへつなすうちに、比丘《びく》は段《だん》〳〵酔《ゑひ》が廻《まは》り、取《と》り乱《みだ》せし有様に、猶《なほ》も酔《よは》して手に入《いれ》んとしいる。折しもさつとふく風諸《かぜもろ》ともに家居《いへゐ》はなく、只《たゞ》七艸の生茂《おひしげ》りし野邊に、男は悔《びつく》りなし、あるじを見れば、半身《はんしん》はありし比丘尼に、半身は狸の姿《すがた》顕《あらは》しながら、いまだ化《ばか》してゐるていゆゑ
「あなたはつゞみかお上手《じやうず》、承《うけたまは》りたい」
と望みければ
「それは、いとよりやすいこと」
と腹をむしやうに叩き、アッといふて小間物見世を出《いだ》し、たぬきの全躰顕《ぜんたいあら》はしければ
「ヲヤ〳〵狸のきんたまは八畳敷《しやうじき》といふが、これは餘程ちいさい」
といふに、たぬきは顔をあげ

「おれは茶人だから四畳半《よしやうばん》だ」

※青比丘尼　若い比丘尼。　**あぢな氣**　妙な気になる。　**うけがいて**　対応がよく。　**さいつおさへつ**　差いつ押さえつ。盃を相手に差したり重ねて飲ましたり。　**小間物見世**　食べたもの飲んだものを吐き出す。　**四畳半**　茶室は四畳半。

文久三年（一八六三）正月

文久三年正月十一日に有人と芳幾が兼題配りをしたとき、其水の兼題は「斗々屋の茶碗、山笑ひ、居合抜き」であった。このときの報条摺物は残っていないが、その三題噺を発表すると、同人たちが其水に「狂言に仕組んでくれないか」といった。そのときにつくったのが旧案の歌舞伎「魚屋の茶碗」であった。その後、新案に仕組んだのが明治二年（一八六九）の『時鳥《ほとゝぎす》水響音《みづにひゞくね》』である（河竹繁俊『河竹黙阿彌』）。『歌舞伎年表』第七巻に「五月二日より、守田座、「時鳥水響音」」とある。（岩波書店。昭和四十八年。一九七三）。（↓Ⅴ「河竹其水の三題噺―歌舞伎と落語の創作」）。

文久三年弥生

三題噺の会のときの報条摺物である（『黙阿弥の手紙日記報条など』）。円朝が参加しているが、春陽堂版、角川書店版、岩波書店版には指摘されていない。

1　蝶と見し、夢は破れて、波の音　　春の屋《（ママ）》

2　飴賣の、傘潜り行、乙鳥哉　文子
3　小手毬の、花寒う見る、夕か那　魯文
4　老せわし、牡丹も菊も、根分時　芳幾
5　あそばする、子の噺きく、日永哉　談志
6　振向て、艸履ふまれつ、花戻　圓朝
7　乳貰いの、願う雀の、親子かな　素眞
8　つみたくも、垣根ごし也、母子艸　扇夫
9　返事待、門や流に、おち椿　玄魚
10　山吹の垣や、ぬすめと、いはぬまで　しら雪
11　雫する、袖にはおかで、別れ霜　細道
12　生木くさ、斧のにくさよ、春の山　有人
13　物捨に、出て詠るや、春の川　如皐
14　人影を蓋、明けて見る、田にし哉　交來
15　イはおのが、噂さや、闇の櫻　左樂
16　約束も、翌《あす》を限りや、花の文　柳枝
17　啼立てて、それと知るなり、はつ蛙　種彦

18　彫りものは、お江戸の産じや、祭りかな　綾岡
19　すまし戀し、呑気も覺て、落し角　墨松
20　靜かりて、いひ込花の、むしんかな　花兄

ここには（7）素真、（19）墨松がはじめて登場する。すべて五七五による兼題とわかる。

このような出し方があったのもおもしろい。

文久三年（一八六三）八月以前

「來ル六月六日／於柳橋柳屋興行」「正九時より相始夕七ツ半限りに候間御繰合御早々と御入來冀希上候」「會主　粋狂惣連」（『黙阿弥の手紙日記報条など』）。柳屋での開催は古柏楼（柏木亭）とみられる。文久二年閏八月の錦絵がある）以後か。このときの作例が、『今様三題噺初編』（文久三年八月）にみられるので、この年の六月か、または文久二年か。

春廼家《（ママ）》幾久の「小人島、氷室、番屋」は、『今様三題噺初編』に「小人島、氷室、春屋」とある。一惠齋芳幾の「雷ほし、孕女、柳箇」も『今様三題噺初編』では「孕女、雷干、柳ごり」とある。左楽の「夕立、小原女、願人坊主」は『今様三題噺初編』にはみられないが、逆に『今様三題噺初編』にみる好文舎花兄が、この報条摺物にはみられない。『今様三題噺初編』とは一致しない兼題がおおいのは、『今様三題噺初編』の二編に載せる予定があったからと考えられる。円朝が参加しているが、春陽堂版、角川書店版、岩波書店版には指摘されていない。

1	小人島、氷室、番屋	春廼屋	2	雷ほし、孕女、柳箇	芳幾
3	祇園會、大津繪、西行法師	圓朝	4	匂袋、くさ舩、たそや行燈	柳枝
5	川狩、叩鉦、ゐのこり	紫玉	6	夏の月、破れ傘、座頭	扇夫
7	西瓜、粘賣、ぬれ佛	玄魚	8	蚊遣火、流灌頂、うなきかき	河竹
9	蟬、道行、國訛り	如皐	10	風鈴、くさめ、女太夫	魯文
11	不二詣、織部焼、其角	談志	12	帷子、小諸ふし、よたか	綾岡
13	清水、まむしとり、密夫	交來	14	夕顔、今戸焼、化猫	種彦
15	夕立、小原女、願人坊主	左樂	16	時鳥、温泉場、嫉妬	有人

ここには（5）紫玉（巴月菴）がはじめて登場する。

年月日不詳1

「三題落語會」。「會主　粋狂惣連」。「來ル十七日朝四ツ時ゟ八ツ半時限　定席」とある（宮尾しげを旧蔵。「小はなし研究」十号に紹介。昭和十二年。一九三七）。勘亭流によって書かれるが読みづらい。この字は交来、または其水が書いたか。円朝が参加しているが春陽堂版、角川書店版、岩波書店版には指摘されていない。判読不可は□とした。

1　木兎、□、聲色　　春の屋《ママ》
2　爪こしり、□火、冨士の雪　　双扇

3　銅だらひ、□もの、海鼠腸　如皐
4　雪の下、□記、おしやべり　圓朝
5　□□火、味噌摺坊主、大いびき　種彦
6　役者附、きいたふう、そこぬけ　芳幾
7　來年の大小、藪から棒、大なぎなた　交來
8　冬至、あぶく、夜食の□り　玄魚
9　やりて、藥ぐひ、皮かむり　河竹
10　うらめしい、げんこ、あんこう　有人
11　奇妙頂禮、やせがまん、□□の小判　談志
12　くはいのとつて、狩場の□子、だんまり　魯文
13　金冠り、禰ぎ、とまどひ　むらく
14　皺だらけ、皮羽織、かんてら　扇夫
15　ぽん引、菊ばしら、□□の□□　綾岡
16　くま手、役者ぎらひ、女夫石　左樂
17　水行、行違ひ、しゆ路の馬　伴兄

ここには（2）双扇がはじめて登場する。また十七日に開催したことを知る。

年月日不詳2

「十月六日早朝より」。「企　嘉遊／愚生」。この報条摺物に、三題噺「鰍沢」の兼題「玉子酒、筏、熊膏薬　河竹」がみられる（宮尾しげを旧蔵。「小はなし研究」九号。昭和十一年。一九三六）。其水が創作して演じたときの兼題がわかる。三題噺からつくられた芝居噺の落語「鰍沢」が円朝作ではないことを知らせる貴重な報条摺物である（↓【図版一覧・三十図】11―1）。春陽堂版、角川書店版、岩波書店版には指摘されていない。

1　蜜柑、つけ□、坂田金時　春廼屋
2　十夜念佛、勝男ぶし、つんほ　榮壽
3　神の旅、水いわひ、大□かはら　芳幾
4　□□、はまぐり、笄かんざし　有人
5　綿帽子、そはがき、松ふぐり　全語
6　風呂吹、明日あんどう、天の岩戸　柳亭
7　口切、星月夜、灰買　玄魚
8　金毘羅□、□炭、新小□　美佐保
9　錦木、天保銭、橋番人　樂之
10　むすび神、かし傘、九さはゝき　魯文

11　玉子酒、筏、熊膏薬　河竹
12　長夜、新わら、焼豆腐　狐遊
13　湯女、れいし、浦嶌太郎　三遊亭
14　野山の□、穴藏、三浦大助　愚生
15　口舌、昼の月、山出し女　菊の屋
16　冬至梅、岡持、旅俳優　梅我
17　□□□、かん〳〵のう、長命丸　扇夫
18　生海鼠、麻風呂敷、熊手　綾岡
19　入聟、鳥羽繪、阿さ漬　山二
20　□の子羽織、阿めうり　梅廼屋
21　惠比壽□、足代、すて子　冬廼屋

企画者は「嘉遊、愚生」である。ここには（6）柳亭は左楽もしくは種彦。（20）梅廼屋は鶴寿のことであろう。（9）楽之、（12）狐遊、（16）梅我、（19）山二がはじめて登場する。

年月日不詳3

「書畫餘興／三題歌僊茶番報條」「來ル二月朔日兩國柳橋／萬八樓上に於て晴雨共相催侯　會主／松花園」「景品鬮引呈上」。松花園は好文舎花兄である（『黙阿弥の手紙日記報条など』）。ここ

での茶番は『春色三題噺初編』下巻の挿絵（五ウ・六オ）に描かれる見立て茶番を指すのだろうか。茶番の様子は【初編】の（中巻）（三ウ・四オ）（六ウ・七オ）、【初編】の（下巻）（十五ウ・十六オ）の挿絵にも描かれる。鬮取の場面も【初編】の（中巻）（十ウ・十一オ）にみる。挿絵の「三題噺見立景」は見立て茶番の景物をいうのであろう。【初編】の（下巻）（五ウ・六オ）の挿絵に「熨斗　しん上　松花園／春のや《ママ》」「三光番外の君へ」と書かれ、「舛おとし」「七段目」などの景物が緋毛氈の上に置かれる（↓【図版一覧・三十図】7―7）。

見立て茶番は式亭三馬の滑稽本『茶番狂言早合點初編』（文政四年。一八二一）の「第二　酒番茶番餅番の事幷に景物といふべき事」に、「景物といふことは、題にしたがひ景色《けいしょく》に表して出す品ゆゑ、景物といふ」という。「第七　茶番狂言の仕方幷景物に心得あるべき事」「第九　一景物二趣向の事幷に見立景物の心得」と「第十　景物工夫の事」をあげ、同じく『茶番狂言早合點二編』（文政七年。一八二四）に「第七　景物を作る事」と「第八　景物を取あつかひの事」をあげている。其水が狂言作者になる前に茶番を好み、司馬連を組んで芳々の号で茶番の会を開いている（『河竹黙阿彌』）。

江戸での茶番流行によって、おおくの茶番本がつくられた。茶番本と俄本については拙稿「滑稽本の周辺」（『滑稽本集（一）』月報。国書刊行会。平成二年。一九九〇）に十五作品をあげた。上方では俄の流行で百十五作品の俄本がつくられた（ただし九十余作品は年代不詳。拙稿「近世上方俄とその俄本」（「語文」百二十三輯。平成十七年。二〇〇五）に作品目録を掲載）。茶番と俄については『江戸学事典』（弘文堂。昭和五十九年。一九八四）に記述した。

1 初霞、首つ引、七五三　瀬川如皐
2 うくいす、川童、打出の槌　山々亭有人
3 〆飾り、箱桃燈、出臍　豐原國周
4 菜の花、有平床、ベツカツコウ　花次扇左エ門
5 初卯、飴賣かん子、銕道　歌沢芝金
6 太神樂、緋の袴、志らみ　雨の屋隣春
7 七艸、鉢巻、寫眞鏡　花柳壽輔
8 奴扇、阿んま膏、常夜燈　麗々亭柳橋
9 歌かるた、湯上り、傳信機　東屋松魚
10 うそ會、五目ならべ、つまみ喰　菅野序遊
11 手鞠、洋學、居つゞけ　假名垣魯文
12 業平蜆、相模下女、馬車　河竹其水
13 彼岸、福の神、調子笛　眞垣菊麿
14 長閑、戸藉、人力車　山閑人交來

15 針供養、かんしやく、飛脚舩　小さんむらく
16 接木、合狂言、五重塔　名女川庄三郎
17 萬歳、鉢合、浮世義理　十寸見東和
18 眉玉、正木、天の逆鉾　柳亭燕枝
19 薪能、不用心、鬼の角　松林亭伯圓
20 初午、風呂敷包、七小町　翁屋さん馬
21 青柳、五階造、いろは　田邊南龍
22 雁風呂、辻占、ひよつとこ　曉雲齋紫玉
23 福引、張交、洋服　三遊亭圓朝
24 鷄合、囲ひ女、大森鬘　綾阿彌綾岡
25 田螺、水ツは那、文明開化　(ママ)一惠芳幾
26 雛店、神主、うつかり　清元喜代壽太夫
27 つみ艸、車引、三弦箱　櫻川正孝
28 乙鳥、懸乞、海坊主　櫻川新孝
29 藏開、搯古木、鼠なき　松の家民中
30 引そめ、有頂天、七賢人　布袋屋粂女

31　花見、床店、切髪　　堀の小萬
32　春雨、金の生木、日本魂　　櫻川孝作
33　蓬萊、ゆで蛸、蝦夷錦　　富本半平
34　遣り羽子、茶器、爪のあか　　清元菊壽太夫
35　寶船、柏手、旅日記　　清元延壽太夫
36　鳥追、居眠里、木上り　　梅素亭玄魚

「書畫餘興／三題歌僊茶番報條」とあるので、三題噺の会と茶番の会を兼ねていたとみられる。円朝が参加しているが、春陽堂版、角川書店版、岩波書店版には指摘されていない。

以上が伝存する報条摺物にみる兼題である。

双六にみる兼題

三題噺の会の同人たちによる双六もつくられている。双六の升目のなかに収めた三題噺であるから、落ちの部分を中心にしたものとなる。従来の三題噺の作例とみるよりも、笑話とみるのが穏当だが、すべて兼題があげられている。元の長い笑話から短い笑話に仕立てている。これらも三題噺の兼題としてあげておこう。

文久三年（一八六三）十一月

宮尾しげを旧蔵。二点ある。大判錦絵貼合双六。大判錦絵六枚を貼合せた粋狂連、興笑連による三題噺双六。題は「三題咄《さんだいばなし》新作双六《しんさくすごろく》」。中央下に、「一惠齋芳幾畫」「松嶋彫政」「團扇堂壽梓」とある。高座の上で話す落語家の絵の顔の部分は「井桁紋捩りの三タイ紋」（勝田市兵衛（春廼屋幾久）の興笑連の紋）と「のし丸に桜紋」（高野桜酔軒（好文舎花兄）の粋狂連の紋）で表している。魚河岸連からの引幕と粋狂連と興笑連の暖簾がみえる。双六の升目のなかに短い三題噺を収めている。

1　菊ばたけ、ぼんぼり、わび事　梅素亭玄魚
2　ふみばこ、かんぎく、とらの巻　一惠齋芳幾
3　さいふ、蛇の目傘、てつぱう　假名垣魯文
4　ほうらい、もちつき、あげ屋　二世紫の種彦
5　ほくろ、せき所、あしだ　瀬川如皐
6　まち人、車、居候　山閑人交來
7　花づくり、たゝきがね、松花堂　立川談志
8　日本づゝみ、紙くず、やぶ醫者　山々亭有人
9　はしご、片うで、だいもく　河竹其水
10　豆しぼり、たちぎゝ、梅の花　綾岡輝松

11 金ぴら參り、切もち、あけぼの　出揚扇夫
12 もみうら、さかづき、むくち　朝寐房むらく
13 まへがみ、はらがけ、道中双六　柳亭左樂
14 さし賣、まぼろし、たいこ　三遊亭圓朝
15 三きよく、はらみ女、くわんおん經　冬の屋嘉遊
16 ねずみ衣、つゞら、二百兩　梅我
17 あみがさ、こたつ、萬ざい　全亭愚生
18 供やつこ、つりがね、まりうた　樂之
19 てんぐ、見だい、左りもじ　三拍子狐遊
20 後家、入むこ、かきつばた　菊の屋柳美
21 鳥居、蝶、たき火　双扇舍
22 ぎおんまもり、すて子、きつね　雪松園美佐を
23 星兜、うたゝね、いろは　春の屋幾久
24 日の丸の扇、鳩、發心　鱗堂伴兒
25 にせもの、小ばん、今戸やき　木しら雪

ほかに、(26)「明がらす、かんざし、身うり　作者不明」がある。以下、作例があげられ

ることが少ない同人を紹介する。

1　菊ばたけ、ぼんぼり、わび事　梅素亭玄魚

去部屋の女中、しびあしく、ほうばいを頼み侘《わび》せしが
主人「あの女は昨夜ぼんぼりをつけ、御にはの菊畑《きくばたけ》へ花を見に出たと申事、明《あか》りをつけてもいひわけは、くらい〳〵、定めて忍《しの》び男《をとこ》でも」
「イヘ〳〵左やうなことはござりませぬ」
主「それじやといふて、夜は菊のいろがわるかへ」
「ヘエ赤い白いはわかります」
主「それだから黄《き》がしれぬであらう」
※**わるかへ**　わかるかへの「か」が欠か。**黄がしれぬ**　黄色がわからない。「気が知れぬ」を掛ける。相手が何を考えているのかわからないことをいう。

5　ほくろ、せき所、あしだ　瀬川如皐

しよ國をめぐるくすりうりが、せきしよにゆき
▲「これでおとほしくだされませ」
■「コリヤ手がたにあらで、あしだではないか」
▲「ハイつひまちがへてまゐりました」

■「こいつ手形がはりにあしだをもつてぬからぬかほ、見れば、かたしのはがかけてあるな」
▲「夫が私の生國《しやうごく》でムり升」
■「かたしの足駄《あしだ》と申からは」
▲「ハイうまれは、なには江でムり升。あなたのおかほに、ほくろか有升が、私のかでんのくすりで、ぬいてあげ升ふ」
■「イヤぬくにはおよばぬ、われのやうなやつはほくろどころか、此ぅへ、やくにんの目もぬくであらう」

※**かでんのくすり**　家伝の薬。**目もぬく**　目をごまかす。目を騙す。

10　豆しぼり、たちぎゝ、梅の花　綾岡輝松

のらむすこ、わが内へしのびきたり、おふくろにあひて、かねをいたぶり、おやぢのこゑにおどろき、にげてゆきしなに、梅の木へそでがかかり、花をちらす、たちぎゝしてゐたおやぢ、いできたり
「今のはなんじや」
はゝ「ねこでござるョ」
「いかさま、あしあとがちつと見へる、どんなねこじや」

「しぼりの手ぬぐひをかむつたねこサ」
「ム、まめしぼりか、あのてぬぐひをかぶるやつなら、うちをもかぶつた」
「エ、」
「どらねこであらう」
※**のらむすこ**　遊んでばかりの息子。「のら」は放蕩者。怠け者。**いたぶり**　ねだる。せびる。揺《ゆたぶ》るの訛。**どら**　放蕩息子。

15　三きよく、はらみ女、くわんおん經　冬の屋嘉遊

「よこちやうの三きよくのおしやうさんは、身もちになつてから、あさ〳〵くわんおんぎやうを、ことやさみせんにあはせるが、よくあつたものだ」
「それはほんの、こきうばかりだ」
※**身もち**　妊娠する。**こきう**　呼吸があう。

18　供やつこ、つりがね、まりうた　樂之

ともまちのやつこ、もんげんと見えて、ときのかねをあんじゐる所、カノだんなは、げいしやにたはぶれてゐて、だうじやうじのまりうたをうたふ時、花をやりければ
奴「だんなもまりうたで、はづんだとみへる」
※**まりうた**　白拍子花子は少女が鞠をつくさまを踊る部分。歌詞は「恋の分里武士も道具を伏編

笠で張りと意気地の吉原云々」。**はづんだ**　鞠が弾む勢いに乗じる。

この双六を入れる袋も残っている（宮尾しげを旧蔵）。双六の袋は捨てられることがおおい。左側に「三題咄新作双六」。右に「梅素亭玄魚校」「一惠齋芳幾畫」「松嶋彫政」。絵は高座と引幕。引幕には「井桁紋捩りの三タイ紋」と「のし丸に桜紋」が描かれる。中央に描かれる女形の役者が手にもつ手拭にも「井桁紋捩りの三タイ紋」と「のし丸に桜紋」が描かれる。袋の裏側には、「堀江町壱丁目／團扇堂　伊場仙三郎板」とある。春陽堂版、角川書店版には収録されていない。

擬細見本にみる三題噺の会

擬細見本は評判になっているものを吉原細見本に倣ってつくったものである。このなかに三題噺の会の同人名をあげている。いくつもの擬細見本が刊行され、落語家の登場の「噺屋席藏」「昔屋花四郎」の店名とともに、「三題屋花四郎」の店名がみられる。

『東都歳盛記』

宮尾しげを旧蔵。慶応元年（一八六五）に刊行される。書き題簽「假名垣魯文編輯　東都歳盛記　完」。風鈴山人序。序に「慶應乙丑季秋」。奥付に「乙丑仲秋正　玉家如山藏板」。柱「さいせい」。「三題屋花四郎」の暖簾が「井桁紋捩りの三タイ紋」と「のし丸に桜紋」。「粋狂、ろ文、交來」の同人名がみられる。

興笑、其水、綾岡、有人、扇夫、芳幾、如皐、嘉遊、玄魚、種彦、全語、愚生、樂之、素眞、

『［書名不詳］』

宮尾しげを旧蔵。慶応四年（明治元年。一八六八）に刊行される。書き題簽「吉原細見」。『東都歳盛記』（慶応元年）の版を用いて、風鈴山人序。序に「明治戊辰仲冬」。奥付に「戊辰仲冬正　玉家如山藏板」。柱「さいせい」。（八オ）に、暖簾に「のし丸に桜紋」、「はなし屋艶吉」の店名。「圓朝、扇歌、文治、花山文、馬生、小さん、燕枝、米藏」が並ぶ。ほかに「圓馬、圓太郎、圓流、圓之助」などをみる。同丁には、暖簾に「流れる桃の絵」、「昔屋花四郎」の店名。「柳橋、左樂、さん馬、柳枝、松玉、小勝」などが並ぶ。巻末に「興畫合せの會」の同人名の一覧がついている。この興画合せの会には三題噺の会の同人がおおく参加している。興画合せの会による『興畫集』（文久三年。一八六三）、『興畫帖』（元治二年。慶応元年。一八六五）、『花吹雪』（慶応元年）、『ゑあはせ』（慶応二年。一八六六）、『久萬那支影』（慶応三年。一八六七）などの作品がつくられる。同人名を「興畫作者之部」として載せるのであげておく。一段ごとに／で区切る。

六花園□□　春の屋幾久《ママ》　龍王軒角尾　艸阿彌和紫　小龍軒地紙　寳井多加羅　麗々舎素雪　昔艸亭小春　泰平居安住　張文舎童子　□保軒十鶩　雪松園棵／

清々舎翠香　河竹其水　落葉舎染谷　山々亭有人　朝霞楼芳幾　蚕化堂山蝶　瀬川如皐　艸の家三戒　関の家妙傳壽　種曲亭小染　對櫻軒堤雨　扇々軒八千代／一葉舎甘阿　安久堂竹馬　麦阿彌田ト　竹芝芝月　斗々屋亀□　福阿彌扇夫　魚の家一品　定九樓斧丸　文鱗堂蝶中　三瓢舎全語　井双庵笑魯　靜ケ家林靜／菊壽堂羽扇　假名垣魯文　松花樓綫丸　七見人竹林　柳々林雨　要々舎尾の字　丁々舎木々　巴月菴紫玉　千壽園邑昌　紫縁亭清我　鮮々居家市　松阿彌交來　自惚亭土竜　花街泉忠／

以上が、擬細見本にみる三題噺の会にかかわる資料である。

おわりに

野崎左文の『假名反古』（明治二十七年。一八九四）に、「有人、芳幾の兩子が當春例の三題ばなしの發會兼題配り」とあるのは、同人の月番の二人が、兼題を摺った報条摺物を配ったことをいう（『増補私の見た明治文壇』2。東洋文庫760。平凡社。二〇〇七）。この兼題配りについては河竹繁俊の『河竹黙阿彌』にもみられる（↓Ⅴ「河竹其水の三題噺―歌舞伎と落語の創作」）。

三題噺の会を開催するにあたり、同人たちは三題噺を理解した上で参加した。同人が笑話をつくるだけではなく、それを自らが演じることに対しては、まったくの抵抗がなかったのであろう。笑話好きでなければ参加はしなかっただろうが、いざ笑話をつくるとなると、どこまで技法を身につけたらいいのか。また兼題による笑話づくりには手間取ったとみられる。三題噺同人作品集が少ないことから、同人たちの創作した結果は十分に知ることができない。優秀作が選ばれて掲載されるとなると、採用されることの少ない同人にとっては、なかなか上達しないことを感じたであろうが、月例会ではほかの同人の出来栄えを聞くことができ、しかも二十数人もいたとなると、人それぞれの笑話のつくり方を学べるとともに、人の笑話にも刺激を受けたであろう。月例会で笑話をつくるには、過去の笑話本を読めば、いままで以上の笑話に触れることもできた。そこから笑話のつくり方を自らで覚えていった。

擬細見本のなかに「奈曾やとく」というのがある。「謎を解く」の店名である。暖簾は「春」。謎坊主春雪の春である。可楽のいた時代の謎坊主の流れであり、そのときに可楽も謎に挑戦している。この謎が幕末になっても流行していた。謎を解くのを得意としていた人物たちが三十一人も並んでいる。この遊びが一般的なものになっていたのには驚かされる。すなわち謎かけが言語遊戯の一つとなり、市中には三題噺を演じるグループもできたというから、三題噺も一般的なものになったことがわかる。明治期になって三遊亭円朝が「やまと新聞」に三題噺をあげている。円朝は創作をつづけていたことになる。すでに幕末期になって三題噺の会の同人たちのつながりも少なくなっていたが、ほかの同人も三題噺をつくっていたとみていいだろう。

笑話をつくったものに評価を得ることは、はやくは笑話を二つあげて勝負しあう噺角力があった。露の五郎兵衛と鹿野武左衛門の『露鹿懸合咄』（元禄十年。一六九七）や、大坂噺の会本の『年忘噺角力』（安永五年。一七七六）以降の作品などにみられ、また江戸では『譚話《おどけはなし》江戸《えど》嬉笑《きしやう》』（文化五年以前。一八〇八）にみられた。この『譚話江戸嬉笑』の附言に、式亭三馬がおもしろいことを述べている。

予、嘗て落語を聞《きい》て娯《たのし》めども、おのれはいまだ一篇《いつぺん》の落咄をも作らず。素《もと》より胸中《けうちう》に落《らく》語《こ》を巧んとする念なければ、新古《しんこ》の差別《しやべつ》をも辨へず、故に聞《き》くたびに面白く、且《また》新らしと思へるのみ。頃日《このころ》門人二、三兄《けい》弟、落語《らくご》を作って角觝《かくてい》に擬し、予に月旦《けつたん》を需る事頻《しき》り也。評《ひやう》を加《くは》へんと之《これ》を閲《み》るに、予、落咄をおもはねば古句《ふるく》なるをしらず。彼《かれ》も又落語をしらねば焼直《やきなほし》をもおもはず、互《たかひ》に新らしと思ひて、既《すで》に批評《ひひやう》を點《てん》ず。若貸本讀《もしかしほんよみ》の博覧《はくらん》ありて、等類《とうるい》の誤《あやまり》を訐給はゞ、村學究《そんがくきう》の譏《そしり》を宥《ゆるし》給へと尓云《しかいふ》。

※角觝　角力。相撲。

「門人二、三兄弟」とは楽亭馬笑、福亭三笑、古今亭三鳥である。この記述から三題噺の会の同人たちも「できないと思うよりも、つくってみて覚え」とか、「つくったものの落ちが知られた落ちであってもかまわない」といって笑話をつくったとみられる。同人たちのすべてが同等の博識をもっているわけではない。「月例会を重ねて感覚をつかんでいけばいいこと」ともいわれたであろう。実際に二十数人もの同人が粋狂連に参加し、さらに幾久が興笑連をつくるといった行動をみると、三題噺をつくるおもしろさは、徐々に同人たちに浸透していったであろう。

可楽以後、廃れていた三題噺には聞き手から出された三題によったが、笑話をつくる楽しみを覚える三題噺の会という同人組織では、あたらしい笑話の世界を誕生させ、笑話をつくる喜びと、創作したものを評価される喜びは、かつての噺の会が、なぜ盛り上がったのかを知ることにつながり、その優秀作品集を刊行したことも、ともに同人たちは知ることとなった。

三題噺の会の中心にいた其水は、可楽の亡くなった天保四年（一八三三）は十八歳であったから、実際に可楽の三題噺に接することが出来たと思われる。其水以上の年齢の者ならば、同じように可楽の三題噺を聞いたと考えると、三題噺を復活させる同人組織の誕生に、おおくの同人が参加したのは、途切れていた三題噺を受け継ごうとしたからともいえる。三題噺の会は特別な集まりとみられているが、同時代に活躍する人物たちをみると、横のつながりや社会の動きなどの情報を得る場にもなっていた。狂言作者、戯作者、落語家、浮世絵師、そして役人、豪商、蔵書家、版下書き、書家、茶人、武士、版元などが集まり、組織は別格に近いものとなっていた。ほかの集まりの駝洒落、茶番、興画合せの会と重なる同人たちもおおくいて、多趣味の同人が月例会のたびに集まるので、世間でも評判にならないはずがない。これを一時的な遊びとみる人はいなかったであろう。

不穏な世の中がつづくなかで、鬱憤を晴らす場の晴《はれ》の世界が、次第に衰退の一途を歩んでいる事実に接する時代に、あらたな創作による、あたらしい笑いの文化を創造し、つぎの時代にむすびつく笑いをつくろうという意気込みが、其水のあたらしい歌舞伎や落語の創作となったことを同人たちは、とても喜ばしい成果とみたであろう。

開化期に入っても三題噺の会がつづけられ、其水のほかに所作事を書いた如皐、戯作者の有人、魯文、種彦、落語家の円朝らが活躍することになった。ことに幕末期の円朝は、三題噺の会に参加することで、落語作者への転向を考えた。同時に落語家として三遊派の再興を目指し、あたらしい落語をつくることで、三遊派の存在は位置づけられると思っていた。円朝が開化期に入って速記本というものに出合うことで、円朝の世界が拓かれ、創作への道、すなわち落語作者への道を歩むことができたのは運がよかったといえる。その結果として近代初期の文学者の一人として、明治文学全集の『三遊亭円朝集』第十巻（筑摩書房。昭和四十年。一九六五）や、日本近代文学大系の『明治開化期文学集』第一巻（角川書店。昭和四十五年。一九七〇）に、明治期または近代文学の作者の一人として扱われ、同時代の開化期文学と、その後の近代文学に影響を与えることとなった。こうした文学全集、文学大系の作品集がつくられてから半世紀が経ち、春陽堂版『圓朝全集』（全十三巻。大正十五（昭和元）～三年。一八二六～二八。復刻版・世界文庫版。一九六三・六四）以後、近年の岩波書店版『円朝全集』に「読まれてきた落語」が収められた。この円朝をつくりあげた、三題噺の会の実態があきらかでないままでは、幕末期の円朝研究は十分とはいえないのである。

【図版一覧・三十図】

※各章の記述にかかわる図版をあげる。
他章で重なる記述は、ここにあげる図版を参照。

1 可楽・可上・亦三郎らの「即席噺」・五枚続き
（Ⅱ「三題噺とはなにか」）

1—1　市川三升

1—2　岩井杜若

1—3　坂東秀佳

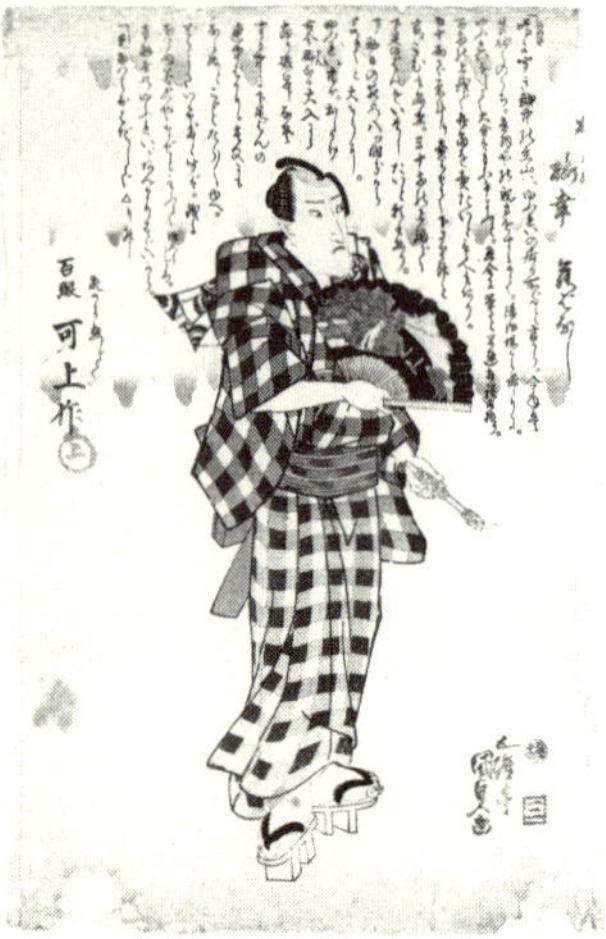

1—5　尾上梅幸

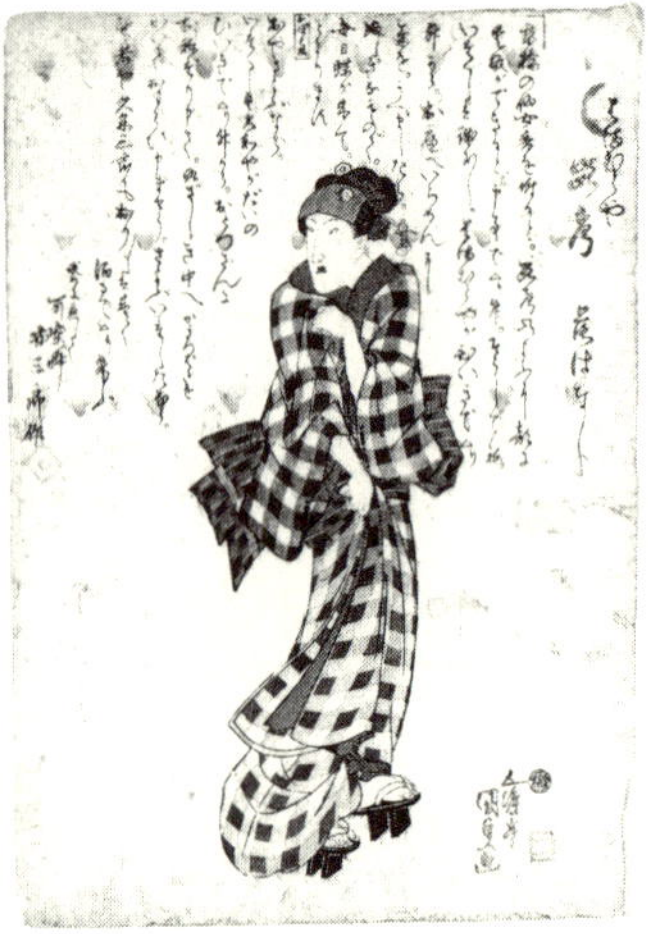

1—4　瀬川路考

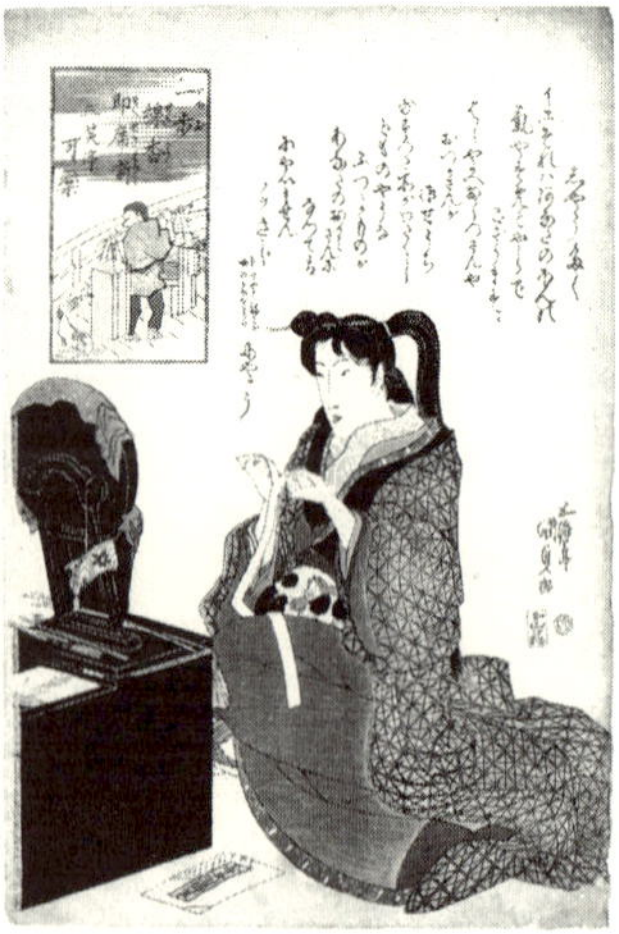

2—1　「しやうたく」

2　「一歩線香即席噺」（Ⅱ「三題噺とはなにか」）

2―3 「無題」

2―2 「はをりしゆ」

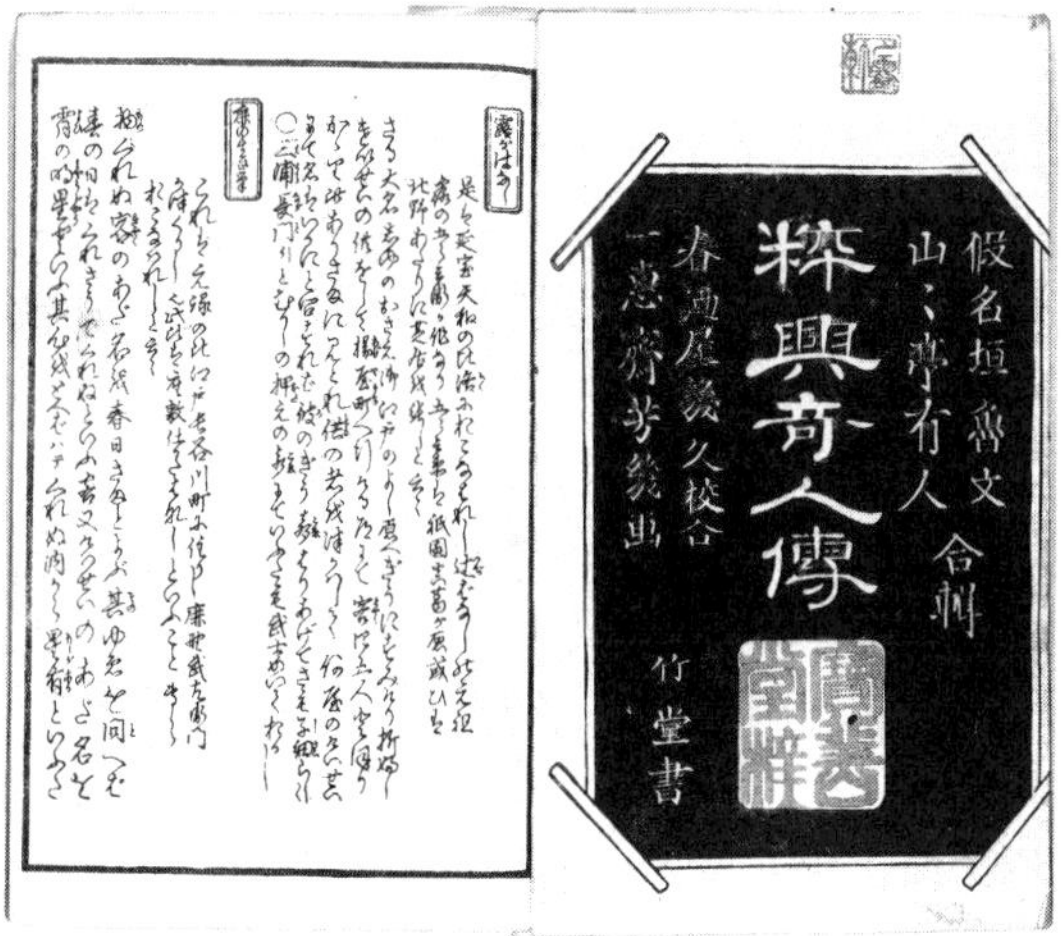

3―1 『粋興奇人傳』見返し・口絵（Ⅲ「三題噺の復活」）

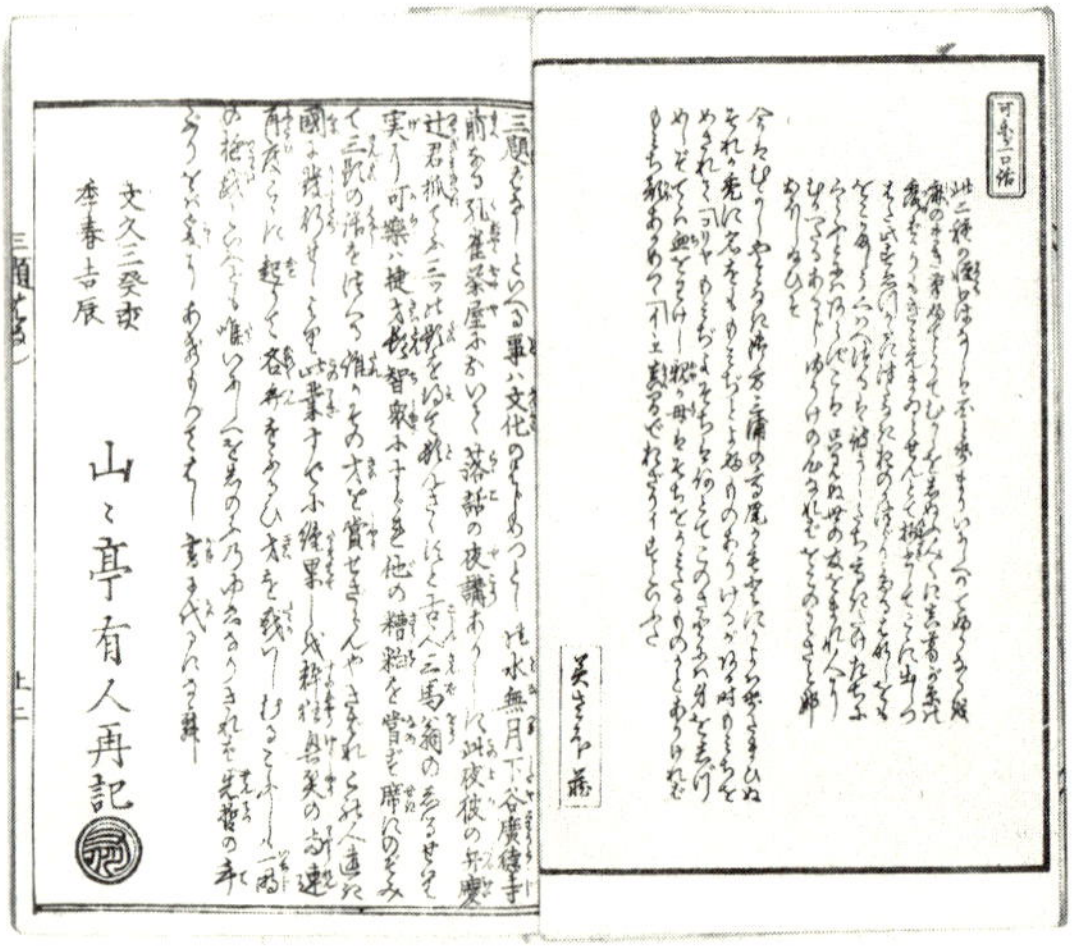

3―2　『粋興奇人傳』序文（Ⅲ「三題噺の復活」）

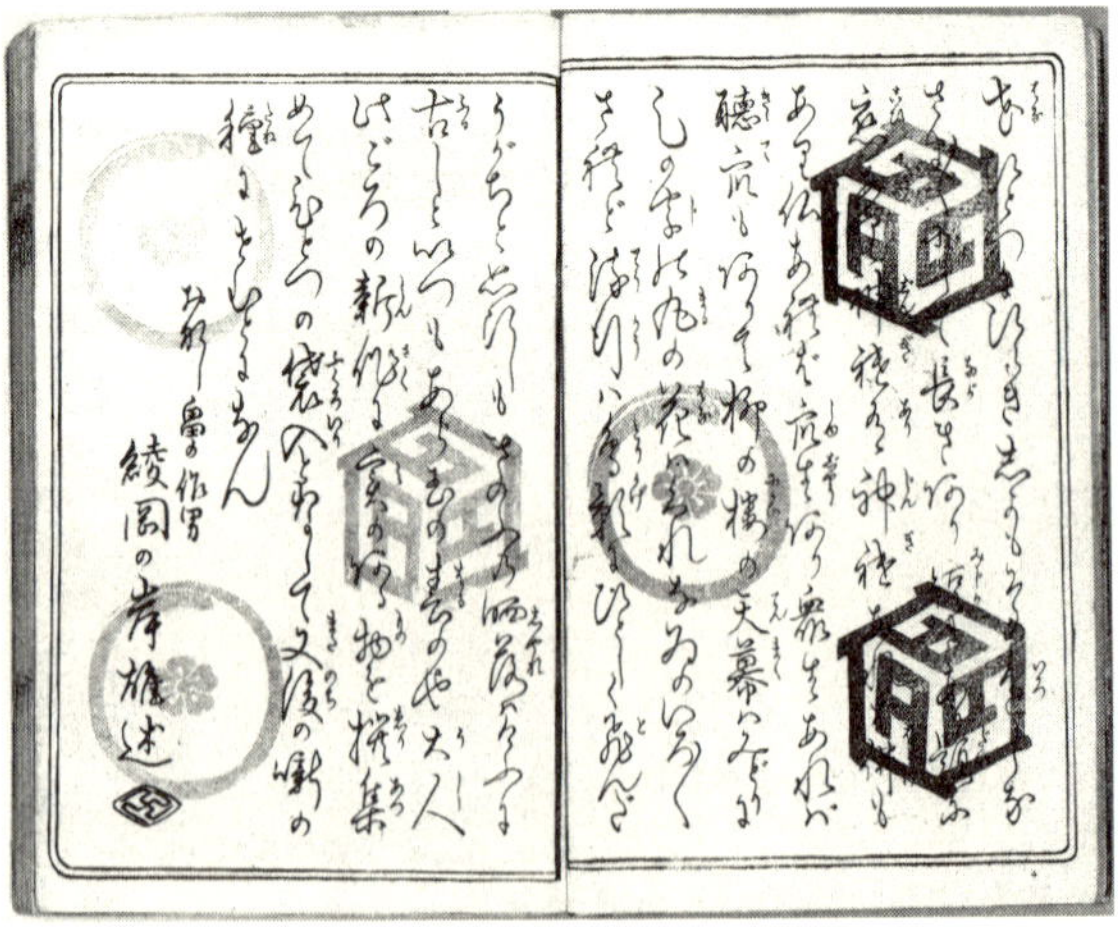

4―1　『春色三題噺初編』の綾岡岸雄の序文と
「井桁紋捩りの三タイ紋」と「のし丸に桜紋」（Ⅲ「三題噺の復活」）

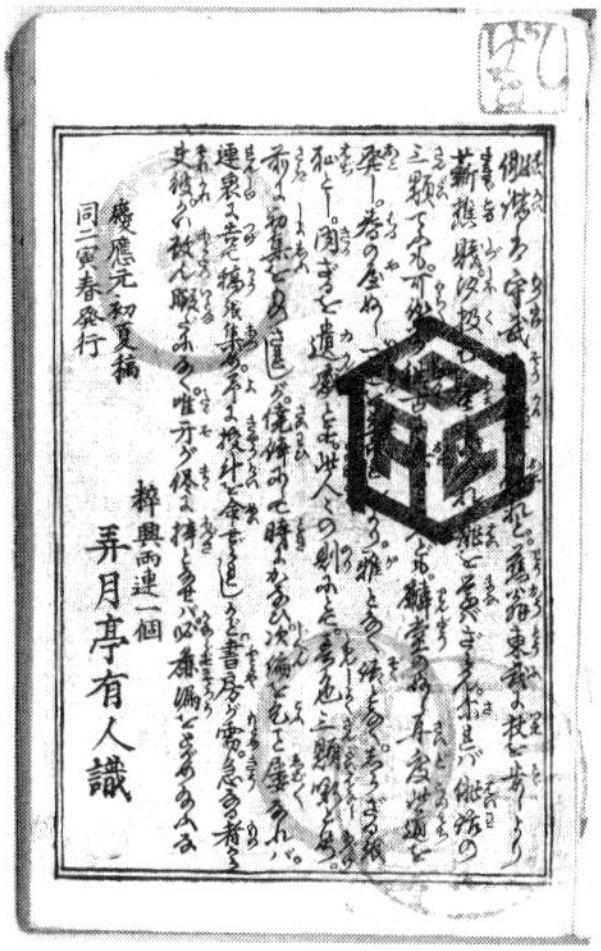

5―1　『春色三題噺二編』序文（Ⅲ「三題噺の復活」）

6―1　『春色三題噺二編』口絵・続き挿絵（Ⅲ「三題噺の復活」）

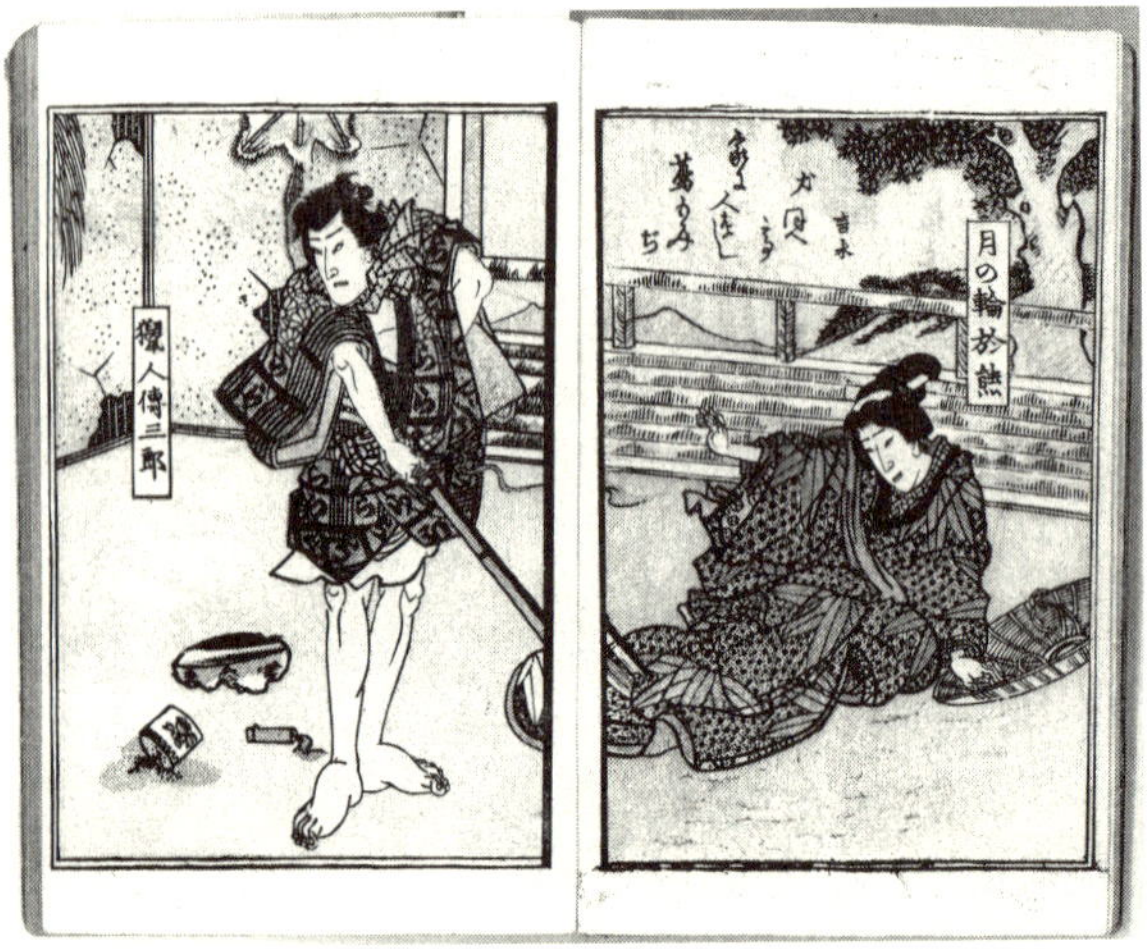

6—2　『春色三題噺二編』口絵・続き挿絵（Ⅲ「三題噺の復活」）

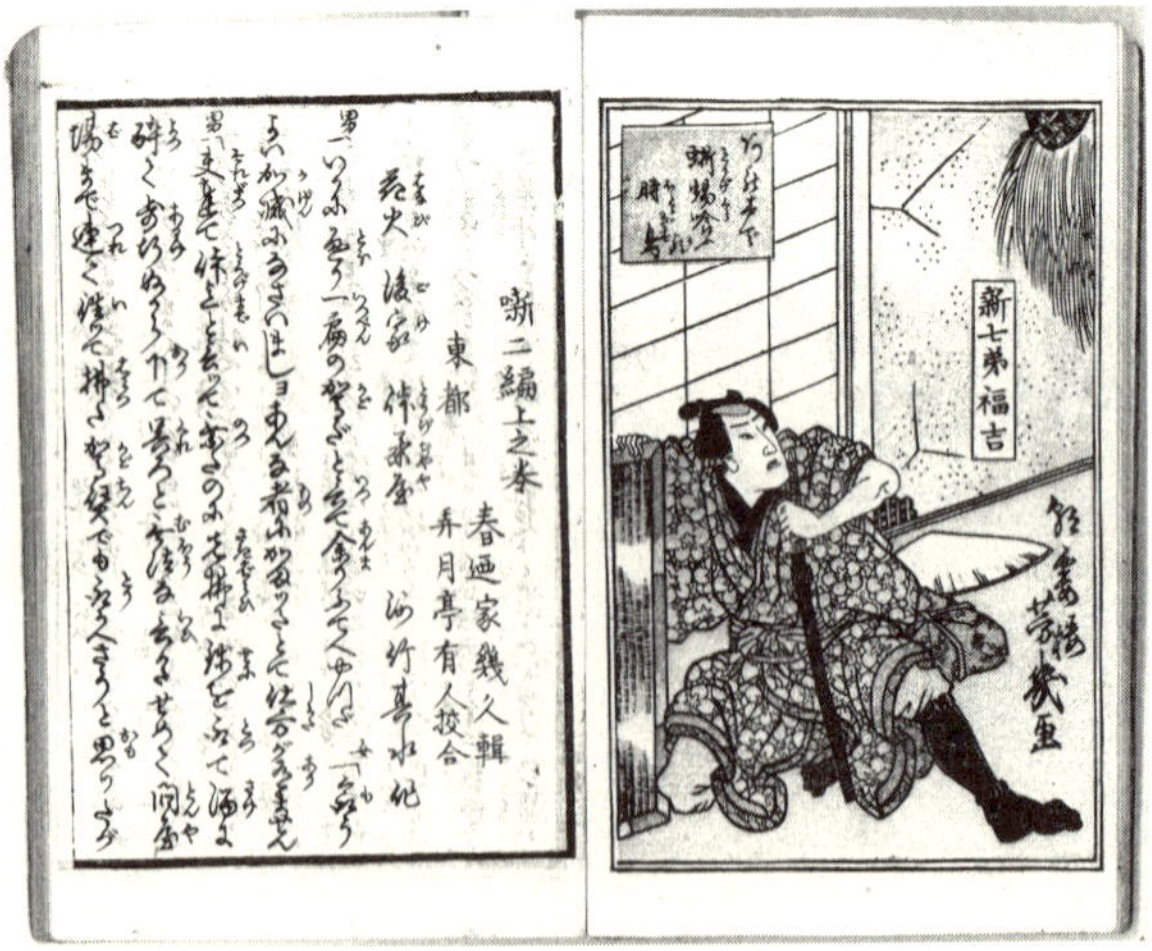

6—3　『春色三題噺二編』口絵・続き挿絵・本文（Ⅲ「三題噺の復活」）

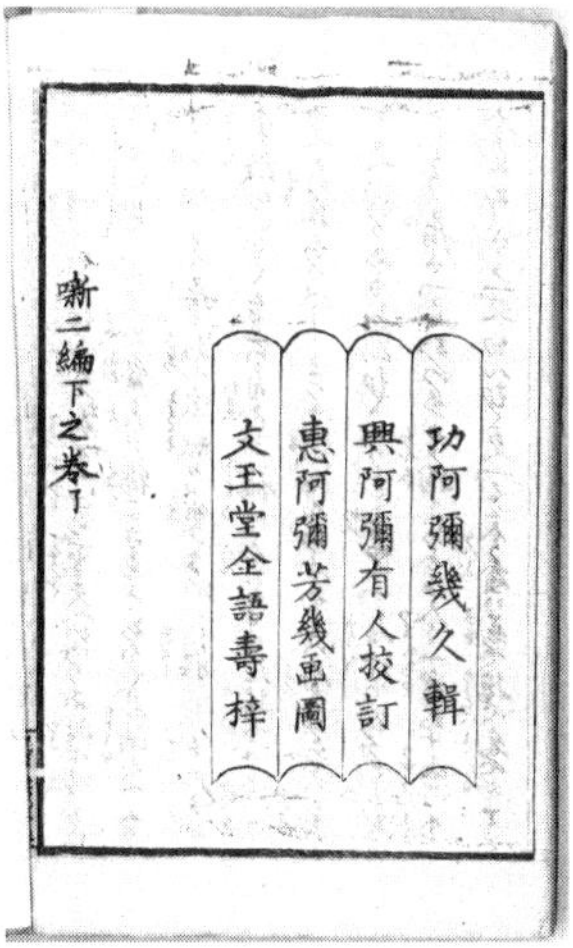

6—4　『春色三題噺二編』奥付（Ⅲ「三題噺の復活」）

7—1・2　錦絵「茲三題噺集會」会場・三枚続き（Ⅲ「三題噺の復活」）

7—3　錦絵「茲三題噺集會」会場・三枚続き（Ⅲ「三題噺の復活」）

7—4　『粋興奇人傳』口絵・会場（Ⅲ「三題噺の復活」）

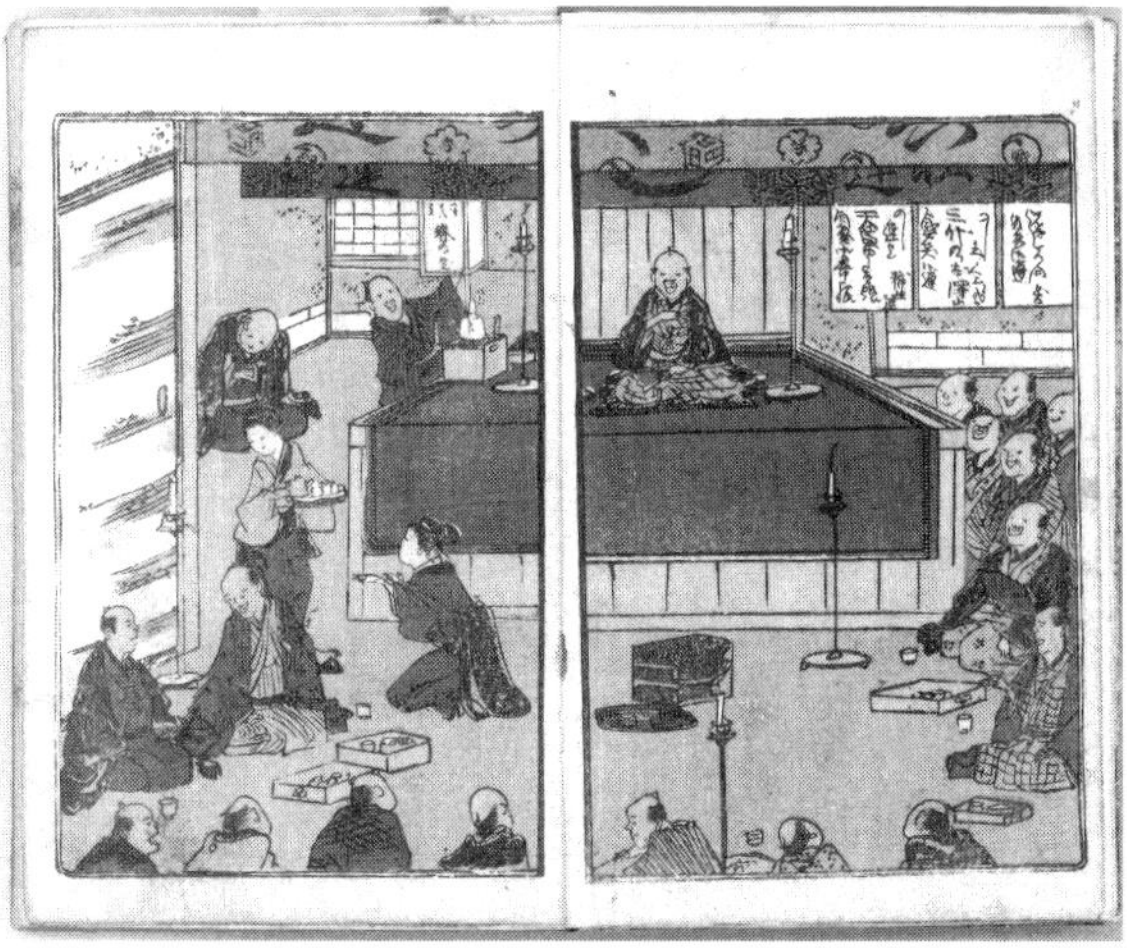

7—5　『春色三題噺初編』口絵・会場（Ⅲ「三題噺の復活」）

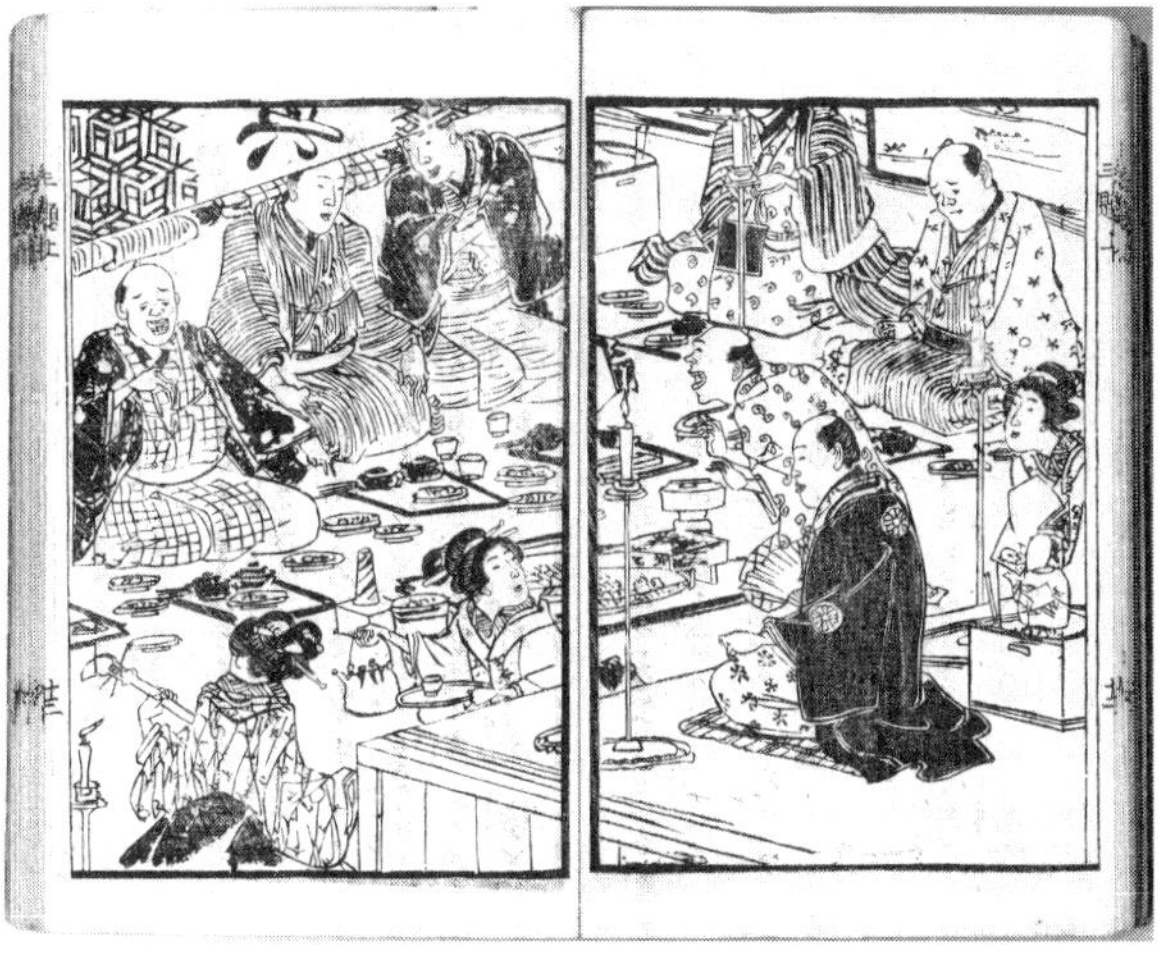

7—6　『春色三題噺初編』挿絵・会場（Ⅲ「三題噺の復活」）

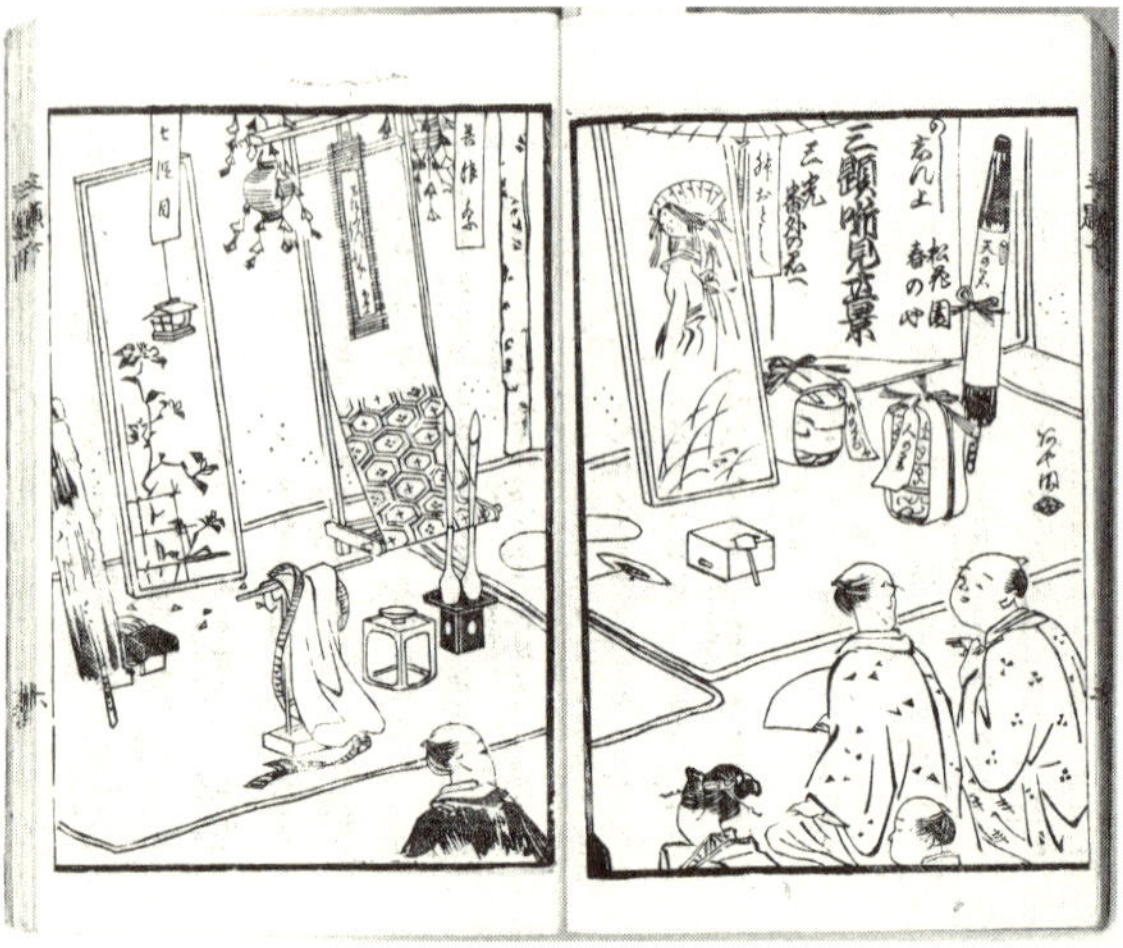

7—7　『春色三題噺初編』挿絵・見立茶番景物（Ⅲ「三題噺の復活」）

8—2　「三題噺見立繪合」みさほ
（Ⅳ「『粋興奇人傳』の人たち」）

8—1　「三題噺見立繪合」幾久
（Ⅳ「『粋興奇人傳』の人たち」）

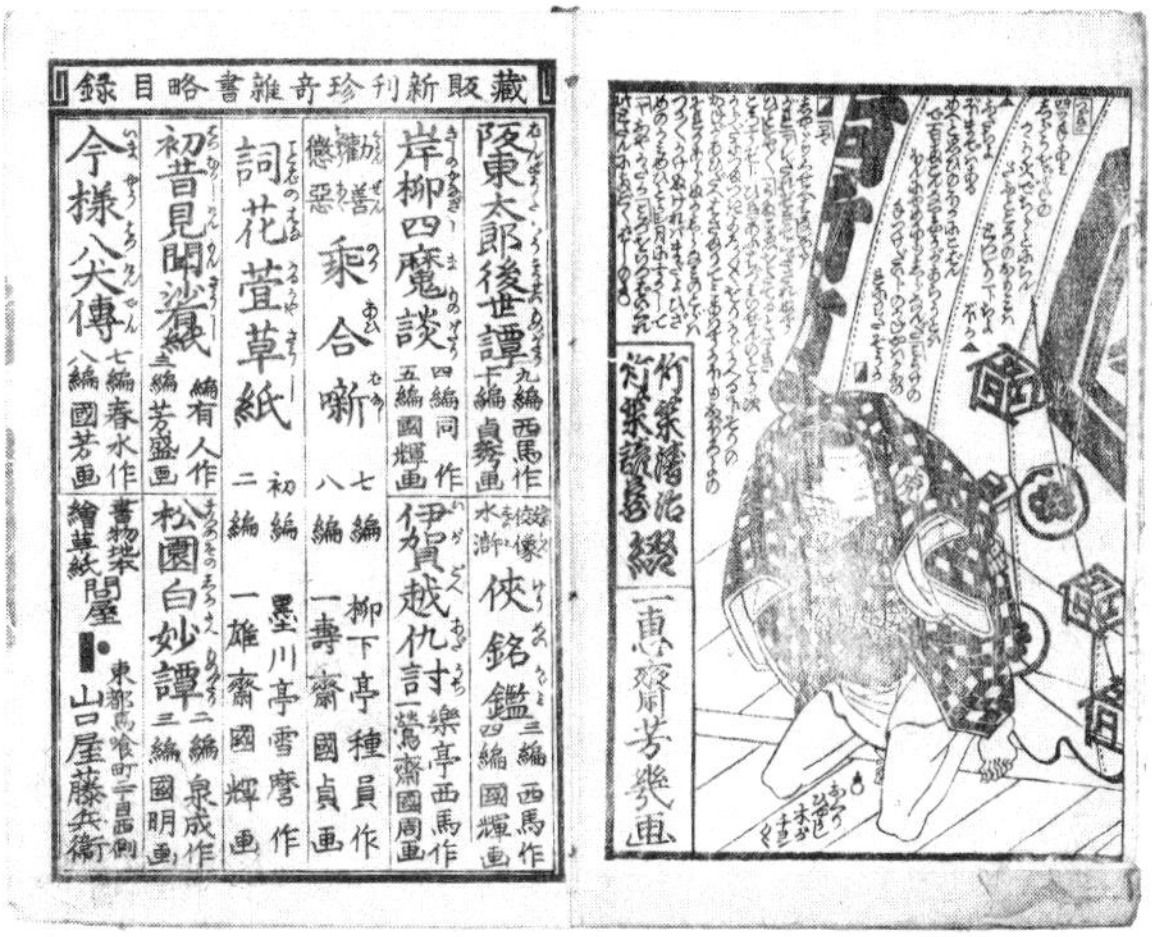

9―1　合巻『三題咄高座新作』引幕図（V「河竹其水の三題噺」）

10―1　合巻『三題咄高座新作』初編・表紙（V「河竹其水の三題噺」）

10—2　合巻『三題咄高座新作』二編・表紙（V「河竹其水の三題噺」）

10—3　合巻『三題咄高座新作』三編・表紙（V「河竹其水の三題噺」）

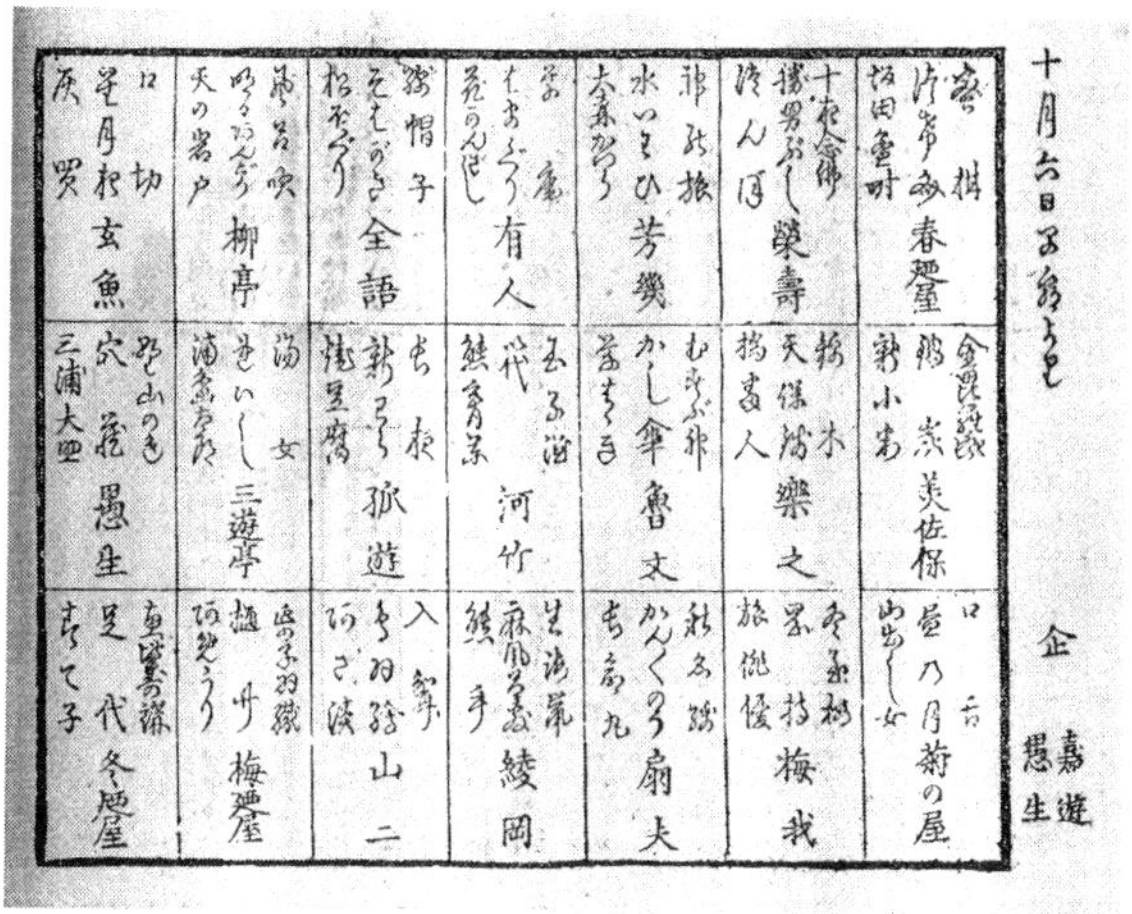

11—1　報条摺物「鰍沢」の三題（河竹）（Ⅵ「三遊亭円朝の三題噺」）

Ⅳ 『粋興奇人傳』の人たち ―― 同人組織のつながり

はじめに

『粋興奇人傳』（一冊。丸屋徳蔵板。文久三年三月。一八六三）は、三題噺の会が最初に刊行した作品である。三題噺の会の粋狂連、興笑連の同人たちの履歴、肖像、狂歌を記し、そのあとに三題噺の作例を一人一話ずつあげ、肖像を同人の一惠齋芳幾が描いた。履歴を書いたのは「假名垣魯文／山々亭有人／合輯」であるので、魯文と有人となる。また「春廼屋幾久校合」は作品出版の後援者の興笑連頭取の幾久である。同人の評判を書いた『三題樂話作者評判記』（題簽による書名。傍らに「當時流行物見立」とある。内題「三題噺評判記」。文久三年葉月。板元不詳）にも幾久が叙を書いている。これも同じように出版の後援をしたからである。書名角書の「三題樂話」

の「三題」は三題噺の会、「樂話」は楽屋を捩ったものである。仲間内の評判を書いたものだが、なかなかおもしろい。横本の黒表紙体裁は役者評判記を模したものである。

『粋興奇人傳』には、三題噺の会の会場を彩色の見開き挿絵で描いている。会場図については、すでに大判錦絵（三枚続き）「茲三題噺集會」（文久二年。一八六二）と『春色三題噺初編』（元治元年。一八六四）にみられ、ともにその雰囲気を伝えている。座敷に緋毛氈を敷いた上で演じているのが初期の形態であった。またほかの挿絵には高座を設営して、同じように緋毛氈を敷いた上で演じている。かなりの高さがある高座である。高い高座を描いた摺物もあるので、貸席での興行形態とみていいだろう。説教語りの高座も高いので、その流れをくんだものとみられる。三題噺の会にみる高い高座は、わざわざ座敷に設営したこととなる。高座には火鉢が置かれ、左右には蝋燭台が置かれている。座布団の上で演じたこともわかる。寄席の高座と同じ形態を取っている。会場の天井には「粋興連」と染め抜いた幕を垂らす（↓【図版一覧・三十図】7―6）。

ここでは、『粋興奇人傳』に収める人たち（同人）のなかでも三題噺の会の中心となった好文舎花兄、有人、魯文、柳亭左楽、幾久の五名をみる。ほかに其水は（↓Ⅴ「河竹其水の三題噺―歌舞伎と落語の創作」）、円朝は（↓Ⅵ「三遊亭円朝の三題噺―作家への基盤をつくる」）で述べるので、ここには省いた。『粋興奇人傳』『今様三題噺初編』『春色三題噺初編』『春色三題噺二編』

『追善落語梅屋集』から三題噺の作例をあげ、『三題樂話作者評判記』からは人物の評判を抜き出すことにする。

三題噺の会の同人たち

『粋興奇人傳』には同人二十三人があげられる。この人物たちは初期の同人とみて間違いない。原本の掲載順にしたがい、振り仮名は掲載のままを記した。冒頭には職業、名前と（）内には属した粋狂連と興笑連の略号**粋**・**興**、同人の本名、別号などを記した。なお不明の山衣細道、全亭愚生の二人は十分な確認が取れなかったので、所属は記さなかった。

狂言作者・瀬川如皐《せがはじよかう》　（**粋**・絞吉平・姥尉輔・藤本吉兵衛）
金座役人・木《きの》知ら雪《ゆき》　（**粋**・しら雪・長谷川金次郎・松裏紅花舛・花笑・梅亭）
狂言作者・河竹其水《かはたけきすゐ》　（**粋**・新七・芳々・勝諺蔵・黙阿弥）
戯作者・仮名垣魯文《ろぶん》　（**粋**・鈍亭・鈍阿弥・猫々道人・金屯道人・鈍通子・和堂開珍・英魯文・戯作書太郎・野狐庵・野崎）
戯作者・山々亭有人《さん〳〵ていありんど》　（**粋**・弄月亭・興阿弥・朧月亭・美月舎・条野伝平・条野採菊・採菊散人）
勘亭流・山閑人交来《さんかんじんかうらい》　（**興**・根岸・武田・松阿弥・武田交来）

書家・綾岡輝松《あやをかきしやう》　（**粋**・綾岡岸雄・綾阿弥）
落語家・柳亭左楽《さらく》　（**粋**・柳左・司馬龍我・林屋正蔵）
金座役人・好文舎花兄《かうふんしやくわけい》　（**粋**・高野益十郎・松花軒・葛飾桜酔軒・桜垣七五三丸・鱗堂伴兄・
鱗《（ママ）》堂主人・洛賀・松花園・楽雅・りんどう）
書家・梅素玄魚《ばいそげんきよ》　（**粋**・楓阿弥・梅素・梅素亭・整軒・楓園・蝌蚪子・水仙子・小井
居・宮城喜三郎・宮城玄魚・宮城楓阿弥）
書肆・文桂舎栄寿《えいじゆ》　（**興**・丁字屋平兵衛・文溪堂・文溪舎・文桂舎）
落語家・立川《たてかは》談志　（**粋**・瀧川鯉生・談笑・鱗馬・談四郎）
浮世絵師・一惠齋芳幾《いつけいさいよしいく》　（**粋**・南阿弥・惠阿弥・よし幾・駄茶連・落合・幾次郎・歌川・一
蕙齋・蕙齋・朝霞楼・洒落齋）
落語家・三遊亭円朝《ゑんてう》　（**粋**・橘阿弥三円・三円・三遊亭・橘家小円太・円朝）
落語家・春風亭柳枝《りうし》　（**粋**・燕花）
俳諧師・山衣《やまころも》細道　（　・蒼仙齋東甫・ほそみち）
蔵書家・雪松園《せつしやうえん》みさほ　（**興**・美佐緒・美さほ・仙阿弥）
茶人・稲《いな》の屋文子《ぶんし》　（**粋**・稲の家・聞志）
茶人・全亭愚生《ぜんていぐしやう》　（　・愚阿弥）

野呂間人形師・冬の屋嘉遊《かいう》（興・冬廼屋）
天婦羅屋・福井扇夫《せんぷ》（粋・出揚扇夫・福井三笑・福阿弥・福阿弥正三・如岡）
若旦那・菊の屋柳美《りうび》（興カ・柳美）
大商家旦那・春廼屋幾久《いくひさ》（興・勝田市兵衛・春廼屋・春の家・春の屋・春野・功阿弥）

このほか、『三題樂話作者評判記』には『粋興奇人傳』にあげる稲の屋文子を削除して、あらたに露の屋梅我、大梨園楽之（楽阿弥）、五葉舎全語、柳亭種彦（三世。高畠藍泉）、川素真を登場させる。また、『春色三題噺』の初編と二編には、

柳ばし小春、藤本楼内小松、梅の屋鶴寿、よし町布袋やお粂、とし女、柳ばし岡本屋お幸、功阿弥（ママ。「方」の誤字）陀仏、浪花さん京、光阿弥、遊阿弥、獅子のお富、三ツ柏狐遊、酔旦坊、古鳥羽南麻呂、鈍阿弥文福（魯文と同じか）、いく女、岡本屋大幸（お幸と同じか）

『追善落語梅屋集』には、

田卜吟造、大笑坊銀尊、可紫好以、春風亭柳朝、深川梅扇、深川梅園、かつしか猿里、甘々坊凹得、金星、大辰、一徳

などの同人名もみられる。さらに報条摺物などにみる人物を加えると、人数はさらに増える。しかし、『春色三題噺』の初編と二編、『追善落語梅屋集』には初期の同人でない人たちをみる。また優秀作に選ばれなかった同人もいる。『粋興奇人傳』は同人を紹介する作品で、作例が一

話ずつあげられているが、そのほかの同人には作例もあげられない人もいる。

三題噺の会の同人作品集が、わずかしかつくられなかったため、三題噺の笑話の文学、文芸として総括できる対象はかぎられてくる。先学者による三題噺研究は十分な整理がなされなかったので、笑話研究は少ない。そのため作者としての対象にもしてこなかった。以下、五名の同人についてみていこう。

1　好文舎花兄

花兄は、『粋興奇人傳』に、狂歌が「しら炭《すみ》のやかぬむかしは雲雪《くもゆき》と見まがふ花の梢《こずゑ》ならまし」と詠まれ、つぎの略歴が記される。

花兄《くわけい》は篤實温和《とくじつおんくわ》にして、義《ぎ》氣《ゝ》厚《あつ》く人《ひと》に約《やく》せし事をへんぜず、人亦我《ひとまたわれ》に約せしを變《へん》ずる時は、其仕儀《そのしぎ》によりて絶交す。またすこぶる侠氣《きやうき》ありて、よく貧人《ひんじん》を惠《めぐ》むに、あへてたからを惜《をし》まず。茶は能《よく》なせども、花美《くわび》をこのまず、珍器《ちんき》をえらまず、質朴《しつぼく》を常となせども、そのこゝろばへ優《ゆう》にして、衆人《しゆうじん》をいたはり、絲竹《いとたけ》のしらべさへにへなるものから、かたみに婦女子、これをいどみて、千束《ちづか》の玉章《たまつさ》、袂《たもと》にみつれど、かれを見る事芥《あくた》のごとく、只常《たゞつね》に畸人《きじん》有名の徒《と》を愛し、風雅風談《ふうがふうだん》をたしむ。されば今《いま》流行の三だいばなしも、此故《このゆゑ》におこれり。實《げ》に此《この》人をして粋狂連の宋公《そうこう》に比《ひ》べし。

文末の「只常に畸人有名の徒を愛し、風雅風談をたしむ。されば、今流行の三だいばなしも、此故におこれり」は三題噺の会の発端を述べたものである。兼題「刈萱道心《かるかやだうしん》、女郎《ちよらう》、舩《ふね》」による作例がみられる。以下、本文の会話文は改行する。また語注（私注）もつけた。

女郎「ほんとうにぬしやァ、わちきをよんでおくんなんす氣かへ」

客「そりやァおめへが來てさへくれりやァ、ずつと新道《しんみち》へ舩板《ふないた》の黒塀《くろべい》でもして、ちやんとしておくはナ」

女郎「わちきやァ囲《かこい》ものなんぞはいやサ、商賣が仕《し》たいは」

客「夫《それ》じやァ舩宿《ふなやど》はどうだ」

女郎「そんなら、うそッつきのしやうばいはいやサ」

客「なんのうそつきでないふりをして」

女郎「よしてもおくんなんし」

トひつかく

客「アイタヽヽひどい事をするの」

女郎「それでもぬしやァちやかしてゐさつしやるから」

客「そんなら斯《かう》しやう、おいらのうちへ引《ひき》とつて、女房《によばう》の手《て》だすかりになつて、しやうばいをせいだしてくんねへ」

○此隣《このとなり》座敷《ざしき》で義太夫《ぎだいふ》の筑紫《つくし》の土産《いへづと》を語《かたつ》て居《ゐ》る
女郎「ぬしのうちへゆくのもうれしいが、今語《いまかたつ》て居《ゐ》るしげうぢさんのおかみさんと、おめかけのやうに、髪《かみ》の毛《け》がへびにでもなるといけまへんぜ」
客「さうサ、おめへの髪の毛は蛇《へび》にもなるだらう」
女郎「ヲヤ氣味《きみ》のわるい、なぜざいます」
客「引掻《ひつかい》た跡《あと》が、みゝず腫《はれ》になつた」

※舩宿　ふなやど。船遊山につかう船を仕立てる宿を舩《ふね》宿といい、男女密会に用いる宿を舩《ふな》宿といった。伊藤晴雨も（ふねやど「ふなやど二非ズ」）という（宮尾與男編注『江戸と東京　風俗野史』。国書刊行会。平成十三年。二〇〇一）。**今語て居るしげうぢさん**　説経節、浄瑠璃、読本などに描かれた「刈萱道心」の主人公。「しげうぢ」は筑前国の武将加藤左衛門尉繁氏のことである。**おかみさんとおめかけのやうに、髪の毛がへびにでもなる**　「髪の毛がへびに」は妻と妾の醜い嫉妬心によって髪の毛が蛇と化して絡み合う。これをみた繁氏は世の無常を感じて出家した。繁氏は寂昭坊等阿法師、苅萱道心と名乗って源空上人（法然）の下で学び、高野山に登る。**引掻た跡が、みゝず腫になつた**　「蚯蚓脹（腫）れ」は傷跡などがみみずの形のように細長く赤く腫れることをいう。

兼題「刈萱道心、女郎、舩」のうち、「刈萱道心」は説経本で知られる作品の一つであり、主人公の名である。出家の原因にもなった噺の冒頭部分に、「髪の毛が蛇になる」の一文をあげている。

『三題噺作者評判記』の「叙」を幾久は記し、「粋狂連の頭取何某」が「巻の頭に叙せよと乞れて、憎まれ役のおさき者、禿たる毫をはしらせつ」というのは花兄のことである。何某と書いたのは名前を憚ってのことであろう。評判記には花兄を惣巻軸として大極上上吉の位付けをされる。

[頭取] 扨此ところが惣巻軸粋狂連の魁頭花兄丈でムり升、御身がらゆへ高座に御出席はなけれども、いつも左樂丈、談志丈の御代舌で、御名趣向があらわれました、その内、桃太郎の自然落、竹田街道の転變などは、すこぶる滑稽の冠たる者でござりました。[譯しり] 楠氏の泣男、孟照(ママ)君の鶏漢を用ひられたごとく、花兄丈舌の人を見て、その人の得たるところに法をとき、そつくりつぼへはまるやうに、咄しをこしらへらるゝだけ、左樂は左樂だけに引立ち、談志は談志だけにおかしく聞ゆるゆへ、聞功者にも切おとしへも受のよいのは、三路にいわゆる彼を知己を知るといふ語に似て、魁頭だけのお骨折が見へ升た。[通者] コレコレ頭取、花兄丈はごまをする者は、いつでも味噌をつけさせるといふ事だから、惡ァわるいと遠慮なく評をし給へ。[頭取] イエ〳〵わたしは末生の人物ゆへ、皆さまのお髭のちりをとり升こゝろはムりませぬ、此後おわるい御趣向があつたときは、耳いつぱ

い、わるくもそしりもいたしませう。まづこんばんはこれぎり〳〵。

※御身がらゆへ　金座役人。　**御代舌**　代理で話すこと。柳亭左楽、立川談志が、花兄の創作した三題噺を代読した。　**味噌をつけさせる**　しくじらせる。

とある。『今様三題噺初編』（文久三年。一八六三）には、兼題「肝積玉《かんしやくだま》、酉《とり》の市《いち》、いろは組《ぐみ》」による作例がある。みてみよう。

いつの頃《ころ》にや、いろは組のうちに、へ組といふ組合ありしが、此頭至《かしらいた》ッて小兵《こへう》にて一寸《すん》ぼしから釣《つり》を取さうなれど、ちいさいと云《いは》るゝが大きらひにて

「大きい〳〵」

といへば、うれしがつてゐたりしが、頃しも酉の市にて、とうの芋を買《かひ》、なじみの女郎《ぢようろ》のかたへいたりしが、新參《しんさん》の中とん、ツイみやげのとうの芋を見て

「ヘイこれはたいぶ、ちいさいがらでムり升」

と言ければ、彼《かの》頭ことの外立腹《ほかりつぷく》なし大肝《かん》しやくゆへ

女郎「モシそんなにかんしやくをおこしなんすなら、かんしやく玉でも買にやりんすから、裏のれんじからなげなんし」

ト夫より茶やを呼《よび》、かんしやく玉を買にやりしに、男、こんにやく玉を買て來《きた》りしゆへ

「ヲヤばからしい、かんしやく玉だと申ンすに、こんにやく玉を買て來て、氣がきかねへ」

「夫でも裏のまどからなげると、おッしやッたから」

※**いろは組**　いろは四十七文字と京の字。火消しの組を指すか。**へ組**　火消しには「へ組」と「ら組」はない。**小兵**　身体が小さい。**一寸ぼし**　一寸法師。**ちいさい**　小さなことにも怒る性質を持つので、身体が小さいといわれただけでも気になる。癇癪持ちの特徴。**酉の市**　江戸時代は酉の町《まち》と書かれ、「まち」と呼んでいた。**とうの芋**　唐の芋。里芋の一種。酉の市ではふかした芋を笹の枝（竹串とも）に刺して売った。**中とん**　なかどん。妓楼で働く若い衆中番の呼び名。**茶や**　引手茶屋《ちゃや》。廓に上がる前に休む茶屋。**かんしやく玉**　癇癪玉。怒りの気持が体内にたまり玉になっているのをいった表現。怒ると癇癪が破裂する、爆発するといった。**れんじ**　連子。連子窓。**男**　茶屋の若い者。**裏のまどからなげる**　屋根へ投げると蒟蒻玉なら転がりやすいと判断した。

『春色三題噺初編』上巻（元治元年。一八六四）には、兼題「近眼《ちかめ》、負《まけ》をしみ、夕暮《ゆふぐれ》」の三題噺を鱗（ママ）堂伴兄の名で載せる。鱗堂伴兄は花兄の別号である。

さる近眼《ちかめ》のおやぢありしが、いたッて負《まけ》をしみつよく、ある日《ひ》、入相《いりあい》つぐる頃《ころ》に、其近所《そのきんじよ》に質両替《しちりやうがへ》をいたす伊勢や吉兵《きち》へと申者《もの》、何か用ありて、暫時《しばらく》さゝやき合《あひ》てもどりしが、此吉兵衛《このきちべゑ》は、襟《ゑり》に大きなるたん瘤《こぶ》ありしが、おやぢは近眼《ちかめ》のことゆへ、女房《にようぼう》に向《むか》ひ

「いつの間《ま》にか吉《きち》兵へさんは、いゝ子持《こもち》になんなすつたの」

女「貴君《あなた》、串戯《じやうだん》ばかり、吉《きち》兵へさんはおかみさんもないもしないものを」

「それじやァ餘所《よそ》の子《こ》か知《し》らん。今《いま》おぶッて來たのは」

女「貴君《あなた》、ありやァ襟《えり》のたんこぶですはナ」

「ナニたんこぶなものか、子をおぶッて來たに違《ちげ》へねへ」

女「またそんな負《まけ》おしみを被仰《おつしやい》ます。此間《このあいだ》も、火打石《ひうちいし》をかた餅《もち》と違《ちが》へて、前齒《まへば》を一本《いつぽん》かいて、お仕舞《しまひ》なさいました」

「夫《それ》は間違《まちがひ》かも知《し》れねへが、今のは子に違《ちが》ひねへ」

女「馬鹿〳〵しい、吉兵衞《きちべゑ》さんのたんこぶのあるのは、誰《だれ》でもしッて居《をり》ますはネ」

「夫《それ》じやァ權助《ごんすけ》でも聞《き》ゝにやらう」

ト夫《それ》より權《ごん》助を聞に遣《つか》はせしに、ほどなく歸りて
「ヘイ往《いつ》て參《さん》じました」

「さうして子供《こども》か、たん瘤《こぶ》か」

「ヘイ大《おほ》かた子供衆《こどもしゆ》でござりませう」

「ナゼ」

「このせつは蟲《むし》ぼしで、質《しち》屋の方《はう》が世話《せわ》しい」

といふた

※蟲ぼし　虫干し。虫払い。虫振い。　**質屋の方**　質屋の主人。　**世話しい**　忙しい。子どもを背負って面倒をみていること。

兼題の「近眼、負をしみ、夕暮」が冒頭の一行に用いている。近眼ではたん瘤を子どもと見間違える。

『春色三題噺二編』上之巻には、兼題「梅見《うめみ》、錦繪《にしきゑ》、小判《こばん》」を麟(ママ)堂伴兄の号で載せる。

繪艸紙屋《ゑざうし》の主人《あるじ》、龜井戸へ梅見《うめみ》にゆき彼豐國《かのとよくに》老人の處へ立寄《たちより》

「梅屋敷の生寫《しやううつ》しを三枚《さんまい》つゞきに畫《かい》て貰ひ度」

と註文いたしますと早速《さつそく》に請合ますゆへ

「代は何ほど」

〆聞《(と)きゝ》ましたら

「外の品なら一枚十匁《いちまいじうもん》、三枚つゞきて、弐百疋《ひき》が通例《つうれい》でござりますが、梅屋敷の景色《けしき》では小判一枚いたゞかねばなりませぬ」

「夫《それ》は、又、あんまり高料《れう》ではないか」

「イ［〆エ］梅やしきの事でござりますから畫料倍《ぐわれうばい》でござります」

※豐國老人　三代。初代国貞。　**生寫し**　景色絵。風景画。　**弐百疋**　二百文か。　**イ［〆エ］**「〆エ」は欠字。　**畫料倍**　画題が二倍。梅屋敷の「臥龍梅」を掛ける。

『追善落語梅屋集』（慶応元年。一八六五）には、兼題「芝居、狂哥、あくび」を麟堂伴兄《（ママ）》の号で載せる。

「歌舞妓狂言づくしといふけれど、今は能《のう》狂言のやうに、をかしみを専《もつぱ》らにはせず、又、狂歌といふ物も、今は風躰《ふうてい》がかはつて、大ぶんむづかしく、狂《きやう》の字《じ》の義《ぎ》にとんとかなはず、狂歌は天明調《てんめいてう》の事だ。芝居といふは、もと芝生《しばふ》の上に居《ゐ》て見物したゆゑの名なれど、今では棧敷だの土間だのとて、芝は土手板《とていた》の書割《かきわり》に殘《のこつ》てゐる。芝居茶屋といふから、茶ばかり呑《のま》せてこそ茶屋なれ、料理は餘計の仕事だ。なんでも狂言狂哥といふからは、腹をかゝへ頤《おとがひ》を解《とか》ねば本意《ほんい》でねへ」

トわればかり物しりのやうにならべてゐると、聞人《きくひと》あくびをして

「なるほど、狂哥やきやうげんは、をかしいものと見えます。おはなしばかりでさへ、あごのかけがねが、はづれさうだ」

『追善落語梅屋集』は、梅屋鶴寿の追悼同人作品集で、二つの兼題が出され、そのうちの「芝居、狂哥、あくび」を選択して作例する。葛飾桜酔軒の別号でも、「芝居、狂哥、あくび」をつくっている。どちらか一つを削除することはしていない。

或《ある》若旦那、大の芝居ずき。自分も役者氣どりにて、眉毛《まゆげ》も細《ほそ》くして、ありやなしやの都鳥《みやこどり》、業平男《なりひらをとこ》、光氏《みつうぢ》といはるゝより、家橘旦那《かきつだんな》とよばるゝがうれしく、薄化粧《うすげしやう》のいや身《み》た

つぷり。手代でつちをあつめ、土藏《どざう》の二階で芝居事《しばゐごつこ》をして、おかるになつてはしごからおつこち、七段目から落《おち》たといふむかしの噺《はなし》もうそでなく、親達もてあまして居《ゐ》ると、叔父《をぢ》さんは梅屋《うめのや》大人の門人、糸巻《まき》の管成《くだなり》といふ本町側《がは》の一人《いちにん》。もよふしでもあると、くる〳〵まはつて世話をする狂歌好《きやうかずき》。あるとき甥御《をひご》にむかひ

「芝居といふものも、天《あま》の岩戸《いはと》の神樂からはじまつて、尊《たつと》きものなれども、役者のまねなどは不見識《ふけんしき》で、日本 魂《やまとだましひ》とはいはれぬ。歌道《かだう》へはいつて、風雅のあぢはひをおぼえるがよい。狂哥の美味《びみ》は芝居どころじやァねへ。もちろん戯場《けぢやう》の脚色《しくみ》も狂歌から出た事で、早いはなしが弐丁目の一休《いつきう》も、聞《きゝ》しより見ておそろしき地《ぢ》ごくかなといふ所が根元《こんげん》。其一休は狂哥で悟道《ごだう》した和尚さまだ。三丁目のかけ皿《ざら》も、ぼんさらや皿てふやまにゆきふりての狂哥が趣向のたね。されば芝居をすくなら、狂哥をよまねば太鼓にぶちのないやうなものだ。五代目白猿《はくゑん》、又近頃《ちかごろ》の海老藏も、皆狂哥をよくよんだもそのわけだ。芝居を好《すい》ても狂哥をしらねば天下のむだ〴〵」

と老人でも、はやりことばをつかはるゝは、老《おい》こまぬれうけん。名のとほり、くだをまかれて、若だんなはせつなさうにあくびを吐息《といき》にまぎらし

「何もわたくしは内で芝居などはいたしませぬ」

「イヤ〳〵いまおめへがのみこんだあくび千里の 諺《ことはざ》で、かくすよりあらはるゝはなしサ。

くどい事だが古今集の序に、誰《たれ》〳〵もしつてゐるとほり、力をもいれずして天地《あめつち》をうごかし、目に見へぬ鬼神《おにかみ》をもあはれとおもはせ、男女《をとこをうな》の中《なか》をもやはらげ、たけき武士《ものゝふ》のこゝろをなぐさむるは歌なりとあつて、歌のとくは大そうな物よ。本歌《ほんか》は悟格《ごかく(ママ)》だの手尓《てに》を波《は》だの、大工ではないが、かゝなづかひから、むづかしいけれど、狂哥は俗物《ぞくぶつ》でもできる。はじめねへ〳〵」

「をぢさんへ、芝居でもそれほどの徳はございませう。鬼のやうなやりてばゝァも、しうたん場ではなみだをながし、紙治《かみぢ》のおさんのやうな貞女《ていちよ》の仕打《しうち》を見たり、四谷怪談のお岩でも見ると、女房は大事にするがよいと氣がつき、猛《たけ》きお武家さまも腰《こし》さげに  の金具をお付なさるゝは、太夫元ひゐきでもございませう」

「なるほど男女の中猛《たけ》きものゝふ、鬼神《おにかみ》も感《かん》ぜしむるであらうが、天地をうごかす力は、よもあるまい」

「あります〳〵」

「なにが」

「がんどうがへしの時にサ」。

※家橋　五世尾上菊五郎の前名。**五代目白猿**　市川団十郎。狂名花道つらね。俳名白猿。**海老蔵**　四世。六世市川団十郎の前名。**がんどうがへし**　強盗返し。芝居の道具仕掛けで、舞台の大

道具が背後にひっくりかえって場面がすぐに変わること。箱天神。がんどうともいった。「舞台の裏に道具立をこしらへ、人の乗りたるまゝにて舞台を返すなり」（『戲場樂屋圖會拾遺』下）。

知識をふんだんに入れた笑話が特徴であったことがわかる。

つぎにあげる合巻『増補江戸紫』（初編は元治元年。一八六四。三編は明治刊）の三編上巻には、同人作品集に収められていない作例をみる。「粋興連有人」の序のあとに、麟堂伴兄《（ママ）》と春の屋《（ママ）》幾久の二人の三題噺を載せている。麟堂伴兄が花兄であるのに気づかないと、ここにあげた二人の関係もわからない。いままで知られていない新出の作例となる。有人は粋狂連と興笑連の後援者の二人を立てて、二人の三題噺を収めた。本文挿絵のなかに「麟堂主人《（ママ）》」の句もみられ、麟堂主人と名乗っていたこともわかる。伴兄は、兼題「江戸紫、唄女、錦繪」でつくっている。

茲《こゝ》はいづくぞ仇女《あだしめ》が髪もみどりの柳川岸《がし》に年《とし》は二八歳やゝひとつこすか、越路《こしぢ》の白妙《しろたへ》もはづるばかりのその上《うへ》に、愛敬《あいきやう》こぼるゝごとくにて、田舎げんじの紫に似たといふので、名はよばず、皆紫と仇名《あだな》せり。それのみならず江戸ぶしは聞《きく》ものをして感ぜしむこの紫が、いと氣《け》なき七、八才《さい》の頃かとよ、籠の雀を逃《にが》せしとて、ないて居るのを光《みつ》さんとて、宇治の一派を極めたる在吾《さいご》もはづる好男子《こうだんし》が开《そ》を垣間見て、その頃より言《いひ》よりたりしが、紫十五才のとき、頃は十月ある夜《よ》、はじき将棊、請《うけ》せうぎなどして遊び居たりしが、このとき新枕《にいまくら》してけるが、光《みつ》宇治うれしくほゝ笑《ゑ》みて

「あすはゐのこだから、今宵契《こよひちぎ》ッたよろこびに、餅でも搗《つか》う」といふた

※**在吾**　在五。在五中将。在原業平のこと。**开**　其。某。なにがし。**はじき将碁**　弾き将棋。盤の上に将棋の駒を並べ、交互に指で駒をはじいて、早く相手の駒を盤から落とすと勝ちになる盤上遊戯。**請せうぎ**　請将棋。攻撃よりも守備に重点を置いた将棋の指し方。**新枕**　最初の共寝。初契り。**ゐのこ**　猪子。十月亥の日の行事。亥の刻に猪子餅を食べて万病を除き、子孫繁栄を願う。

また、大判錦絵「三題噺見立繪合」（七十八歳豊国筆（三代）。丸徳板。文久三年。一八六三）に麟《(ママ)》堂伴兄の号でつくった三題噺がある。これも新出となる。この錦絵にはほかに春廼屋幾久、雪松園みさほの二枚もつくられている（本章幾久の項にあげる。三三八頁）。いまはこの三枚しか確認できない。伴兄の兼題は、「あばら家、道行、出刃庖丁」である。

しら露《つゆ》や無分別《むふんべつ》なる置所《おきところ》と古人《こじん》の吟《ぎん》のそれならで、忠《ちう》と孝《かう》とのふたみちに、死なでかなはぬおかめと與兵衞《よへゑ》、手《て》に手《て》をとりて行後《ゆくあと》を、つけねらひ来《く》るまむしの次郎吉、ふたりの首《くび》を姫君《ひめぎみ》と助市《すけいち》どのゝ身替《みかは》りとなして、これまで作《つく》りたる其身《そのみ》の罪《つみ》の帳消《ちやうけし》せんとたどりて、つめしあばら家《や》の隅《すみ》にひそみて折《をり》を見《み》あはせ、観念《くわんねん》ひろげとふり上し出刃《ではは》庖丁を見てければ、

与「コレ兄貴《あにき》、出刃庖丁《でばぼう》を振上《ふるあげ》て、どうするのだ」
次「うぬら二人を料るのだ」

以上が、花兄の三題噺の作例である。麟（ママ）堂伴兄、葛飾桜酔軒などの別号で創作する活躍が目立っている。号の使い分けの理由はわからない。頭取という立場から掲載される機会があったとしても、創作した三題噺に問題はなく、十分に笑話を心得ての創作とみられる。三題噺の会の会場では、落語家の左楽、談志による代舌（代演）があったが、代舌者の二人は余程の注意をはらって演じたであろう。作例が相当に長い笑話であるのも特徴であり、これをどのように代舌者が演じたか。三題噺を書いた紙をみながら演じたのか、それとも覚えて演じたのか。落語家が演じることも三題噺の会ではみせどころである。ほかの同人たちも演じることを苦手にしたり、声が小さい話し方をしたりして苦労する例をみるので、代舌者の存在はおおきかったといえよう。優秀作が選ばれるとき、三題噺の評価には演じ方の評価も加点された。花兄の作例の評価は例外であった。本章（5）の幾久も花兄と同じく興笑連頭取であるので、ともに評価は例外であったろう。

2　山々亭有人

戯作者で人情本作者の山々亭有人（天保三〜明治三十五年。一八三二〜一九〇二）は、条野採菊、

採菊散人、朧月亭、朧月亭有人、弄月亭有人なども名乗った。のちに円朝の肖像を描いた日本画家の鏑木清方は有人の三男である。同じく、つぎの（3）にあげる戯作者で滑稽本作者の仮名垣魯文（文政十二～明治二十七年。一八二九～九四）とともに、高野桜酔軒（好文舎花兄）、勝田市兵衛（春廼屋幾久）、細木香以（香以山人・方阿弥陀仏香以）、辻伝右衛門（金座役人）らの支援を受けて、戯作者としての生活を送っていた。

この二人が三題噺の会の組織を仕切ることで、文人や通人の好事家を含めて、狂言作者、落語家、浮世絵師らとともに、三題噺の会をはじめることができた。支援者といえばおおくは陰の人物となるが、三題噺の会では中心人物に近い存在であったところが異なる。三題噺の創作には、ほかの同人たち以上に熱心であった。

有人が催主となり、馬喰町（現中央区日本橋馬喰町）の松本茶亭で、最初の三題噺の会がはじめられた。このことは魯文が、『粋興奇人傳』の「粋興崎人傳後叙《かうぢよ》」に記している。

唐土《もろこし》の羅氏水滸《らしすゐこ》の奇編《きへん》を世に著《あらは》し、愉快の談柄茲《だんぺいこゝ》に起原《おこり》、本朝《ほんてう》の通客粋興《つうかくすいきやう》の畸人《きじん》を湊《つど》へて、三題噺を再興せり、さうは此道《このみち》の龍虎山《りやうこざん》に比競《たぐへ》し、有人《ありんど》、玄魚《げんきよ》の兩遊子《りやういうし》、去々歳《いぬるとし》、伯樂街《はくらうちやう》なる松本茶亭《しやうほんさてい》の伏魔殿《ふくまでん》に、高坐《かうざ》を開拓《ひらきそめ》しより、春の屋《（ママ）》大人《うし》を始《はじめ》とし、滑稽洒落《さらく［左樂］》の英雄豪傑《えいいうがうけつ》、當時《このごろ》諸所《しよ〳〵》に党《とう》を集《あつめ》羣落語《はなし》の集會《くわい》を催企《もよふす》こと、天岡地煞《てんかうちさつ》の衆星《しゆうせい》は物《もの》かは、連中《れんぢう》諸子《おの〳〵》癖話《もちまへ》の十八般《じふはつぱん》の家《いへ》の株《かぶ》に噺房《がくや》を號《なづけ》て情談泊《じやうだんぱく》と口合《しやれる》を芳幾風《よしいくふう》とよび、肉包《にくんぢう》の脚色立《すぢだて》を河竹流《かわたけりう》と総称《そうしやう》しぬ、扇夫《せんぷ》は林中《りんちう》をして、豹子扇《へうしあふぎ》の藝名《げいみやう》に附會《こじつけ》、談志《だんし》は呉用《ごよう》をさして、樽拾《たるひろひ》の丁稚《でつち》と謬錯《あやまつ》、如皐《ちよかう》が長談《ちやうだん》、全傳《ぜんでん》の一百餘回《いつひやくよくわい》に髣髴《はうほつ》とし、柳枝《りうし》が短話《たんわ》、王英《わうえい》が身材《たけ》に似《に》たり、話説《わせつ》と發語《ほつご》の稗官者流《はいくわんしやりう》、雅言《みやひ》に侍《はべ》る皇國調《みくにぶり》、霧闇《むやみ》に多辨地口風《しやべるちぐちふう》、銘々《めい〱》一家《いつか》の大頭領《たいとうりやう》、互《かたみ》に鼻《はな》の高座《たかみくら》、扇子《あふぎ》づかひの異風凜々《ゐふうりん〱》云々。

その後、三題噺の会のはじまりを『春色三題噺初編』（元治元年。一八六四）の序でも、「おなし畠の作男／綾岡の岸雄」が述べている。綾岡岸雄は輝松とも号した同人である（→Ⅲ「三題噺の復活―三題噺の会誕生」）。

昔《むかし》〱のある爺《ぢい》が枯木に花を咲《さか》せしより、噺の種《たね》といふもの残りて、耳の底にひたしありしを、舌《した》の鋤鍬《すきくわ》すきかへし、其一粒《そのひとつぶ》を松本《まつもと》に蒔《まき》そめしより、柏木《かしはぎ》や柳《やなぎ》のもとに花《はな》を開《ひらき》て、今又興笑《いまゝたきやうしやう》の園《その》に繁茂《はんも》せり。其種三粒《そのたねみつぶ》を植《うゑ》て花ひとつにひらき、しかもその色《いろ》しな、さま〲にして、長《なが》きあり短《みじか》きあり。題《だい》に戀《こひ》あり神祇有《じんぎあり》。神祇《じんぎ》あれば佛《ほとけ》もあり。佛あれば衆生《しゆじやう》あり。衆生あれば聴衆《きゝて》もありて、柳の樓《にかい》の天幕《てんまく》は、みどりにしの字《じ》の丸《まる》の花《はな》はくれなゐのいろ〱。されど流行《りうかう》は鳥影《とりかげ》にひとしく、飛《と》んだうがちと思ひしも、きのふの晒落《しやれ》はけふに古《ふる》しと、いつもあら玉の春《はる》のや大人《うし》、此ごろの新作に實《み》のある物《もの》を撰集《ゑりあつ》めて、ひとつの袋入《ふくろいり》となして、又後《またのち》の噺の種《たね》にせむとになん。

この記述でもわかるように、「其一粒を松本に蒔そめしより、柏木や柳のもとに花を開て」

といって「松本茶亭の伏魔殿に」と同じように明示している。「柏木や柳」は柏木亭、柳屋へと会場が移ったことをいう。柳屋の座敷の天幕は「みどりにしの字の丸《まる》の花《はな》はくれなゐのいろ〳〵」と読んだのは誤りで、「のしの字の丸の花」が正しい。色鮮やかな天幕であった。「のしの字」は「のし（熨斗）の字」であり、正しくは「のし丸桜紋」である。「みどりに」は地を緑色に染めていることをいう。「のし丸桜紋」は三題噺の会の紋として知られ、幾久の興笑連の「井桁紋捩りの三タイ紋」とともに用いられた。天幕は『春色三題噺初編』の口絵の高座の上にも「井桁紋捩りの三タイ紋」がみられる。すなわち天幕は「のし丸に桜紋」だけではなかったことがわかる。また同書には「興」の一文字（興笑連の興だろう）と「井桁紋捩りの三タイ紋」を描く天幕の挿絵もみられる（↓【図版一覧・三十図】7—6）。

さて、花兄が有人に支援する手を差し伸べて、古柏楼で開催した会場の様子を描いたのが、大判錦絵（三枚続き）の「茲三題噺集會」である。座敷の鴨居に兼題を書いた紙を貼り付け、緋毛氈の上に発表者が座って演じている。静かな場というよりは、和気藹々の賑やかな会場である。花兄が率いる粋狂連からは如皐、其水、芳幾、交来、輝松、左楽、柳枝、談志らがいる（慶応元年の『東都歳盛記』の「三題屋花四郎」に粋狂連を「粋狂」と記し、その脇には「りんどう」とある。「りんどう」とは麟堂伴兄。花兄の別号である）。これに対して幾久が率いる興笑連からは雪松園みさほ、文桂舎栄寿、冬の屋嘉遊らが参加している（慶応元年の細見記の「三題屋花四郎」に興笑連と記し、その脇に「はるのや」とある)。両連が合流した三題噺の会は柏木亭のあとに、ふたたび会場を両国柳橋の柳屋に移した。ここを定席としたことが報条摺物に「於柳屋」と記すのでわかる。はやい時期から柳屋を会場にしていたとみられる。

有人は、『粋興奇人傳』(文久三年春。一八六三)の序文を書いた(↓Ⅲ「三題噺の復活─三題噺の会誕生」)。

三題ばなしといへる事《こと》は、文化のはじめつとしの水無月《みなつき》、下谷廣徳寺前《したやくわうとくじまへ》なる孔雀茶屋《くじやくぢやや》において、落語《らくご》の夜講《やこう》ありしに、此夜《このよ》、彼《か》の辨慶、辻君、狐てふ三ツの題を得て頓《と》んさくすと、古人《こじん》三馬翁《をう》のしるせり、實《げ》に可樂は捷才頓智《さいとんち》、衆《しゆう》にすぐれ、他《た》の糟粕《そうはく》を嘗《なめ》ず、席にのぞみて三題の話をつくる、誰《たれ》かその才《さい》を賞《しやう》せざらんや、さばれこの人、遠き國《くに》に發行《かしまだち》せしより、此業《このわざ》すでに絶果《たえはて》しを、粋狂興笑の兩連、再度《ふたゝび》こゝに起《おこ》りて、各《おの〳〵》辨《へん》をふるひ、才《さい》を戰《たゝか》はしむる、こふしも一時《いちじ》の遊戯《いうけ》といへども、唯《たゝ》いにしへをしのふのゆゑなり、さればば先哲《せんてつ》の手ぶりをば、爰《こゝ》にあげ、もつてはし書《がき》に代《かは》るになむ。

文久三癸亥/季春吉辰　　山々亭有人再記(印)

※**遠き國**　あの世。彼の世。**辨をふるひ**　演じること。話すこと。

三馬の「落話會刷畫帖」の記述を踏まえて、可楽の三題噺について述べている。『粋興奇人傳』にみる有人の履歴は、俗性《(称)》條野傳兵衞と號し、幼少より柳風《りうふう》の狂句をこのみ、五世川柳が門に入りて、出藍のほまれ高し、近年、本の著述をなすに、古人春水もいまだしらざる奥秘《おうひ》をうがち、趣向新規《しんき》を尽《つく》すものから、その業《わざ》、大に行なはるゝ、亦、つねに師翁の國字《みくに》ぶりの文《ぶん》をこのみて、歌書にふけり、其文躰《ぶんてい》和ぶんならず狂文ならず、佃ぶりてふ一家の風《ふう》あり、されば落語《らくご》をなすに、賤《しつ》の男《を》の子《こ》の贈答にも侍《はんべ》る事、いと多し、こゝにおいて千種有人風《ちくさありんどふう》とて、また一家の風調《ふうてう》あり。

※古人　故人。**春水**　人情本作者。為永春水。寛政二〜天保十四年。一七九〇〜一八四四。**千種**　狂歌師千種庵。三代。文化八〜万延元年。一八一一〜六〇。

とある。狂歌は「物いはぬ花やわらはん濁江《にごえ》に口さかなくも蛙《かはづ》啼くなり」と詠まれる。作例に兼題「牛車《うしくるま》、柳《やなぎ》ばし、福牡丹《ふくぼたん》」をあげる。

彼牡丹花肖柏《かのぼたんくわせうはく》老人も、江戸見物がしたいと、例の牛にのりまして、東海道を下《くだ》ッてまゐると、箱根の山にて、とう〳〵うしをのりつぶし、せんかたなくて牡丹花をながめながら、小田《をだ》はら大磯と、だん〳〵参ると高輪へ出《で》ましたところが、西もひがしも、うしぐるまだらけにて、肖柏坊主《ばうず》大よろこびにて、此ところにて、くだんの牛ぐるまをかりて、これに乗るに、いぜんの牛ばかりよりは、乗工合《のりぐあひ》がよいと、悦喜《ゑつき》のあまりに、そこ爰とあるいて、兩ごくへ出《いで》まして、柳橋を通《とほ》りかゝると梅川《うめがは》のにかいで、「蝙蝠《かうもり》が出《で》て、北浜《きたばま》の夕《ゆふ》すゞ

み、川風《かはかぜ》さつとふく牡丹《ぼたん》」トくり返《かへ》してうたひますから、牡丹花老人

「さては己《おれ》をよぶのか」

と梅川の二かいへ、づか〳〵あがりますと、げいしや女中は、きもをつぶして逃《にげ》ると、

御客《おきやく》は

「さすが通家《つうか》の事故《ゆゑ》、扨はおまへが肖柏さんか、先《まつ》一ツあげやう」

と猪口《ちよく》をさすト

「これではめんだうだ」

と丼《どんぶり》であをり升から、みんながあきれて見てゐると

客人「何《なに》、呑《のむ》はづよ、肖柏坊だから」

※肖柏坊　牡丹花肖柏（嘉吉三～大永七年。一四四三～一五二七）。室町中期の連歌師、歌人。中院通淳《なかのいんみちあつ》の子。連歌を宗祇に師事し、和歌を飛鳥井雅親《あすかいまさちか》に学んだ。落ちの「肖柏坊」は「正覚坊」を掛ける。正覚坊は地引網などに引っかかる大きな青海亀をいうが、たくさんの酒を飲む酒豪のこともいった。

牡丹花肖柏はいつも牛に乗って花鳥風月を愛で、歌枕を求めて東国に旅したという。その肖柏が江戸に来たという設定である。牛車がおおいのに驚き、柳橋まで来ると料亭の二階で騒いでいる。歌う歌詞に福牡丹とあるのを、牡丹花肖柏は自分を呼ぶと思って料亭の二階にあがる。

酒好きの肖柏に「一献あげよう」というと、猪口ではなく丼で飲むという。客人は驚くが、「それもそのはず、肖柏坊は正覚坊（大酒飲み）だからだ」と落とす笑話である。

「福牡丹」の歌詞が創作のときに浮かんで、「牛車」から牛に乗る牡丹花肖柏を思い浮かべ、「柳橋」の料亭で歌われる福牡丹と酒飲みの肖柏の落ちにした。創作過程が想像できる。三題噺の創作法に決まりはないが三題から何を浮かべるかは、つくり手の知識の量による。

有人の評判は、『三題樂話作者評判記』にみられる。目録には「頭取の部」に「大上上吉」の位付けをされ、「寸法が極ッて落つきのよい真鍮の紙入留／山々亭有人」とある。本文には、

頭取 此處が三題ばなし中興の發起人、公家踊の根元はべる有人卿でムり升。下谷げいしや 有さん待てをりましたョ、ひさしぶりでおうはさが聞たいンですョ、おきくさんがおいでなら、どんなにうけさせるかしれないンだ子。頭取 此うしは風雅にたづさはりたる事、いづれも器用にて、狂句沓附にも名譽あり、戯作も近年の事ながら、わづかの内に立者の数に入、世の中ひろく附あはれただけ、忽地に名をなされ升た、三題ばなしは、いつも趣向たくみにして、素人に似合ず、死活の呼吸《こきう》を呑こまれ、殊に卽題の頓作、餘人の及ぶ所にあらず。ひにく コレ／＼頭取、そつちは有人からまいないでも取たと見へて、べらぼうにほめすぎるぜ。咄しに死活があつて、賣人ぶるのは本町のあき家をかり込で、まいばん稽古をしたから、その位なことは有うが、ぜんてへ聲色の大ごゐと違ッて、はなしが小音

で、遠くにゐちやァきゝ取れねへ。【俗物】そしてはべるふうだとか、しやべるふうだとかいつて、夏屎《くそ》のにへるやうに、ぶつ〳〵いふのは、こちとらにやァさつぱりわからねへ、やつぱり芳幾のやうにやつて呉な、何のおもしろくもねへ。【半可】大聲は里耳《じ》にいらず、待人にあはずは、待を献ずる事なかれ、定會の聽手《きゝて》も切おとしは、首にしてもれへてへ、實におそれる、實にあやまる、まつぴ〳〵。【やき連】是をほむるは、へつらふなり、是をそしるはそねむに似たり。有人丈のお咄しも、中ずみをとつていふ時は、素人へ賣人のころもをかけたのにて、どつちつかずの表裏口調。しかし趣向はたくみな事で、かたみがはりの道行。西行の雨やどりなぞは、餘人に真似のならぬ事。粋狂連の催司といふても、朱のうちどころはござるまい。【ひにく】かたみ替りも西行も本店がたしかだからサ。【やき】そこがいわゆる奪躰換骨、種のない品玉はつかはれまい。【わる口】おちはいつでも狂句落で、仕込が澤山だから、骨は折めい。志ん生の身ぶりと、川竹（ママ）のこは色はよしてもらはふ。【ヒイキ】それも一時の滑稽、左樂とよい一對の催主の本元、ほめては山〳〵ありさん〳〵。

※催司　催主と同じ。**志ん生の身ぶり**　落語家。初代古今亭志ん生の身振り咄。志ん生は文化六〜安政三年。一八〇九〜五六。**川竹のこは色**　河竹其水の声色。**左樂**　落語家柳亭左楽。

とある。「粋狂連の催司」は催主である。さまざまな事務的な仕事を有人はしている。「三題ばなしは、いつも趣向たくみ」であったといい、「殊に即題の頓作、餘人の及ぶ所にあらず」という。さらに「ぜんてへ聲色の大ごゑと違ッて、はなしが小音で、遠くにゐちやァきゝ取れねへ」とか、「おちはいつでも狂句落で、仕込が澤山だから」、「志ん生の身ぶりと、川竹のこは色はよしてもらはふ」などと批判される言葉がみられる。最後にいう「左樂とよい一對の催主の本元」は、左楽とともに運営をこなしていたことをいう。のちの有人の戯作作品に左楽が登場するのは、もっとも近い人物だったからであった。

また、評判記に、「はなしが小音で、遠くにゐちやァきゝ取れねへ」とあるのは幾久の代弁者であったからであるが、これは魯文のことをいったものである。「聲色の大ごゑ」に対して小さいというのは、声色を得意とした其水に対して言葉が小さいという。声色がうまくないから小さい声となったのだろう。有人の「志ん生の身ぶりと、川竹《(ママ)》のこは色はよしてもらはふ」は、物真似の話す方法をとっていたからだが、どうも評判はよくなかったことがわかる。

つぎにあげる『今様三題噺初編』(文久三年八月)には序文を書いている。すでに紹介したが、ふたたび書いておこう。

風月《ふうげつ》を友《とも》として雪花《ゆきはな》を愛す一派《いっこ》の風雅《みやび》男《を》柳亭左樂のぬしは、常に好古《こうこ》の癖ありしが、往古《そのかみ》三笑亭が老舗たる三題咄しといへる事、世に絶果《たへはて》しを遺憾とし、席に臨みて頓作なせど、彼髪剃《かのかみそり》の附焼刃《つけやきば》ならねば、怪我過失《あやまち》もあることなし。尓《され》ば其評、辻びらとともに遠近《をちこち》に高く、雅俗老若《かぞくろうにやく》けじめなく、聞《きか》ぬを耻《はぢ》となすものから、爰に大入彼處《かしこ》に客留《どめ》、實《げ》に此うしの秀才頓智、聞捨《きゝすて》になさんも、本意《ほい》なさに、聊耳《いさゝかみゝ》にとらめしを、わづかに小冊《せうさつ》となすとはいへど、夜毎《よごと》の一話《わ》、數《かず》かぞふべくもあらねば、次編《じへん》の発兌《はつだ》を待《まち》玉ひね。

穂《ほ》に咲《さき》し評も咄《はなし》の出來《でき》秋《あき》や量《はか》りこぼるゝ客《きやく》の數〱

亥八月

山々亭有人識

左楽が、「世に絶果しを遺憾」といっている。左楽が落語会で三題噺をするのに、三題噺をするという辻びらをつくり、「大入彼處に客留」の状態になったといっている。左楽の「秀才頓智、聞捨になさん」と思い、その左楽の作例を収めたというが、これが事実であったかどうか疑わしい。この作例は、左楽の落語会でのことといっているが、はたして評判はよかったかどうか。誉めるほどではなかったから「なぜ左楽は人気がないのか」の花兄の言葉に対して有人は、「三題噺をやってみてはどうか」と提案した。これは左楽が三題噺を演じていたことを踏まえての言葉とみるが、左楽が演じていたという噂の記録がみられない。左楽が「三題噺で恥をかきたくない」といって参加を断ったことを考えると、話したという噂は伝聞であろうか。左楽が有人の誘いを断っているのは噂だけであったから、噂とみていいだろう。有人が催主となって松本茶亭で開いたのは左楽のためではなかったとみるのがいいのではないだろうか。松本茶亭での盛況で同人も増え、会場が狭くなったので別会場に移した。運営していく有人は兼題の出し方、出す人、兼題の同人への知らせ方、作例の記録を取ることなどを話し合った。形が整うまでは暗中模索のなかで行ったとみられる。月例会の開催日が確定してから、ようやく左楽に声をかけたと考えたい。

文久三年春の『粋興奇人傳』と、同年葉月の『三題樂話作者評判記』がつくられ、さらに同年の「亥八月」と記す『今様三題噺初編』もつくられた。この『今様三題噺初編』は、なぜ、『粋興奇人傳』にあげる二十三人の同人のなかから七人が選ばれたのか。しかも『粋興奇人傳』『三題樂話作者評判記』のあとに刊行されているのは疑問である。同人一話を収めているのに対して、左楽だけが三話もみられる。按ずるに、この作品は同人たちに配った私家版の同人作品集とみられ、『粋興奇人傳』以前の文久二年につくられたものではなかったかと考えたい。二十三人の同人のうちの七人を収めた同人作品集は、同人となった左楽の参加を歓迎した参加記念の作品集ではなかったかとみるのはどうだろうか。三話もあげる左楽の三題噺を笑話の手本として示し、花兄、幾久、芳幾、円朝、扇夫、有人らの作例を加えて祝したのではないだろうか。有人が序文で左楽を「常に好古の癖ありしが」というのは、「なぜ左楽は人気がないのか」の花兄に対する答えを述べたとみたい。

この『今様三題噺初編』に収めた作例に、報条摺物にみる兼題と重なるものがみられる。いつの月例会での三題噺であるかは判然としないが、前年の文久元年もしくは万延元年の報条摺物だろうか。花兄、幾久は別格としても芳幾、円朝、扇夫をあげるのは、評価が高得点であったからであろう。この作品に有人は、兼題「朝參《あさまゐり》、猩々《せうぐ》、人魂《ひとだま》」でつくっている。
身延山《みのぶさん》の開帳《かいちやう》參詣さながら、引《ひき》もきらず、毎夜《まいよ》の萬燈《まんどう》、天《てん》に星辰《せいしん》のひかりをうばひ、あたりも白昼《はくちう》にほうほつたり、その中《なか》に猩々《せうぐ》と人魂提燈《ひとだまでうちん(ママ)》の萬燈を見て
「コウ〳〵つひに見なれない萬燈が來たぜ、猩々《せうぐ》もおかしいが、人《ひと》だまでうちんもおかしいじやァねへか。少しも妙法氣《めうほうき》により所《ところ》もねへじやァねへか」
トうはさとり〴〵なるその中《なか》より、年かさなる人
「イヤ〳〵妙法により所はなくとも、開帳により所がありやす」
「ナゼ〳〵」
「モウ開帳も仕舞《しまひ》だから、猩々と人魂《だま》を持出《もちだ》して跡《あと》を引《ひく》つもりだ」
※**身延山の開帳**　日蓮宗身延山久遠寺の江戸での出開帳が深川浄心寺で行われ、幕末では文政三、天保元、天保八、嘉永二、安政四、文久三年にあった。小室村の徳栄山妙法寺の出開帳が同じく深川浄心寺で行われ、幕末では文政元、天保六、安政五年にあった（比留間尚「江戸開帳年表」。『江戸町人の研究』第二巻。吉川弘文館。昭和四十八年。一九七三）。**猩々**　酒飲み。**人魂**　成仏できずに人魂になって此世に現れる。**跡を引く**　際限なく飲みたがる、飲み続けることをいい、人魂もひっきりなしに現れることをいう。
開帳の朝参りをして、夜には火の入る猩々、人魂提燈の万燈をみた話をして、不思議な万燈

であることに疑問をもつと、年配者は開帳が終わりに近いから、騒ぐ連中が出てくると落とす。

そのほかに有人の作例は、『春色三題噺初編』（元治元年。一八六四）の中巻に二つの兼題による三題噺がみられる。この形式は破格である。同書には初編下巻に露の屋梅我が「棚《たな》の達磨《だるま》、おし鳥《どり》、柳《やなぎ》の蟲《むし》／姑姥《しうとばゝ》ア、月《つき》の八日《やをか》、移香《うつりが》」をつくる作例がある。これは欠席者の兼題を二つまとめて、その場でつくったとみられる。有人が「殊に卽題の頓作、餘人の及ぶ所にあらず」と評されたのは即興が得意だったからではないだろうか。有人の兼題は『春色三題噺初編』の中巻の「小野道風《をのゝたうふう》、藝子《げいこ》、道具屋《たうぐや》」と「二月堂《にぐわつだう》、かんな屑《くず》、仲人」である。

小野《をの》の道風は本朝三筆《ほんてうさんぴつ》の一人《いちにん》なり。ある時、柳の枝に蛙《かはづ》の飛《とび》つくを見て、橘《たちばな》の速成《はやなり》が反逆《ほんぎやく（ママ）》をさとり、普天《ふてん》の下率土《したそつと》のひん、何條彼等《なんてうかれら》が力《ちから》をもて天下《あめがした》を覆《くつがへ》さんこと思ひも寄《よら》ずト心の油断あやまつたり。速成《はやなり》が及ばぬ願ひ、この蛙《かはづ》にひとしきと怒《いか》れるまゝに思はずも、件《くだん》の蛙《かはづ》を握《にぎ》りつぶし、その儘《まゝ》、家歸りければ、出入《でいり》の道具屋

「御目見《おめみ》へを願ひ度《たく》」

と申入《いれ》ければ、道風《たうふう》さつそく對面なし

「何用《なによう》じや」

「ヘイ外《ほか》でもございませんが、先日お召仕《めしつかひ》のお咄しがございましたが、丁度能《てうどよい》のがございますから、お仲人《なかうど》いたそうとぞんじまして」

「ハヽァ何者だ」

「ヘイ嶋のうちへ此度《こんど》弘《ひろ》めをいたす藝子でございますが、實《じつ》に季妃《きひ》李夫人《りふじん》もあざむくばかり」

「なんと見たいものだが、どうだらう」

「幸《さいは》い明晩《めうばん》、奈良の二月堂《にぐわつだう》へ參詣いたすとのこと、御供《おとも》を仕《つかまつ》りませう。御前《ごぜん》も被爲入《いらしつて》は如何《いかゞ》でござりませう」

「予《よ》も參詣いたしたいとぞんじた処《ところ》、丁度《てうど》よい。彼《かの》井戸へ若狭より水の來るといふも、咄しにのみ聞《きい》て實《じつ》を知らぬ。さらば妹許《いもがり》かけて出かけやう」

と夫《それ》より道具屋と連立《つれだち》しが、わすれ物《もの》をいたせしとて、道《みち》より道具やを返《かへ》し、一人《ひとり》ぶら〳〵伏見街道《ふしみかいだう》へ來《き》かゝりしが、何《なに》やら物《もの》に突《つき》あたりければ、道風《たうふう》には
「何《なに》ならん」

と見てあれば、大坊主《おほばうず》の窓より首を出《だ》してありしが
「コレ拙僧《せつそう》が天窓《あたま》へ突《つき》あたり、一言《ごん》の挨拶もないは何者《なにもの》だ」

「予《よ》は杢頭道風《もくのかみたうふう》じやァ、往來中《わうらいなか》へ首を突出《つきだ》してゐる己《おのれ》はなんだ」

「能因法師《のうゐんほうし》じやが、『都《みやこ》をば霞とともに立《たち》しかど秋風ぞ吹《ふく》白川の関《せき》』といふ秀歌《しうか》を詠《よん》だ。願《ねが》はくば實地《じつち》を踏《ふん》で詠度歌《よみたきうた》とおもひ、人には奥州《おうしう》へ往《ゆき》しと披露《ひらう》し、斯《かく》のごとく窓にて首を

晒《さら》して居《ゐ》る」
と聞《きい》て道風《たうふう》せゝら笑ひ
「能因法師は當代《たうだい》名譽《ほまれ》の歌仙《かせん》、かゝるたはけた事《こと》をなすべきや。誠《まこと》能因といふ證拠《しやうこ》があるか」
「せうことといふは則《すなはち》これだ」
ト懐中《くわいちう》より長柄《ながら》の橋《はし》のかんなくずを出《いだ》し
「シテ己《おのれ》、道風といふせうこがあるか」
「證拠といふは此蛙《このかはづ》、昨日《きのふ》はからず東山《ひがしやま》に」
とありし次第を物《もの》がたるに、能因は居眠《ゐねむり》を致《いた》して、果《はて》は高《たか》いびきに寐込《ねこみ》しゆへ
「コウ〳〵人に物《もの》をいはせて、舟《ふね》をこぐとはどういふものだ」
ト言《いは》れて能因《のういん》、眼《め》をさまし
「ナニ歌《うた》が白川だから」

※都をば霞とともに　『後拾遺和歌集』羇旅五一八。歌意は「都を春の霞が立つとともに出立したが、早くも秋風の吹く季節となってしまった、この白河の関に来てみると」。能因がはじめて陸奥へ下向した折の歌といわれるが、『袋草紙』には能因の下向はみられない。自邸に姿を隠したのを下向したといわれたので、この歌を詠んだ。**白川**　白河の関と白川夜舟を掛ける。京見物をした

ふりをする者が白川のことを問われて川の名と思い、夜舟で通ったから何もわからないと答えた。このことから熟睡して何もわからないことをいう。「夢にだに見ざる名所の話こそげにも白川夜船なりけれ」『後撰夷曲集』八（寛文六年。一六六六）。『毛吹草』二（寛永十五年序。一六三八。正保二年刊。一六四五）。

どちらの兼題が有人のものであったかはわからないが、うまく展開のなかで二つの兼題を入れ、落ちの出来もいい。

同人の梅屋鶴寿が元治元年正月十二日に没し、四月に慶応と改元された同年六月に、『追善落語梅屋集』（慶応元年。一八六五）が出された。序文は二つあり、二つ目の序文を春の屋《(ママ)》幾久が「追福三題咄序」と題して書いている。作品は二つの兼題「芝居、狂哥、あくび」と「よしの山、梅、毛ぬき」を同人たちに提示して選んでもらう形式でつくった。同じ兼題による三題噺の作例がみられることで、作者の発想や笑話の運びなどが比較できておもしろい。「芝居、狂哥、あくび」を選んだ同人に麟《(ママ)》堂伴兄（葛飾桜酔軒）、魯文、古鳥羽南麻呂、福阿弥扇夫、木しら雪、其水、菊の屋柳美、談志、仙阿弥みさを、春風亭柳朝、愚阿弥愚生らがいる。「よしの山、梅、毛ぬき」を選んだ同人に左楽、交来、南阿弥芳幾、幾久、興阿弥有人、綾阿弥岸雄らがいる。

去富家《さるふか》の隱居、春雨に降《ふり》こめられ、ある軒下《のきした》に彳《たゝづ》みしに、内《うち》より皃《かほ》よき女房が

「にはか雨にて、さぞかしおこまり、先こちらへ」
と上へ通《とほ》し、やがて薄茶《うすちや》をいだし升たが、其手まへ、なか〳〵拙《つたな》からず。隠居もほとんど感《かん》ふくなし
「失礼ながら、よしあるおかたの隠《かく》れ家《が》か。何にもせよ、おゆかしい貴婦《あなた》の名前、御連夫《おつれあひ》の御名前をも承《うけたまは》りたい」
ト問《とひ》かけられ、くだんの女は、ツト立《たつ》て庭に咲《さい》たる梅を手折《たをり》
「鶯《うぐひす》の」
トいひかけて、隠居が前へ差《さし》出せば、隠居もしばし打《うち》あんじ
「アヽ、わかり升た。宿《やど》は」
ととはゞ
「いかゞこたへんト仰《おほせ》らるゝ事か。そしてお前のお名前なりと、くるしからずば、うけたまはりたい」
トいふに、女はそこ爰《こゝ》の引出しさぐりて、毛抜《けぬき》を十ヲ隠居の前へ差出《さしいだ》せど、其意《ゐ》を得《え》ずし家《いへ》にかへり、彼《かの》本阿《あ》彌《み》光悦《くわうゑつ》に有し次第をものがたれば
光「それこそ御子息《しそく》重孝《しげたか》どのゝ隠《かく》れ家《が》にて、其女こそ吉野太夫なり」
と聞《きい》て、隠居紹益《しやうゑき》は

「さてこそ主人の名前をきいたとき、いかゞこたえんとのなぞをかけた。しかし女の名を聞た時、毛抜を十ヲならべたのは、どういふわけであらう」

光「それは毛抜《けぬき》の十ヲ《と》といふなぞにて、よし野といふ事でムり升ぅ」

「さて〳〵見あげた女だ」

とそれより家居《ゐ》も立派にしつらへ、髪《かみ》のかざり衣類迄《まで》眼《め》をおどろかすばかりなれば、近所のひやうばんに

「あのまァ枯木同《かれきどう》やうにくすぶつてゐたよしのに、ふたゝび花を咲《ざか》せたのは誰《だれ》だらう。また外に旦《だん》でも出來たのか」

「イヽヤ灰屋《はい》のをやぢだといふ事だ」

※鶯の　俳句。其角作。『五元集』にみる「鶯の身を逆《さかさま》にはつねかな」とみられる。また蕪村の『続明鳥』にみる「鶯のあちこちとするや小家《こいへ》がち」もみられる。**旦**　旦那の略。**灰屋のをやぢ**　炭をつくったあとに残る灰。花咲爺のこと。

三題噺の会にみる有人の作例は、これ以上はみられない。つまり有人の笑話の創作は、魯文、柳枝、談志、円朝らと同じように作例は少ない。しかし、報条摺物にみる兼題をあげると、おおくの創作をしている。大判錦絵と報条摺物にみる兼題をあげると、

「囲女、茸狩、歌合　有人」　「生木くさ、斧のにくさよ、春の山　有人」　「時鳥、

温泉場、嫉妬　　有人」　「うらめしい、げんこ、あんこう　　有人」　「□□、はまぐり、笄かんざし　　有人」　「うくいす、川童、打出の槌　　山々亭有人」　「日本づゝみ、紙くず、やぶ醫者　　山々亭有人」

とある。三題噺の会は同人組織のかぎられた人数であったので、選ばれた者の仲間意識、仲間の横のつながりは大事であった。仲間からの知識、情報を得るなどして、同人同士の連帯性を高めた。その中心に有人がいた。有人が文筆活動をするようになると、作品のなかに三題噺のことに触れる記述がおおくみられるようになる。これを興津要は「文学の堕落」（『転換期の文学―江戸から明治へ―』。早稲田大学出版部。昭和三十五年。一九六〇）といっている。たとえば、合巻式草双紙の『春色《しゅんしょく》戀《こひ》廼《の》染《そめ》分解《わけ》』（文鱗堂。初編は万延元年序。一八六〇）の四編（文久二年。一八六二）に「粋興兩連」とあり、四編上の口絵の（二ウ・三オ）に「梅屋、交來、香以、□井、おいな、小三、鳴海、曾文（魯文カ）、河竹」、（三ウ・四オ）に「西馬（樂亭）、金水（松亭）、金鵞（梅亭）、朧（朧月亭・有人）」、（四ウ）に「七五三九（七五三丸）、芳幾」らが描かれる。作品にかかわりない三題噺の同人たちを口絵に描くことに違和感がもたれるが、これは同人組織の存在を示すためにあげたのである。一般読者にとっては迷惑でも、作者の有人が仲間の同人名を書いたとみればいいことである。これは許されないことだから、「文学の堕落」とみるのも一理あるが、作品発表と三題噺の会の宣伝を兼ねたとみれば怒るのは野暮となろう。時代が変化していくなかで、どれが正しく、どれが間違いかという見方はできない。三題噺の流行に乗じたものであり、同人意識を尊んだ有人ならではの行為とみるべきであろう。

『春色戀廼染分解』五編上（慶応元年。一八六五）の口絵には、「粋興兩連梅の遊覧」と記し、内容にかかわらず同人の「春のや（ママ）、嘉遊、花兄、せんふ、柳橋小春、柳橋お幸たち」を描いている。次の半丁の「柳口、於粂」も同人であろうか。

有人は如皐の三題噺から、『源平盛《しろくれなゐ》櫻《さくらの》御《ご》所染《しよぞめ》』（文久三年。一八六三）の合巻式草双紙を著した。その序に、

猿蟹ならぬ戰《たゝか》ひは盛遠亘《もりとふわたる》がこひのやみ、舌切雀にあらねどもお宿《やど》もとこ敷、行衛《ゆくへ》さへしれぬ脊子《せこ》なる松若ゆゑ法《のり》の禪味をなめたまふは立《たつ》る操《みさほ》の清玄尼《に》、扨むかし〳〵逢《あふ》たりし児《ちご》と乙女も今ははや、爺と姥にはならずとも替る姿の再會は辨慶お沢が盡せぬ縁《えに》し、此三題を一世《いちにち》界の趣向とされしは名にしあふ粋狂れんの棟梁かぶ瀬川の大人《うし》が新奇妙案、幵《そ》を亦例の合巻《くさざうし》にものせよかしと僕《やつがれ》に咄し仲間の因《ちなみ》もあればト書房《ふみや》がせちの従《うながし》に目つぶし灰のおさきまつくらまつさくら木《ぎ》に花をさかせつ。

という。文中の「此三題」の兼題はみられないが、「猿蟹ならぬ戰ひは盛遠亘がこひのやみ、舌切雀にあらねども」「法の禪味をなめたまふは立る操の清玄尼」「替る姿の再會は辨慶お沢が盡せぬ縁し」というから、「舌切雀、清玄尼、弁慶、お沢」などがあがってこよう。「三題を一

世界の趣向とされし」は兼題を用いることを趣向とみて創作したことをいう。兼題のもつ役割を趣向ととらえる有人、もしくは如皐も含めて、出された兼題が新しい作品をつくる趣向としている。「粋狂れんの棟梁かぶ瀬川の大人」は瀬川如皐である。「开《そ》を亦例の合巻《くさざうし》にものせよかし」は、三馬の『浮世風呂』の凡例「忽ち例の慾心發り此銭湯の話にもとつき柳客花街の事を省きて俗事のおかしみを増補せよと乞ふ」を模した表現とみられる。

また、有人の『おくみ惣宗次郎春色江戸紫』(「増補江戸紫」「春色増補東都紫」ともいう。元治元年。一八六四)の序では、

人の短《たん》を言事勿《いふことなか》れ、自己《おのれ》が長《ちやう》を説《とく》ことなかれと、かしこき言葉は有《あり》ながら、今や江戸紫と唱《とな》ふる中本《ふみ》は、いつの頃何人《ころなにびと》の著述《つくれる》にや、其證《そのあかし》黒白《さだか》ならずといへども、趣向凡《ぼん》ならずして、能男女《よくなんによ》の情態《じやうたい》をさぐり、しかも教《おし》への近道たり、しかはあれ共世の中は、三日見《み》ぬ間《ま》の櫻にて、紺地《こんぢ》に限《かぎ》る廣帯《ひろおび》も白茶《しろち》でなければ意氣《いき》と賞《しやう》さず、兩天《りやうてん》の甲笄《かうがい》も日傘《ひからかさ》に其名《そのな》を奪《うば》われ諸軍談《しよぐんだん》の名題《かんばん》は、面白双帋《おもしろざうし》と換《かは》ると思《おも》へば、落語《らくご》の散《びら》もいつしか續物語《つゞきものがたり》と轉《てん》じたり、かんざしの耳搔《みゝかき》、撥形《ばちがた》と變《へん》じて其垢《そのあか》をだに取《とる》を能《よく》せず、去年《きよねん》の傍輩此春《ほうばいこのはる》の夫婦《ふうふ》となり、昨日北郭《てう》に歌舞の菩薩と崇《あがめ》られし全盛も、今日は南驛《なんこく》に初見世《はつみせ》と呼《よば》るゝ抔《など》、流《りう》行變化《かうへんくは》なせるをもて、予《よ》をして是《これ》に今様《いまやう》の洒落《しやらく》をまじへ猶多《なほおほ》きを省《はぶ》き足《たら(ママ)》らざるを補《おぎな》ひてよと、書肆《ふみや》が求《もとめ》を辞もやたず、今斯《いまか》く初集《しよしう》はものす共是《これ》人の短《たん》を省《はぶき》、自己《おのれ》が短《たん》を添《そゆる》に

等《ひとし》く、いと恥《はづ》しき術《わざ》にこそ。山々亭有人記

※散　びらのこと。共゛「ども」と読む。

という。「諸軍談の名題は、面白双帋と換ると思へば、落語の散もいつしか續物語と轉じたり」は講釈、落語が変わってきたことをいう。ここでの「是に今様の洒落をまじへ猶多きを省き足らざるを補ひてよと、書肆が求を辞もやたず」も『浮世風呂』の凡例を模したものだろう。『春色江戸紫』初編口絵には、魯文、左楽、柳橋お幸、きん八、魯文、小てる、おらくがみられる。嘉遊の句もあげられ、本文挿絵にも同人が登場する。本文には嘉遊の句、花兄、愚生の句がみられる。

三編上巻の序に「粋興連有人」と書いて、

近頃東錦繪漸《やゝ》もすれば、俳優の自筆を加え、仲の町の兩側に、歌舞の菩薩の影向《ゐいこう》を乞《こへ》る抔《など》、全盛《はやる》に媚て利を得《え》まく、欲《ほつ》する故の術《わざ》なるべし、尒《され》ば中興流行哉。茲《こゝ》にとゞめし三題ばなしは麟堂大人《りんどううし》と春の屋《(ママ)》大人《うじ》が、功《いさほ》によれるものなれば僕《おのれ》がごとき拙作《せつさく》も、すこしく夫《それ》に似顔《あやかり》て、世に翫《もて》はやさるゝ事《こと》もやあらんと、彼《かの》ぬし達が佳作をかりて、此《この》はし書《はき》に換《かふ》るになん。

という。「三題ばなしは麟《(ママ)》堂大人と春の屋《(ママ)》大人」は、いうまでもなく花兄と幾久である。二人の兼題と作例を収めている。すでに花兄の作例はあげた。幾久の作例は、本章の「春廼屋幾久」

であげる。

『花暦封じ文』（慶応二年。一八六六）二編上には、十三人の同人たちのどどいつを載せる。左楽の「□《（内）か》内のざんすと連衆の部屋へ羽織着て來る朝直し」、円朝の「たとへ切れてもたよりはさんせあまた志賀うしもさくせくと」、城北梅亭の「めそ〳〵しやくりなき」、扇夫の「無禮なれども亦にくようじ初の□げんに丸はだか」、有人の「のろけたれどまたう□きかくしたけれどのろけたい」などをみる。

『春色玉襷』（明治元年。一八六八）では、

春の屋《（ママ）》幾久大人の某、思を深窓に蜜めて、粋書一本を綴り、手箱の底に秘め置きて、唯徒に年經しを、不意《ゆくりな》くも幾久大人の眼に觸れければ、其が儘、紙魚の住家となさんも本意なく、梓に上さば、彼の人の素意をも遂げんと僕をして、此の校訂を委ねられたり云々

と述べる。「春の屋幾久大人の某」と本名を伏せるが、勝田市兵衛のことである。有人が条野採菊と名を改めて活躍するのは、明治期以降である。その準備をしていたのが幕末期であった。

3　仮名垣魯文

魯文は、『粋興奇人傳』の見返しに、「假名垣魯文／山々亭有人／合輯」とあるように、有人とともに粋興連の主力を担った人物であった。有人が三題噺の会をはじめる前からの付き合い

であり、ありとあらゆることの相談相手でもあった。魯文は猫々道人、鈍亭、金屯道人、和堂開珍、英魯文、戯作書太郎、野狐庵などと号し、会の頭取になる花兄、幾久ら二人も支援者となり、ともに同時代の戯作者として活躍した。魯文が三題噺の会とかかわったのは三十歳前後である。魯文の『粹興奇人傳』の略歴は、有人が書いたとみられる。そこには狂歌「大海《だいかい》をしらぬ蛙《かはづ》も井《ゐ》のうちに居《ゐ》ながらよめる名處《などころ》の歌《うた》」が詠まれ、肖像が描かれる。

魯文《ろぶん》ははじめ鈍亭《どんてい》と號《がう》して、花笠文京《はながさぶんきやう》秘藏の門たり。其昔《そのかみ》、富家《ふか》につかへて丁稚《でつち》たりしとき、ある人、相《さう》して、此子僧《このこぞう》長く商家にあるべきものならず、文《ぶん》に遊《あそ》ばゝ、世に名をあげんといはれしが、はたして行程《ゆくほど》もなく主家《しゆうか》を退身《たいしん》し、路通《ろつう》が昔ならねども、處《ところ》さためぬ旅路《たびぢ》にさまよひ、そのほかしゆ〴〵のかんなんして、終《つい》に妻乞《つまごひ》に居《きよ》をまうけてより、次第に賣名《ばいめい》す。素是幼少《もとこれえうせう》より商家に仕へ、半途《はんと》にして大に窮《きう》し、物學ぶいとまあらずといへども、そも八、九歳の頃よりして作道《さくだう》に志《こゝろざし》ふかく、十四歳の末《まだ》、兼吉《かねきち》と呼《よび》し頃《ころ》ゟ著述の書あり、好《すき》こそ上手《じやうず》の理《ことはり》、今戯作者《いまけさくしや》の才子《さいし》也。

※富家につかへて　新橋竹川町（現中央区銀座七丁目）の諸藩用達酒商鳥羽屋多吉。十年の年季奉公をする。鳥羽屋は山城河岸（現中央区銀座六丁目）の酒商津国屋と親戚。細木香以の実家。

『粹興奇人傳』には、兼題「水滸傳《すゐこでん》、大女《おほをんな》、凉船《すゞみぶね》」がみられる。

宋孔《そうかう》といへる通客《とほりもの》、たいこもちの都林中《みやこりんちう》、講師燕青《かうしゑんせい》などを伴《ともな》ひ、あつさを水《みづ》の滸《ほとり》にさけんと、やなぎばしより舩《ふね》をうかべ、あちこちとこぎまはるに、頃《ころ》しも五月廿八日川《かは》びらきの夜《よ》の事にして、あげる花火の星くだりは百八の數《かず》にみち、おの〳〵佳興《かけう》に入《い》るをりしも、橋間につなぐ家形《やかた》のへさきに、身《み》の丈《たけ》ばつくんにすぐれし女たちいでて、すごみ居《ゐ》たるに、こなたの人々これを見て

宋「コウ〳〵見さつし、アノやかたぶねに立《たつ》てゐるをんなは、がうぎにせいがたかいじやァねへか、ありやァどこのばけものだ」

林「モシだんな、あれをごぞんじなしかへ。こんどよこはまから來た肉まんぢうの小さんといふげいしやサ」

「ハヽァあれが名代《なだい》の大をんなだの、せいのたかさはいくらあらう。七尺はたつぷりだぜ」

林「なに七尺できくものか、八九尺はあるだらう」

宋「イヤ〳〵八九尺じやァきくめへぜ」

青「まさかさうもごぜへすめへ」

宋「さうでねへ、小三女《こさんぢよ》だから一丈《いちぢやう》せいだらう」

※**宋孔**　宋江。字は公明。梁山泊の総首領。**林中**　林沖。主君は宋江。**燕青**　浪子燕青。盧俊義の部下。**小三女だから一丈**　扈三娘《こさんじよう》。渾名は一丈青《いちじようせい》。梁山泊の女性頭領の一人。

魯文の門人野崎左文の『假名反古』（明治二十七年。一八九四）に、「翁は音聲低き上に抑揚な

く、且話しの脚色《しくみ》はいつも錯雜して明瞭ならず」とある。演じるときは声が低く、三題噺の出来栄えはよくはなかったという。

『春色三題噺初編』の中巻に、兼題「姫はじめ、辻占、傘《からかさ》」をみる。

ある人《ひと》、道《みち》のかたはらにてさゝやくやう

「昨日《きのふ》は二日の姫はじめに、郭《てう》へ初買《はつがひ》と出かけやした」

「そりやァすじだつた。相變《あいかは》らず上出來でごぜへやしたらう」

「所《ところ》をとんちんかんで、極《ごく》の不《ふ》の字《じ》サ」

「ハテネぬしにねへ世界だッけ」

「ナニサ辻占がわるかつたからサ」

「そりやァどういふ理屈だね」

「聞給《きゝたま》へ、目《め》ざす樓《らう》へのぼらんと欲《ほつ》すると仲《なか》の町《ちやう》の門錺《かどかざり》が脊中合《せなかあは》せで、その上《うへ》、降《ふ》られる譯《わけ》がありやす」

「ナゼ」

「傘《からかさ》がさしてあつた」

『春色三題噺二編』の上之巻には、兼題「千手觀音《せんじゆくわんおん》、遣《や》り手《て》、酢《す》の物《もの》」をみる。

ある端女郎《はしたぢようろ》いつでも物《もの》まへにさし支《つか》へ内證《ないしやう》へ、そう〳〵は借金も出來かね、移《うつ》り替《かへ》に

困《こう》じ果《はて》、遣手《やりて》になげいて相談すれば
やり手「ホンニ〳〵お前《まへ》のやうに不働《ふはたら》きの手《て》のない女郎衆《ぢようろしゆ》は珍《めづ》らしいョ、チト千手観《せんじゆくわん》音《おん》さまでも信心《しんじん》して新手《しんて》を出《だ》して、客人を呼《よん》で見《み》な」
トなぶり半分異見《はんぶんゐけん》され、流石《さすが》に耻《はぢ》てや是《これ》よりは、むせうに客を勤《つと》めるうち、いつしか懐《くわい》妊《にん》して兎角酢《とかくす》の物《もの》ばかりを好むゆへ、扨《さて》はト遣《や》り手《て》が心附《こゝろづき》
「おまへはどうも只《たゞ》ならぬ様子だが、定《さだ》めし月《つき》が留《とま》ッたらう子」
女郎「アイどうも面目《めんぼく》ないゝざます」
やりて「そして客人は誰方《となた》だか覺《おぼ》へが有《あら》う子」
女郎「イヽエどうも」
ト言《いつ》たばかり、うぢ〳〵として居《ゐ》るゆへ
やりて「さッぱり覺へがないのかェ、コリヤア無理はない、根《ね》が手《て》のないお前《まへ》だから、お腹《なか》のやゝ迄《まで》」
女郎「なんざます」
やりて「てゝなしと見へた」
『追善落語梅屋集』には、兼題「芝居、狂哥、あくび」をみる。
「モシお哥《うた》さん、マアきいておくれ。わたしの所《とこ》のしうとほど、口やかましい根性わるは

ありやァしないよ。きのふも錢湯《おゆう》へ行《ゆき》がけに、ぬか袋《ぶくろ》をだれかゞなくなしたと小言《こごと》をいふから、出際《でぎは》に一寸縫《ちよつとぬつ》てやると、是《これ》ぢやァ大きいのちひさいのと、いろ〳〵なねつをふいてサ、夫《それ》から湯《ゆ》へ一所に行て、上り湯をくんでやりァ、桶《をけ》のかずがすけないの、この桶《をけ》はたがゝはぢけかゝつてゐるのと、むりな事をいふのを、やなぎにうけてはゐるものゝ、しまひにやァかんにんぶくろの緒《を》がきれらァネ」

「そりやァはらもたとうが、爰《こゝ》にある教訓圖會《けうくんづゑ》といふ本に、狂歌が書《かい》てあるからごらん。『あらそはぬ風の柳の絲にこそ堪忍袋《かんにんぶくろ》ぬふべかりけれ』『木に竹の無理をいふともそこ《（底）》が親《おや》いはしておけ《（桶）》よたが《（箍）》が笑ふらむ』。此とほりだから、しんばうおしョ」

「しんばうをしても、たまに芝居へでもゆかれると張合《はりあひ》があるけれど、年《ねん》ぢうあくせくして、こんなにいそがしいめをしてゐるばつかりたから、つまらないは」

「ヲヤ大さういゝ着物が出來るねへ」

「アノこりやァ、店《たな》のおかみさんが、あした弐町目へ着《き》て行《ゆく》のだから、是非間《ま》に合《あは》せて呉《くれ》と、ぬひによこしたのだが、あくびばかりでて、さつぱり埒《らち》が明《あか》ないは」

「それでも大畧《たいがい》、ぬひあがりのやうだね」

「ナアニ出來たのは、ふき計《はか》りサ」

「ヲヤだうりこそ、あき《（秋田）》たのたよ」

※**ねつをふいて**　気焔を上げる。勝手なことをいう。ごたくを並べる。「熱を吐く」ともいう。**やなぎにうけて**　さからわらずに受け流す。**教訓圖會**　不詳。**あらそはぬ風の柳の絲に**　狂歌。鹿都部真顔作。『才和歌集』（一・春上）題「柳」。天明七年（一七六七）刊。『百草露』（随筆。含弘堂偶斎著）では「風に露の」とある。**木に竹の無理をいふとも**　随筆書。『耳嚢』六。天明六〜文化十一年成立。一七八六〜一八一四。「いはしておけよたが笑ふらむ」は「いはせて桶やたが笑ふとも」とある。「木に竹」は箍。「いはせて」は言うと結うを掛ける。「おけよ」は桶と置けを掛ける。「たが」は誰がと箍を掛ける。**弐町目**　芝居町のこと。**あくびばかり**　退屈する芝居。**ふき**　袘。着物の袖口および裾裏の布帛《ふはく》を表に返して縁のように縫い付けること。ふきかえし。**あきたのたよ**　「飽きた」と百人一首の天智天皇の「秋の田のかりほの庵の苫をあらみわが衣手は露に濡れつつ（秋の稲田の仮小屋の庵の屋根を葺《ふ》いた草の編み目が粗いので私の袖は露に濡れることだ）」（『後撰和歌集』三〇二）の「秋の田」を掛ける。

三題噺の流行、評判、噂があった実態を、宮尾しげをが「三題咄の流行」（「小はなし研究」九号。昭和十一年。一九三六）であげ、「三題張きせる」「三題染」「三題らくかん」「三題駒下駄」などがつくられたことや、「三題はみがき」の「粋興散」もあったという。「粋興散」には、「応需《もとめにほうじて》　粋興連《すいけうれん》の一個《いちにん》／假名垣魯文郎案」として、「兼題　今戸、業平、香木《かうき》／三だいばなしで一寸御披露」とある。短いので紹介する。絵は同人の梅素玄魚が描いている。

高《たか》き家《や》にのぼりて見れば烟《けむり》たつ民《たみ》の竈《かまど》のそれならで、家居《いへゐ》賑《にぎは》ふ今戸町《いまとまち》、當時はやりのはみがきを、一ふく買《か》ふて、都鳥と東下《あつまくだ》りの業平朝臣《あそん》、福井が店へ立《たち》より給ひ

「コリヤ〳〵亭主、いざこととはん粋興散《すいけうさん》はありやなしや、あらば求《もとめ》てまゐりたし」

と仰せに、あるしが立出《たちいで》て

「これは〳〵めうかない都《みやこ》の君《きみ》のおん立《たち》より、則《すなは》ちこれが三題みがき、あなたがおもとめなされたら、にほひも別《べつ》だんほのめきませう」

「それはなせじや」

「ハテ 高貴《かうき［香気］》のおかたでござり升から」

※竈　江戸隅田川岸にあった今戸焼の竈。**都鳥**　在原業平の和歌「名にし負はばいざこととはむ都鳥わが思ふ人はありやなしやと」(『古今和歌集』羇旅四一一)。**福井が店**　福井扇夫の座敷天麩羅の見世。**いざこととはん**　さあたずねよう。和歌の第二句。

三題や三題噺を用いただけではなく、三題噺の作例をあげての宣伝である。ほかに「中興元祖卽席頓作／御土産三題ばなし／東都　柳亭左樂製」の「告条《かうでう》」を魯文が書いている例もある。有人とともに活躍した魯文であるが、いたって三題噺の作例は少ない。苦手意識があって選ばれなかったのだろう。魯文の戯作者としての代表作に『滑稽富士詣』(万延元年・文久元年。一八六〇・六一)、『西洋道中膝栗毛』(初編。明治三年。一八七〇)、『牛店雑談安愚樂鍋』(初編。明

治四・五年。一八七一・七二）などがみられる。

4　柳亭左楽

左楽を花兄としら雪が贔屓していたように、落語通に好まれた落語家であった。上品な演じ方であり、また江戸落語家の演じ方をしていた。しかも、「滑稽の落語は當時此仁の右にいづるものなし」（『粋興奇人傳』）というので、滑稽噺には相当の腕前をもっていた。だが、なぜ人気が得られなかったのか。落語を聞く人々には、通じない演じ方をしていたのだろうか、または、演じ方や演じる落語そのものが時代に合わない演目だったからか。左楽のほかに春風亭柳枝、立川談志、円朝らが三題噺の会の同人に参加している。柳枝らは左楽に匹敵する落語家たちでもある。柳枝も談志も円朝も左楽と同じように古い型の芸を演じてきた落語家とみられる。三題噺の会に落語家を必要としたのは、落語家の話し方を知り、落語家の創作した笑話の演じ方の手本を示してもらうためであり、同人の代舌をするためでもあった。『三題樂話作者評判記』には、左楽のことを、

三題咄しは鬼にかなぼう、あいた口へ牡丹もち、おもちまへの輕口へ御せい來の頓智を用ひられるゆへ、いにしへの可樂丈にも恥ぬ御趣向（中略）三題ばなしを辨じられる頓智の絶妙、可樂以來《このかた》中興の元祖といふても、朱のうちてはござるまい。

という。「いにしへの可樂丈にも恥ぬ御趣向」と述べる。ほかの柳枝についても、

古人可樂丈が形をいつれる氣か、素人れんを助る氣か、いつとてもみじかな御趣向、しかし流石は柳枝丈、みじかいうちにうまみがムり升。

とある。「いつとてもみじかな御趣向」とは三題噺の会で発表する三題噺が、「みじかいうちにうまみがムり升」という。笑話の長さが短くて、うまくまとめることをいう。円朝も「賣人の口くせはさらりと捨てしまはなければ、上品にはまいりませぬ。圓朝丈はそのけじめをよく心得られて、ひんよく辨じられるゆへ、わるおちはこぬがりつぱなこと」と『三題樂話作者評判記』に述べられている。柳枝も円朝も同人の代舌はしなかったから、自作自演に三題に話術が活かされたことになる。『三題樂話作者評判記』の花兄の項に、「御身からゆへ高座に御出席はなけれども、いつも左樂丈、談志丈の御代舌で御名趣向があらはれました（中略）花兄丈代舌の人を見て、その人の得たるところに法をとき、そつくりつぼへはまるやうに、咄しをこしらへらるゝだけ、左樂は左樂だけに引立チ、談志は談志だけにおかしく聞ゆるゆへ、聞功者にも切おとしへも受のよい」とある。代舌は其水もしら雪の代りを演じ、有人も幾久の代わりを演じた。河竹繁俊は「本読みのうまかった黙阿彌」というように、其水の代舌も落語家以上に聞きごたえがあった。本読みとは立作者が台帳を読んで、筋立てや科白などを役者に伝えることである（『黙阿弥の手紙日記報条など』）。

三題噺は、人前で話す声の高低だけではなく、脚色《しくみ》の鮮やかさがなければならない。落語家たちは演じる声の高低の手本をみせ、其水も同じように演じた。脚色は狂言の仕組みのことで狂言では「作り」といい、服部幸雄は「新しい趣向の案出を軸」とするのを「仕組の作り手」という（『歌舞伎の構造』。中公新書。昭和四十五年。一九七〇）。また、服部は狂言作者の其水は「趣向の案じはうまい」というが、四世鶴屋南北に比べると「独創性に欠ける」「新鮮さ・奇抜さがない」ともいっている。そして狂言の作者である立作者は、「趣向を案じ、〈筋立て〉を作り、〈仕組〉を考えるという作者に与えられた仕事」という。さらにまとめて「狂言作りは狂言の筋を立て、趣向によって芸のパターンを配列して、仕組を作る者」といって脚色の中心が趣向にあったと指摘する。

　笑いや落語の世界でも知られる人物の登場や職業の設定から、すでに展開の予測のつくものがおおくみられるが、別の人物や職業に変えて、予測できない別パターンの展開もあった。

『追善落語梅屋集』の菊の屋柳美の「芝居、狂哥、あくび」の文中に、

當時の狂言作者《たてつくり》は脚色《しぐみ》ばかりぢやァなく、萬事《ばんじ》に心を用ひねへぢやァ成やせんね。すべて役者にやくをふるにも、六氣《ろっき》の配當をさだめておいて、此者《このもの》は赤口《しやっこう》が得意だとか、彼者《かのもの》は佛滅を用るとかいふことをせんさくして、その日に役を持込《もちこむ》から、をさまらねへ役でも、先をさまるといふものサ。なんとこつたものぢやァねへか云々。

といっている。これは作品全体に目配りをしているかどうかを、観客は求めていたといっている。

左楽は三代司馬龍生に弟子入りして龍我と名乗り、その後、初代林屋正蔵の入り婿となって三代正蔵を継いだ。「正蔵と改名して怪談ばなしをなし大に評よく」（『粋興奇人傳』）といわれるほどに、芸に対する姿勢は評判がよかった。正蔵の娘と離婚してから女髪結と一緒になったが、この女髪結が師龍生の元妻であったことから、正蔵に対する落語家としての評判が一気に落ちた。だが正蔵に威張りちらす瀧川鱗馬（初代瀧川鯉かん門人。明治九年没。一八七六）を春風亭柳枝（明治元年没。一八六八）は、正蔵が初代三笑亭左楽門人（左京と名乗る）であったので二代左楽を継がせ、亭号を柳亭に変えさせた。柳亭左楽となってからは「當時すばなしのしんうち」「此お人は元より扇子一本にて諸人のおとがいを解、これまでになられた御骨折が見へまして、三題咄は鬼にかなぼう」「このせつ本席で即題をとられて三題ばなしを辨じられる」（『三題樂話作者評判記』）といい、同人の評価はすこぶる高かった。一方の鱗馬は三代立川談志を継ぎ、柳枝とのかかわりから三題噺の会の同人になった。「常に俳諧狂歌をたしみ（ママ。「なみ」か）、又、好んで口合を吐くに滑稽自然の妙を得たれば、人呼で談志流といふ。三題噺をつゞるにも、口合の風調、聞人をして腮のかけがねはづるゝをおもはざれば、是を談志の十八番と稱ふ云々」「當意卽妙の駄じやれ」（『粋興奇人傳』）といわれる個性豊かな落語家になった。同人になってからは左楽とのわだかまりもなかったようである。柳枝と左楽が三題噺の会に誘われ、そのつぎに談志を加えたのは談志の評判と実力があったからである。そのあとに円朝が加わったのは若い円朝の実力を柳枝たちも認めていたことによる。

左楽の三題噺は、『粋興奇人傳』の兼題「酌人《しやくにん》、薪割《まきわり》、十露盤《そろばん》」、『春色三題噺初編』の下巻の兼題「雀屋《すゞめや》、桃太郎《もゝたらう》、節分《せつぶん》」、『追善落語梅屋集』の兼題「よしの山、梅、毛ぬき」の三話が知られる。『粋興奇人傳』にあげる狂歌に、「つゞき物語には及《およ》びもなければお土産《みやげ》もひとくち茄子《なす》やへたじまん」と詠まれるように、左楽は「つゞき物語」を話していた。円朝も「因縁つゞき物語を自作して自ら道具の書割に工夫をこらすに、其わざ大に行れて、毎度諸所に大入をなし、ひいきの定連ひきもきらず」(『粋興奇人傳』)といわれた。この円朝の「因縁」は怪談をいう。

『粋興奇人傳』の左楽の略歴は、

左樂《さらく》は幼名新次郎《えうみやうしん》と呼《よび》て、堀どめ辺《へん》の呉服屋に仕《つか》へしが、まだ総角《あげまき》の丁稚《こもの》たりし時より、落語道《らくごだう》に入《い》りて、兩ごくの建《たて》かんばんに名を出《いだ》さんことをのぞみしが、牛は何とやらにはなづらのたとへ、故人《こじん》龍生が門に入《い》りて、はじめ龍我《りうが》とよび、前席《ぜんせき》より功《こう》をつみて、正藏《ざう》と改名《かいめい》して怪談《くわいだん》ばなしをなし大《おほい》に評《ひやう》よく、夫《それ》ゟ春風亭の柳枝が取立《とりたて》にて、柳亭左樂の名を継《つぎ》て、今《いま》眞うちとなる。滑稽の落語《おとしばなし》も當時此仁《このひと》の右にいづるものなし。音《おん》ぎよくをよくなせども、おとしばなしの意《い》にあらずとて席上《せきじやう》にて、これをのべず。しかしながら、その音美《おんび》にして聞《きく》にしたがひ、心に感《かん》ずわきて、清元《きよもと》のさんばさうを冠《くわん》とすべし。

※牛は何とやらにはなづら　俚諺に「馬に轡牛に鼻面」がある。ともに自由を妨げるものがある意。

とある。滑稽噺だけではなく音曲も得意としたが、この音曲を寄席芸として高座で演じることはなかった。『三題噺作者評判記』には、

頭取 当時すばなしのしんうち柳亭丈でござり升。としま ヲヤさらくさん、おそカッタョ。げいしや はやく評判が聞たいンでス、サア〳〵頭取さん、ねがひ升〳〵。頭取 当時は落語道も、道具なり物、こは色をもつぱらとして、咄しは附たりになつたゆへ、御本業も一ばいお骨の折る道理、此お人は、元より扇子一本にて、諸人のおとがいを解《とき》、これまでになられた御骨折が見へまして、三題咄しは鬼にかなぼう、あいた口へ牡丹もち、おもちまへの輕口へ御せい來の頓智を用ひられるゆへ、いにしへの可樂丈にも恥ぬ御趣向が、たび〳〵あらはれ升。取分ちかごろ、そろばんの卽案、張子の虎の滑稽も大象の頓作など、みじかからず長からず、柳枝丈と如皐丈をあいまぜになされた呼吸。申ぶんはござりませぬ。ヒイキ ことにこのせつ本席で卽題をとられて、三題ばなしを辨じられる頓智の絶妙、可樂以來《このかた》中興の元祖といふても、朱のうちてはござるまい。三ツ扇れん コレ〳〵こちの圓朝も同時に本席で辨じるぞ。中興の元祖といふ名目は左樂ばかりとおもふは身びゐき。

すこしは圓朝するがいゝ。ヒイキ三日でもさらくがさきだ。三ツ扇れんイヤ圓朝もそのまへから。頭取とうざい〱このあらそひは合持で、この頭取てあづかりませう。花雪どうぞそうしておくんなはい。わちきたちも中よしになつて、あいほめに、さらくさん〱。

※柳枝丈と如皐丈　落語家初代春風亭柳枝と狂言作者瀬川如皐。**ヒイキ**　左楽の贔屓。**三ツ扇れん**　三ツ扇（高崎扇）は円朝の紋。その贔屓連。**三日でも**　少しでも。先に同人になったから。**花雪**　波月亭。辻伝右衛門の長男。没後、三回忌に追善画合集『久萬那支影』（慶応三年。一八六七）がつくられた。

とある。「このせつ本席で即題をとられて、三題ばなしを辨じられる頓智の絶妙」は三題噺の会に入ったのちに、寄席で三題噺を披露したことをいう。

『粋興奇人傳』に、兼題「酌人《しやくにん》、薪割《まきわり》、十露盤《そろばん》」がみられる。

柳《やなぎ》ばし邊《へん》に此頃《このごろ》出《で》たお酌人《しやくにん》がござりますが、その器量《きりやう》の能《よい》事は小野の小町の再來《さいらい》か照《てる》手《て》のひめが、ふたゝび此世《このよ》に生《うま》れて來りとおもふばかり。殊《こと》に男きらひだといふひやうばんでござぜいますから、われも〱と呼《よん》では口説《くどき》ますが、ほうとうのをとこぎらいと見えまして、いろよいへんじもいたしません。爰《こゝ》に去《さ》る商人衆《あきんどしゆう》弐人《ふたり》、なんでもけふはアノお酌人《しやくにん》をよんで、おめへが情人《いろ》になるか、自己《おれ》が情人《いろ》になるか、首尾よくいろになつたものが、以來《いらい》親分同様に取扱《とりあつか》ひッことやくそくして、柳ばしの柳屋へまゐり、彼酌人《かのしやくにん》をよびにやつて、酒最中《さけさいちう》に一人《ひとり》の商人は、ふところから薪割《まきわり》を出《いだ》し、ひとりの商人はそろばんをいだして

「ヤアいひあはさねどおめへも」

「おぬしも」

「どうするのだ」

トまうしたら

「わるいもりサ」

「そりやァいけねへ」

「ナゼ」

「そろばんは、はぢかれるものヲ」

『春色三題噺初編』の下巻には、兼題「萑屋、桃太郎、節分」がみられる。作者名を「柳左」と記す。これは、柳亭の柳と左楽の左を合わせた号である。

ある老夫婦《おひふうふ》、子《こ》のなきをうれひて神に祈りしが、ある時、川へいでゝ洗たくせしに、大《おほ》きなる桃の流れ來《きた》りしゆへ、件《くだん》の姥《ばゝ》ァひらひて、家に歸りて割《わつ》て見たるに、玉《たま》をあざむくばかりの男子《なんし》いでしゆへ、殊《こと》の外喜《ほかよろこ》び

「名をなんと附《つけ》ん」
といひしに、ある人《ひと》のまゝに
「桃太郎とつけるがよからん」
とて則《すなはち》桃太郎と名附《なづけ》たり。此子《このこ》、成長なすにしたがひ、至《いた》つて臆病にて、夜《よる》は一人にて小用場《ごようば》へも行《ゆか》れぬくらゐ。されども老《おい》ての子なれば、唯手《たゞて》のうちの玉《たま》といつくしみ、彼《かの》桃太郎十六才のとき、父母《ちゝはゝ》にむかひ
「私《わたくし》、何卒《なにとぞ》、鬼が嶋へ参《まい》つて寶物《たからもの》を取《とつ》て來《き》たし」
といひければ、両親もはじめの程はとゞめしかど、何分聞《なにぶんきゝ》入ねば
「まづ〳〵供人《ともびと》を尋《たづ》ねん」
と雀屋《すゞめや》へまいり、此《この》よしを言入《いひい》れしに
「さやうでござります。雉子町《きじちやう》からまいる、けん吉と申スのがござりますが、夫《それ》と猿屋《さるや》町からまいる男《をとこ》がござりますが、とかく此《この》男は一人でかき廻《まは》したがります。その癖《くせ》、三本毛《け》のたらぬやうな、ほんとした處《ところ》もござります」
夫《それ》より件《くだん》の男をよこしければ、夫婦《ふうふ》も殊《こと》の外《ほか》よろこび、先《まづ》、黍団子《きびだんご》をこしらへ、鬼が嶋へつかはせしに、以前《ぜん》の桃太郎と違《ちが》ひ、いたつて弱《よわ》むしなれば、供《とも》の男もことの外、心配《しんぱい》いたし、日数《ひかず》つもりて、鬼が嶋へ至《いた》りしに、彼《かの》鬼やしきへ桃太郎は眞《ま》ッ先《さき》に踏《ふみ》こみたれば、

供人これを見て
「今迄《まで》よわむしなりし桃太郎の今日《けふ》はわれ〳〵に先だつて、鬼の住居《すまゐ》へ踏込《ふみこみ》しは不思儀なり」
と供人《ともびと》も來て見れば、其夜《そのよ》は節分にて、鬼は皆《みな》留守なり

※けん吉　擬人名。雉子の雄はケンケーンと鳴く。**三本毛のたらぬ**　諺「猿は人間に毛が三本足らぬ」。人間より毛が三本少ないから知恵も足りない。**ほんとした**　ぼんやりとした。ぼうっと。**鬼**　節分の鬼やらいに出かけている。「鬼は外」といわれる役を演じなくてはならないから、鬼の屋敷に鬼はいない。

『追善落語梅屋集』には、兼題「よしの山、梅、毛ぬき」がみられる。
紅梅やき「梅は諸木《しよぼく》の花の兄といふ。そのかたちを製《せい》したる見《み》ごとな茶ぐわしにもなる身のうへ、手めへはよしの氷《こほり》といふから櫻にえんがあるが、花でゐてもくわしになつても、おれが兄だナァ」
よしの氷「馬鹿をいへ、花といへばさくらにかぎる。てめへの方《はう》が弟だ」
とけんくわの所へ、だしぬけに
けぬき「これ、そんなつまらねへ事をいひなさんな。おれも、くうのくはぬのと人にいはれるから、同じ、くひもの仲間のいふ事だから、おれにまかして、なかをなほしなせへ」

「そうして手《て》めへは、どこから出て來た」
けぬき「いまきやうでへの中《なか》から出てきた」

※よしの氷　吉野氷。菓子。吉野葛に砂糖を加えて固めたもの。　**だしぬけに**　出し抜けに。急に。いきなり。　**いまきやうでへ**　今兄弟。たったいま兄弟になった。

このほかに新出の『今様三題噺初編』に左楽の作例が三話みられる。序文を書いた有人が「風月《ふうげつ》を友として雪花《ゆきはな》を愛す一派《いつは》の風雅男《みやびを》柳亭左樂のぬしは、常に好古《こうこ》の癖ありしが、往古《そのかみ》三笑亭が老舗たる三題咄しといへる事、世に絶果《たへはて》しを遺憾とし、席に臨みて頓作なせど、彼髪剃《かのかみそり》の附焼刃《つけやきば》ならねば、怪我過失《あやまち》もあることなし」といい、「實《げ》に此うしの秀才頓智」ともいう。左楽の三話は、つぎのような順で置かれる。最初に柳亭左楽（1）、つづいて春廼屋幾久、好文舎花兄、左楽（2）、福井扇夫、一惠齋よし幾、山々亭有人、三遊亭円朝、最後に左楽（3）で終わる。左楽にはじまり左楽で終わる左楽のための作品である。挿絵が一話ごとに描かれ、芳幾門人の芳富が描いている。一話ごとの挿絵は『粋興奇人傳』とは異なり、またその後の『春色三題噺初編』『春色三題噺二編』の挿絵の扱い方とも異なっている。以下、その三話をあげる。

鳴子《なるこ》、物置《をき》、丁稚《でつち》

さる近郷の富家《ふか》にて田畑《でんはた》多く所持なしたく、いへの黄金庫《こがねくら》にみちたり。ある夜《よ》、この家にとうぞく入りて、千兩箱を持出《もちいだ》せしを、夜回《まは》りの者《もの》、これを見つけ、とり〳〵生どりになして物置《ものおき》へしばり置しをいつの間にやらん、縄をぬけて迯出《にげいだ》せしかば

「それどろぼう迯たり」

とて、家内中大《ないぢう》さわぎなりしが、氣轉のきゝし丁稚、畑へ出て鳴子《なるこ》を引ければ

「コリヤ〳〵小僧《こぞう》、鳴子を引てどうするのじや」

「それでも、どろぼうを取にがしましたから」

※所持なしたく　もっていて。**とり〳〵**　そのもの。**鳴子**　細い竹管を並べたのを板につけて縄を引くと鳴る。鳥獣を脅すためのもの。**取にがしました**　鳴子が鳴れば、鳴子に引っかかったことを知らせる。ここは盗人が逃げたので鳴子を鳴らして知らせようとした。丁稚の気転は意味をなさない。どうみても、抜けた男の行為と言葉である。

八月三日、嵐山《あらし》、盆燈籠《ぼんどうろう》

頃《ころ》しも八月三日のことなりしが、往來《わうらい》にて、はたと行《ゆき》あふ二人

「イヨしばらく。わたしも京都へいって來やした」

「夫《それ》は〳〵あちらはどうです」

「ずいぶんにぎやかで、殊《こと》に嵐《あらし》なぞは、此せつ櫻はありやせんが、渡月橋《とげつきやう》から車《くるま》ざき、清凉寺《せいりやうじ》の近所まで盆どうろうを附《つけ》たのを、實《じつ》におめへに見《み》せたいやうだ。もちろん三十《みそ》

日《か》までは盆《ぼん》でうちん、夫《それ》が八月三日であつたから、無縁《むえん》の爲《ため》だといふので有《あり》、見事なものサ」

「ヲイ〱おめへに逢《あつ》たのは四、五日跡《あと》の事だが、夫《そ》りやァどこの嵐山で、ぜんていいつの咄《はな》しなんだ」

「ナニ　京《きやう[けふ]》　のはなし」

※嵐　嵐山。**京**　ルビに「きやう」。左ルビに「けふ」。「けふ」は「京都」と「今日」を掛ける。

大川端清正公、賽《さい》、獣《けもの》

藏前の花鳥茶《くわちやうぢや》やにて、けだ物《もの》より合《あひ》、ばくちを初《はじ》めし處《ところ》、いづれより聞《きゝ》つたへしか、大《おほ》虎《とら》、はせ來《きた》り。向鉢巻《むかふはちまき》にて、ひとつぼのちよぼいちとやらんを初《はじ》めしかば、木戸ばん大きな氣をもみ

「是《これ》をしづめること、人力《じんりき》にては叶《かな》はじ」

といろ〱相談いたせしが、一人すゝみ出《いで》て

「夫《それ》こそは大川ばたの清正《せいせう》さまへおねがひ申シ、御威光《ゐくわう》にてしづめてもらはん」

と大神義《だいしんぎ》をおたのみ申せしところ、早速《さつそく》承知にて蜻坊切《とんほうきり》の鎗引《やりひつ》さげ、くだんの場所へ來《きた》り給ひて、いろ〱教訓なし

「御法度《はつと》をそむくふ届《とゞき》やつ、コリヤ虎、おのれはどこから來た」

「中みせから参《まゐ》りました」
「シテおのれは、どう取《とり》か」
「イエ張《はり》子でござります」
※**ひとつぼ**　一壺。賭博の壺皿。**ちよぼいち**　樗蒲一。賽の目の一から六までの数字のどれかに賭けて掛け金の倍数を得る賭博。**蜻坊切の鎗**　蜻蛉切。穂（刃長）一尺四寸（四十三・七センチ）、茎一尺八寸（五十五・六センチ）、幅三・七センチ、厚み一センチ、重さ四百九十八グラムといわれる。**どう取**　胴取り。賭博の筒を取る人。筒取。胴元。**張子**　張子の虎と勝負をする者を掛ける。

このほかに、左楽が弘前藩津軽侯の下屋敷で三題噺を演じたことが『笠亭仙果文集』にみられる（→Ⅲ「三題噺の復活─三題噺の会誕生」）。三題噺の会を同人組織という特別な集まりとみるのは誤りで、同人以外の人々も聞くことがあったことがわかる。

5　春廼屋幾久

三題噺の会の興笑連の頭取である。『春色三題噺』の初編と二編に「春廼家《(ママ)》幾久輯、弄月亭有人校合」となっている。帝国文庫『校訂人情本傑作集』下巻（明治二十八年八月。一八九五）の解題に「春廼舎は何者なるか詳ならず」と編者の蜃気楼主人（岸上操）が記している。『粋興奇人傳』の狂歌には「紫《むらさき》のながれをくめる狭衣《さごろも》はあゐよりいでし藍《あゐ》にこそあれ」と詠まれる。俚諺「青は藍より出でて藍より青し」を捩った狂歌である。『狭衣物語』が主人公狭衣の恋愛遍歴を描いたのは『源氏物語』の影響といわれる。ここでは青色の染料は藍から取られるが原料の藍よりも青いという。これは『狭衣物語』が『源氏物語』を超えていることをいう。幾久の三題噺の会での三題噺の創作は、コツを覚えたので上達したというのである。『粋興奇人傳』の略歴には、

大傳《だいでん》馬《ま》町《ちやう》の商家なり。狂歌を好んで本町側《ほんちやうがは》の羣《むれ》に入《い》り、又、粋狂連の三題ばなしを愛《めづ》るのあまり、別に狂《きやう（「興」の誤刻）》笑連《しやうれん》と號して風交《ふうかう》の友《とも》をつどへ、連月是《れんげつこれ》を催《もよほ》すこと彼《かれ》におなじ。其性《そのさが》花《くわ（「華」誤刻）》美《び》なるを忌《きらい》て質朴を好《このみ》せども、ことに望《のぞみ》ては金銀を瓦礫《くわれき》に比《ひ》し、能《よ》く貧人《ひんじん》を哀《あはれ》みて積善《しやくぜん》を修《しゆ》す、酒をたしめどもおぼるゝ事なく、婦女《ふぢよ》を愛《めづ》れども色情《いろ》に染《そま》ず。つねに月花《つきはな》に思ひをこめ、風雅と流行の二ツを闕事《かくこと》なきも、家産《かさん》を前《さき》として好事《かうず》を後《のち》にす。狂詠秀逸多《きやうゑいしういつおほ》かるなかに、「大弐の三位が雅才母公にもおとらじ」とて紫の哥あり

※大弐の三位　平安時代中期の女流歌人。女房三十六歌仙の一人。藤原宣孝の娘、母は紫式部。本名は藤原賢子。藤三位、越後弁、弁乳母とも。百人一首に「ありま山ゐなの笹原風吹けばいでそよ人をわすれやはする（有馬山から猪名の笹原に風が吹くと、さあそうだよどうしてあなたのことを忘れるだろうか、いや忘れない）」をみる。

『三題樂話作者評判記』の叙を幾久は記している。すでにあげたが再録する。

春雪坊《しゆんせつぼう》がなぞ〱は、都川《みやこがは》の今に流れて、野暮《やぼ》鶯《うぐひす》も氷解《ひとく》と囀《うた》るへど、三笑亭の三題《さんだい》噺《ばなし》は、一分線香の烟《けむ》りと消《きえ》、誰《たれ》しら雪《ゆき》の燼《じやう》を積《つみ》、年《とし》を累《かさね》て絶《たえ》たりしを、花の舎兄《いろね》の好《かう》文大人《ぶんうし》、去年《こぞ》の春邊《はるべ》に魁頭《まつさきかけ》、再〱《ふた〱》び興《おこ》す三題《さんだい》の扇《あふぎ》の風《かぜ》の四方《よも》に薫《かほ》りて、此枝葉《このわざ》都鄙《とひ》に繁茂《はんも》せりさるからに連中《れんぢう》各〱《おの〱》、辨《べん》を勞《らう》し才《さえ》を磨《みが》き、稱譽《おち》とり〴〵の、聽手《きゝて》の批評を柱礎《どだい》として、粋狂連の頭取何某《なにがし》、其《その》善惡を難波人《なにはびと》、八文字屋が口調《くてう》に倣《なら》ひ、上と吉との黒白《こくびやく》を漫《そゞろ》に擧《あげ》て梓《あづさ》にものせし、巻《まき》の頭《はじめ》に叙《ぢよ》せよと乞《こは》れて、憎《にく》まれ役《やく》のおさき者《もの》、禿《ちび》たるを毫《ふんで》はしらせつ。

文久三亥葉月

春廼屋幾久誌

小原什堂書（印）

※八文字屋　京都の書肆八文字屋八左衛門。八文字屋自笑。役者評判記を刊行する。**小原什堂**　書家とみられるが人物不詳。

目録には惣巻軸の大極上上吉に置かれ、「御全盛ならぶ方なき大川ばた清正公」とある。本文は、

頭取 扨此所が興笑連の家元春のや丈でムり升。好事家 待てゐた〱三題ばなしも世界一派の流行となりましたは幾久丈と花兄丈の全御徳でムり升、殊に此度御催の奇人傳は広大

の御陰徳、折角是迄の流行も書残したものがなければ、後世の世のかたり艸にはなりかね升が、板に残るものは後の餘にも吾がごとく好事の人に珍重され、粋興兩連の美名を千歳の後までものこるといふもの。見物　御尤でムり升、しかし皆さまも御待かねの事ゆへ、すぐさま藝評。頭取　粋狂連にては御身柄の事ゆへ、いつ迄も有人の代舌なれど、御趣向のほどは、いにしへの可樂の形をうしなはず、恐れいつたものでムり升。やき連　興笑連にて、毎度おつとめのよしは、噂にも聞てをりましたが、王子の櫻餅、芝居の鳥追などは、すごい程うまいもの〳〵、どうぞ粋狂連の席でも、御自作の御咄しが伺ひたうムり升。眞國　イヤ〳〵頭取もいふ通り、御身がらゆへに、柳やではどうも御披講がなりにくいはづ、しかし興笑連で度〳〵伺ッたが、お趣向はいつとてもお行とゞき、おしむらくは、今少し咄しに死活があつたらよからう。聞功者　イヤ〳〵あれで死活があつたなら、商賣人ははだしで欠おち。それではかへッて不見識。咄しの作意はどこ迄も幾久丈にかぎり升。わる口　おいらもなんぞあらを目附て、わる口を聞うと思ふけれ共、此うしにはへいロ〳〵。ヒイキ　とにもかくにも粋興兩連の大立物、跡々は、又手がるい御趣向を待。ヤレ春のやさん〳〵

※**眞國**　不詳。**柳や**　柳屋。三題噺の会場。

いつも趣向がいいが、「今少し咄しに死活があつたら」という。死活は話の面白さ、生き生きした話をいうのか、またはリズムある話し方をいうのか。あるいはうまさを感じさせない冷めた話し方なのかも知れない。

『粋興奇人傳』には『三題噺作者評判記』であげる兼題「田舎者《ゐなかもの》、江戸《ゐど》櫻《ざくら》、鳥追《とりおひ》」がみられる。

去《さ》る田舎《ゐなか》の大盡《だいじん》が、江戸見物にまゐり升て、弐丁目の芝居を見物いたしましたが、丁度權《ごん》十《じゆう》郎が初役《はつやく》の介六《すけろく》で、彼《かの》江戸櫻の出端《では》は、これぞ市川家の十八番、土間さじきも「山崎《やまざき》屋《や》」とヤンヤのこゑ、ひきもきらず、くだんのゐなかものも狂言のすぢはわからねども、唯花《たゞはな》やかゆゑ、きよろ〳〵として居升と、引舟《ひきふね》の下《した》に女太夫《をんなだいふ》が四、五人ゐるのを見て

田「もしあすこに居《ゐ》る女中《ぢよちう》は、なんでござり升」

案内者「アレハ鳥追《とりおひ》サ」

田「ナニあれが鳥追《とりおひ》だへ、さすが江戸の鳥おひはうつくしいものだ、はたけにたつてゐますか」

案「ずゐぶん、はたけにも、たつてをりませう。あれはみんな田甫《たんぼ》の小家《こや》のかゝしゆだから」

※**田舎の大盡**　田舎の大尽。**弐丁目の芝居**　江戸日本橋の堺町、葺屋町の二町の芝居小屋。堺町の中村座、葺屋町の市村座をいう。**權十郎**　初世河原崎権十郎。のち九世市川団十郎。**江戸櫻**

「助六所縁江戸桜」の芝居。**初役の介六**　文久二年三月。一八六二。市村座。第二番目大切。揚巻（粂三郎）意休（団蔵）白酒（芝翫）ほか。**山崎屋**　河原崎権十郎の屋号。**鳥追**　女大夫。**田甫**　吉原田甫。**かかしゆ**　嬶衆と案山子を掛ける。

幾久も「粋狂連にては御身柄の事ゆへ、いつ迄も有人の代舌なれど」とあり、代舌を有人が演じた。しかし、「興笑連にて、毎度おつとめのよしは、噂にも聞てをりましたが（中略）うまいもの〳〵、どうぞ粋狂連の席でも、御自作の御咄しが伺ひたうムり升」というから、興笑連だけの会では幾久自身が演じている。興笑連の席は幾久が主催者であるから自らが演じたのだが、粋狂連と合流した粋興連の場では演じることはなかった。花兄やしら雪の代舌者がいるのを認めていたから、幾久も代舌者の有人を出した。しかも、「御身がらゆへに、柳やではどうも御披講がなりにくいはづ」と書くのは、柳屋では花兄の支援を受ける有人が、花兄の前で代舌するのはやりにくいといっているのである。

幾久は、「いつ迄も有人の代舌なれど、御趣向のほどは、いにしへの可樂の形をうしなはず」といい、「王子の櫻餅、芝居の鳥追などは、すごい程うまいもの〳〵」という。幾久の実力は相当で、笑話をつくることに長けた能力があった。「すごい程うまいもの〳〵」と褒めるのは、有人か魯文の評価であろう。

『今様三題噺初編』（文久三年。一八六三）に、兼題「小人島《こびとじま》、氷室《ひむろ》、舂屋《つきや》」がみられる。

兩國邊《へん》の會席茶屋《くわいせきちや》に春米《ごめ》やの參會《さんくわい》ありしが、まづお茶菓子に、おが町で賣《うる》、氷室を出《いだ》せし處《ところ》、かやうのことは、見なれぬつきや「なんだこれは小人嶋の鹽《しほ》せんべいか」

「外聞《ぐわいぶん》のわるいことを云なさんな、そりや中《なか》ばしで賣、氷室だはな」

この咄《はな》しのうち、吸《すひ》もの肴もいろ〳〵出し所、名にしおふつきやゆへ喰《くひ》たらず

「なんだこりやァ小人嶋の料理か、人間にやァ喰たりねへ」

ト惡口《あくこう》をいたしてをりしを酌《しやく》女情《てう》ばへ此よしを云しゆへ

「さらば」

とて、いわしの鹽やきを、こて〳〵盛《もり》ていだせしに、一座大うけにて

「是《これ》なら呑《のま》れる」

と夫よりてうしの替《かは》ること度〳〵なれば

「大さう、てうしがいそがしくなりました子」

「あたりめへョいわしが大當りだから」

※**會席茶屋**　いろいろな会を開くための座敷を貸す茶屋。貸席。　**春米や**　搗米屋。搗屋。　**氷室**　雪水でつくる氷餅。　**小人島**　小人ばかりが住む架空の嶋。　**鹽せんべい**　米粉をこねて伸ばし、型に打ち抜いて焼いたものに醤油をつけた煎餅。　**名にしおふ**　名にし負ふ。名前としてもつ。

「なにおふ」と同じ。**こて〳〵**　数多く。「ごてごて」ともいう。**大當り**　大漁。

『春色三題噺初編』の中巻には兼題「蜜柑《みかん》、附文《つけぶみ》、金時《きんとき》」がみられる。

羅生門《らしやうもん》にて渡邊の綱、手がらをいたし候を、坂田の金時、浦山《うらやま》しくおもひ、何か手柄《がら》をせんと、夜々《よる〳〵》方々《はう〴〵》を歩行《あるき》ますが、さして化物《ばけもの》にも出合《であは》ず。咽が乾き候ゆへ、何か呑《のむ》ものとぞんじ候處、大《おほ》きやかなる密柑の木あり。これ幸《さいは》ひと三《み》ツ四《よ》ツ取《とつ》て喰《しよく》し居《をり》ますと、かつぎを冠《かむり》候女《をんな》参《まい》り、金時のたもとへ、文《ふみ》を入候間

金時「お前は何人《なにびと》にて候。さだめし粂《くめ》の平内《へいない》と間違ひ候や」

と申せば

「さんと見《み》て附文《つけぶみ》をいたし候」

「シテおまへは何といふ女だ」

「ハイ茨木《いばらぎ》と申ます」

「茨木は綱の情人《いろ》ではないか」

「イエ其《その》綱さんには、手を切《きら》れました」

※渡邊の綱　源頼光の四天王の一人。謡曲「羅生門」では鬼の片腕を切り落とす。**坂田の金時**　四天王の一人。**粂の平内**　久米平内。九州から江戸に出て千人斬りの願を起こしたが悔い改め、自分の像を浅草寺仁王門外に置いて通行人に踏みつけさせた。この「踏みつけ」を「文付け（付

け文)」と解釈されて縁結びの俗信を生んだ。　**茨木**　茨木童子。大江山を本拠に京都を荒らし回った鬼。酒呑童子の手下。　**手を切れました**　「片腕を切られた」と「ふられた」を掛ける。

『春色三題噺二編』の上之巻には兼題「七艸、遊女、梅」がみられる。

或遊女《ゆうぢよ》

「小松さん、此《この》梅のぞきㇳいふ手拭はどこから來ました」

小松「アノ柳《りう》美《び》さんがお呉《くん》なんした」

「意氣な手拭ざます、艸色《くさいろ》のやうざんす」

小松「艸色《くさいろ》と云《いひ》なんすりやァ、アノ今日《けふ》は七日《なのか》だから、七艸粥を喰《たべ》るもんだと柳美さんがお云《いひ》なんしたから、薺《[なつな]》をとつて貰《もら》ッてお粥を煮《に》□□したが、ちつと喰《たべ》てお見なんし」

「そりやァ宣《よう》ざいませう、しかし此お粥は吾俶《わつち》より二ツすくない子」

小松「ナゼ」

「ハテ吾俶《わつち》らは七艸粥より二ツ多《おほ》イ苦界《くがい》の身でざんすは子」

小松「夫《そん》なら、ぬしと吾俶《わつち》と二人あはすると十八粥《がゆ》で有ンすにョ引」

※**柳美**　菊の屋柳美。三題噺の会同人。ここに登場するとなると柳美は興笑連の同人とみられる。　**吾俶**　わたしの転。　**苦界**　遊女のつらい境遇。苦しい生活を送る。「くがい」に「くがゆ(九粥)」を掛ける。　**十八粥**　二人の九粥で十八粥。

合巻『春色増補東都紫（春色江戸紫）』（明治刊）の三編上巻に、麟堂伴兄と春の屋（ママ）幾久の二人の三題噺をみる。幾久の兼題は、「春雨《はるさめ》、たより、作男《さくをとこ》」である。

讀《よみ》かねる文字から眠《ねむ》し春の雨ト誰《たれ》やらが句にもあるとふり、只《たゞ》さへ眠《ねむ》き春雨に、人を待身《まつみ》のやるせなく、物の本をばよみかけて、おもはずまぞろむ仇《あだ》ものは、此寒中の智清《ちせい》ともいふべきかゝりの女《をんな》隠居、このとき下女《げぢよ》が次の間から

下女「下谷《したや》からおたよりがござりました」

隠「ヲヤさうかへ、いろ〳〵考《かんが》へごとをして居たら、つい〳〵眠くなつた、さうしてお使《つかひ》には誰が來たェ」

「アノいつも參《まい》るおやぢが參《まい》りました」

隠「アノ作男《さくをとこ》だとかいふおぢさんだ子、なんぞおそばでも取《と》ッてあげておくれ、そのうち御《お》返事をかいて置《おく》から」

トこれよりそばを言《いひ》つけて、やがて件《くだん》の作男にいだし

下女「サアおそばを、おあがんなさい」

男「そばは、おらが畑でもゐらとれ升」

下「さうだとねへ、そのくせ二反《にたん》だとかではないか」

男「そのそば畑《はた》が、旦那の鼻の下と同じこんで、よほど延《のび》てゐる」

といふた

※まぞろむ　「まどろむ（微睡む）」の訛り。うとうとする。とろとろと眠る。　**作男**　下働きの男。下男。　**延て**　鼻の下が伸びる。女に惚の字である。蕎麦が伸びるを掛ける。

別本には紅葉散らしの絵が下部にある。有人が特別な見開き丁としたことがわかる。

『追善落語梅屋集』には「追福三題咄序」を記している。すでに序はあげたので省く。兼題は「よしの山、梅、毛ぬき」を選んでいる。

ある客人、圓朝《ゑんてう》の所《とこ》へ來て、鮨をくひながら

客「コウこのさゝまきの壽しは、けぬき壽しといふ名だが、笹まきがとほり名になつて、誰《だれ》もしつたものがない」

圓「ぜんたい、すしにけぬきといふ名は、どうしてつけましたらう」

客「こりやァ大かた、喰味《くひあぢ》がよいといふのでつけたのだらう」

圓「なるほど、そんな事でござい升うか」

客「ツイ口あたりがいゝから、二ツ三ツやつたら、めつぽうはらがいたくなつてきた」

圓「たべ合せでもわるくはムりませんか」

客「今しがた鮒治《ふなぢ》で飯《めし》をくつて來たが、たしか鰻と鮨はくひあはせだつた」

圓「ナニうなぎにわるいのは梅酢《うめず》でムり升。すしの酢はかまひ升ぬ」

客「梅はきらいだから、くつた事がない」
圓「あんまりきらいな事もござい升まい。梅吉さんとさしで、舟《ふね》といふのがあつたじやァございませんか」
客「マアそんなはなしは跡《あと》にして、熊《くま》の膽《ゐ》でもかひにやつてくんねへ」
圓「それぢやァ、ほんとうにいたうムり升か、ぽん太や〳〵」
ト圓朝がよべば、ぽん太といふ弟子出《いで》てきたり
ぽん「お師匠さん、なんだへ」
圓「薬種屋《きくすりや》へいつて熊《くま》のゐをかつておいで」
ぽん「アイ〳〵」
トいひながら客のそばへ來て
ぽん「どうしたのだへ」
客「はらがいたくつていけねへ」
ぽん「なに、はらがいたいへ。はらがいたくばよしのへムれ」
客はあきれて、ぽん太がかほをみて
客「なるほど、はらがいたくばよしのへござれと、でかしかほにいふ所は、じつにこれは〳〵とばかりだ」

圓「こゝがぽん太の山でござり升」

※ぽん太　三遊亭ぽん太。円朝門人。**はらがいたくば**　俚諺「花が見たくば吉野へござれ」の捩り。**でかしかほ**　出来し顔。うまくいった顔。**ぽん太の山**　精一杯の「関の山」の洒落か。「吉野の山」を掛ける。

合巻『毬唄三人娘三編』の上（松亭金水遺稿、有人補綴。慶応元年。一八六五）に「春のや」の三題噺が兼題「花桶、袴、娘」でつくられる。

ある娘、花見帰りに寺小性《ママ》見そめ

「それおぼへてか、君さまが袴もはるのおぼろ染瀧やしやもどきにくどきます」

トかの小性

「おぼしめしは嬉しいが、どうもお前はこの花桶でたがはだふれるかしれぬゆへ、底うちあけては咄しができぬ」

ト申シたら

むすめ「イエ〳〵私めこゝ炉は花桶でもお前とよい中にさへなれば、水もらさぬ」

といふた

※水もらさぬ　しっかりと用を果たす。

大判錦絵「三題噺見立繪合」（宮尾しげを旧蔵。七十八歳豊国筆（三代）。丸徳板。文久三年。一八

六三）に兼題「橘、親船、三味線」（春廼屋幾久）がある（↓【図版一覧・三十図】8—1）。

身延《みのぶ》七面《めん》さまの御開帳で、橘《たちばな》の蒔繪をした三味線の奉納物《ほうのうもの》を見て

娘「市むらの奉納ものはきれいだねェ」

「あれは親舟《おやふね》の舩頭が納めたトサ」

「舩頭なら碇《いかり》でも納《をさめ》さうなもの、ナゼ三味線だらうねへ」

「舩玉《ふなだま》さまも辨天さまのやうな神さまだトサ」

「それては杜若《かきつばた》のやうだから、かきつと書《かい》たのかねへ」

「いゝエ水際《みづぎは》が立花《たちばな》だとサ」

※かきつ　「かきつばた」の「かきつ」を「家橘」と思う。「橘」は四世市川家橘（五世尾上菊五郎）の橘。十三世市村羽左衛門から家橘になる。その羽左衛門の屋号の橘屋を掛ける。　**立花**　花を生ける立花《りっか》を「たちばな」と読み、家橘を掛ける。

この「三題噺見立繪合」には雪松園みさほによる兼題「秋の雨、やせる、梅子」もある。ついでにみさほの三題噺をあげる（↓【図版一覧・三十図】8—2）。

其昔《そのむかし》、よしある人のわび住居《すまゐ》、細《ほそ》き煙《けむ》りも秋の雨湿《あめしめ》りかちなる艸の家《や》に、稀人《まれびと》得《え》たるあるじの饗應《もてなし》、粟飯《あはいひ》ならぬ淡《あは》の湯《ゆ》《薄茶》の澁《しぶ》き趣向も新《あた》しく、世のはちの木《き》の梅櫻《うめさくら》競《きそ》ふて愛《めつ》るもむべなるべし、浪花《なには》から未《ま》だ撫子《なでしこ》と思ひしに、あつまに生《お》ふる石竹《せきちく》と何れ兄《あに》やら弟《おとゝ》やら、

實《げ》に大丈夫の武士《ものゝふ》の瘦《ふせ》たれども馬一疋《うまいつぴき》ちぎれたれども、黒絲《くろいと》の鎧錆《よろひさび》たれども此長刀《このなぎなた》、頓《やが》て開《ひら》かむ御運《ごうん》の程《ほど》、するゐたのもしう存《そんす》るなり。

傍の人「モシはなしなら、もう落《おち》のありさうなもの」

「どふして此《この》大入は、めつたにはおちぬ」

幾久の代舌を有人がするなどと、同じパターンの月例会ではなかったのはおもしろい。同人たちは遠慮することもなく楽しい場をつくりあげている。同人以外の参加になっていったときは、どのような雰囲気であったのだろうか。大坂噺の会や焉馬の咄の会などでも、人前で自作自演をする形態で行われていたから、笑話の上手下手は気にせずに同人たちは発表していったとみられる。同人作品集に収められなかった笑話に、どのようなものがあったのか。笑話の出来栄えには下手は下手なりのおもしろさもあるから知りたいところだが、作例を記録した台帳などがないので知ることができないのは惜しまれる。

おわりに

『粋興奇人傳』の同人たちの三題噺の作例をみてきた。ほかの同人の一話しかあげられない三題噺にも高得点を得たものがあったであろう。もっと三題噺が残っていれば三題噺の会の総括もできるだろうが、一話だけでは、同人の評価を知るのはむずかしい。三題噺から離れた同人のつながりを知る資料は、ほとんどみられない。そのなかで慶応二年と三年に大判錦絵「英名二十八衆句」（目録は三年秋。錦盛堂板。一八六六・六七）が出ている。一惠齋芳幾と一魁齋芳年画による作品で、三題噺の会同人と細木香以の駝洒落の会の同人たちが、おおく参加している。魯文、岳亭定岡、有人、為永春水、如皐、其水、一葉舎甘阿、巴月庵紫玉、井双菴笑魯、可志香以の名がみられる。こうしたものにも同人たちとのつながりがあり、それらの月例会で話題になったりすれば、その話をしたことであろう。会ごとの遊びに徹しながらも、別の会の話もしたから、おおきな会から小さな会までの同人たちの集まりは、会合ばかりの一か月となっていたことになる。頭を切り替えながら、言葉遊びを磨く日々の暮らしを、なんとも思わぬ同人もいたであろう。そうしたなかで兼題の報条摺物をみると、欠席することもなく参加している。三題噺の会は、参加率の高い集まりだったといえる。

笑話をつくるのに主題となる言葉と落ちを浮かべるとき、笑話作者であるならば、たえず考えて創作していくが、いままで読み手であった同人は、どのように創作するのかも考えてこなかったので、かぎられた兼題を、どのようにむすびつけて笑話をつくっていくかを経験できたはずである。この兼題を入れた笑話づくりが「趣向」となることで、容易に創作できることを知り、それが創作法の根幹であることに気づけば、三題噺の創作はおもしろくなる。このようにして、おおくの同人たちは、つくることを楽しんでいた。

V 河竹其水の三題噺——歌舞伎と落語の創作

はじめに

河竹其水は江戸最後の狂言作者の一人である。文化十三年（一八一六）に江戸で生まれ、天保五年（一八三四）に五代鶴屋南北に入門し、同六年の二十歳に勝諺蔵《かつげんぞう》、同十二年（一八四一）に柴晋輔、斯波晋輔となり、同十四年の二十八歳に二世河竹新七を名乗った。幕末期の其水はこの新七時代である。新七が黙阿弥（古河黙阿弥、河竹黙阿弥）と名乗ったのは、明治十四年（一八八一）の六十六歳のときであり、同二十六年（一八九三）一月に七十八歳で没した。黙阿弥と呼ばれる時代は、明治期の十二年間であった。三題噺の会で活躍したころの新七は、俳号其水で参加している。三題噺による新作歌舞伎と落語をつくったのは、新七時代の黙阿弥を名乗る以前のことであった。

天保期に茶番遊びを芳々の名で楽しんだ時代を経て、狂言作者になった新七が、その後、狂言作品の構想を練る場となった三題噺の会で活躍できたのは、若いころの茶番の会で培った経験があったからであった。その意味で茶番の会、三題噺の会は、新七にとっては大事な創作の場となったのである。

かつて三笑亭可楽が落語の合間に演じた三題噺を楽しむ三題噺を復活させた三題噺の会に参加した時期に、いくつもの新作歌舞伎をつくっている。これらの作品の主人公を演じたのが四世市川小団次（文化九〜慶応二年。一八一二〜六六）であった。すべて作品は小団次のために創作したもので、安政六年（一八五九）二月五日初日の市村座での『小袖曽我《こそでそが》薊色縫《あざみのいろぬひ》』（十六夜清心）。安政七年正月十四日初日の市村座での『三人吉三《さんにんきちざ》廓初買《くるわのはつがい》』（和尚吉三・お坊吉三・お嬢吉三）、同年七月十三日初日の『八幡祭《はちまんまつり》小望月《よみやの》賑《にぎわい》』（縮屋新助）。文久二年（一八六二）三月一日初日の市村座での『青砥稿《あおとぞうし》花紅彩畫《はなのにしきえ》』（弁天小僧）、同年八月四日初日の守田座での『勧善《かんぜん》懲悪《ちょうあく》覗機關《のぞきのからくり》』（村井長庵）。文久三年二月二日初日の守田座での『三題噺《さんだいばなし》高座新作《こうざのしんさく》』（和国橋藤次）、同年八月二十四日初日の市村座での『茲江戸《ここがえど》小腕達引《こうでのたてひき》』（腕の喜三郎）などがあげられる。その後の歌舞伎では何度も再演される作品であった。なかでも、『茲江戸小腕達引』は日蓮宗にちなんだ演出を取り入れたという指摘がある（永井啓夫『市川小団次―四代―』。青蛙房。

昭和四十四年。一九六九)。日蓮宗といえば、三題噺から創作した其水の芝居噺の落語「鰍沢」を想起させる。

三題噺は笑話であり、三つの兼題で落ちをもつ笑話をつくりあげるものである。いうまでもなく兼題は自分があげた題ではない。第三者がとりあげた三題をもとに笑話をつくるので、自らが構想する世界を自由に表現するものではない。笑話は落ちが命であるので、うまく展開とかみあうようにするには、よほど笑話に読みなれていないと、落ちのおもしろさを活かすことができない。

中世の説話文学にみる笑い話の流れが、近世になると笑話だけの作品をつくった笑話本の歴史では、長い笑話も短い笑話もつくってきたが、次第に短いものを主流とし、物語性をもつ短編小説をつくるようになっていった。仮名草子、浮世草子の作品に、笑いの短編を組み合わせた章立てがみられ、笑話は短編小説のオムニバスといわれた。西鶴の浮世草子の作品群は短編を集めた小説といい、野間光辰は「西鶴五つの方法」の一つに「はなしの方法」をあげ、暉峻康隆は「おとし咄的手法」をあげている。当時の「はなし」、すなわち笑話が一つの章となって短い一話をつくっていることが指摘された。こうした笑話の影響、または落ちをもつ小説が、浮世草子にみられることで、「はなし」をつくりあげる手段として笑話はつくられたといい、それ以後の浮世草子作者の夜食時分の作品群には、落ちをもつものがあるのを野間光辰、長谷

川強は指摘している（日本古典文学大系91『浮世草子集』。岩波書店。昭和四十一年。一九六六。日本古典文学全集37『仮名草子集　浮世草子集』。小学館。昭和四十六年。一九七一）。

三題噺以前の其水

さて三題噺の会で、三題噺の評価をして得点をつける形式は、雑排、上方噺の会、茶番などにみるものが踏襲されている。三題噺の会の報条摺物の一つの「書畫餘興／三題歌僊茶番」では、「景品鼉引呈上」とする景物茶番が行われたが、これは其水を中心にした趣向とみていいだろう。河竹繁俊の『河竹黙阿彌』（演藝珍書刊行会。大正三年。一九一四）でも、其水が歌舞伎以外の茶番、三題噺の会、興画合せの会などへ参加したことに詳しく触れ、こうした趣味が其水の劇作におおきくかかわったと指摘している。天保五年（一八三四）、十九歳のときに芳々と名乗って茶番の司馬連をつくり、同人作品集「朝茶の袋」をまとめた。司馬連の名称は芝の金杉に住んでいたことによると河竹繁俊はいうが、落語家の亭号にも司馬があり、司馬龍生、龍我、龍蝶、龍馬、扇好などをみるので、この亭号の司馬が司馬連になったとみることもできる。司馬龍生は初代三遊亭円生門人である。同門人の円太は古今亭を名乗り、円遊は金原亭を名乗るなどと、落語家のなかでも司馬は由緒ある亭号の一つであった。其水の狂言作者名の柴晋輔、斯波晋輔も茶番のときの司馬連とかかわっていることがわかる。

茶番は茶番狂言の略で、三芝居の楽屋で、芝居役者の声色とか狂言の模倣を、酒を飲みながら行った酒番がはじまりである。座頭の初世沢村宗十郎訥子（貞享二〜宝暦六年。一六八五〜一七五六）が下戸であったため、菓子を景物にして茶番がはじまったといわれる。狂言茶番に立ち回りがある立《たち》茶番、趣向に添って景物を出す口上茶番、景物が食物にかぎる食物茶番、食《くひ》茶番などがあり、ほかに引摺茶番、押しかけ茶番、かつぎ茶番もあった。式亭三馬が滑稽本『茶番狂言早合點』初編・二編（文政四年・七年。一八二一・一八二四）で茶番の概説とともに作例をあげている。

其水が芳々と名乗ってまとめた「朝茶の袋」第一集（天保五年九月吉辰。一八三四）には二十五番の口上茶番を収め、同人十九人のうちの七番が芳々の作で、ほかの稲伝、杵源が二番ずつ、あとの森万、森秀、東書堂、伊勢弁、金八女など十六人は一番ずつを収めている。第二集に芳々の序文があり、

> 根にかへる花谷に入る鶯、又立返る春に逢ふめで度きためし、幾とせもつきぬ趣向の茶番連、各々才物の述ぶる所にして、予が如きの及ぶところにあらず、蓋し此の艸紙は、四方の邪君子の茶番を書いつけ置きしに、予が愚十の趣向も二つ三つ其數に入れしは云々

と書いている。芳々の題には「是に限る」「草《（ママ）》」「生竹の細工」「一の谷」「蛙の面《（ママ）》へ水」「五月」「飛脚」があり、『河竹黙阿彌』第二には「蛙のつらへ水」を紹介している（二十二頁）。

蛙のつらへ水と申題で御座り升故、蛙を御覧に入升（ト黒塗りのしやくしを出し）是がおたまじやくしで御座り升。初めはどろ水に住みますさうで御座り升。是もどろ水に住みまして飯もりと申升。ケ様《かやう》に塗つて御座り升と、美しう御座り升から客が大勢御座り升が、つとめが悪いかして客が皆、かへる〳〵と申升さうで、内所《ないしよ》でもいろ〳〵しおきも致升《いたしま》して、小刀ばりや何かで責めまして、此の以後客がかへるとつらい水責めにすると、申すさうで御座り升が、其様に言はれ升ても、何ともおもひ升ン（しやくしへ水をかけて見せ）しやァ〳〵としており升から、蛙のつらへ水でも御座り升う。此しやくしも當家で借物《かりもの》で御座り升から、景物はかはず（蛙、不賣）で御座り升。

この茶番を河竹繁俊は「杓子一本ですませた口上茶番」という。このあとに「草」を紹介し、『天地人の一つ』と朱《しゅ》の入《はい》ってゐる極附《きはめつき》のものである」という（『河竹黙阿彌』）。

其水の人物像を知る上に、河竹繁俊が何度も記述するのが、「黙阿彌は幼少から酒と煙艸は用ゐなかつたが、さう言つた席へ出てもちやんと調子を合はせる事が出來た」である（『河竹黙阿彌』第七。百六十八頁）。ところが大判錦絵（三枚続き）「茲三題噺集會」（丸屋徳蔵板。文久二年。一八六二）に描かれる其水は、手に煙管をもっている。これが調子を合わせている姿なのであろうか。大判錦絵は同人の一恵齋芳幾が描いたから、其水を特徴づけるために、煙草を喫している姿を描いたとみたいが真偽はあきらかでない。酒も煙草も口にしないという人物像は河竹繁俊の思い込みではないかとみられる。生真面目な人物であったからというのは少々依怙贔屓であろう。この大判錦絵について河竹繁俊は、なぜか一言も述べていない。伝記は人物を美化したものとはいわないまでも、評する者の思い込みで綴られるため、想像で書くこともある。また、ほかの人の記述にもとづいて書くときに疑わしいものは切り捨てる。煙草を口にしたかどうかは、まさに描かれたもので判断するしかない。絵空事であるといってしまえば仕方ない（→【図版一覧・三十図】7―1・2・3）。

『粋興奇人傳』の其水

『粋興奇人傳』には肖像と狂歌「何一《なにひと》ツ身《み》はしら浪《なみ》に狂言もふるき趣向《しゆかう》をいつも盗《ぬす》みて」が詠まれる。「しら浪」は盗人をいい、其水の書いた白浪狂言をいっている。「身はしら」は「自分は知らない」を「白浪」に掛けている。「ふるき趣向をいつも盗みて」は古い狂言の趣向を利用することをいう。狂言作者とはいえ、作者は過去の狂言を模倣して新作をつくりあげ、趣向を異にする作品にするのが創作の常套手段であった。略伝は、

産《うまれ》は日本橋式部小路《しきぶかうじ》なりしが、後《のち》、竹芝に住《ぢやう》し、父《ちゝ》は質渡世《しちとせい》をなして、性《せい（「姓」誤刻）》は芳村《よしむら》、幼名芳三郎《えうみやうよし》といひしより芳々《よしく》と號《がう》して雑俳の連に入る、つねに戯場《しばゐ》をこのむのくせありしが、終《つい》に五代目南北の門に入て、はじめ勝諺蔵《かつげんざう》と呼《よび》て見《み》ならひより薪水《しんすゐ》の行《ぎやう》、空《むなし》しか

らず、天保《てんほう》のする〻河竹新七の名を継ぎ立作者《たてさくしや》となる、一世《いつせ》の妙案《めうあん》おほかる中に鼠小紋《ねづみこもん》、鬼《おに》あざみ、えんむすびの上るり等は、世上こぞつて見ざるを恥《はぢ》とす、此仁平生友人《このひとへいせいゆうじん》とともに遊里《ゆうり》におもむくことありとも、酒席《しゆせき》にのみはつらなれども、鴛鴦《おし》のふすまをともにせず、女色《ぢよしよく》におぼれぬさがには似《に》ず、落語《らくこ》の色情《しきじやう》の事《こと》のみを辨《へんず》るは、こもいつぺきといひつべし。

とある。「落語の色情の事」とは人情噺か廓噺のことをいっていよう。『三題噺作者評判記』の木しら雪の記述に、其水がしら雪の代舌をしたことを記している。

（前略）譯しり 席上にては御身分がらゆへ、河竹丈が御代りなれど、陰の作者は割のわるいものにて、たとはゞ戯場で河竹丈、新古未發の御妙案でも、皆俳優の手柄になつて、作者の苦しんをあぢあふものは、十人に一人リか二人リ、しら雪丈もそんなものにて、毎度の御妙案もあらはれぬやうにはあれど、いつとてもあだ矢なく恐れ入ッたもので厶り升。川竹家《ママ》 イヤ〱たとへしら雪丈が何ほどの御妙案もせよ、河竹丈が下手ならば、どうしたもの。折角のはなしも死ませうが、此うしゆへ咄しいかすといふもの。頭取 東西〱仕人と作者は勇士と軍師、いわゆる河竹の高嶋や相持で厶り升。ヒイキ また〱秋は御名趣向をまつてをり升。ヤレしら雪さん〱。

※あだ矢なく　失敗作がない。　**河竹丈が下手ならば**　其水の代舌が下手ならば。　**高嶋や**　四世

市川小団次の屋号。其水の狂言は小団次とのコンビでおおくが発表された。

其水に「しら雪の代舌を期待いたしましょう」といっているが、其水は代舌だけではなく、しら雪の代作もしていたようである。代舌のときに、其水が手を加えて話していた。同じく代舌をした同人の左楽、談志などの話す三題噺にも、其水が手を加えていたとみられる。三題噺の会では、其水の会話は、歌舞伎の科白口調が加えられ、どの役者の科白かは声色からわかった。同人たちにとっても、おもしろかったであろう。

『三題噺作者評判記』の其水には、

頭取 扨此所が皆様御待かねの粹狂れんの大棟梁河竹其水丈でムり升。（中略）やき連なる程、名にしおふ當時の才子河竹丈、何を被成てもすきはない。其中にも取わけて、三題ばなしは粹興両連の大立もの、點の打ところもムりません。しかしながら、此うしは題にも落にも構なく、趣向のたくみと筋立を専らとなされるゆへ、百人に九十九人までは、わるいと申スものもムりませぬが、われ〳〵がおもふには、いはゞ商賣ものを、そつくりともつて來て遣ひ物にするやうな物。よいにちがひはなけれども、とかく目先が替りません。うなぎやさはらのてり焼も、度〳〵ではあきるゆへ、たま〳〵にはあつさりとした鹽やきものもねがひ升。ヒイキ イヤ〳〵夫が流行におくるゝといふもの、名にしおふ廿一人のれん中。おの〳〵一家の十八番あるのでもつた粹興連。だれのすじがよいと言ッて、皆その筋になつた日には、やつぱりうなぎで目をつくやうなもの。なんでもかんでも川竹（ママ）丈がいつちひゐきじや。跡會には、せりふいりのたつぷりとした、しうたん場をねがひ舛。

ヤレ河竹さん〳〵。

※**商賣もの**　歌舞伎狂言の筋立てや展開。**廿一人のれん中**　大判錦絵の「茲三題噺集會」にみる二十一人を指すのだろうか。**跡會**　会が終わったあとの二次会。**せりふいり**　科白の入った声色入りをいう。

とある。「題にも落にも構なく、趣向のたくみと筋立を専らとなされるゆへ」とある趣向、筋立は妙案とともに狂言作者の要でもあった。このことは後に触れることにする（→Ⅶ「其水作の三題噺「鰍沢」を読む――三題噺から落語へ」）。原作者の其水が三題噺の会で演じた芝居噺を円朝が演じた「鰍沢」では、落ちに落語「おせつ徳三郎」を用いている。『圓朝全集』は話す口語調でなく、読む文語調である。これは「浪上義三郎筆記」によって書き直されたとみる。それでも鬼気迫る動きが文章からも想像でき、追うお熊と逃げる旅人を見るがごときは、其水の筆の力か、それとも円朝の話術の力であろうか。崖の上から下の川に飛び込むと、弾丸が筏を結ぶ蔓に当たって材木が崩れ、その川の流れを大太鼓で表現する効果音が加えられる。さまざまな一瞬のできごとを、スピード感をもってダイナミックに円朝は演じた。上から下に落ちて「助かった」と思った瞬間で終わるのではなく、さらに筏の材木一本に縋りついて助かる。そのうれしさを「アッ有難い、たつた一本のお材木《ざいもく》で助つた」とむすぶ。

この部分を其水の芝居噺では、「思ひがけなき雪の夜に云々」で締めくくる口調とする。円朝の続き物の最後は、『怪談牡丹燈籠』では、「扨此落着は如何なりますか何れ後回」「是より仇討は次に申上ます」といい、『業平文治漂流奇談』でも「此の跡はどう相成りませうか、明晩申上げます」、『真景累ケ淵』でも「是より追々怪談のお話に相成ります」などと、続き噺であることを示している。それを円朝が「お材木(お題目)で助かった」という落ちにしたのは、日蓮宗を信じる者の功徳を表したかったからという。しかし落ちをもつ〈一席目〉で終える形だけを門人たちは伝承し、〈二席目〉を演じることがないのは、円朝が好む芝居噺の展開ではなかったからであろうか。円朝が「道具噺で二日讀切に致して」いたから、続き噺の「鰍沢」を『圓朝全集』は残したが、開化期には芝居噺を演じなくなる円朝であったので、〈二席目〉は伝承されなくなった。しかし『圓朝全集』に残る〈二席目〉に円朝らしさがみられないのは、どうしてであろうか(→付『春色三題噺二編』と『圓朝全集』の本文校勘)。

其水は、円朝の演じた続き噺を、どのように聞いたであろうか。続き噺のおもしろさをもっているのが評判になったので、いままでにない芝居噺が演じられたはずである。円朝は〈一席目〉だけを演じたのではないが、〈二席目〉を伝承してこなかったのを、どう考えていたであろうか。

其水の三題噺

さて、いくつかの其水の三題噺の兼題による作例は、同人作品集や報条摺物に残されている。同人作品集は字数が限られているので作例としては短い。大判錦絵（三枚続き）の「茲三題《ここにさんだい》噺集會《はなしのよりぞめ》」は、文久二年（一八六二）閏八月の月例会を描いたものだが、参加した同人十四人のなかに、其水の兼題「紅葉、隅田川、湯屋」が、座敷の鴨居に吊るされた紙にみられる。兼題を企画したのは「粋興連有人、左樂」の二人である。この兼題が『粋興奇人傳』に収められる「隅田川《すみだがは》、紅葉《もみぢ》、湯屋《ゆや》　河竹其水作」である。この三題噺をみてみよう。

今戸に名高き隅田川の湯屋の二階に、瀧野屋《たきのや》の太夫《たいふ》市川新車が茶をのんでゐると、湯屋の息子が聯《れん》を出《いだ》し

「モシ太夫《たいふ》さん、去るお客さまからたのまれましたが、なんぞ書《かい》てくださりまし」

といふに太夫《たいふ》は、わが家《いへ》より筆とすゞりをとりよせて、ぶつつけがきに業平の隅田川の古《こ》歌《か》をかき、紅葉書《もみぢかく》としるすを見て

「アモシ新車《しんしや》と書《かい》てくださりませぬと太夫《たいふ》さんとしれませぬ、權《ごん》ちやんにもお願ひ申升たが、三舛としるしてくださりました」

「ナニ紅葉《もみぢ》とばかりでよいはな」

「イエ〳〵それでは、しかとしれませぬ」
といふに、太夫は筆をおき
「ナニしれぬことがあるものか、凡三座《およそさんざ》の役者の内《うち》で日本書堂憲齋《にっぽんしょだうけんさい》の書風《しょふう》まなぶは、わたしひとり、ぜんたい權《ごん》十郎さんも猪《しゝ》に縁《えん》ある木場《きば》の息子ぼたんと書《かい》てい丶わけサ。ましてわたしは兩國うまれ、紅葉計《もみぢばかり》で、しかとごぞんじだ」。

※市川新車　四世市川門之助の俳名。屋号は瀧野屋。初世市川男女蔵の次男。三世門之助弟。ここは太夫を演じている門之助の名を記した。**聯**　書や絵を書いて柱や壁などの左右に相対して掛けて飾る言葉、またその言葉を書いた細長い板。**ぶつつけがき**　下書きをせずに直に書く事。**業平の隅田川の古歌**　「名にし負はばいざ言問はむ都鳥わが思ふ人はありやなしやと（名をもっているなら、さあ質問しよう、都鳥よ、わたしの思い慕う人は無事でいるのか、そうではないのかと）」（『古今和歌集』羇旅四一一）。**日本書堂憲齋**　中川憲齋。書家。中川南山の子。名は文彭。字聃卿。通称文十郎。日本書堂は別号である。寛政三～慶応三年。一七九一～一八六七。**權十郎**　河原崎権十郎。九世市川団十郎となる。**木場の息子ぼたん**　市川ぼたん。七世河原崎権之助の前名か。七世市川団十郎五男を掛けるか。「獅子に牡丹」を掛ける。**しかと**　確かに。「鹿と紅葉」を掛ける。紅葉は鹿鍋。両国端東詰めの「ももんじ屋」が有名。

ほかに『春色三題噺初編』の上巻に兼題「千本櫻《せんぼんざくら》、向嶋《むかふじま》、らうのすげ替《かへ》」がみられる。

羅《ら》うのすげ替《かへ》、向嶋を呼《よび》ながら通《とふ》るを、ある寮《りやう》の下女《げぢよ》、声をかけ、

「長《なが》らうの女《をんな》ぎせるをすげ替《かへ》て呉《くれ》」

といだすを、彼《かの》すげ替、手《て》に取《とり》て
「これは結構な御きせるでござり升《ます》が、御新造様《ごしんぞうさま》のでござりますか」

女「イエ夫《それ》はおめかさんのでござります」

「ヘエ夫《それ》ではこなたは御別荘《こべつさう》でござりますな」

下女「アイ大和丁《やまとちやう》のよし野《の》やの御別荘でござります」

トいふに、すげ替《かへ》はきせるの掃除をしながら
「よし野《の》やさんの御別荘でござりますか。イヤこれも縁《えん》でござりますナ。お庭から堤《とて》を一ト目《め》に千本櫻を御覧なされ、江戸と違つて靜《しづか》な、實《じつ》によしつねでござります」

「ヲヤおつう洒落る羅《ら》うやさんだ。ホンニ土佐坊《とさぼう》じやァないが、お前《まへ》の尻馬《しりうま》に乗《の》つて言《いへ》ば、土手の向《むか》ふが堀川《ほりかは》だから、一寸小舟《□よつとこぶね》で川越《かはごへ》とすれば、翌日《あした》といはず郷《きやう》の君《きみ》に、なんでも彼《か》でも用《よう》が辨じ、舟都合《ふなつがふ》のよいのが鳥居サ。イヤお前《まへ》もなか〳〵唯《たゞ》の狐ではない。爰《こゝ》は一番《ばん》忠信の押《おし》もどしで、わたしが言《いへ》ば、先枝折戸《まづしをりど》の竹網代《たけあじろ》は龜井町《かめゐちやう》と思《おも》つたら、細工《ざいく》の極《ごく》みがき。塀《へい》が大物《だいもつ》の舟板《ふないた》で、風除《かぜよけ》に椎《しゐ》の木《き》を植《うゑ》、すしやにあらぬ數寄屋拵《すきやごしら》へ。窓《まど》から隅田《みだ(ママ)》の川《かは》づらを見て、鶯《うぐひす》の初音《はつね》を居《ゐ》ながら、ご殿《らん(ママ)》に居るより餘《よ》ッ程《ほど》よいが、おめか

さんは何《なに》ものだ子」

「なんだか當《あて》て御覧ナ、まづ堅《かた》さうな御宅《おうち》だから、すしやの口入《くにふ》で生娘《きむすめ》か。ないし《（内侍）》としまのけだものか。トンダ梶原《かぢはら》の陣羽織《ぢんばおり》だが、内《うち》やゆかしき〱だ」

「なんのお前《めへ》さん、大違《おほちが》ひサ。たかゞ宿場《しゆくば》の女郎《ぢようろ》だはネ」

「ヘエ惟盛《これもり（ママ）》ではない飯《めし》盛かへ。夫《それ》では大《たい》がいお里《さと》もしれた」

ト咄《はな》しながら、羅《ら》うをすげ替《かへ》
「モシ此雁首《このがんくび》の疵《きず》は、先《せん》からでござりますよ」

トわたせば、とつて
「アイそれは錠前《ぢやうまへ》を叩《たゝ》いた疵《きず》さ」

ト件《くだん》の下女《げぢよ》は、らうを見《み》て
「ヲヤ〱此羅《このら》うは大《たい》そういがんでゐる。能《よく》すげ替《かへ》ておくれナ」

「イエもう、らうがござりませんから、權太來《ごんたき》た時《とき》、すげ替《かへ》ませう」

「夫《それ》じやアしかたがない。釣《つり》をおくれ」

ト百錢《せん》を出《だ》せば
「廿四文《もん》で釣《つり》は眞平《まつぴら》だ」

と不肖《ふせう》ぶせうに釣《つり》を渡《わた》すと、下女《げぢよ》がかぞへてみて

「ヲヤ新《しん》銭だと思《おも》つたら、文銭《ぶんせん》がまじつて居《ゐ》るョ」
「ハイその小せんは、み替《がはり》でムり升《ます》」。

※らうのすげ替　「らう」は煙管の羅宇《らお》である。煙管の火皿と吹口をつなぐ竹の管をいう。その竹を新しいものに取り換えること。　**靜な、實によしつね**　静かでよい。静御前から義経と洒落る。
羅うやさん　羅宇屋さん。　**眞平**　真平御免の略。　**文銭**　一文銭。いままでつかっていた古い銭。

『春色三題噺二編』の上之巻には兼題「花火《はなび》、後家《ごけ》、峠茶屋《とうげぢやや》」をみるが、これは（→Ⅶ「其水作の三題噺「鰍沢」を読む―三題噺から落語へ㈡）であげるので省略する。

『追善落語梅屋集』（慶応元年。一八六五）では兼題「芝居、狂哥、あくび」がみられる。

講釋場の定連　▲「モシ先生、きのふはどこへお出だつた」
●「きのふは黒表紙連《くろびやうしれん》で一町目を見物に行《ゆき》ました」
▲「天一坊はいゝさうだ子」
●「高嶋やにおいては申ぶんはないが、作者の書手《かきて》がわるいから、常覺院《じやうがくゐん》などは欠《あく》びが出升」
▲「かうしやくや、はなしのたねは、芝居でするはうが、ぐッとおもしろくないものサ」
●「なんでも、だれこみさうなところへは、くすぐりをいれて、あくびをさせねへやうにしなくつちやァ、芝居ても講釋でも客をよぶ事は出來ねへ」

▲「この天一坊は、先生の心やすい河竹が書《かい》たのだ子。」
●「わたしがをしへてやつたのだが、どうもかきかたが氣にいらねへ」
▲「先生は芝居からたのまれて、作者になるといふ噂があつたが、まだ出勤《しゆつきん》をなさらないのかへ」
●「ならうかとおもつたが、まんぞくなもので作者になるも氣がきかねへから、よしました」
▲「まんぞくでは、なられませんか」
▲（ママ）「なられぬ事もないが、先《まづ》、當時三座の立《たて》ざくしやといふ如皐が鼻が赤《あか》し、今、櫻田が目がをかしく、河竹は吃《どもつ》て口がきけず、左交《さかう》がつんぼうに成かゝりで耳が遠し。一人としてまんぞくなものがねへ」
▲（ママ）「なるほど、はなに目に口に耳、よくそろひ升た子」
●「そこで作者をやめにして、梅の屋が死ンで狂哥師がないといふから、近日、狂名《きやうめい》披露をして、狂哥師になるつもりだ」
▲「ほんに、先生は狂哥がうまいさうでムり升」
●「番附《ばんづけ》に出る程だから、おさつしなせへ」
▲「どうか一ッしゆ、おもらひ申たいものだ」

●「あいにく一朱《(ママ)》の持合せがないが、今席から割《わり》をとつてきた銭があるから、上端《うはは》を附てあげ升う」

▲「ナニお金ぢやァない。狂哥を一首《いつしゆ》おもらひ申たいのだ」

●「そりやァ何よりお安い御ようだ。きのふ芝居を見てゐて詠《よん》だのをあげませう」

▲「どういふのでムり升」

●「先、芝居の作者は醫者と同じ事で、古狂言《ふるきやうけん》を調合して、見物にあくびをさせないやうに、誰《たれ》はこれ彼《かれ》はあれと利《きゝ》さうな役をもるので、生《いか》しもすれば殺しもするのサ。そこてかういふ狂哥を詠《よみ》升た。」

『醫《(ママ)》者に似た下手《た》な作者が手をかけてやくしやをころす匕《さち》と筆先《ふでさき》』

「な《(ママ)》んと役者をかなで書《かい》て薬種《やくし》やとよませる所が寶井風一家《たからゐふういつか》の口調。魯文、有人《ありんど》などもやりますが、遠くおよばないことサ」

▲「なるほど、これはおもしろふムり升が、をしい事に、下手の手の字と、手にかけての手の字と同字病《とうしひやう》で、やまひがムり升な」

●「そのやまひがあるから、上の五文字に醫者を附《つけ》て置《おい》たのだ」

※**黒表紙連**　役者評判記の作者連をいうか。**天一坊**　三世桜田治助作「詞花紅成盛《ことばのはなもみじのよざかり》」（市村座。嘉永二年八月。一八四九）。四世中村歌右衛門のお名残狂言。評判悪く不入り。**高嶋や**　役

者。四世市川小団次。天日坊を演じた。**常覺院**　不詳。**河竹が書た**　其水作『吾嬬下五十三《あずまくだりごじゅうさん》駅《つぎ》』（其水の出世作ともいう。「天日坊五十三次」ともいう。河原崎座。安政元年八月。一八五四）。**櫻田**　狂言作者。三世治助。**左交**　三世治助の後名。桜田左交。狂言堂左交。**見物にあくびをさせない**　つまらない芝居は「あくび」が出るという。**寶井風**　講釈師。三代宝井馬琴のことか。初代宝井琴凌から馬琴となる。

文末の「やまひがムり升な」「そのやまひがあるから、上の五文字に醫者を附て置たのだ」の表現が、三題噺「鰍沢」の〈二席目〉の終わりの「株でのない咄しが、しめりきつた花火を見るやうに、いつでも中途で立消だ、そして趣向と題と別々で不取合《ふとりあはせ》な咄だ。作者「不取合な所が後家でござります」というのに似ていると感じるのは、すでに其水の落ちの形ができていたからであろう。

また地口本『地口雛形駝洒落早指南』（初編は文久二年。二編は文久三年。三編は慶応元年）の撰者の一人である其水は、駄洒落の創作もしている。其水の活躍については、河竹繁俊が駝洒落の会の津藤の会のこと（一四五〜一五六頁）や三題噺の会、絵合わせ会のこと（『河竹黙阿彌』第七。一五六〜一八三頁）などを詳しく述べている。其水の同人組織のつながりが、創作の基盤にあったことを河竹繁俊も承知している。評伝を述べる上に、三題噺の会が、どのような組織であったかについて、河竹繁俊の考察が極めて少ないのは、評伝が刊行された大正三年（一九一四）

までに残されていた資料が少なかったためである。しかし其水の残したわずかな資料からでも、おおいに三題噺の会の実態を知ることができる（『黙阿弥の手紙日記報条など』。演劇出版社。昭和四十一年。一九六六）。

ところで、其水の手紙の一つに、「十月廿日　其水拝」と記したものがある。これは其水が宛名を「橋場様　悟下」と書いた手紙で、この「橋場様」とは金座役人の木《き》しら雪であると河竹繁俊はいう（『黙阿弥の手紙日記報条など』）。しら雪は『粋興奇人傳』に「石濱に住す」とある。つぎのような手紙である。

廿一日噺會御催し、當節芝居相談中に候えども、繰合せ出席いたし候心得に御座候、愚案ながら御代作も致しおき候、何れも明日お宅に罷り出で、萬々申し述ぶべく候、先は御報まで、早々不備

「廿一日噺會御催し」は、三題噺の会の開催日である。其水は「愚案ながら御代作も致しおき候」といい、「しら雪の代作をつくりました」という。兼題は開催の前に報条摺物で知らされているので、しら雪の兼題を其水はわかっている。「もし、しら雪が三題噺をうまくつくれなかったら」を考えて、しら雪の代舌をする打ち合わせのときに、用意していると知らせたのである。『三題樂話作者評判記』の木しら雪の項で、

いつとても御趣向はたくみにて（中略）席上にては御身分がらゆへ河竹丈がお代りなれど

（中略）しら雪丈もそんなものにて、毎度の御妙案もあらはぬやうにはあれど、いつとてもあだ矢なく、恐れ入ッたものでムり升

といって、しら雪の作例が「いつとても御趣向はたくみ」で失敗作はないという。これは其水としら雪との手紙のやりとりを知らないから、評者が、しら雪の作例はいつもながらいいと思っているが、実は其水がつくったものでもあったので、失敗作にはならない。また、しら雪の代舌をする其水の演じ方が加わるから失敗作にはならないと思われていた。このことは花兄の代舌をした左楽や談志、幾久の代舌をした有人たちにもいえることであった。

三題噺の創作過程

其水が三題噺をつくる過程を、魯文が「劇場繁昌記《しばゐはんぜうき》」（「歌舞伎新報」連載。明治十二年創刊。一八七九）に書いている。実際にあった日時から、当事者の言葉までのエピソードが詳細に書かれている。いままで知ることのできない創作に至るまでの実態がわかる資料となる。このなかに登場するのは、三題噺の会の同人たちである。何人もの同人が同じできごとに遭遇し、それを聞いた其水が創作したことを知る経緯がわかっておもしろい。引用する文章は、長文にわたるので番号をつけて区切る。「劇場繁昌記」は河竹繁俊があげる資料により、原文からではないことを断っておく（『河竹黙阿彌』第七。百六十五頁）。本文の会話の部分には「　」をつけた

（※印は私注。※※は引用者の注解）。

1　文久三年正月七日、粋狂連長高野氏は、早春の發會を興笑連より先にせんと、噺初《はなしぞめ》の相談かた〴〵有人、芳幾、魯文を誘ひ、當時茅場町の居宅より、常に出入りする茶道の宗匠村田宗伯をも伴ひて五人、鎧の渡し場より豫ねて仕立てし、屋根舩に同船し、

※**文久三年**　一八六三。**粋狂連長高野氏**　「粋狂連長」とは主催者の意味。高野氏は高野益十郎。好文舎花兄。別号に松花軒、桜酔軒、桜垣七五三丸。**發會**　三題噺の会の粋狂連の集まり。**興笑連**　勝田市兵衛（春廼屋幾久）が主催する会。大伝馬町二丁目の豪商勝田屋。大荒物屋、小間物屋、蝋燭、雪踏問屋などともいわれる。本町側の狂歌人。**噺初**　噺の会の年度初の開催日。**有人、芳幾**　山々亭有人、一惠斎芳幾。**茅場町の居宅**　高野氏宅。現在中央区日本橋の東方の町。**村田宗伯**　茶人。**鎧の渡し場**　鎧橋ができる前にあった茅場町と小網町（現中央区日本橋）との間にあった渡し場。小網町は日本橋川の東岸にのびる町。

※※文久三年正月以前に、高野益十郎（好文舎花兄）、有人、芳幾、魯文、村田宗伯らとともに春廼屋幾久の居宅に伺った。

2　東兩國の割烹店青柳樓の棧橋に舟を繫ぎ、同樓に登りて、其の頃柳橋流行の愛妓二名を聘し、半日の宴に談話を交へ、宗伯は其夜七種の茶の湯ありとて、一歩先に席を辭し、殘る四人は夜に入りて、イザ歸らんと樓を下り、棧橋に繫ぎある彼の家根舩に乘移れば、藝

妓樓婢は陸より送り、「左様ならば御機嫌よう」と紋切形の棄ゼリフをキッカケに、漕出す舩は舳《みよし》を向けて、兩國の橋に近よる折もあれ、橋と舩との険しき間へ、上よりドンブリ水煙り、「すりや身投よ」舩頭の聲に、舩中四人はびつくりし、高野氏は此の時、「早く舩頭身投なら助けろ〳〵」と呼ばゝりぬ。

※七種の茶の湯　不詳。千利休が銘をつけた七つの茶碗のことか。黒茶碗の大黒《おおぐろ》、鉢開《はちひらき》、東陽坊《とうようぼう》、赤茶碗の早船《はやふね》、木守《きまもり》、検校《けんぎょう》、臨済《りんざい》。利休七種、長次郎七種ともいわれる。**樓婢**　青柳楼の女将。**舳**　へさき。船の前部。船首。**水煙り**　水飛沫。

※※目の前で身投げに遭遇する。両国橋は長さ九十六間（約百七十四メートル）、幅四間だが、高さの記述はみられない。「ドンブリ」の落ちた音が聞こえるほどの近くにいた。

3

舩頭はかくと見るより、突出す棹に舳を返せば、橋に近づく舩の舷に、いち没一浮ブク〳〵と浮出したる死體の襟先、手をさしのべて芳幾が、其の半身を引揚ぐるに、魯文も是れを手傳ひて、彼の腕首を引捉へ朧氣ながら、提燈の火影にひとしく死相を見やるに、年の頃五十前後の男、毬栗頭髪の身に着けたる衣服は單衣か袷かは夜目にいづれと分からねど、上に纏ひし黒色のひとへ羽織は、空蟬のもぬけの殼の水浸し、襟首より刺青の少しと見えしを察するに、當時幕府の茶道家などか、や□ざ隠居のあまされ者か、瘡毒などに病みほうけ、身躰不随の處より一家親族には見放され、便る方なく入水せしものかも想像

□られぬ。

※舷　げん。ふなばた。ふなべり。こべり。毬栗頭髪　「いがぐりあたま」のこと。髪を毬栗のように短く刈った頭。や□ざ隠居　□は印刷不鮮明。「やくざ隠居」であろう。やくざは八九三。役に立たない隠居のこと。八九三は三枚ガルタでブタになる数。ブタは無得点。あまされ者　余され者。「あぶれ者（溢者）」と同じ。ならず者。ごろつき。想像□られぬ　□は印刷不鮮明。「せられぬ」か。

※※芳幾と魯文が身投げの男を引き上げる。姿形と衣裳などから、茶道家かやくざ者かと判断した。

4

此の時、舩頭の言へるやう、「此の死體、すでに橋杭にて鼻柱を強く打ち、氣脈全く絶えたれば、引揚ぐるとも其甲斐なし。若し引上げて蘇生せずば、情が仇のかゝり合ひにて、多少の難儀は旦那方御□同のみならず我々も免《のが》れ難し」。とく〳〵放して水死體と促がし立てられ、高野氏も同舩の芳幾、魯文も遺憾ながら、舩頭の言ふがまゝに、「南無阿彌陀佛」の聲もろともに手を放せば闇はあやなし。川下へ流れし果は如何なりしや。舩頭は此時、艪を早めて、間部河岸《まなべがし》より行徳河岸を横ぎりて、鎧の渡し場に舩を留め、桟橋より打連れて茅場町へと歸りたり。

※御□同　□は印刷不鮮明。「御一同」か。とく〳〵放して　はやく川に捨てて。間部河岸　両

国橋の西詰から大川沿いに南に向かうと薬研堀の堀口に架かる元柳橋がある。これより南の新大橋の西詰の一帯（現浜町公園あたり）。

※※ここまでが身投げ事件に遭遇したときの内容である。

同年同月十一日に、有人、芳幾の兩子が、當春例の三題噺の發會兼題配りとして、淺艸寺内寐釋迦堂の奥地なる河竹其水子に至れる折、彼の身投一件を物語りしが、其水子の得たる兼題は「斗々屋の茶碗、山笑ひ、居合抜き」の三題なるより、直ちに連中の噂高き兩國の身投話を種とし、其時、魯文、芳幾が、「引揚げし坊主の背中に刺青ありしと茶道家ならん」との鑑定を其のまゝに、斗々屋の茶碗に趣向を持込み、同月二十一日の發會に、旨く三題にまとめて話されしが、此の趣向新なり奇なり、且は宣傳に近しとて、連外の評判、年を追うて高く、爲めに河竹子に乞ひて、「夫《か》の噺を狂言に仕組みては如何」といふもの多きより、

※**淺艸寺内寐釋迦堂**　弘化三年（一八四六）十一月其水が茶道具商で茶人の太和屋源兵衛の次女琴と結婚する。直前に、浅草正智《しょうち》院の寝釈迦《ねしゃか》堂の地内（のちの馬道二丁目十二番地）に移住する。

斗々屋の茶碗、山笑ひ、居合抜き　狂言をつくったときの兼題は「斗々屋の茶碗、身投げ、時鳥」。この相違は不明。

宣傳に近し　「實傳に近し」の誤記か。

※※「連外の評判」は粋狂連以外の評判をいうのだろう。どのようにして連外に内容が伝わった

のかは不明。其水の三題噺を狂言でみたくなるほどの評判となった。さらに「夫の噺を狂言に仕組みては如何」は科白が少ないので、狂言らしく組み立て直してみたらといった。

6

遂に維新の後、明治二年猿若町三丁目守田座狂言二番目に、舊作の三題噺を新案に取仕組、名題は卽ち『時鳥水響音《ほとゝぎすみづにひゞくね》』。役、替名は花垣七三郎に訥升、舩頭の蟒久太に仲藏、下男友藏に左團次、七三郎妹お露に尾上多賀之丞、手代與兵衞實はまむしの次郎吉に菊五郎等なりき。劇中の役名に花垣七三郎とあるは、粹狂連長の高野氏の初號を花兄と云ひ、別號を櫻垣と呼びしに因み、七三郎は七五三丸の狂號ありしによつてなり。又、其時、中村雁八の役名に茶の宗匠東伯とありしは、村田宗伯が宴席に一座せしを、舩中の人數に加へたる作者の機轉なりし。

※**明治二年**　『歌舞伎年表』は明治三年五月二日。一八七〇。（「黄鳥墳」と「とゝや茶碗」）とも記す。**三丁目守田座**　元河原崎座。**舊作の三題噺**　会で発表した三題噺。**訥升**　沢村。二世。五世沢村宗十郎の長男。**仲藏**　中村。三世。十二世中村勘三郎娘婿。**左團次**　市川。初世。四世市川小団次の養子。**尾上多賀之丞**　二世。二世尾上菊次郎門弟。**菊五郎**　尾上。五世。十二世市村羽左衛門の次男。**雁八**　二世。明治四年に、二世中村鶴蔵になる。

※※文久三年（一八六三）正月七日の身投げ事件から、文久三年正月十一日に兼題配り、二十一日に発表。明治二年（一八六九）または三年に歌舞伎となって上演された。

以上が「劇場繁昌記」にみられる話である。其水が「旨く三題にまとめて話されしが、此の趣向新なり奇なり」といっているのは、三題噺としての内容と展開が、「趣向新なり奇なり」だったからである。実際に、どのような三題噺であったのかは残っていない。すでに其水は四世市川小団次のために、『八幡祭小望月賑』(『縮屋新助』。市村座。万延元年七月。一八六〇)をつくり、文化四年(一八〇七)の深川八幡宮の祭礼客が、永代橋の崩落で人が亡くなったのを劇化している。第二幕の第一場「花水橋喧嘩の場」では、花水橋(永代橋)での祭りの人出で稲瀬川(大川)に落ちる設定とした。この事故と両国橋からの身投げとを重ねて創作したのが、『時鳥水響音』と思われる。

其水は話を聞いて、「舊作の三題噺を新案に取仕組」で、序幕の二場を文久三年正月の兼題「斗々屋《ととや》の茶碗、身投げ、時鳥」から創作した。『時鳥水響音』は、「箱書附魚屋茶碗」の別称がある。通称は「魚屋の茶碗」である。その後、二幕を加えて三幕七場につくり直したのが、『三題噺魚屋茶碗《ととやのちゃわん》』であった(春木座初演。明治十五年五月(二十五日初日)。一八八二)。『歌舞伎年表』は、「先年三題咄流行の折、河竹が一夜漬を或方の好により『時鳥水響音』とて一幕出し、梅幸が家橘の頃、仲藏とにて演ぜしを書足したるもの」と記す(第七巻。二百七十九頁)。「一夜漬」というのは兼題が出てから、翌日までに創作したことをいうが、実際には兼題が出てから十日目の三題噺の会での発表であった。これを「一夜漬」といったのは、其水の創作がはやかった噂によったものとみられる。

明治時代の世界に書き直した『時鳥水響音』、あるいは『三題噺魚屋茶碗』の荒筋は、つぎのようになっている。

遊び人の蝮の次郎吉が道具やの手代に化けて名器魚屋の茶碗を壊し、その申し訳に両国橋から狂言身投げをして花垣七三郎に助けられる。七三郎と妹のお露を騙して五十両を取る。次郎吉の素性を知った蟒久太が追い金をゆするので久太を刺し殺す。お露は次郎吉に思いをかけて家出する。次郎吉は七三郎にお露を女房にくれというので、岸田義員の媒介で決まっていたお露の縁談が破談になりかける。縁談の相手は次郎吉の恩人で義員はわが実父とわかる。次郎吉は改心してお露と心中をはかるのを七三郎にとめられる。次郎吉は自首し、出牢後にお露と夫婦になることを誓う。

荒筋からは兼題「斗々屋の茶碗、山笑ひ、居合抜き」のうちの「山笑ひ」と「居合抜き」の場面がない。だが兼題を「斗々屋の茶碗、身投げ、時鳥」とする説もあるが、これは『時鳥水響音』の時鳥が兼題にあったという人の付会であろう。すでに三題噺の兼題については、発表後に説明する人が、適当に故事つけたりする例がいくつもある。それは報条摺物が残っていてもいなくても同じであった。なかでも三題噺「鰍沢」は報条摺物とは異なる例の代表例である（→Ⅶ「其水作の三題噺「鰍沢」を読む――三題噺から落語へ」）。

（追記）野崎左文の『假名反古』（四十四〜四十七頁。假名垣文三。明治二十八年。一八九五）にも「劇場繁昌記」の引用文がみられる。河竹繁俊があげる引用文と異なる表記がおおくあるが、河竹繁俊の引用文をここでは用いた。

三題噺の劇化

文久三年（一八六三）正月に出された兼題「斗々屋の茶碗、山笑ひ、居合抜き」の三題噺の会の翌月に、『三題噺高座新作《こうざのしんさく》』（市村座。五幕六場。通称「和国橋」「髪結藤次」の通称）の初演があった。三題噺の兼題は、「髪結、國性爺《こくせんや》、乳もらい」で、文久二年に開かれた月例会での創作であった。河竹繁俊は、

> 黙阿彌が作つて口演したのが評判よく、小團次も傳聞して是非やつて見たいと言つてゐた（中略）前の乳貰ひの噺を敷衍し、新作したものである（中略）趣向も卓れてゐたので、これが大喝采で見事に勝つた。始めて三題噺（印刷不鮮明）□芝居に上つて評判がよかつたから、粋狂連は黙阿彌へ引幕を贈ることとなつた。

と述べる（『河竹黙阿彌』第七。百六十三頁）。「口演したのが評判よく」は三題噺の会での発表と、それを聞いた同人たちの評判をいう。このときの三題噺が歌舞伎になるとは、発表を聞いた同人たちは思ってもいなかったであろう。この劇化は、

隣町の中村座で、彦三郎の甘輝に權十郎の和藤内、田之助の錦祥女と云ふ立派な顔觸れの『國性爺』が出る事になつたので、それに対する策として、世話の國性爺で対抗してみようとなって云々。

とある（『河竹黙阿彌』第七、百六十三頁）。中村座の正月十三日よりの中幕で、『國性爺合戦』（楼門、甘輝館の場。ほかに母渚に三十郎、老一官につる蔵。彦三郎が初座頭）が演じられる情報を得たので、月例会の兼題企画者は、『国性爺』を兼題に入れたらどうだろうか」といった。其水が、どのように「国性爺」を入れた創作をするのかを、聞いてみたいと思ったのである。これは兼題から三題噺をつくる形式とは逆で例外となる。この荒筋をあげよう。兼題となる語彙は太文字で記した。

和国橋のたもとで**髪結**を家業としていた藤次（四世小団次）は、酒癖の悪いので女房おむつ（二世尾上菊次郎）を舅市兵衛（三世片岡十蔵）に連れ戻される。藤次は禁酒をして子どもを抱いて**乳貰い**をする。おむつは父親のために神崎屋喜兵衛（六世市川団蔵）の妾となり、名をおきんと改める。藤次の主人にあたる平野屋幸次郎（二世沢村訥升）が巾着切りの**竹門の虎**（四世市川家橘）に百両盗まれる。この虎が藤次の弟とわかったので、その金を調達しようと請け合ってみたができなかった。偶然、喜兵衛の妾宅前を通りかかって、おきんに才覚を頼むが、おきんは、できないという。藤次は禁酒を破って泥酔した状態で、喜兵衛宅に強請《ゆすり》に行く（ここで国性爺の紅流しを和風でみせる）。喜兵衛とおきんが実の兄妹とわかり、喜兵衛の情で金を調達する。竹門の虎は市兵衛を殺して、幸次郎が失った茶入れを取り返す。

竹門の虎の役名は、『國性爺合戦』二段「千里ケ竹」に迷い込んだ竹藪で、虎狩りに出合うのを踏まえた人物名である。髪結藤次の酒癖から子どもの乳貰いの兼題を早い段階でつかうのは其水のつくり方である。また荒筋をみても大金を盗まれ、強請る、盗んだ男と兄弟、姉妹関係といった展開は、其水の〈狂言づくり〉の特徴でもある。すでに歌舞伎の荒筋ができていたとみると、相当の長さをもった三題噺を創作したのだろう。其水の三題噺は短編の作例ではなく長編の作例がおおくあった。なぜ長い作例をつくったのか。それは、最初から劇化するための構想を練ってつくっていたからである。三題噺の会で創作した三題噺に、もっと科白を入れれば劇化できると考えていたのだろう。

したがって三題噺の会では、うまく兼題を活かすことに主眼を置き、細かい展開までは省略したのである。それは劇化以前と劇化以後の相違といってもいい。たとえ劇化以前の三題噺に興味をもっても、その作例は残っていないのは残念である。

引幕を贈る粋狂連

『三題咄高座新作』の初演の時に、粋狂連が引幕（三つの夕と井桁紋でサンダイと読ませる紋と「三題咄粋狂連」と染め付ける）を贈った。この引幕について河竹繁俊は、

黙阿彌も、作者へ引幕といふのは異例だから、小團次と座元とに相談したところ、御贔屓から下さるのだから構わないと言ふので、難有く《ママ》受けた。

と記している（『河竹黙阿彌』第七。百六十三・百六十四頁）。引幕は大判錦絵（三枚続き）にも描かれ、「のし　粋狂連／興笑連」「河竹新七丈江」に亀甲に根笹の家紋、「井桁紋捩りの三タイ紋」と「のし丸に桜紋」を散らしている。三題噺の会の同人の結束が引幕寄贈となったのは、このときの一回だけである。其水だけではなく、ほかの同人たちも三題噺の会の仲間内を大事に思うできごととなった。のちに尾上菊五郎に円朝が引幕を贈ったのも、この其水への引幕に倣ったのであろう。

引幕は草双紙仕立ての合巻『三題咄高座新作』（六巻。歌川芳幾画。錦耕堂板。宮尾しげを旧蔵。文久四〔元治元〕年。一八六四）の挿絵にもみられる（↓【図版一覧・三十図】9—1）。『三題咄高座新作』の表紙には「髪結、國性爺、乳もらひ」の兼題を題簽角書に記している（↓【図版一覧・三十図】10—1・2・3）。また摺物の其水の亀甲に根笹の家紋を染め抜いた「三題咄粋狂

連」というものもつくられた。ここには「熨斗　しん上　一引幕　一張　河竹新七丈江　三題噺連」「河竹其水子が三題はなしの新作を祝して」と記してある（『黙阿弥の手紙日記報条など』）。

大判錦絵は芳幾が平野屋幸次郎（二世沢村訥升）、巾着切り竹門の虎（四世市村家橘）、神喜の妾おきん（二世尾上菊次郎）、和国橋髪結藤次（四世市川小団次）の似顔絵で描いている（『河竹黙阿彌』）。ほかに、かん喜妾おきん（菊次郎）、髪結藤次（小団次）、国松（坂東市之助）の錦絵、平のや《（ママ）》幸次郎（訥升）、巾着切り竹門虎（家橘）、和国橋髪結藤次（小団次）の錦絵もつくられた。

三題噺「鰍沢」の劇化構想

其水が三題噺の会で自作自演した芝居噺「鰍沢」の〈一席目〉は残っていないが、三遊亭円朝が演じたといわれる芝居噺「鰍沢」の〈一席目〉と〈二席目〉が、『圓朝全集』に記録され、〈一席目〉を読むことができる。『圓朝全集』には〈二席目〉の冒頭に、円朝が芝居噺を「道具噺で二日讀切」で演じたといっている。道具噺とは正本芝居噺のことである。

『春色三題噺二編』の口絵には「旅商人新七」「堅田の雁八」「音羽の左十」「月の輪於熊」「獵人傳三郎」「新七弟福吉」などの登場人物が描かれるが、最初の見開き一図の「旅商人新七」と「堅田の雁八」「音羽の左十」の立ち回りの場面は本文にはみられない。其水の三題噺には あったので描いたのだろう。さらに「旅商人新七」は本文では宗次郎となっている。宗次郎は新潟の商人荒物業の加賀屋の息子で、〈二席目〉の後席（後半部）の冒頭で伝三郎の鉄砲で撃たれて死ぬ。「新七弟福吉」は〈二席目〉の旅人で宗次郎の弟とわかる。三題噺では、鉄砲を撃ったあとに八百八後家《はっぴゃくや》の仇者のお花は「お花実は月の輪於態」、峠茶屋の亭主は「亭主実は獵人傳三郎」と歌舞伎の「実は」の見顕れを本文に書いている。

〈二席目〉を載せる『春色三題噺二編』で、其水の三題噺が口絵に見開き二丁半にわたって描かれたのは珍しいことである。月例会で〈二席目〉を演じてから、其水は演じた三題噺を原稿にまとめた。だが、『春色三題噺二編』の刊行が遅れたため、口絵に描いたものは、話されたときの展開と異なっている。有人が序文に「慶應元初原稿」と記したのは、その異なったことなどをあきらかにするためである。其水は小団次のための新作歌舞伎として「鰍沢」の〈一席目〉につづく〈二席目〉を創作したが、慶応二年五月八日に小団次は亡くなってしまう。原稿を書いてもらったにもかかわらず、半年以上も遅れたのを其水に詫びるために、さらに「同二寅春発行」と序文に添えた。芳幾は其水が三題噺で話した駕籠舁きと旅商人新七との立ち回りの場面を描いたのであった。

其水は歌舞伎で狂言作者として本読みをするときに、声色をつかって大きな声で話すのを得意とした。三題噺の会では同人の木しら雪の代舌（代演）を大きな声で演じた。それを、「有人の追憶談中に、『河竹氏の噺は、脚色《しくみ》に無理もなく、且つ音聲も爽やかで、黒人も及ばぬ妙趣』があった」といっている（『河竹黙阿彌』第七。百六十頁）。「音聲も爽やか」は本読みで鍛えた通る声をいう。三題噺の芝居噺も小団次の声色で演じたのであろう。はたして、このときの評判を小団次は聞くことができたのであろうか。

おわりに

三題噺の会の同人のなかで、もっとも其水が三題噺の成果をあげた人物とみてまちがいないだろう。ただし、ほかの同人とともに三題噺の作例は少ない。其水の三題噺から創作された「鰍沢」の作例が、同人作品集に残り、三題噺から落語への流れがあったことがあきらかになっている。いったいどのような台本が書かれたのだろうか。会話による展開には、科白がおおくあった台本とみられる。〈二席目〉の芝居噺が〈二席目〉と同じような道具仕立てで演じられ、台本にみる旅人を鉄砲で撃つときの「ねらひ定めて火ぶたを切り、ヅドンと打たる強薬《つよぐすり》、地ひゞきなせし筒音《つゝおと》に、積《しやく》に苦しむ件《くだん》の女」といったリズムある文体の地の文に、「わりやアいつぞや甲州で、流れもはやき早川を、筏で逃た旅人か」の会話の七五調の科白を、円朝の声で聞くことができたら、まさに芝居をみているようであっただろう。

其水の活躍に刺激されて、同人の瀬川如皐も浄瑠璃『花暦三題噺』を発表したが、同人の落語家たちは落語の新作をつくることはなかった。どうしてであろうか。はじめからつくる構想などなかったのだろうか。柳枝、左楽、談志、円朝の四人が一つでも二つでも、それぞれが創作していれば、三題噺の会から新作落語が生まれ、幕末の落語界にもおおきな意味をもったはずである。その機会を活かさないで、開化期へと時代を移したのは、はなはだもったいないことをしたといえよう。其水のような劇化構想は市川小団次という役者を想定して創作してきたが、落語家たちは幕末期の落語の限界すらも感ずることなく、創作をしようともしなかったことに違和感を覚える。

其水にとっての三題噺の会は、小団次と組んでいた時期であり、さらに三題噺による劇化の構想を練る時期となっていた。其水は、もっと小団次が長生きしていれば、異なる作品の創作も提供できたであろう。その後の其水が、三題噺もしくは落語の芝居噺を精力的に創作しなかったことには、小団次の死がおおきく影響している。もし新しい時代の落語の芝居噺を其水がつくっていたならば、落語の世界も変わったであろう。しかし其水がかかわらなくなったからこそ、円朝の開化期以降の創作が生まれたともいえる。其水は明治二十六年（一八九三）まで生き、円朝の作者時代に、二人の邂逅もあり、円朝の新作の劇化がみられたのは其水がいたからできたことといえる。しかしながらこの時期の狂言作者としての円朝を、歌舞伎研究者は指摘していない。すでに円朝は落語の芝居噺の世界から離れ、芝居噺を演じることもなかったので、自作の劇化を自由にさせていた。狂言作者という意識はなかったともみられる。もし円朝が芝居噺を演じていたならば、きっと其水は手を差しのべたであろう。すでにお互いが放棄した三題噺から新作狂言の創作と芝居噺を演じる世界に戻ろうとしなかったのは、二人にとってはとても不幸なことであったといわねばならない。

VI　三遊亭円朝の三題噺 ―― 作家への基盤をつくる

はじめに

近世落語の伝承者として生きてきた三遊亭円朝が、近代作家としての基盤をつくったのは、幕末期の三題噺の会であった。ところが、三題噺の会での円朝の創作は一例だけである。月例会に頻繁に出て三題噺を創作しているにもかかわらず、それらの記録は残らなかった。だが同人作品集の『粋興奇人傳』だけが、会の記録書をもとに同人の作例をあげているのを考えると、確かに記録書が存在していたに違いない。三題噺の会での円朝を知るのは困難であるが、同人に兼題を知らせる報条摺物に円朝の三題噺を知ることができ、さらに新出の同人作品集に作例がみられ、また同人作品集に円朝の別号が発見できるなどと、円朝の三題噺の会での活躍が少しくみえてきた。

まず、一つ目は、あたらしい作例が『今様三題噺初編』（文久三年。一八六三）に、兼題「西行、祇園會、娘」をみる。この作品には同人の「柳亭左樂、春廼家幾久、好文舎花兄、福井扇夫、一恵齋よし幾、山々亭有人」らとともに円朝が収められた。この兼題が報条摺物と同じであるので、文久三年以前の月例会で発表した三題噺とわかる。二つ目は、『春色三題噺二編』（慶応元初夏稿、同二寅春発行序。一八六六）の巻之下にみる兼題「遊女《ゆうぢょ》の無心《むしん》、大黒天《だいこくてん》、彫物師《ほりものし》」の作例である。この作者名は「橘阿彌三圓」である。この三円によって円朝が橘阿弥の阿弥号を名乗っていたことがわかった。実は開化期、明治期の作品集に、円朝作として知られているものであるが、幕末期の三題噺の会にあったことは知られていなかった。永井啓夫の『三遊亭円朝』（青蛙房。昭和三十七年。一九六二）にも指摘されていない発見となる。岩波書店版『円朝全集』（平成二十四〜二十八年。二〇一二〜一六）の刊行で、円朝研究が頂点に達しているにもかかわらず、まだ円朝研究を補う資料が出てきたことになる。

『春色三題噺二編』と『校訂人情本傑作集』

落語「鰍沢」の〈二席目〉を収める幕末期の笑話本『春色三題噺二編』からみていこう。本書は円朝の存命中につくられた作品であり、ほかの三題噺の会の同人作品集のなかの一つでもある。翻刻は帝国文庫の『校訂人情本傑作集』下巻に、二編上之巻・中之巻・下之巻としてみられ、二十八話の笑話を収めている（三十四編。三四三〜三七八頁。博文館刊。明治二十八年。一九一〇）。いままでこの『春色三題噺二編』は人情本作品として紹介されているため、笑話本としての伝存に気づく人が少なかった。しかし、山崎麓編『日本小説書目年表』や宮尾しげを編「小噺年表」にも記述される笑話本であった。伝存を確かめていれば三題噺の追究もされてもいたであろう。なぜ二編のみが人情本作品として紹介されていたのか。翻刻書の解題（蜃気楼主人）には、

河竹其水、柳亭種彦等数十人の短編を輯めて三巻となしたるものにて、春廼家幾久輯、弄月亭有人校とあり、春廼舎《（ママ）》は何者なるか詳ならず、河竹其水は人も知りたる脚本の作者にして、弄月亭は山々亭とも號せらる、今の採菊散人條野傳平君の戯號なり、江戸時代の作者にして今に操觚の業を専らせらるゝもの獨り君のみ

※操觚　「觚《こ》を操《と》る」。木札を手にとる。觚は文字を記すための木の札。転じて、文をつくること。文筆を業とすること。

とある。「河竹其水、柳亭種彦等数十人の短編」とみたので人情本作品と判断したわけだが、二編には其水、仮名垣魯文、山々亭有人、春廼屋幾久、菊の屋柳美、惠《（ママ）》齋芳幾、福井扇夫、雪松園みさほ、麟堂伴兄、山衣細道、綾岡岸雄、露の屋梅我らの三題噺がみられる。二編に柳亭

種彦が選ばれているので人情本作品とみたのが理由のようである。まったく編者は三題噺の会も同人たちのこともわからないままに作品を翻刻している。本書の初編も二編も、再版本（後印本）が出るほどであったから、よく知られる作品であった。

二編の最初に置かれている三題噺は河竹其水である。落語「鰍沢」の〈二席目〉であることは、笑話を読み進めていけば〈一席目〉のつづきであることもわかる。そして二編の最後に置かれる三題噺が橘阿彌三圓こと円朝の三題噺である。同じ二編に其水と円朝がいるのを円朝研究者は気づいていなかった。これを見落していたといっていいだろうか。其水と円朝は三題噺の会の同人であるが、ともに三題噺の作例は少ない。しかもどのような接点があったのかなどのエピソードも残っていない。そうしたなかで、其水の三題噺が落語「鰍沢」の〈一席目〉と〈二席目〉となり、それを台本にして円朝に与えた。そのときにどのような会話がかわされたか。道具仕立ての芝居噺に仕上げて演じた円朝の落語は、もちろん其水はみたであろう。そしてどのような評価を述べただろうか（→Ⅶ「其水作の三題噺「鰍沢」を読む—三題噺から落語へ」）。

三題噺の会時代とその後

三題噺の会に参加した落語家のなかで、一番の若さであった円朝は、笑話を創作することへの意欲が高かったこともあり、つくったものの評判はよかったとされる。落語をつくる筋立ての創作術（創作方法）や三題噺の構成法などは、三題噺の会での其水のつくり方を聞きながら覚えたことであろう。ほかの同人からも学識を得るなどして、あらゆることを学ぶ場となった三題噺の会の月例会で、円朝は笑話を創作し発表しながら、開化期、明治期以降の落語作者への道を歩んでいった。しかし、この三題噺の会時代の円朝を述べた研究は一つもない。其水の兼題「髪結、國性爺、乳もらひ」から歌舞伎の『三題咄高座新作』がつくられ、合巻の作品もつくられた。

其水の旅日記『甲刕記』が残され、二度と旅興行に出ることをやめたという。富士川の荒い流れに酔ってしまったからである。その思い出を三題噺「鰍沢」〈一席目〉の激流に流される旅人と流れる筏の場面に描いた。この現地での体験を交えた創作方法は、円朝にも現地調査をした上で創作する必要性を植え付け、『圓朝叢談鹽原多助一代記』の創作のために、太助の菩提寺、遺族の調査をおこなうために、出身地の上州沼田に旅をしたことは知られている。

円朝の評判

『三題樂話作者評判記』に、円朝はつぎのように書かれる。

頭取　怪談つゞき物語、道具入の本元、圓朝丈でムり升。娘連　ヲヤ〳〵圓朝さんの評判でござい升ヨ、うれしいねへ。おしやく　モシゐんちよさん、待てゐましたョ、ゐんちよさん〳〵。頭取東西々々、チトおしづかにねがひ升、扨此お人は、本席においても一兩年此かためつきりとの御上達、落語道若手の冠たるものになられましたゆへ、三題ばなしもそれに准じて、いつも雅俗の評判よく、こゝぞと申てなんじる所はござりませぬ。木ば連ひゐき目でいふのではないが、おいらが圓朝の三題ばなしを外の賣人と一列にされたは迷惑だ。聞功者それはおつしやらいでも、耳のあいた譯しりもござい升、すべて粋興の兩連へ加入するときは、素人口調が眞面目ゆへ、賣人の口くせはさらりと捨てしまはなければ、上品にはまいりませぬ、圓朝丈はそのけじめをよく心得られて、ひんよく辨じられるゆへ、わるおちはこぬがりつぱなこと。やき連圓太郎も鳶が鳳凰をうんだやうな物だ。ひくにまだ若年だから、海のものとも山のものともわからねへ、あれで一ッまちがやァ女さうどうは、たへやァしねへ。ヒイキばかをいはッしやァ、餘人は兎も角も、物の本の勧懲をあぢはふ男だ、たゞのはなし家と、どんぐるめにされてなるものか、イヨ〳〵代地の若大將〳〵。

※怪談つゞき物語　左楽も「つゞき物語」を演じている。円朝は「怪談」がつく「つゞき物語」であった。　**道具入の本元**　芝居噺、道具噺の本家。円朝は当代の役者声色も真似ている。七世河原崎権之助（九世市川団十郎）、五世坂東彦三郎、四世市村家橘（五世尾上菊五郎）、八世岩井半四郎、二世沢村訥升（四世助高屋高助）らを得意とした。　**圓太郎**　円朝の父。橘屋円太郎。　**鳳**

凰　諺「鳶が鷹を生んだ」よりも瑞鳥の鳳凰に匹敵する。**どんぐるめ**　いっしょくた。**代地**　文久元年（一八六一）に浅草中代地（現台東区柳橋一丁目）の表店の二階建てに引越した場所。慶応三年（一八六七）の浅草裏門代地（第六天裏。浅草茅場町一丁目。現台東区浅草橋一丁目）に引っ越すまで住んでいたところともいう（永井啓夫『三遊亭円朝』）。

また、円朝髷といった銀杏のはけ先をはねた髷を結い、黒羽二重、縮緬づくめに赤襦袢をちらつかせ、夏になると黄《き》帷子に絽の紋付、幅広のお納戸《なんど》献上の女帯を締めた。病のときは五分月代《さかやき》に白絣《がすり》の帷子、お納戸献上の帯に黒の五つ紋の羽織、紐は紫で、円朝は気障な出で立ちをした（興津要『仮名垣魯文』。有隣新書46。有隣堂。平成五年。一九九三）。目立つ姿とは裏腹に、しっかりとした落語を演じたから嫌みをいう者がいても、芸で勝負した落語家であった。三題噺の会での円朝は左楽、柳枝、談志などの落語家とのつながりも強くあったが、落語家との接点は山々亭有人と左楽、好文舎花兄と左楽、談志などをみる。左楽、談志は花兄の代舌（代演）をしたかかわりからである。だが柳枝と円朝が代舌をしたという記録は残っていない。

開化期、明治期になると有人と円朝とのつながりは、「有人綴、圓朝作話」の合巻式草双紙の作品をみる（↓IV『粋興奇人傳』の人たち—同人組織のつながり—）。有人の草双紙によって、評判のいい円朝の創作を作品化すると、円朝も創作に力を入れるようになり、速記本活字による『怪談牡丹燈籠』『圓朝叢談鹽原多助一代記』で、一気に作者の世界が花開くことになった。明治期には円朝は「やまと新聞」やいくつかの本に三題噺の作例を載せるが、これらの創作は幕末期のものではない。『圓朝全集』や岩波書店版『円朝全集』は、この時期の三題噺を収めている。

円朝は落語「鰍沢」の作者には非ず

永井啓夫は三題噺によった円朝作の落語は、すべて円朝作ではないと生前に語っていた。其水作「鰍沢」の〈一席目〉が三題噺の会で話されたことは、三題噺の会の報条摺物に「玉子酒、筏、熊膏薬　河竹」とあるので、其水作であることがあきらかとなる（報条摺物は宮尾しげを編集の「小はなし研究」九号に紹介された。昭和十一年。一九三六）。春陽堂版『圓朝全集』（大正十五～昭和三年。一九二六・二八）がまとめられてから、八年後に紹介されたのは大発見となった（→【図版一覧・三十図】11―1）。

いままで其水の兼題があげられても、この報条摺物の「河竹」の作者を問題にする研究者はいなかった。〈一席目〉は「鰍沢雪の夜噺《よばなし》」、〈二席目〉は「晦日の月の輪」と題して『圓朝全集』は収め、〈一席目〉の末に、註として「最初此話は芝居話でしたがおくまの弾丸《たま》をのがれての白《せりふ》を左に記して置きます」の断りを記して、門人三遊亭一朝口演のものを収めた。これは口頭伝承の確かさに基づき、正しく一朝が伝えているという判断によっての記載であった。

この註に「最初此話は芝居話でした」というのは、其水の三題噺が芝居噺でつくられたことをいい、円朝がつくった芝居噺という意味ではない。『圓朝全集』では〈二席目〉の冒頭で、円朝が〈一席目〉〈二席目〉を「道具噺で二日讀切」で話したと記している。道具噺とは正本芝居噺のことである。『圓朝全集』は芝居噺の元の「白《せりふ》を左に記して置きます」といい、其水の台本の終わりを残している。それにつづく〈二席目〉は門人の三遊亭円右口演（『圓朝全集』解題で、正しくは円右ではなく三遊亭円橘口演である）といって収めている。ともに円朝口演を一朝と円橘の門人が伝承したものとした。

なお、三題噺と「鰍沢」については、すでに宮尾しげを（一九〇二〜八二）の「三題咄の流行」（「小はなし研究」九号。昭和十一年。一九三六）、秋庭太郎（一九〇七〜八五）の『三題噺攷』（昭和二十四年。一九四九）、宮尾しげをの「円朝の人情噺」（「歌舞伎」二十七号。松竹株式会社演劇部。昭和五十年。一九七五）、「三題咄」（『三遊亭円朝全集』月報8。角川書店。昭和五十一年。一九七六）などに記述がみられる。また伊東清の『八代目林家正蔵正本芝居噺考』（三一書房。平成五年。一九九三）には、正蔵が演じる「鰍沢」の映像を収めた記録本がある。

三題噺の報条摺物と作例

つぎに、三題噺の兼題だけのものを年代順に整理してみたい。三題噺の会では演じる前に兼題の三題が報条摺物となって同人たちに提示され、それにもとづいて三題噺はつくられた。この報条摺物は報条、引札ともいう。報条摺物が届くと同人たちの緊張感は高まり、その日のうちに創作の準備にとりかかった。そしてつくった三題噺を演じる練習をする。可楽が即興に三題を得て一条の即興噺をつくりあげた方法とは異なっていた。

円朝の三題噺を知る前に、どのぐらいの長さの三題噺がつくられたのかをみておこう。円朝の三題噺は、『粋興奇人傳』は五百二十五字前後、『今様三題噺初編』は三百十一字である。『春色三題噺二編』は五百五十五字前後である。『今様三題噺初編』は三百十一字である。三題噺の長さは短いと思われるが、これは作例を紹介するために短くした長さであり、実際に口演した長さではない。たとえば、『春色三題噺二編』の其水作の三題噺「鰍沢」の〈二席目〉の文字数は、八千八百字前後で相当に長い。これは収めるときに手を加えたので、この長さになったのである。其水作の「鰍沢」〈一席目〉の三題噺の作例は残らなかったが、『圓朝全集』に載るものの文字数は三千五百二十字前後で、〈二席目〉の半分である。〈一席目〉と〈二席目〉は「つづき噺」として話しているが、〈一席目〉を演じるときの時間調整をしなかったようである。〈二席目〉が長い展開となるので、前席と後席にわけているように〈二席目〉は時間調整をしている。ここまでの長さになる三題噺は、ほかにはなく、其水のものは例外といえる。

以下、円朝の名をみる報条摺物と、同人作品集にみる三題噺をあげる。それぞれの文末には、春陽堂版『圓朝全集』、角川書店版『三遊亭円朝全集』、岩波書店版『円朝全集』に収録しているかどうかを明記した。

文久二年（一八六二）閏八月

大判錦絵（三枚続き）の錦絵「茲《こゝに》三題《さんだい》噺《はなしの》集會《よりぞめ》」板行。芳幾画。粋興連の三題噺の会の摺物だが、なぜか円朝の参加がみられない。地口本『地口雛形駝洒落早指南』（初編は文久二年。二編は文久三年。三編は慶応元年）には円朝の参加がみられるので欠席したのか。錦絵に描く三題噺の会は古柏楼で開催された。十四名の同人が参加している。三題噺の会が古柏楼で開かれたという記事はないので、この古柏楼は柏木亭と考えたい（↓【図版一覧・三十図】7―1・2・3）。春陽堂版、角川書店版、岩波書店版には指摘されている。

文久三年（一八六三）春

『粋興奇人傳』刊行。兼題「春雨《はるさめ》、戀病《こひやみ》、山椒《さんしょ》の摺古木《すりこぎ》」をみる。

「コレおきよどん、あんばいはよいかへ。此間お醫者さまのいふには、おまゑのやまひは戀わづらひだとおいひだが、どこの人を思つてゐるのだへ」

「はい、その人は淺艸の市《いち》に、山椒のすりこ木《ぎ》を賣《うつ》てゐた人でムり升。しかしどこの人だか、それも知れませんから、その時、買《かつ》て來たすりこぎを其《その》人だと思ツて、毎晩抱《たい》て寐ます」

「ヲヤさうかへ、そして其摺古木に紐が附《つい》てゐるねへ」
「だいてねるので、よごれ升から、紐を附《つけ》て窓から表へ出して、雨で洗ふのでござい升」
ト咄《はな》すをりから、桶屋の若ィ者が
「桶のたがが出來ました」
〔ト〕いつて來たのを、彼下女が見附
「あの人だ〳〵」
ト騒ぎ升から、一人の下女が、件の男に此由《よし》を咄し升ト
「すりこぎを私だと思て抱《だい》て寐るとは難有《ありがたい》、夫程思ッてくんなさるなら、いつそ欠落《かけおち》をしやう」
ト下女の着るゐを脊負て出てくるのを、友達が
「コウその包《つゝみ》はどうしたのだ」
「ナニよ、その下女が斯々《かう〳〵》で、おれを摺粉木に仕やァがつたから、だまして摺《すら》せてやつた」

※摺粉木　陽茎の形の張形の代用品。**摺せてやつた**　摺粉木の元はこれだといって性交した。

恋煩いの笑話は、笑話本のなかでも主題になることがおおくみられる。そして摺古木が出てくると、その流れは娘が摺古木や張形《はりがた》を使った自慰行為をする展開となる。張形は陽茎の形につくられたものである。たとえば、

下女、はり形を遣つて居る所を、主人、あわたゞだしく呼《よび》ければ、かゝとに結ひ附けたを氣もつかず、「あい」といふて行《ゆく》く。主人「わが足につけた物は何じや」といふ。下女「ヲヤそさふな、どこでへのこをふんで參りました」。

（「はり形」。『豆談語』。安永ころ。一七七二〜八〇）

がある。「摺古木に紐が附てゐる」は紐のついた張形である。張形が左甚五郎作となると妊娠までしてしまうという展開の笑話もある。兼題が揃いすぎると想像通りの艶笑噺となる。たとえ過去の笑話本にみられる展開であっても、時代が変わると、それを知らない人もいて再出に気づかない。再出こそ出来のいい笑話ともいえるが、実際には新鮮さを欠いた笑話でおもしろくない。摺古木は松茸と同じように男根の譬えにつかわれてきた。角川書店版には指摘されていない。

文久三年弥生

この年の三題噺の会であることが報条摺物の「文久三年亥のやよい」でわかる。兼題「振向て、艸履ふまれつ、花戻」をみる。この作例は残念ながらみられない（『黙阿弥の手紙日記報条など』）。参加者は、「春の屋《（ママ）》、細道、文子、有人、魯文、如皐、芳幾、交來、談志、左樂、圓朝、柳枝、素眞、種彦、扇夫、綾岡、玄魚、墨松、しら雪、花兄」である。報条摺物には、「のし丸に桜紋」と「井桁紋捩りの三タイ紋」がみられるので粋興連の会となる。この報条摺物が其水所蔵でありながら、ここには其水の名がみられない。其水がしら雪の代舌（代演）をしていたので、しら雪の兼題「山吹の垣や、ぬすめと、いはぬまて」を其水が演じたことになる。円朝の名をみるが春陽堂版、角川書店版、岩波書店版には指摘されていない。

文久三年七月八日

『笠亭仙果文集』に円朝が船中で三題噺を演じたと記す。「三遊亭圓朝、舩にて三題話の會せし時、其ノさまを畫きてそへたる戯文（文久三年七月八日）」とある。船で三題噺を聞く会を開いたもので、三題噺の会での例ではない。おもしろいのは円朝の船とは別の船に、興笑連と粋狂連の贔屓連（たのしみ連）が乗って聞いていることである。すでにあげた資料だが、もう一度あげておこう。（ ）内は二行書。

大井河の三の舩は圓融院の帝のむかし〳〵にて、墨田川の三題話の舩は圓朝子が今様の物好なるべし。岩戸丸（神田川の屋根舩の名）に通り神樂の鳴物にぎはしく、有明樓（山谷堀今戸橋の酒樓也）の門近く漕寄て、夕月の入るを忘れ、興盡ざれば（王子猷が故事）夜もふけぬ也。傍にきく人、漸歸去て、興笑連（春野以下の騒客）とたのしみ連（粋狂連を贔屓の徒）のやね（舩名）を左右に三の舩。詩歌管紘の遊より面白し、神もめで給はむかし（舩号に應ず）

墨（隅）田川の川面といっても、今戸橋の有明楼に上がる板橋に船を舫いながらの、円朝の三題噺を聞く会であった。どのように兼題を出してもらったかなどの具体的な記述はない。この戯文には粋狂連の話を楽しむ「たのしみ連」という贔屓連があったことを記している。「たのしみ連」は粋狂連だけの三題噺の会に参加した贔屓連とみていいだろう。『粋興奇人傳』の口絵に描かれる会場に、高座を取り囲む人たちがいるのが、この「たのしみ連」であったか。春陽堂版、角川書店版、岩波書店版には指摘されていない。

文久三年（一八六三）八月以前

報条摺物に、兼題「祇園會、大津繪、西行法師」とある。これは新出の『今様三題噺初編』（文久三年八月。一八六三）に収める兼題でもある。文久三年八月以前の月例会での発表となる。『今様三題噺初編』には、柳亭左楽が三話、春廼屋幾久、好文舎花兄、福井扇夫、一惠齋よし（ママ）幾、山々亭有人、三遊亭円朝らが、一話ずつの九話を収めている。『今様三題噺初編』の兼題「西行《さいぎやう》、祇園會《ぎおんゑ》、娘《むすめ》」をあげよう。

京都四條通《どふ》り、さる方《かた》の娘、頃しも六月祇園中《ちう》、フト北面の侍を見そめ、ぶら〳〵やまひとなりければ、ふた親はじめしんるい迄

「コハ只の病氣にあらす、もしや戀やみにはあらざるか」

と見せの手代の心きゝたるが

「モシ嬢《じやう》さま、あなたの見そめた、とのごといふは、どこのお人でムり升」

といへば、娘は
「アイ其人は北面のぶしで、かう〳〵いふ人」
と物語《ものがた》れば
「夫《それ》なれば、いくらあなたが思ッても、むだでムり升。其人は佐藤兵へのり清《きよ》様とて、北《ほく》面《めん》のぶしながら、此ほど出家なされまして、すなはち、こゝの屛風にある西行法師がそで《(ママ)》ムり升」
「夫《それ》はむかしのことではないか」
「今のは昔ののり清《きよ》の末孫《ばっそん》でムり升」
と聞《きい》て、娘は屛風にむかひ
「エヽにくらしい、聞へぬおかた」
と小刀《こがたな》もつて切《きり》にかゝれば
「ナニいくらあなたが切《きり》たくても、その西行は不二見《ふじみ》でござり升」
※ぶら〳〵やまひ　いつまで経っても回復しない病。**佐藤兵へのり清**　佐藤兵衛義清。西行の俗名。**そでムり升**　「そうでムり升」の「う」が欠。**西行は不二見でござり升**　富士山を見る西行は画題としても知られる。切っても死なない（不死身）を掛ける。
報条摺物の「三題落語會報條」にみられるが開催年は不詳である。「來ル六月六日／於柳橋

柳屋興行」「正九時より相始夕七ツ半限りに候間御繰合御早々と御入來冀希上候」「會主　粋狂惣連」（『黙阿弥の手紙日記報条など』）とある。「來ル六月六日／於柳橋柳屋興行」は文久三年、それとも文久二年か。「會主　粋狂惣連」は粋狂連主催の会をいう。

報条摺物には、ほかに春廼家（ママ）幾久の兼題「小人島、氷室、番屋」が、『今様三題噺初編』に「小人島、氷室、春屋」とある。一惠齋芳幾の兼題「雷ほし、孕女、柳箇」も、『今様三題噺初編』に「孕女、雷干、柳ごり」とある。『今様三題噺初編』に収める好文舎花兄の名が報条摺物にみられない。このときの報条摺物には、「如皐、魯文、談志、柳枝、綾岡、紫玉、交來、扇夫、種彦、玄魚」が参加しているが、作例はみられない。紫玉は巴月菴紫玉である。春陽堂版、角川書店版、岩波書店版に指摘はされていない。

文久三年十一月

双六「三題咄《さんだいばなし》新作双六《しんさくすごろく》」板行。宮尾しげを旧蔵（二点あり）。ここには短い三題噺がみられる。大判錦絵六枚でつくられた双六である。「三題咄新作双六」は粋狂連、興笑連による双六で、中央下に、「一惠齋芳幾畫」「松嶋彫政」「團扇堂壽梓」とある。高座の上で話す落語家の絵の顔は、「井桁紋捩りの三タイ紋」で「三題」を表す。これは勝田市兵衛（春廼屋幾久）の興笑連の紋である。魚河岸連からの引幕と粋狂連と興笑連の暖簾と落語家が話す顔を、中央下に「井桁紋捩りの三タイ紋」と「のし丸に桜紋」で描いている。これは高野桜酔軒（好文舎花兄）

の粋狂連の紋である。円朝の兼題は「さし賣、まぼろし、たいこ」である。

「さし賣の長蔵と男、異名をまぼろしといひしが、たいこがなるかならぬうち、人さきへかけだすから、まぼろしといふさうだ」

「なぜへ」

「おさきまつくらだらう」

ほかの参加者に、「談志、魯文、交來、むらく、芳幾、玄魚、種彦、如皐、有人、其水、綾岡、扇夫、左樂、嘉遊、梅我、愚生、樂之、狐遊、柳美、双扇舎、美佐を、幾久、伴兄、しら雪」らをみる。

「三題咄新作双六」の袋も残っている（宮尾しげを旧蔵）。双六の袋は捨てられることがおおいので残るのは稀である。左側に「三題咄新作双六」。右に「梅素亭玄魚校」「一惠齋芳幾畫」「松嶋彫政」。絵は高座と引幕。引幕には「井桁紋捩りの三タイ紋」と「のし丸に桜紋」。中央に描かれる役者の女形が手にもつ手拭にも、二つの紋が描かれる。袋の裏側には、「堀江町壱丁目／團扇堂　伊場屋仙三郎板」とある。春陽堂版、角川書店版には指摘されていない。

元治元年（一八六四）

『春色三題噺初編』が刊行されるが初編に円朝はみられない。総話数二十六話。

慶応二年（一八六六）**春**

『春色三題噺二編』（慶応元年初夏稿、同二年寅春発行。一八六五・六六）が刊行される。総話数二十八話。巻之下に一話の作例を「橘阿彌三圓」の名でまとめる。橘阿弥は円朝の阿弥号である。兼題は「遊女《ゆうぢよ》の無心《むしん》　大黒天《だいこくてん》　彫物師《ほりものし》」。

遊女薄雲《うすぐも》は客、宗眠に

「大黒の像を金にて拵へ來《き》て呉《くれ》」

ト無心して、此大黒を錺《かざ》りてより仕合《しあはせ》よくなりければ、遣手《やりて》おつめ是をうらやみ、宗眠に無心をいふと宗眠いはく

「あの時は紀文《きぶん》が下がね料百兩出したるゆへ出來たれど、下金《したがね》がなければ出來ぬ」

といふに、おつめ、へそくりを五十兩出して頼む、宗眠其金《そのかね》を忽ち遣ひすて大黒を拵へてやらぬを遣《や》り手《て》はしきりに催促する故、宗眠心中《しんちう》めつきにて拵へつかはしけるを、殊の外よろこび祭りけるが、是より仕合《しあはせ》わるく、以前の亭主が來《き（ママ）》りて

「金をかせ」

といふ、金《かね》はなければ着物を貸《かし》、又、勘當の息子が來て着物を借り、樣々《いろ〳〵》の不仕合《ふしあはせ》ゆへ待乳山の聖天《しやうでん》へいのりに往《ゆき》て、歸りがけ土手で追《おひ》はぎに出逢、眞《ま》ッ裸にされて、ほう〳〵三浦屋へかへり借着《かりぎ》をして居る處へ、宗眠が來《きた》りければ、此恨《うら》みを言けるに、宗眠のいわく

「それは自己《おれ》が懐《ふところ》の貧《ひん》なるとき拵へた大黒ゆへ左様《さう》なるべし」
といふ
つめ「そんならあれは金むくではないのかへ」
「いかにもひんむくなり」
と言《いふ》ゆへ
「道理でぬがせられてばかり居た」
「コレおつめ、其様《そんな》にいふな、今一度五十兩の下金《したがね》を出したら」
「又、ひんむくかへ」
「ナアニ今度は着《きせ》て拵て來《き》て遣《やら》う」

※遊女薄雲　吉原三浦屋の遊女。**宗眠**　彫金師横谷宗眠。**紀文**　紀伊国屋文左衛門の通称。**下がね**　下金。準備金。「製品の下地《したじ》に用いる金属または金銀などの地金《じがね》」を掛ける。**待乳山の聖天**　隅田川今戸橋南詰近くの小さな山。山には待乳山聖天宮がある。**土手**　日本堤の俗称。土手八丁ともいう。**金むく**　まぜ物のない純粋な金。純金。無垢はまじりけのないこと。**ひんむく**　貧無垢。まさに貧乏だ。「引き剝く」を掛ける。勢いよく剝ぐをかける。**着で**　「被せて」を掛ける。表に被せて本物にみせる。

すでに春陽堂版『圓朝全集』巻十三の「落語及一席物」に同じ三題噺がみられる（三百七十・

三百七十一頁）。解説では出典を不明とする。ただし『春色三題噺二編』とは本文表記に異なりをみる。岩波書店版『円朝全集』十三巻（九十五頁）には三遊亭円朝口述、酒井昇造速記の『新著落語十二種』（三友舎。明治二十五年。一八九二）にある「三遊亭圓朝口述」を載せている。『圓朝全集』の出典は、この『新著落語十二種』によったとみられる。ここには『圓朝全集』のものをあげる。

昔《むかし》三浦屋《みうらや》の薄雲《うすぐも》といふ遊女《いうぢよ》が、當時《そのころ》有名《いうめい》の彫刻師《ほりものし(ママ)》の宗眠《そうみん》と申《まう》す馴染《なじみ》の客に、「大黒の像《ざう》を金《きん》で拵《こしら》へてくれ」と無心を致し、其《その》大黒を飾《かざ》つてから段々《だん〲》仕合《しあはせ》が能《よ》くなりましたので、遣手《やりて》のお爪《つめ》が羨《うらやま》しく思《おも》つて、「私《わたし》にも拵《ごしら》へて下《くだ》さい」と無心をいふと、「イヤあの花魁《おいらん》のは紀文《きぶん》が百兩《りやう》といふ下金料《したがねれう》を出《だ》したから出來たので、下金《したがね》が無《なく》ちア急《きふ》に拵《こしら》へる譯《わけ》には往《いか》ん」と云《いは》れて、お爪《つめ》が「夫《それ》なら何卒是《どうぞこれ》で」と大事に貯《ため》た五十兩の臍繰《へそくり》を出《だ》して頼みますると、宗眠《そうみん》は其金《そのかね》を受取《うけと》り、忽《たちま》ち費捨《つかひすて》て終《しま》つて、肝心《かんじん》の大黒を拵《ごしら》へて呉《くれ》ませんから、遣手《やりて》がセツセと催促《さいそく》をするので、餘儀なく眞鍮鍍金《しんちゆうめつき》で拵《こしら》へて遣《つかは》しました。遣手《やりて》は鍍金《めつき》とは存《ぞん》じませんから、大層喜《たいそうよろこ》んで早速神棚《さつそくかみだな》へ祭《まつ》りましたが、何《ど》うした譯《わけ》か其日《そのひ》から段々《だん〲》仕合《しあはせ》が惡くなり、以前の亭主が尋《たづね》て來《き》て、「金《かね》を貸《か》せ」とねだり込《こ》まれ、「金《かね》は持《もた》ないから」と着物《きもの》を貸《かし》てやりますと、今度《こんど》は勘當をした悴《せがれ》が來て、「着物《きもの》を貸《か》せの帯《おび》を貸《か》せの」と種々《いろ〱》の事《こと》をいはれて不仕合《ふしあはせ》許《ばか》り續《つゞ》くので、「是《これ》ではならぬ」と待乳山《まつちやま》の聖天様《しやうでんさま》へ參詣に往《い》くと、間《ま》の悪い時は悪いもので、其《その》帰りがけに土手で追剝《おひはぎ》に出逢《であつ》て素裸《すつぱだか》にされ、這《はう》這《はう》の躰《てい》で三浦屋へ帰りまして、朋輩《ほうばい》の衣類《きもの》を假着《かりぎ》をして、鬱《ふさ》ぎ切《きつ》て居《ゐ》る所《ところ》へ宗眠《そうみん》が來ましたから、右の始末を列《なら》べ立《たて》て恨《うらみ》を云《い》ふと、宗眠《そうみん》は平氣なもので、「左様《さう》だらう、お前《まへ》のは己《おれ》が懐中《ふところ》が淋《さび》しい時《とき》に拵《こしら》へた大黒だからのう」「オヤ夫《それ》なら、あれは金無垢ぢやァないのかえ」「いかにも金無垢じやァない、ひんむくだ」「まあ道理で、あの日《ひ》から脱《ぬ》がせられて計《ばか》り居《ゐ》た、本當に宗眠《そうみん》さんは憎らしい人だよ」「お爪《つめ》、其様《そんな》に怒《おこ》らんでもいゝ、まア堪忍してくれ、其代《そのかは》り今《いま》一度《ど》五十兩の下金《したがね》を出《だ》したら」「又ひんむくかえ」「なァに今度《こんど》は着《き》せで拵《こしら》へて來てやらう」

円朝が橘阿弥を名乗ったときに、まだ其水は默阿弥を名乗っていない。同人たちが阿弥号を受けたのは、神奈川県藤沢市の時宗総本山の藤澤山《とうたくさん》遊行寺であろうか、それとも江戸の同系の寺であろうか。または浄土宗でも使われた号というから粋興連の二人の頭取の宗派が、時宗か浄土宗であったか。其水は浄土真宗（門徒宗）である。その後、明治十九年（一八八六）六月十六日に其水は藤沢の遊行寺に参詣し、金四十円を寄付して正式に阿弥号を授かっている（『默阿弥の手紙日記報条など』。河竹登志夫は『默阿弥』（文藝春秋。一九九三。文春文庫版二九九頁。一九九六。初出は「別冊文藝春秋」一九六―二〇一号。一九九一・二）で明治十四年（一八八一）の「引退興行があいた五日後の、十一月二十五日」に遊行寺に参詣と記している。この明治十四年は河竹繁俊『河竹黙阿彌』（二百六十頁）によったのであろう）。いままで黙阿弥の阿弥号と三題噺の会の同人とのつながりに触れた考証はみられない。劇作家の長谷川伸は「元の杢阿弥」を捩ったもので黙止の黙だという（「演劇界」増刊号。昭和二十六年。一九五一）。河竹登志夫も黙阿弥自筆の『著作大概』（明治二十五年脱稿。一八九二）の一節にある「以來は何事にも口を出さずだまつて居る心にて黙の字を用ひたけれど、又出勤する事もあらば元のもくあみとならんとの心なり」から、作者として復活することもありうるを真意とみている。この二例をみても黙の意味に「元の木阿弥」から切り離した見解はみられない。

すでに三題噺同人作品集がつくられるなかで、同人たちが阿弥号をつけたときに其水も黙阿弥という阿弥号をつけていたのではないかとみたい（あくまでも其水の阿弥号が黙阿弥であったと想像しての話だが。ほかの阿弥号を名乗ったとするならば、かつて茶番を演じたときの「芳々」の号から芳阿弥も考えられる）。まだ『春色三題噺』の初編と二編のときの其水は四十九歳の若さであるから、先の引退をほのめかして、「口を出さずだまつて居る心」の心境を思うのは早いだろう。河竹登志夫が紹介する『著作大概』の記述は、明治十四年もしくは明治十九年以降の黙阿弥と名乗った引退興行のあとである。しかしなぜ其水が遊行寺で正式に阿弥号を授かったのかはあきらかでない。すでに三題噺の会で阿弥号をもっていたとみるからである。つまり阿弥号の黙阿弥を正式に名乗る許可を得るために、藤沢の遊行寺にでかけたと考えるのが無難のようである。春陽堂版、角川書店版、岩波書店版には指摘されていない。

慶応二年六月

『追善落語梅屋集』が刊行される。なぜか円朝の作例はみられない。総話数二十九話。作品は粋狂連、興笑連の同人たちが梅屋鶴寿を追悼した三題噺同人集の作品である。

慶応四年（**明治元年**。一八六八）

三題噺の会のほかにつくった三題噺。大判錦絵（三枚続き）の「日《ひ》千両《せんりやう》大《お》江《え》戸《どの》賑《にぎはひ》」が板行される。豊原国周画。「彫太田卯多吉」「辰正改」。古賀屋勝五郎板。万字田蝶筆。三遊亭円朝作。「三題はなし　芝居、よし原、席亭」。「寄千両　三遊亭圓朝」「廓千両　稲本樓小稲」「櫓千両　中村芝翫」。芝翫は四世。日千両といえば、魚河岸、廓、芝居での一日の売り上げをいう。それによった三題噺となる。

ある人が道《みち》にて咄《はな》すを聞《きけ》ば

「當時、役者は中村芝翫《しくわん》、よし原《はら》の全盛は先誰《まづたれ》でありやせう」

「誰《たれ》といつて外《ほか》にはない稲本樓《とうほんらう》小稲《こいな》さんサ。名《な》こそ小稲《こいな》といひやすが、今《いま》はいつかどの大株《かぶ》で客は日《ひ》にまし、一粒萬倍《いちりうまんばい》、そこで内證《ないしやう》の實入《みいり》もよく實《じつ》にあそこの米櫃《こめびつ》サ。まだ夫《それ》ばかりぢやアない、此間《このあひだ》、芝居と席《せき》へ幕《まく》をやりやしたが、もやうの趣向《しゆかう》がびつくりサ。ぜんてへ稲《いね》に雀《すゞめ》といふ註文《ちうもん》の所、さる人がいふのには、雀《すゞめ》は稲《いね》の實《み》をくふから、夫《それ》よりは、どこ迄《まで》も羽《は》を伸《の》すやうにと、稲《いね》に鶴《つる》を光琳風《くわうりんふう》の極《ごく》ざいしきで畫《かゝせ》たが、イヤ見事《みごと》〳〵」

「ハア夫《それ》ぢやァ、芝居や席亭《せきてい》の量《はかり》こぼるゝ大入《おほいり》は、やっぱり稲《いね》にあやかったのか」

「どうして〳〵芝居や席《せき》の大入は、作《さく》のよいのでありやせう」

※席　寄席。**幕**　引幕。**作**　作品と稲作を掛ける。

兼題の「芝居、よし原、席亭」のうち「席亭」すなわち寄席での収益が千両というのは、とうてい無理な金額である。ここは日千両に該当する円朝を、芝居の千両役者に匹敵する人物としてあげたのである。この洒落が通じない人のために、わざわざ円朝が手にする「三遊亭圓朝の丈　魚がし　拾駄」の熨斗袋で、魚河岸を表したのは、絵師国周の余計な解釈である。円朝の兼題は日千両の魚河岸ではなく、席亭である。千両役者といえる円朝を描くことで、日千両の洒落とした。円朝が魚河岸と縁をもったので円朝を描いたという解釈がみられるが、ここは日千両にあたる評判の高い円朝とみるのが穏当である。兼題に「芝居、よし原、席亭」が並ぶのは、日千両とかかわる言辞であるだけに不自然である。「魚河岸」の代わりに「席亭」となれば、寄席の日千両は円朝とわかる。「どうして〳〵芝居や席の大入は、作のよいのでありやせう」の落ちは、作品がよくなければ大入りにならないことをいう。これは円朝の作品そのものの評価を指している。見えすぎた日千両の兼題に席亭をあげることで円朝を想像させようとした。落ちは落語の新作は作の善し悪し（出来不出来と豊作凶作を掛ける）で決まるといっている。

春陽堂版、角川書店版には指摘されていない。

年代不詳1

「三題落語會」とある。会主は「粋狂惣連」。「來ル十七日朝四ツ時ゟ八ツ半時限　定席」とある。円朝の兼題は「雪の下、□記、おしやべり」（『小はなし研究』十号。昭和十二年。一九三七）である。参加者は、「春の屋《(ママ)》、河竹、有人、双扇、談志、如皐、魯文、むらく、種彦、扇夫、芳幾、綾岡、交來、左樂、玄魚、伴兄」である。円朝の名をみるが春陽堂版、角川書店版、岩波書店版には指摘されていない。

年代不詳2

「十月六日早朝より」「企　嘉遊／愚生」による報条摺物。嘉遊は冬の屋嘉遊、愚生は全亭愚生。この二人が月番となる。（『小はなし研究』九号。昭和十一年。一九三六）の裏表紙に紹介された。ここには芝居噺「鰍沢」の兼題「玉子酒、筏、熊膏薬　河竹」がみられ、其水の演じた三題であることがわかる。この月例会に円朝も同席していて、兼題「湯女、れいし、浦嶌太郎　三遊亭」とある。この日に其水の「玉子酒、筏、熊膏藥」を円朝も聞いたことになる。芝居噺「鰍沢」が円朝作ではないことを知らせる貴重な資料である（→Ⅶ「其水作の三題噺「鰍沢」を読む――三題噺から落語へ」）。参加者は「春廼屋、美佐保、菊の屋、榮壽、樂之、梅我、芳幾、魯文、扇夫、有人、河竹、綾岡、全語、狐遊、山二、柳亭、梅廼屋、玄魚、愚生、冬廼屋」である

（→【図版一覧・三十図】11―1）。円朝の名をみるが春陽堂版、角川書店版、岩波書店版には指摘されていない。

年代不詳3

「書畫餘興／三題歌僊茶番報條」。「來ル二月朔日兩國柳橋／萬八樓に於て　晴雨共相催候　會主／松花園」「景品鬮引呈上」（『黙阿弥の手紙日記報条など』）。兼題「福引、張交、洋服」とある。「書畫餘興」というのは書画会のことである。その余興に「三題歌僊」の茶番が行われた。「三題歌僊」を三題噺とみていいが、どのようなものをいうのかは不明（→Ⅲ「三題噺の復活―三題噺の会誕生」）。書画会も行われたとなると、いったいどのような会だったのだろうか。会主の松花園は花兄のことである。円朝の名をみるが春陽堂版、角川書店版、岩波書店版には指摘されていない。

おわりに

円朝は落語の伝承方法を変えることで、円朝の目指した近世落語の継承者としての仕事を果たそうとした。継承者の仕事というのは、幕末期に近世落語が途切れるのを防ぐことだが、すでに近世落語の末期症状、退廃期を感じていた円朝にとって、起爆材になるものがないかぎり、近世落語の終焉は時間の問題であり、単に伝承落語だけを演じていていいのかどうかへの不満から、伝承落語の衰退を拭うには、新しい落語をつくることで、三遊派を維持していくことを考えた。滑稽噺がもてはやされている時代のなかで、落語にとって滑稽噺は時代遅れではないかと感じ、それを打破しようとしても簡単に切り替えることができない。このまま幕末期がいつ終わるかも知れないときに、あたらしいことをやろうとする機運も生まれず、自分自身を切り替えなければ変化は生まれない。そのときに三題噺の会への誘いがあった。これは円朝にとっては渡りに船だったに違いない。

Ⅶ　其水作の三題噺「鰍沢」を読む ―― 三題噺から落語へ

はじめに

幕末期から開化期、明治期に活躍した三遊亭円朝は、落語の創作によってあたらしい世界を構築するために、伝承落語を、あたらしい時代に即応した芸に改良することを考えた。いわゆる伝承落語を円朝風につくり直そうとしたのである。いったいどのような構想または発想から円朝は、新作落語をつくりだそうとしたのか、その創作方法について、考察したものはほとんどない。しかもどのような場で新作が披露されたのかもあきらかでない。これが考察されていない理由は、幕末期の円朝の動向があきらかにされていないからである。ことに若いころに参加した三題噺の会での創作が追究されていなかった。

円朝は三題噺の会で開化期以降の創作の基盤をつくったとみていいだろう。なかでも其水作の三題噺の台本からの芝居噺「鰍沢」が円朝作として『圓朝全集』に収められているが、「鰍沢」は三題噺の会で出された兼題であることが報条摺物によってわかり、三題噺の会同人作品集『春色三題噺二編』によって、ともに其水が作者であることが判明している。だが、それが円朝作となって伝わっているのはなぜであろうか。おもしろいことに、『圓朝全集』十三巻の解説では円朝が創作した場が、三題噺の会ではないという異説まで記している。しかも掲載する「鰍沢」は門人の演じたものの活字化であり、円朝が口演したものではない。なぜ、ここまで「鰍沢」を円朝作とすることに、研究者たちは拘泥してきたのだろうか。岩波書店版『円朝全集』別巻一（平成二十七年。二〇一五）にも「参考作品」として「鰍沢」が収められている。昭和初期の『圓朝全集』以来、円朝作説は九十余年ものあいだ、円朝作を疑うこともなく否定もしてこなかった。このことに疑義をもつのは、其水作という動かぬ証拠があるからである。

其水は三題噺の会で「鰍沢」の〈一席目〉と〈二席目〉を発表した。幸いにして〈二席目〉は同人作品集『春色三題噺二編』に収められ、そこには「河竹其水作」と記してある。落語として話したのが円朝だから、落語を演じた落語家が作者であるとして、『圓朝全集』に収める「鰍沢」の本文と、『春色三題噺二編』の〈二席目〉の本文を比較しても、『圓朝全集』は其水の三題噺をもとにしている。どのように円朝が高座で話したのかを知ることはできない。それは『圓朝全集』が、門人の演じたものでもなく、『春色三題噺二編』の本文を写した本文であるからである。これを其水の台本通りに円朝が忠実に演じたものというのだろうか。もし笑話本の『春色三題噺二編』が伝存していなかったなら、円朝が話した作品だから円朝作となり、それが『圓朝全集』に収められたということが成り立つであろう。

さて、筆者は三十年前（平成六年三月三十日。一九九四）に、山梨県の鰍沢で現地調査をしたとき、地元の町教育委員会の担当者と身延山大学延寿坊の町田是正に、さまざまな質問をして話を伺った。お熊に追われた旅人が崖上から飛び降りたという崖は、どこにも見当たらず、流れの早い富士川に落ちたところは、急流の川ではない穏やかな川であった。落ちたところが筏の材木の上で命拾いしたとき、お熊の撃った鉄砲玉が石に当たったなどという石も見当たらない。創作された「鰍沢」の舞台と、まったく同じ光景を想像することはできなかった。

其水は『甲刕記』という旅日記を残している。これは甲府での歌舞伎の旅興行と、富士川から東海道に出るまでを絵入りで記したものである。ここに鰍沢や富士川下りの記述があり、「鰍沢」を考える手がかりがみられる。其水宅にあった『甲刕記』の全文は河竹繁俊によって翻刻されている。だが『甲刕記』を三題噺「鰍沢」の資料の一つとして扱ったものが、いままでみられない。同じく三題噺の兼題が、「玉子酒、筏、熊膏薬」であった三題噺の会の報条摺物（宮尾しげを旧蔵）の存在を援用した論もなく、さらに其水が「鰍沢」〈二席目〉をつくり、それを『春色三題噺二編』に載せている指摘も、わたしの現地調査（平成六年）をする以前にはなかった。円朝研究の第一人者である永井啓夫の『三遊亭円朝』でも触れていない。その後の円朝研究でも、この問題は扱われることがなかった。

『圓朝全集』では円橘が、円朝は「道具噺で二日讀切に致して大層流行《はやり》ました」といい、「つづき物語」として話していたという。『圓朝全集』では〈一席目〉を「鰍沢雪の夜噺」、〈二席目〉を「晦日の月の輪」と題しているが、「つづき物語」となると、ともに題がついていたとは考えられない。しかも〈二席目〉は上・下の前席と後席とにわけられている。〈二席目〉の舞台は〈一席目〉の甲斐国から信濃国に変えた後日譚で、主人公のお熊伝三郎が名を変えて登場する。〈一席目〉では、旅人とお熊の会話のあとに、伝次郎（膏薬売）が登場することで一気に場面を展開させる。しびれ薬を玉子酒に入れたことが発覚して旅人は山中を逃走し、崖下の富士川に落ちる。お熊の撃つ鉄砲の玉がはずれて旅人は助かる。〈二席目〉は旅商人（宗次郎・新七）とお花（月の輪お熊）が、やくざな駕籠舁き（堅田の雁八・音羽の左十）に出会い、山中で駕籠を降ろされる。ようやく山中の峠の茶屋にたどりつくと、駕籠に忘れた風呂敷包みに気づき、取り戻すために旅人は山を下りる。これを峠の茶屋の主人（獵人傳三）が鉄砲で撃ち殺す。何人もの男を同じ方法で殺しては路銀を奪ってきた。するとあらたな旅人（新七弟福吉）が峠の茶屋に雨宿りにやってきた。この旅人は〈一席目〉でお熊が鉄砲で撃ち損ねた旅人の弟とわかり立ち回りとなる。お熊伝三郎は崖から足を滑らして谷底に落ちる。旅人、鉄砲、崖から落ちるという同じ噺の構造で作品は貫かれている。〈二席目〉の文末は〈一席目〉と同じように、筋を端折ったような急展開で終わる。これは狂言づくりの手法と同じである。

『圓朝全集』には〈二席目〉の「黙阿彌自筆本が鏑木清方の許にある」と記すが、清方のところには見当たらなかった。清方の許とは清方の父である山々亭有人が、其水の『春色三題噺二編』に載せたときの原稿（其水自筆か）をもっていたことをいい、円朝の口演記録の原稿ではない。『春色三題噺初編』を有人が校合し、二編の序文も弄月亭有人の名で書き、作品も校訂している。この原稿をもとに、雑誌「演芸世界」（八〜十號。明治三十六年八〜十月。一九〇三。未調査。）は活字にした。

円朝は落語「鰍沢」〈一席目〉を何度か口演し、それを門人たちが伝承してきた。ところが落語「鰍沢」には円朝による工夫や表現が読める箇所はないに等しい。「鰍沢」が落語としての展開、人物描写、落ちなどがまとまっているので、落語の傑作といわれているが、これは作品が三題噺という即興によって、その場でつくりあげられたと思い込まれているからであり、はなはだ疑問となる。とにかく男女の出会いが相互の過去と現在を浮き彫りにし、お熊の大金に目が眩む欲心から、逃走する旅人を執念深く追いかけ、悪の行為を完遂しようとする。ここにはかつての吉原での栄華な暮らしから、隠れ家暮らしに慣れた人間が、獲物を得る物欲と化した人間となっている。話としての盛りあがりを臨場感あふれるものに円朝が演じられたのも、其水の芝居噺の台本がよかったからである。新作の芝居噺を其水が書き下ろしたので、落語にはみられない芝居噺となった。

ところで、『春色三題噺二編』（慶応二年。一八六六）には、三題噺のすべてに作者名が記されている。これによって其水が創作した〈二席目〉は、『春色三題噺二編』の序に「慶應元初夏稿」とあるので、慶応元年初夏以前の創作となり、〈一席目〉はそれ以前となる。近世歴史学者の比留間尚（昭和三～平成二十二年。一九二八～二〇一〇）は、日蓮宗の江戸民衆への浸透、小室妙法寺の江戸出開帳、コロリの大流行、毒消しの御符などから、成立時期を安政五年（一八五八）の後とみている（「幕末民衆文化の創造」『江戸の民衆と社会』。吉川弘文館。昭和六十年。一九八五）。報条摺物（十月六日）によって三題噺の会で創作されたが、この十月の月例会の発表年度がわからない。しかし三題噺の会は万延元年か同二年（二月十九日に文久元年に改元。一八六二）前後には、はじまっていたとみられるので、比留間のいう安政五年よりも、もう少しあととなってこよう。

落語の伝承は口承という伝承過程において、話の完全性（同一性）をめざすものだが、話し手または演じ手である落語家の伝承が、必ずしも正しく伝承する話と一致しているとはかぎらず、たえず時代に即応した変化を加えながら伝承されてきた。円朝門人が伝承した「鰍沢」は、円朝の演じた「鰍沢」に近いものであっても、円朝の演じた「鰍沢」とは異なっていたであろう。

「鰍沢」の成立経緯

円朝の創作とされる「鰍沢」〈一席目〉の成立経緯を、『圓朝全集』の解説は、

> 木場の材木屋の近江屋喜左衛門（北川様と云はれた人後露友）の家で会のあった時、喜左衛門が題を出して圓朝が作った

という。この記述が円朝作の定説化をつくったもとである。『圓朝全集』以前に「円朝原作」「円朝作」という明確な記述はない。しかも『圓朝全集』は円朝口演のものではない。『圓朝全集』では「何れにしても円朝は前後とも高座で演じてゐた」という曖昧な説明をして、これを円朝の弟子の三遊亭一朝口演の〈一席目〉と、三遊亭円右口演（解説では「實は三遊亭圓橘だと云ふことであります」）の〈二席目〉を収めている。問題は円朝が「鰍沢」を口演した事実があっても、「鰍沢」を創作した事実は、どこにも記したものがないことである。しかもこの記述は、『圓朝全集』以外にはみられないのである。

「鰍沢」〈一席目〉は深川木場の材木問屋、近江屋喜左衛門の家で開催された落語会での三題噺から創作され、近江屋に招待されたときに兼題が出されたというが、一説には創作の場が喜

左衛門の家ではなく八百善の座敷という（「寄席」十五号。うさぎ会。同人宮尾しげを、小菅一夫ほか。きくすゐ社刊。大正十年。一九二一）。この「寄席」誌が「鰍沢」について、もっともはやい記述となる。八百善は江戸期からの料理屋として知られる（「会席即席　貸座鋪　御料理。浅草新鳥越二丁目」。『江戸名物酒飯手引草』。嘉永元年。一八四八）。「鰍沢」の成立に近江屋喜左衛門がかかわっているが、四代三遊亭円喬口演の「鰍沢」の冒頭で、「深川の北側町《きたがはてう》さんが會主かと思ひまする（中略）鐵砲に玉子酒確か毒消だと思ひました云々」といって、兼題まであげている（『落語五人集』。丸亀書店。大正十四年。一九二五）。喜左衛門は四代荻江露友を襲名した人であると『圓朝全集』は述べる。露友の本名は飯島または井口喜左衛門。材木問屋、米穀問屋を營いだ人である。近江屋の屋号から近喜とも呼ばれた（天保七〜明治十七年。一八三六〜八四）。円朝作の『月謡荻江一節《つきにうたふをぎえのひとふし》』（『圓朝全集』第六巻）は、円朝と喜左衛門が親しい間柄であったのでつくられたという。『圓朝全集』に、「月謡荻江一節は、明治二十年三月「やまと新聞」に掲載されたもので、其年の中に単行本として上梓されてをります」とある。

演題について

『圓朝全集』には「鰍沢」の副題の「鰍沢雪の夜噺」の傍らに、「小室山の御封、玉子酒、熊の膏薬」の兼題を掲げている。この兼題には異なるものがあり、近江屋喜左衛門の座敷での兼題「玉子酒、身延山、熊の膏薬」（「寄席」十五号）とある。ほかに、三題噺の会の報条摺物の兼題「玉子酒、筏、熊膏薬」（「小はなし研究」九号）がある。ことに報条摺物は三題噺の会で配られたものであるから、たしかに「鰍沢」が三題噺の会でつくられたことになる。兼題の「玉子酒」と「熊の膏薬」の二題は、ほかの兼題と同じであり、ほかに「毒消」もあげられる。なぜいくつもの兼題があげられているのか。いままで疑問を指摘したものがない。

作品の副題は場所・時期・内容・登場人物などによった演題である。落ちの部分は「川の中の材木の上に座ったまま手を合わせて、お材木で助かった」というが、円朝は「たった一本のお材木で助った」（『圓朝全集』）とする。この落ちがないと「鰍沢」は人情噺となるところだが、円朝は正本芝居噺、道具噺で演じた。なぜ芝居噺なのかは、元が其水作の芝居噺だったからである。『圓朝全集』には最後に註をあげ、「最初此話は芝居話でしたがおくまの弾丸《たま》をのがれての白《せりふ》を左に記して置きます」といって、つぎのように記す。

思ひがけなき雪の夜《よ》に、御封と祖師の利益《りやく》にて、不思議と命助かりしは、妙法蓮華經の七字より、一時に落す釜ケ淵、矢を射る水より鐵砲の肩を擦つてドッサリと、岩間に響く強《つよ》藥《ぐすり》、名も月の輪のおくまとは、食ひ詰者と白浪の深き企みに當りしは後《のち》の話の種ヶ島、危ないことで……（ドン〳〵〳〵激き水音）あつたよなァ―これでまづ今晩はこれぎり―。

この芝居噺の終わり方は、〈一席目〉が芝居噺であったことを示している。「つづき噺」であるなら、「このつづきは明晩」といった言葉を加えるなどがあったはずであるが、ここには書かれていない。

「鰍沢」の口演

「鰍沢」を口演した時期の円朝は二十歳代の後半であった。「鰍沢」の〈二席目〉が『春色三題噺二編』にあるから二十八歳ころになろう。円朝については『粹興奇人傳』（文久三年。一八六三）に、

（前略）此人うきたる業に似ず、父母兄に仕へて孝順ひとかたならず、殊に風雅にたづさはりて専ら有名の輩に交り、因縁つゞき物語を自作して、自ら道具の書割に工夫をこらすに其わざ大に行れて毎度諸所に大入をなし、ひいきの定連ひきもきらず、父の師圓生長病のみぎり、介抱なほざりならず、圓生没して家族を引とり、扶助の信切其志ざす處、藝人の所爲にあらず云々

と記している。「孝順ひとかたならず」「扶助の信切其志ざす處、藝人の所爲にあらず」から誠実な性格をもった人物像がうかがえる。おそらく、この誠実さが芸風にもむすびついたのであろう。『三題樂話作者評判記』（目録題。文久三年）では「大大上吉」という位附で評判を記している。

此お人は本席においても一両年此かためつきりとの御上達、落語道若手の冠たるものになられましたゆへ、三題ばなしもそれに准じて、いつも雅俗の評判よく、こゝぞと申てなんじる所はござりませぬ

とある。二十五歳という若さの円朝の将来は、おおいに嘱望されていたのである。

報条摺物

ほとんど三題噺の会の報条摺物は残っていない。其水のところでもわずかしかない。宮尾しげを旧蔵にも三点残るが、ほかの個人所蔵に残っていたということを聞かない。幕末期以後の開化期、明治期になると、報条摺物すら知られなくなっていた。報条摺物がどのようなものかは、すでに述べてきたことだが、同人の創作する兼題と同人名を記した摺物のことをいう。兼題を事前に知らせる摺物として、三題噺の会の当番（月番）にあたる担当者が兼題を企画し、兼題を彫師が彫り、摺師が同人の枚数分を摺った。この方法は可楽が兼題を聴衆にもとめて、それを目の前で即座に話をつくる形式とは異なっていた。「鰍沢」の兼題は同人の「冬のや嘉遊」と「全亭愚生」の二人が企画したと報条摺物には記してある。兼題は「玉子酒、筏、熊膏薬」である。『圓朝全集』に「小室山の御封、玉子酒、熊の膏薬」とあるのは伝聞の兼題を記したこととなり、三題噺の会のときの兼題ではない。報条摺物の兼題の下に書かれる同人名は

「河竹」とあるので其水である。同じ報条摺物には円朝の名もみられ、兼題「湯女、れいし、浦嶌太郎　三遊亭」で発表している。円朝は其水の発表を聞いていたことになる。

「鰍沢」〈一席目〉の後日譚、すなわち〈二席目〉を其水が創作したのは、〈一席目〉を創作してから、少しく時間が経過していたとみられる。『春色三題噺二編』の上之巻の口絵では〈二席目〉の筋を見開き二丁半にわたって描いている。口絵の二図目の見開きには、土砂降りの雨のなかを旅人が、お熊伝三郎の峠の茶屋にいる場面を描いている。ここには松尾芭蕉の「稲妻にさとらぬ人の尊さよ」の句を記し、三図目と四図目には旅人との立ち回りを描いている。ここには池西言水の「犬ほへて家に人なし蔦もみぢ」の句と「あの声で蜥蜴喰ふ歟時鳥」の句を記している。この口絵をみるだけで登場人物と噺の展開があきらかになる（→【図版一覧・三十図】6―1・2・3）。

すでに其水の〈一席目〉は月例会で評価を受け、兼題「花火、後家、峠茶屋」による〈二席目〉の創作で作品は完結した。三題噺の会の同人たちも同人集への掲載と、その口絵が想像どおりに描かれているのを喜んだであろう。〈一席目〉の後日譚をまとめた内容は、期待以上であった。『春色三題噺二編』の刊行は順調に進むと思われたが、話した三題噺は慶応元年の初夏に原稿ができているので、ほぼ十か月以上たった慶応二年の春の刊行となった。この遅れた事情は序文には書かれていない。刊記だけを序文に書いてある（→V「河竹其水の三題噺―歌舞伎と落語の創作」）。この『春色三題噺』初編と二編は二版『春色寄合噺（寄合葉名志）』と改題されて刊行された。

『甲劦記』の記録

鰍沢を舞台とし、日蓮宗総本山の身延山を登場させるのが作品のねらいであった。身延山への参詣の設定で、その山中で道に迷った旅人がお熊の家にたどり着き、その後、伝次郎が登場してしびれ薬入りの玉子酒を飲む。そのことを知った旅人は殺されると思って山中を逃走し、富士川に落ちる。この参詣の道を知る者の創作とわかる。其水は二十歳の天保六年（一八三五）六月、甲州へ旅をしている。甲府にある亀屋座（亀屋与兵衛。河竹繁俊は「亀屋座」と記す（『河竹黙阿彌』）。だが、永井啓夫紹介の番付には「亀谷座」とある（『市川小団次―四代―』））での歌舞伎の巡業興行に、師の鶴屋孫太郎（五世鶴屋南北）とともに狂言作者（当時は勝諺蔵と名乗る）として出掛けた。のちに四世市川小団次が、十七年後の嘉永五年（一八五二）六月二十日より、この亀屋座の興行に出演しているのは縁であろうか。この旅興行は其水にとっては、はじめての旅であり、また最後の旅でもあった。河竹家に残されていた『甲劦記』の旅日記は、関東大震災で灰燼と帰したが、河竹繁俊は、

帰途には身延へ参詣し、二三人の連と共舩で富士川の急流を下つて岩本に上り、それから

沼津、箱根、小田原へ出て、

といい、身延山参詣をしたのちに富士川を下って帰路についたという（『河竹黙阿彌』第三。三十六頁）。一般的な参詣は鰍沢へ来てから、小室山で御封をいただいたあとに、本山へ行くという。身延山までの経路は富士川を船で行くものと、山中を通って歩いて行く二つの方法があった。『圓朝全集』をはじめとした「鰍沢」の伝承では、往路となっていて帰路ではない。現地調査の折に、鰍沢町教育委員会の山下正男に伺うと、「それが往きか帰りかはわからない」という。さらに身延山大学延寿坊の町田是正に伺うと、「参詣後の鰍沢への帰りの出来事ではないか」という。すなわち山中を通って帰るときの道ということになる。ところが、ほとんどの伝承される「鰍沢」では、鰍沢と身延山をつなぐ道を明確にしていない。以下、『甲斋記』のかかわるところを抜き出してみていこう。文章のあとの（ ）内は河竹繁俊の注記である（『黙阿弥の手紙日記報条など』）。

（六月）

廿二日。

○石和。舟渡し十二文、鰍澤の川上、これより身延への舟あり。

（七月）

十七日、千秋樂日延の掛合出來ず、夜八つ半に出立。

十八日。鰍澤、是より舟にのり、破木井へ着、六里。舟賃一里十二文。此川谷水にて水勢早くおそろしき難所なり。（富士川である。）
○天神瀧、屏風岩、梅の木澤山にありて三月花ざかりの由、早川、此の落合なんじょ。破木井八つ時に着、身延山へ四十五丁。
○身延山。参詣す。本堂のわきにて新平、喜之助、金三郎に逢い、それより同道にて下向す。（三人は何れも芝居仲間にちがいない。）
○大野。井げた屋宗右衛門泊り。

其水は富士川下りで、身延山へ参詣する。その日は身延町の大野の井げた屋に泊った。山中について、宿泊の井げた屋で小室山の御封などの話を聞いた。鰍沢から破木井に至るところは、『甲斐叢記』巻之四（嘉永四年。一八五二）に、

天神瀧（箱原村）・屏風岩（宮木村）・鼠石・小豆石（萬沢・十島の間の水中にある大岩なり）・本釜・銚子口・貉瀧（駿州）など云へる嶮灘あり。流れ駛きゆゑ、十八里を一日に馳せて、駿州岩淵站に至る（岩淵より上る挽舟は、三、四日にしてやうやく鰍澤に着く）

とある。『甲斐叢記』には、旅人が崖から富士川へと落ちた釜ヶ淵がみられない。釜ヶ淵は鰍沢の近くにあったことになるが、その淵がない。六代円生は、

釜ヶ淵という場所でございますがこういうところは実際にはありません、あたくしは鰍沢

へ行ってみましたが、蟹谷淵というのはあるんです。ここもかなりの難所で法論石から距離や方角も釜ヶ淵とちがわないのでそれからは蟹谷淵でやっております

（『圓生古典落語２』。集英社文庫。昭和五十四年。一九七九）

といい、その場面を、「東海道は岩淵へ流す鰍沢の流れ、降り続いた雪で水勢が増したとみえて、ガラガラガラ、ザァーッ…という急流。切ッ削いだような崖、所も名代の蟹谷淵」と直している。円生は、釜ヶ淵はないが蟹谷淵はあるという。だが、蟹谷淵の存在を鰍沢の人は聞いたことがないという。円生が蟹谷淵といったのは、『遠江古迹図會』巻一（享和三年。一八〇三）にみられる「蟹が池」を「蟹が淵」ともいっていたということを踏まえたようである。

掛川より秋葉道筋森の近所に戸綿村と云ふ所に蟹が池、山の麓に有り、樹木生ひ茂り物凄き池なり。三方は山にて、一方は道路なり。往古蟹の年經たるが住みて人を害したる由にて、蟹が淵とも云ひ伝ふ。

戸綿村は静岡県周智郡森町大字睦実にあり、蟹が池は同所に、いまもある。森町では袋井市に近いので、だいぶ遠い場所となる。ところが円生が「蟹が淵」といい直したのは勇み足であった。まったく直す必要はなかったのである。『甲劦記』には、

○十九日。朝舟に乗り岩淵まで行く。舟下りには二時にて行き、上りは鰍澤まで四日にて行く由、上りには引舟。（曳舟の時人足の履く艸履の圖がある。）

○釣橋。釜ヶ淵という、ごく難所。（釜ヶ淵の略圖あり。）
○芝川。富士の谷水にて、此の川下二丁程にて陸へ上り、舟は綱にて水に従って流るゝなり。他の舟を待合せ、互に力を合せ、舟を流すなり。（芝川より富士山を眺めた圖がある。）
○岩本。吉原。原。沼津。長門屋泊り、質屋なり。

釜ヶ淵が富士川の下流にあるのを、其水は日記に記している。つまり其水が口演した三題噺でも「釜ヶ淵」といっているのを、『甲劯記』は立証する。『甲劯記』には釜ヶ淵の略図を描いていたが、この絵は省略している。釣橋につづいて、『甲劯記』には、

芝川。富士の谷水にて、此の川下二丁程にて陸へ上り、舟は綱にて水に従てみて流るゝなり。他の舟を待合せ、互に力を合せ、舟を流すなり

とある。芝川は静岡県富士郡芝川町（現富士宮市）である。この芝川から上流に釣橋があったことになる。芝川町の上流は山梨県南巨摩郡富沢町（現南部町）である。静岡県と山梨県の県境に釣橋があると想定したが、『江戸時代図誌』（東海道二。筑摩書房。昭和五十四年。一九七九）所収の「富士川圖巻」の芝川の近くに、橋の架かっているのを描いた絵があり、そこに釣橋と書かれている。この絵巻が正しければ、この釣橋のところが釜ヶ淵ということになる。絵巻には釣橋の架けられた川の上に、もう一本の川がみえる。そこが川と川とに挟まれた島とわかる。その地形を地図で確認すると、その島は瀬戸島とある。そこに島を直線的に貫いた道のところ

に橋が架かっている。この橋は釣橋ののちに架けられた橋で、いまこの橋は釜口橋といってい る。釜ヶ淵の釜をつけたのは、この場所が釜ヶ淵であったからである。この橋のたもとには「釜口峡」と書かれた立看板（昭和五十八年九月一日／芝川町教育委員会）があり、つぎのように書かれている。

ここは日本三大急流の一つの富／士川が一番狭まった所で慶長／十二年 一六〇七角倉了以によって／開かれた通丹《ママ》の最も難所となっ／た所である 又 狭いことを利／用して慶長十三年 一六〇七 に富士川をまたぐ最初のつり橋が架け／られた所でもある

立看板の中の「慶長十二年」と「慶長十三年」の西暦が同じであるが、十三年は誤記である。この釜口峡を釜ヶ淵といっていた記録、もしくは言い方があったのであろう。芝川町役場の教育委員会に行き、『芝川町誌』（昭和四十八年。一九七三）をみせてもらった。『町誌』の表紙見返しに「長貫竹縄橋／一ニ釣橋」と書かれた図がみられる。この釣橋がいまの釜口橋とわかった。其水のいう釣橋はこの釜口橋のこととなる。しかし橋梁の項の釜口橋には、往古の綱橋の写真と「明治一三年遠藤源兵衛の橋の設計圖」がみられる。説明文には一つも釜ヶ淵という記述がない。その中に、「長貫字橋場より瀬戸島へ渡るこの橋は、古くは現在地より二百メートル位上流にあって云々」とあり、そこを確認すると、日本軽金属のサイフォンのあるところとなる。丁度、富士川の流れがカーブするところで、景色としてもよいところである。ここは水嵩が高く、流れも急で、岩と岩とが近いので、舟で通ろうとすると岩にぶつかるところであるという。また、『町誌』が引用する『甲斐國志巻之五十一盤橋』（文化十一年。一八一四）の項に、「今内房ヨリ長貫村ヘ渡ルニ綱橋トテ、藤蘿ヲ纏ひ架タル危橋アリ、卽チ盤橋トハ此處ヲ云フナランカ云々」とある。「盤橋」ともいっていたことがわかる。さらに宝永七年（一七一〇）の架橋嘆願書に、

（前略）釜口と申處、左右共岩石高く、水上五丈許り、長さ三町餘程之内屛風を立申候（中略）甲州より江戸御廻米、並御商人荷物、積下り申候節、釜口川瀬悪敷被成候、度々米舟被舩仕候砌、右橋無御座候（中略）又渡舩之儀、富士川水勢険り、櫓かい不ㇾ及ㇾ申、芝川尻西橋を引茂登、釜口落、高通路不ㇾ被成候ニ付、右橋より東端ニ移り舟之手綱を被還、舟引登せ申儀ニ御座候ニ附云々

とあって、初めて釜口という記述をみる。その釜口の名称由来は不明で記述もない。だが『甲斐叢記』巻之四に「本釜・銚子口・貉瀧（駿州）など云へる嶮灘あり」とある。本釜は釜とかかわり、また銚子口の銚子は、いま釜と呼ばれる小字で、口はその入口をいう。すなわち釜口のことをいう。貉瀧はむじな穴という釜の入口内房側の小字にあった滝のようである。

その後、明治十三年（一八八〇）に遠藤源兵衛が自費で橋を造ったが、大水のために三日で流失してしまった。いまの釜口橋ができるまでに紆余曲折の経緯があったことになる。また

「富士川舟運」には貢米運送を目的として発達したと記されている。甲州へは塩、塩魚、砂糖、瀬戸物、綿布、畳表などが主に運ばれ、甲州からは貢米、木炭、薪、生糸類などを運んだ。ここには、「鰍沢」を考える上に大事な記述があった。

山筏の筏師と釜ヶ淵

「鰍沢」では山筏の上に降りたことで旅人は助かった。この山筏は、『芝川町誌』に、

昔時舟運の外に、甲州木材をいかだに組んで急流を下り、木材の運搬を行なった。いかだ士が帰り道を急いだ、いかだ道と呼ばれる道路も羽鮒部落に残っている。

とある。羽鮒部落は芝川を羽鮒川といい、芝川部落は芝川町のことをいう。山筏は甲州木材でつくられた山筏をいった。釜口については、

水路には危険な場所が多く、数多くの人命が失われている。釜口の難所はそのうちの最も危険といわれた所である。鰍澤と岩淵の間にいたる所に岩、暗礁があって、鰍澤町の天ヶ瀧、身延町の屛風岩、松野地先の俵石など通船十難所、または一二難所ともいわれて知られていた。

とある。まったく釜ヶ淵といった記述がないのは、釜ヶ淵が地元の人ではない人による呼称だったからである。つまり、釜・釜口は地元の人の言い方であり、釜ヶ淵は地元の人たちではない

人の言い方であった。『町誌』に渡船の船頭には「甲州者」と「駿河者」がいて、甲州者は鰍澤、黒澤の人達、駿河者は岩淵およびその附近の出身者であった（中略）船宿は鰍澤、岩淵にあって、船頭はここに宿っていた。

という。其水が釜ヶ淵と記したのは、船頭による言い方であった。船頭は芝川を地元としない者となる。三題噺「鰍沢」をつくる材料は、身延町の宿屋で聞いたものが元になっていたことになる。なお釣橋については、「江戸時代末のつり橋の絵」と写真「明治初めのつり橋」とが、『目でみる芝川町の歴史』（緑星社出版部。昭和五十一年。一九七六）にみられ、この「明治初めのつり橋」は『町誌』にもみられた。『甲刕記』が天保六年（一八三五）であるから、この描かれた「つり橋」は其水の見た釣橋で、同じように其水も描いた釣橋であった。

「鰍沢」の落ち

落語「鰍沢」の落ちは落語「おせつ徳三郎」と同じである。「おせつ徳三郎」は別名「おせつ・花見小僧・刀屋・隅田の馴染《なりそ》め・連理の埋ケ枝」ともいう。内容はつぎのようになっている。

ある大店の娘のおせつと奉公人の徳三郎とがいい仲になってしまう。それが原因で暇をもらった徳三郎は刀屋で「よく切れる刀がほしい」という。それはおせつの婚礼の場に暴れこんで皆殺しするためであった。刀屋の主人が意見をしていると「まい子やあい」の声で、おせつが婚礼の場から逃げたことを知る。徳三郎はおせつを見付けて「心中しよう」という。二人は深川の木場の橋から「南無妙法蓮華経」といって飛び込むが筏の上に落ちる。「徳や死ねないね」「今のお材木で助かった」。

この原作（典拠）の笑話はみられない。そのため「鰍沢」以前の落語であったかどうかは不明である。すでに題目だけではなく、念仏やほかの宗派の唱えごとで、難から逃れるという笑話はみられる。たとえば『露鹿懸合咄』（元禄十年。一六九七）巻一・四「時雨《しぐれ》」に、

上京にすまひするごふくやの何がし、商に仕合よく、備前よりの上り船、以上乗合十七人に天臺、眞言、淨土、法花の四宗。「こゝが大事のはりまなだしや」といふとき、俄に時雨して、大風、帆ばしらを吹折、かこ舩頭も是非に及ず、風にまかせて天道次第。「もはやいづれもお覺悟なされい」といへは、乗合のめん〳〵仰天して、口びるまで青成《あおく》、念佛申があれば、題目をとなゆるもあり、觀音經よめば光明眞言、いづれも死ぬるにきわめて、かなしむ折から、彼ごふくや一人、舩のへさきゐ行、はりあげ〳〵てうしだかに、

角太夫ぶしをかたる（以下略）

とある。また、『輕口腹太鼓』（宝暦二年。一七五二）巻五・六「くまの浦《うら》」にも、

熊野浦《くまのうら》で難風《なんぷう》にあひ、さもなごかりつる大海逆浪《たいかいさかなみ》つよくして、舩人《ふなびと》もせんかたつきしにや、

「おの〳〵覺悟《かくご》し給へ」といふに乗人《のりて》どもなきわめき、念佛《ねんぶつ》やら題目《だいもく》やら、中臣《なかとみ》ばらい經《きやう》陀羅《だら》尼《に》、八宗九宗《はつしうくしう》のしつぽく煮《に》、生《いき》た心地《こゝち》なつかりける。中《なか》にも一人《いちにん》、住吉《すみよし》のかたへむかひ、「神力《しんりき》を以《もつて》、此浪風《なみかぜ》をしづめてたび給へ。住吉大明神〳〵」とせがむにしたがひ、風《かぜ》はおさまり、二度生《ふたゝびうま》れた心地《こゝち》して、みな〳〵悦《よろこ》びあへる（以下略）

とある。『輕口腹太鼓』は『露鹿懸合咄』を踏まえた笑話であろう。この二話のような題目などを唱えて助かった例を素材にして「おせつ徳三郎」はつくられたのであろう。

三題噺をつくる

三題噺をつくるときに場所、人物の設定を想定してから、内容、展開を考えて落ちへもっていく方法と、落ちから考えて場所、人物を設定して展開を考える方法とがあった。報条摺物の兼題「玉子酒、筏、熊膏薬」から其水が考えたのは、落ちの「筏」であった。富士川の筏を、実際に其水はみたであろう。ただし芝居噺の終わり方までの本文を確かめられる其水の三題噺は残っていない。其水は「筏」から身延山詣のことが、すぐに浮かんだであろう。ましてや幕末期の日蓮宗の江戸での出開帳は百五回もあったから、開帳すなわち日蓮宗のことを話題にすることに違和感はなかった。安政五年（一八五八）の小室妙法寺の出開帳での毒消しの御符のあらたかな霊験が評判となって、毒消しの御符による命拾いの構想も浮かんだとみられる。

旅人をお熊が鉄砲でねらい、放った鉄砲玉が石に当たる。筏の材木の一本にしがみついていた旅人は、「たった一本のお材木で助かった」の落ちをいう。伝承する落語の落ちと異なる。

「此大難を助かるてエのも、一本のお材木の御利益だ」

（四代円生。「百花園」。明治二十二年。一八八九）

「此大難を免れたのも、是皆お祖師様の御利益、タツタ一本のお材木で助かつた」

（四代円喬。「講談倶樂部」。大正二年。一九一三）

「此大難を脱れたも、御祖師様の御利益、タツタ一本のお材木で助かつた」

（四代円喬。『落語五人全集』。大正十四年。一九二五）

「有難い、たつた一本のお材木で助かつた」

（一朝（代数不詳）。『圓朝全集』）

どれが其水のものか、円朝のものかはわからない。落ちは「題目」を唱えたことから、「材木」に掛けたものである。導入・展開では場面と登場人物の設定を考え、旅人の身延山詣と熊の膏薬売りの伝次郎（伝三郎とも）、お熊。大金をみたことで玉子酒としびれ薬を話のなかに挿入し、さらに御符（護符とも）で助かるのを「小室山の御符のお陰」と「南無妙法蓮華経のお陰」で助かったという構想がむすびついた。「鰍沢」の落ちまでの展開は急であるが、旅人が無事に逃げられるか、お熊がうまく仕留めるかの気になる場面は、一瞬のできごととしている。展開から結末における緊張感、緊迫感、恐怖感、不安感、焦燥感などを抱かせるところを、うまく作品のなかに活かしている。

身延山と小室山の御符

身延山は山梨県南巨摩郡にある日蓮宗の総本山の山号である。寺号は久遠寺。小室山の御符は甲州路からの身延山詣の途中にある徳栄山妙法寺が発行している。御符は妙法寺の善智が日蓮の毒殺を企んだとき、日蓮が自分の身代わりとなった犬に、御符を与えたところ蘇生したことで知られる。この御符が、『武江年表』（嘉永三年。一八五〇）に、「消毒の御供出づる、諸人これを乞ひ求む云々」と出ている。安政五年（一八五八）七月十九日から六十日間、江戸深川浄心寺で、甲州小室妙法寺の出開帳があった。幕臣の広瀬六左衛門の「広瀬六左衞門雑記抄」（『齋藤月岑日記抄』所収。「幕末民衆文化の創造」）にも、

流行病にて毒消符申受る人多く、一日に金五十両程の符を差出たる事も有よし。二三十両差出事は日々に有之由。（中略）毒消符は平日も差出由。初穂十二銅づゝなり。毒に當りたる者用るに奇験あるよし云へり

とみられる。御符は護符、御封とも書き、災厄から身を守る守り札をいう。小室山の御符は毒消しの御符で、御符の中央に「消毒符」、右に「悉曇不動明王」、左に「愛染不動明王」が梵字で書かれる。下方には右に「甲州小室」、左に「妙法寺」とある。身延山詣の旅人が、小室山

で手に入れた御符によって助かるきっかけにした。この御符は小室山の御符として作品に登場するが、実は身延山でも御符を発行しており、また、本山の奥之院、思親閣でも御符を発行していた。四代橘家円喬の「鰍沢」(「講談倶樂部」。大正二年。一九一三)では、「身延で貰ってきた毒消の御符紙」という。このことについて比留間尚は、円喬の落語には、

小室山の参詣が脱落し、したがって、毒消しの御符は、小室ではなく、身延で受けて来たことになっている。原題の「小室山の御符」がなくなり、噺の興味は、登場人物の描写へと移り、三題噺の意識はなくなってしまう。あれほど、江戸の人々にショックを与えたコロリも、小室の御符も、この口演速記が行われた大正のはじめころには、もう忘れられていたからであろう。

という(「幕末民衆文化の創造」)。「原題の「小室山の御符」」とは兼題のことである。身延山の御符の存在を考えると、兼題の「小室山の御符」ではなくてもいいことになる。しかし、「寄席」誌には「身延山」の兼題もみられる。報条摺物の兼題「玉子酒、筏、熊膏薬」が発見されるまで、勝手にいくつもの兼題があげられているのは、もっともらしい兼題で、うまく円朝がつくりあげたものといい、これを円朝作神話にむすびつけようとしたからである。存在していないことから円朝作神話がつくられ、「鰍沢」を円朝作にしたのが間違いの原因であった。

御符を受けたのは往きか帰りか

身延山もしくは小室山の毒消しの御符について、旅人が雪の山中でみつけたお熊の家への経路が、身延山、小室山への参詣をした往きか帰りかが、落語家の伝承には異なりをみる。

○「鰍澤へ出ますには、何う參りましたら宜う御座いませう」「身延へ參詣の戻りに道を間違へて」「ヒヨイと氣の附たのは小室から戴いて來ました毒消しの御符」（四代円生。「百花園」。明治二十二年。一八八九）

○「私は江戸の者で身延に參詣に參ります途中」「只今申しました通り、江戸の者で身延へ參詣に參つて歸り道に踏迷つて難澁いたしますが」「身延で貰つて來た毒消の御符紙」（四代円喬。「講談倶樂部」。大正二年。一九一三）

○「先づ身延山から話に入って、甲州へお參詣に行った帰り道の旅人が」「身延山の帰りだからと云ふので、七面山で頂いた毒消の御封」（「寄席」。大正十年。一九二一）

○「私は江戸の者で身延に參詣にまゐります途中」「雪の爲に路を迷ひまして難澁を致します」「フト氣が附たのは貰つて來た毒消の御符紙」（四代円喬。『落語五人全集』。大正十四年。一九二五）

○「私は身延山へ參詣に參つた者ですが」「小むろ山から頂いて來た毒消の御封」

（一朝（代数不詳）。『圓朝全集』。昭和三年。一九二八）

○「鰍澤へ出ますには何う參りましたら宜う御座いませう」「小室から聞いて參りましたが」「實は身延へ參詣の者でげすが」「小室山から頂いて來ました毒消し御封」

○「私は小室山から鰍澤へ參ります者でございますが」「小室山から受けて來た毒消しの御封」

（四代円生）

○「お詣りをする順序というものはたいてい決まっておりまして青柳の昌福寺へ、それから小諸山で毒消しの護符を受け、法論石へお詣りをしていったん鰍沢へ出て、ご本山へ行く」「小諸山で受けて來た毒消しの護符」

（五代円生）

○「身延ィ参詣にまいりました戻り道でございます」「小諸山で戴いてまいりました毒消しの御符」

（六代円生）

（八代正蔵）

などをみる。六代円生と八代正蔵のいう「小諸山」は小室山の間違いである。身延山への参詣経路は述べたが、甲州から来た場合は、鰍沢経由で船による富士川下りと、山中を歩いて本山へ行く。逆に甲州へ戻る場合は、山中を経て鰍沢へ出ることがおおいという。いずれにしても鰍沢へ出るという経路であり、そして山を歩く参詣が一般的であった。

ところで、旅人が飲まされる玉子酒は風邪の予防に効くものとされる。日本酒に玉子と砂糖を入れて掻き混ぜてから、それを煮立ててつくる。玉子酒にしびれ薬を入れたお熊が、金銭略奪の目的を果たすためにとった行動は、話全体のなかで大きな展開をつくる。兼題の「熊の膏薬」は亭主の伝次郎が熊の膏薬売りであることで使われるが、この伝次郎はお熊が金銭略奪の計略を実行したあとに外から帰宅し、しびれ薬の入った玉子酒とは知らずに飲んで苦しみだす。そのあとに伝次郎は、お熊の企む悪事を聞かされる。伝次郎の登場は筋の鍵となる。つまり伝次郎の苦しみによってお熊の説明となるからである。これが旅人の耳に入って旅人の逃亡となり、これをお熊が旅人を追跡する。

落ちに当たる部分は、「だいもく（題目）」と「ざいもく（材木）」の地口落ちである。話の最初から最後まで、登場人物も筋もよく練られていて、兼題がうまく話の展開のなかで効果的に使われている。これを円朝作ではないとした永井啓夫は、開化期の円朝は、いままで善と悪を明確にして、人間を善の面を中心とした勧善懲悪の世界を描いたものとは逆の悪の面から、人間の行動を描こうとしたといっている（「三遊亭円朝―明治期人情噺の限界」。『日本の古典芸能9寄席』。平凡社。昭和四十六年。一九七一）。

一見、人助けをする善人にみえるお熊が、自分の素性を知られたことと、金銭略奪計画とによって、次第に悪人へと変貌するところは、まさに悪を描くことを主眼においた描き方となる。その徹底的な悪女になったお熊が、旅人を追い掛ける凄まじい姿が、緊迫した展開のなかで、躍動的に演じられる。悪に取り憑かれて、すでに豹変した女の行動は、逃げる旅人にねらいを定めて鉄砲を撃つことで過去を知る旅人を抹殺しようとする。それから逃れようとする旅人は、信仰という善の功徳をもちえているので、悪人から逃れることができた。お熊は人を殺める悪人になって鉄砲玉を放つと、撃ち損ねて鉄砲玉は岩に当たる。真の悪人になり切れなかったお熊であった。

〈二席目〉の文末で、「おい〱お株で落のない噺か、しめり切つた花火を見るやうにいつでも中途で立消だ。然うして趣向と題と別々で、不釣合な噺だ」というのは、〈一席目〉の中途半端な落ちのことをいっている。この〈二席目〉も「不取合せな所が後家でございます」の落ちをいう。落ちの「後家」は、対であるべきものが対になっていない意味である。

「鰍沢」の文末が円朝の描く悪人像で終わっていないのは、場面ごとに悪が高まっていくなかで、旅人は信仰のお陰で善となり、助かるのを主題としているからである。取り逃がしたお熊伝次郎の二人は、その後どうなったのかを知らせるために其水は後日譚の〈三席目〉に再登場させたのである。これは最初から「つづき物語（つづき噺）」の構想を描くつもりでいたので、伝次郎のしびれ薬のあとのことと、お熊の鉄砲を撃ったあとを描かなかったのである。

場面設定と登場人物

ところで、三題噺「鰍沢」では、其水の実体験が活かされていた。すでに両国橋からの身投げに遭遇した話をきいた其水が三題噺をつくり、それが歌舞伎の『時鳥水響音《ほととぎすみずにひびくね》』（『三題噺魚屋茶碗』）になったことはすでに述べた（↓Ⅴ「河竹其水の三題噺―歌舞伎と落語の創作」）。ほかにも人からの話から創作したものもあったことであろう。

江戸時代、各地からの江戸での出開帳は、開帳仏や霊宝の公開であった。比留間尚は日蓮宗の出開帳がおおく行われるようになったのは、寛政から慶応期という（「幕末民衆文化の創造」）。小室妙法寺の出開帳については、『武江年表』に記されていない年度のものがあると比留間尚はいい、「江戸市民の意識としては、宗門側同様の評価はしていなかったものとみえる」、また「はじめから、評判と期待をもって迎えられたのではなかった」という。さらに『武江年表』編纂の齋藤月岑が記録するのを「漏らしたのか、意識的に漏らしたのかはわからぬが、記録していない。故意か偶然か、いずれにしても、編者の齋藤月岑の念頭に入っていなかった」ともいう。同じく『齋藤月岑日記抄』にも「他の開帳参りの記事はあるが、同寺に関しては、何も触れていない」と指摘する（「幕末民衆文化の創造」）。こうしたことで日蓮宗の江戸での出開帳の実態がわかってくる。それが安政五年（一八五八）のコロリの流行で一変する。小室寺の毒消しの御符の霊験が評判になったのである。「鰍沢」の御符で助かった話を挿入したのは、三題噺の会同人も落語を聞く聴衆も知っていたできごとであったからである。

鰍沢の地名と身延山・小室山がむすびついた江戸での出開帳については、比留間尚の詳細な開帳記録がある（「江戸の開帳」『江戸町人の研究』第二巻。吉川弘文館。昭和四十八年。一九七三）。

身延山久遠寺の出開帳は、

宝暦三（一七五三）、明和七（一七七〇）、天明八（一七八八）、文化四（一八〇七）、文政三（一八二〇）、天保元（一八三〇）、天保八（一八三七）、嘉永二（一八四九）、安政四（一八五七）、文久三（一八六三）の十回。

小室妙法寺の出開帳は、

宝暦十二（一七六二）、天明七（一七八七）、文政元（一八一八）、天保六（一八三五）、安政五（一八五八）の五回（このうち天明七年、文政元年、天保六年の三回が『武江年表』に記載がない。これは宗門評価がされてなかったからと比留間尚は指摘する）。

とある。この出開帳とともに、身延山、小室妙法寺の開帳が歌舞伎興行ともむすびついて、

天保元年（一八三〇）六月中村座『南圀審來妙法経《みんなみくりきのむしぼし》』、浄瑠璃「甲斐詣七面身延」。

天保七年（一八三六）九月市村座『日蓮記』。

天保九年（一八三八）十一月中村座『一世一代功力妙法字《めうのじ》』。

安政四年（一八五七）八月森田座『當南《ときにみなみ》身延《みのぶ》妙《の》利益《りやく》』。などが上演された。浮世絵でも歌川国芳の「高祖御一代略図」（天保六、七年ころ。一八三五・三六。錦樹堂伊勢屋利兵衛板）の十枚揃い（小室山法論石、佐州流刑角田波題目、鎌倉霊山ヶ崎雨祈、身延山七面神示現、東条小松原、相州瀧之口御難、依智星降、佐州塚原雪中、甲斐邦石和川鵜飼亡魂化、上人利益蒙古軍敗北）がつくられている。

続編の〈二席目〉の成立背景を考えるとき、其水は旅興行に出ることを鰍沢以後、しなかったから取材のための旅も遠いところには行かなかったであろう。〈二席目〉での新潟から椎野、柏崎の下街道から松ヶ崎、関山、明神峠（標高一二三五・九メートル）を越えて野尻、善光寺への地名は地図などをみて書いたのだろう。明神峠の茶屋を舞台として展開させ、駕籠舁きとの諍いで暗い夜道を歩くことになった宗次郎とお花の二人。お花の癪で峠の茶屋で休むが、駕籠のなかに忘れた風呂敷包を取りに、峠を下りる宗次郎を、峠の茶屋の主人が鉄砲で撃つ。「ズドン」の強い音で命中したと設定する。〈一席目〉の失敗の「ズドーン」の柔かい音と異なるのは、男と女の打ち方の相違を音で表したとみられる。このあとに、お花は月の輪お熊、峠の茶屋の主人は伝次郎であることを、あきらかにする展開は、音による場面の切り替えにもみることができる。

前席（前半部）の〈一席目〉では月の輪お熊（吉原熊蔵丸屋、月の輪華魁。本町薬屋息子と情死をし損なう。女太夫）と伝次郎（伝三、伝三郎ともいう。本町薬屋息子）は山中の小屋で身を隠して過ごす設定とした。お熊は鉄砲も扱えるほどであるから、人を撃つほどの腕は、いまにはじまったことではないが、「鰍沢」では撃ち損ねる。伝次郎も何人もの旅人を撃ってきた。熊の伝三といわれる膏薬売りであるから、熊を射止める猟師でもある。伝次郎の腕前は後席（後半部）の〈二席目〉でも同じ手口で、お熊が連れ出した客人を一発で仕留める。こちらは命中する。この伝次郎の名は、熊の伝三膏薬売りとか、奥州熊胆伝三郎として、江戸では知られる大道商人を想像させる。「享保癸丑」の絵馬に膏薬売りの名をみるので、この享保十八年（一七三三）のころには、江戸にいた人物とわかる。『近世《きんせい》流行《はやり》商人《あきんど》畫《え》詞《ことば》』（「近世流行商人狂歌絵圖」。天保六年。一八三五）に、

> 御ぞんじの山田の傳三が熊のかうやく、きりきず、しゆもつもそく座になほる。物はためしとおつしやらう。これこのうでをきりまする、ところへすりこめば、見るうちにたちまちなほる。かぶれもできず、きものにつかず。なんときみやうじやござりませぬか。

とある。膏薬は、あか切れ、切り傷の妙薬としても知られていた。お熊が喉元に傷があるのを、この熊の膏薬で癒したのだろう。お熊は身分を女太夫と変え、伝次郎も膏薬売りとなって江戸を後にし、この山中に住むことになった。伝次郎は薬屋の息子だから大道商人の熊の膏薬売りになり、お熊も月の輪お熊といったが、これも月の輪熊からの擬人名となる。かつて吉原の熊

蔵丸屋の月の兎花魁というのも同じ熊つながりとなる。ともに熊の字をつけているのは山暮らしを印象づけるためだが、熊には狂暴の意もある。なお、其水は『鼠《ねずみ》小紋《こもん》東君《はるの》新形《しんがた》』（「鼠小僧」。市村座。安政四年正月十四日初日。一八五七）で、養母の「お熊婆ぁ」を切見世の女郎上りとしている。河竹繁俊は、「惡党に対して、惡婆とか毒婦、女盗のごとき性格も黙阿彌劇の特徴である」という（『河竹黙阿彌』第五。百十七頁）。また、『模様燈籠菊桐《もようとうろのきくきり》』（「小猿七之助」。市村座。安政四年七月十五日初日。一八五八）でも、小猿七之助の女房の名が吉原の「三日月長屋のお熊」である。河竹繁俊は同じく、「惡婆と毒婦に通じた点は、意氣な傳法肌（中略）奸惡で執拗で大膽で切れ離れの好い事」といっている（『河竹黙阿彌』第五。百十八頁）。

〈一席目〉では、旅商人（宗次郎・新七。新潟古町《ふるまち》加賀屋という荒物屋息子）とお花（吉原玉屋の華魁。月の輪お熊）が峠茶屋に駆け落ちをした身で逃げてくる。冒頭でやくざな駕籠舁き（堅田の雁八・音羽の左十）に駕籠賃だけ取られて、峠の茶屋の主人（獵人傳三）のところまで歩くことになる。このやくざな駕籠舁きも峠の茶屋の主人とお花の仲間で、明神峠の茶屋までこさせる罠を仕組んだ者である。駕籠舁きの登場に説明はないが、客人を怒らせる人物設定となっている。そしてこの駕籠に風呂敷包みを忘れる展開となる。伝三郎は獵人だけの稼業で、すでに同じ手口で六人もの客人を撃ち殺している。旅商人の宗次郎で七人目となった。ここへ雨宿りをしにきた旅人（口絵に「弟福吉」とある）が登場する。〈一席目〉の旅人であった。口絵で

「新七弟福吉」と記すから、兄の新七は宗次郎となる。〈二席目〉で明神峠の茶屋に現れた旅人の福吉は、「越後へ行旅人サ」ということから、実家に戻る人物として描かれる。

ところで、其水の『八幡祭《はちまんまつり》小望月《よみやの》賑《にぎわい》』(「縮屋新助」。市村座。万延元年七月十三日初日。一八六〇)で、越後から売りに来る縮売りを登場させ、同じく、『蔦紅葉《つたもみじ》宇都谷《うつのや》峠《とうげ》』(「文彌《ぶんや》殺し」「宇都谷峠」。市村座。安政三年九月十八日初日。一八五六)では、宇都谷峠での殺害を描いている。河竹繁俊は述べていないが、『蔦紅葉宇都谷峠』は「上方系の古今・彦惣心中とお駒・才三の世話狂言をない交ぜ、更に初代金原亭馬生の人情噺「座頭殺し」を加えた作」(永井啓夫『市川小団次―四代―』)という。すなわち馬生旧案の落語が元にあった。この人情噺の伝承はみられないが、落語から狂言になった例といえる。馬生は初代円生門人で四代坂東三津五郎(十一代守田勘弥)の実兄で、続き物の道具入り芝居噺を得意にした。其水が上演したのは、馬生が天保九年(一八三八)に没してから十八年後であり、永井啓夫は其水が聞いた落語は、門人たちの口演からの取材とみている(『市川小団次―四代―』)。小団次のための其水の新作であった。筋はつぎのとおりである。

貧しい家の娘お菊が弟文弥を失明させ、自ら吉原へ身売りをして百両の大金を文弥に持たせて、座頭の官位を取らせる途中の鞠子宿で胡麻の灰の提婆の仁三に大金を狙われる。同宿の伊丹屋十兵衛に取り押さえられ、文弥と十兵衛が宇都谷峠まで来て、大金を持つ文弥に金を借りたいというが断られ、十兵衛は文弥を殺して金を奪う。

この宇都谷峠での殺害が、三題噺「鰍沢」〈二席目〉の山中の小屋と鉄砲での殺害、〈三席目〉の明神峠の茶屋でのできごとと鉄砲での殺害に共通する。すでに山中での殺害という構想による作品を、其水はつくっていたのである。このように考えると、三題噺「鰍沢」は二番煎じとなる筋立てとなる。歌舞伎のような複雑な人間関係を描くことなく、騙す女のお熊とお花を軸に、熊の伝次郎とともに大金を奪う。残虐な場面は鉄砲の「ズドン」のみである。これは場面の切り替えを音で表現した。効果音となる表現は、傷の深さや落ちる深さまでを想像させるが、それ以上の詮索などさせない。笑話にも、同様の表現をいくつもみることができる。

其水が『三題噺高座新作』につづいて、文久三年八月の『茲江戸《ここがえど》小腕達引《こうでのたてひき》』（「腕の喜三郎」。市村座。二十四日初日）の狂言を日蓮宗徒であった小団次のために書いた。三題噺「鰍沢」〈一席目〉の舞台は身延山のある地域であり、文久四年（二月二十日に元治と改元）十一月の『小春《こはる》隠沖津白浪《なぎおきつしらなみ》』（「小狐礼三」。市村座。一日初日）では、甲州生まれの盗賊小狐礼三（家橘）を登場させ、江州月の輪村で追手に日本駄右衛門（小団次）の首を出し、身代わりの玉島幸兵衛で済ます筋とするのも「甲州生まれ」「月の輪村」が「鰍沢」ともかかわってこよう。元治二年（四月八日慶応と改元。一八六五）八月、『上総綿《かずさもめん》小紋單地《こもんのひとえじ》』（「上総市兵衛」。中村座。四日初日）で上総姉ケ崎村の宗次郎（錦升）が九右衛門の娘おすみを猪と見誤って鉄砲で撃ち殺して科人になるのも、「宗次郎」が「鰍沢」〈二席目〉の人物名と重なっている。慶応二年二月『舩打《ふねにうち》込橋間白浪《こむはしまのしらなみ》』（『鋳掛松《いかけまつ》』と改題。守田座。十二日初日）では、鋳掛屋松五郎（小団次）が寺門前の花屋佐五兵衛（三十郎）が実父とわかり、刀屋宗次郎（訥升）に恵んだ百両がもとで入牢したと知って松五郎は切腹する。「花屋佐五兵衛」「宗次郎」の名がここでも「鰍沢」〈二席目〉の「お花」「宗次郎」と重なる。以上のように其水が作品をつくる上に、ほかの作品を意識してつくっていたことがわかる。

「鰍沢」〈二席目〉

三題噺「鰍沢」の〈一席目〉と〈二席目〉の「つづき物語」を『三題噺高座新作』の劇化以降に三題噺の会の月例会で発表したのは、小団次に演じてほしいと思っての創作であった。そして〈二席目〉を収める『春色三題噺二編』に口絵が描かれるのは小団次が三題噺を読むことを想定してのことだったとみていいだろう。

〈二席目〉は、兼題「花火、後家、峠茶屋」でつくられた。内容とその展開については、『春色三題噺二編』と『圓朝全集』との本文校勘でみていくことにするが、おもしろい科白のところのみをあげておきたい。〈二席目〉でも、お熊伝次郎（伝三、伝三郎とも）は相変わらずの悪事を企む二人である。また、かつて甲州でお熊が撃ち損なった旅人がふたたび登場する。三題噺に芝居色の強い科白が、ふんだんにみられる展開は、其水の特徴である。このような芝居噺の科白が〈一席目〉でも話されていたと想像する。その会話の科白のなかで、宗次郎を茶屋の亭主が鉄砲で撃つとともに、癪で苦しむ女が起き上がると、その女のお花が、

「傳《でん》三《ざ》さん手答があつたかへ」「狙ひはづさず打留たお熊路用は手前持て來たらうな」

という。ここで亭主は〈一席目〉の伝次郎、お花は〈一席目〉のお熊であることがわかる。さらに、

「傳三さん酒はあるかへ」「酒は一升買て置た」「しびれ藥は御免だョ」

という会話は、〈二席目〉のしびれ薬のことをいい、「つづき物語（つづき噺）」であるのを知らせる。しかも甲州で口にした玉子酒のしびれ薬について、伝三は、

「漸命は助かつたが毒氣が殘つて體がわるく湯治がてらに草津から鬼佛の善光寺後生半分旅かせぎやらずの傳次《でんじ》にすゝすめられごまの灰の寐所にせう事なしの峠茶屋」

という。この後の科白は、芝居の渡り科白となっている。

旅人「ハイ越後へ行旅人サ」

女「わつちやァ又亡者かと思ッた」

旅「ヤさういふ聲は」ト

（中略）

傳「わりやァいつぞや甲州で流れもはやき早川を筏で逃た旅人か」
旅「扨こそお熊に傳三郎」
傳「死ンだと斗思ッたが」
女「そんならこなたは死ずに居たか」
旅「(中略)爰で斗らず出合たはうぬ等が運も月の輪のおくま傳三二人とも命は貰ッた覺悟しろ」

構造的には〈一席目〉も〈二席目〉も同じである。〈二席目〉の善光寺詣も〈一席目〉の身延山詣と同じである。悪を描いてはいるが、悪が勝つという展開は〈一席目〉〈二席目〉にはない。悪を描くことは結果的には、善の強さの勧善懲悪を描いていることになる。悪を懲らしめるというよりも、自ずと亡びるものというとらえ方を其水は表現している。あたらしい芝居に対する其水の姿勢は、芝居という世界を常に意識し、そこには、いまを描くだけではなく、次の時代の芝居をとらえて描いていたとみられる。それは市川小団次という役者が存在していたこととかかわってくる。三題噺「鰍沢」の創作は市川小団次のためだったとわかる。文久三年(一八六三)一月の『三題噺高座新作』は、三題噺の会での自作自演の評判がいいのを耳にした小団次が「芝居で演じたい」といったので創作した狂言であった。小団次は五十二歳であった。これは五十五歳で亡くなる三年前のことである。其水は兼題「花火、後家、峠茶屋」によって、慶応元年（一八六五）初夏以前に〈二席目〉を発表したが、慶応二年の五月に小団次が亡くなったため、劇化構想した作品の演じる主を失ってしまう。それをつぎの演じ手である円朝に落語「鰍沢」の台本を書いて渡した。つまり最初から円朝のために書いたものではなかった。このことを河竹繁俊の『河竹黙阿彌』と永井啓夫の『市川小団次―四代―』の伝記を読み直すと、其水が小団次を意識して創作していたことが確かめられる。其水にとっての三題噺は実験的な話を創作する場であったが、市川小団次のための創作を考える場でもあった。円朝も同じように思って落語の創作をする場としたはずである。この二人が三題噺の会で出会ったのは偶然というよりも必然といっていいだろう。三題噺を通して三題噺の原案が演じられることで、ともに新しい演劇を生む基盤をつくっていったのである。その後、開化期、明治期になって円朝の創作落語が劇化され、あたらしい演劇となって上演されたことに注目した研究者はいない。

その時、狂言作者其水は、あたらしい狂言作者の円朝を得たともいえる。晩年の其水にとって、円朝の作品は、あたらしい時代の芝居をつくることともなった。すでに三題噺の会で互いの作例を聞きながら、将来のことを互いに考えていたと考えると、とてもおもしろい。三題噺の復活は、自分たちの世界をつくるための時期と重なり、歌舞伎と落語を高めるものとなったのである。同人組織の三題噺の会を、ただ三題噺の笑話を創作する会とだけみては、本質をつかむことはできない。狂言作者、戯作者たちにとっては、月例会が自らの創作のヒントを得る場となっていたからである。月例会の報条摺物にみる兼題は、同人たちの作例を想像させるものとして残っていたことになる。作例が少ないなかで、報条摺物は、残らなかった三題噺を考える上でも貴重な資料となる。

おわりに

三題噺の話の構造は、つくり手すなわち話し手の〈話すリズム〉と、聞き手すなわち聴衆の期待と想像の〈聞くリズム〉のなかにある。兼題という三題の語彙をつかって創作するときに、まずあげられた兼題を、聴衆は三題噺の導入から兼題の語彙のつかわれ方を聞きながら、どの場面でつかわれるかを知る喜びを楽しんだ。すでにある落ちと同じ落ちである円朝の「鰍沢」を聞きながら、新作落語の作品として、歓迎したかどうかはわからない。しかし「鰍沢」がほかの落ちと同じであることを知る人が、どれほどいたかともかかわってくるが、はじめて聞く落ちと思ったなら、おもしろく聞けたであろう。笑話の世界では、なんども同じ落ちが使われることがおおい。内容が異なる笑話であれば、気にすることではない。だが、笑話にあたらしさがあり、奇抜さがあれば、いくら焼き直しであっても、再出を否定してこなかった。それは絵画の場合でも、知られた画題であっても、絵師が変われば別のものとみるのと同じである。よく知られたものがタテの線であり、それをどのように展開させるかのヨコの線の趣向が、おもしろさをつくりだしてきたからである。

三題噺は近世から近代にいたる噺の会の存在によって復活し、この復活によって、もとの可楽とその後の三題噺を考えていくと、ことに其水の三題噺が演劇史に与えた影響がおおきいといえる。其水（黙阿弥）研究においても、三題噺の会の考察をしないと幕末期の演劇はみえてこないのである。

いまも江戸落語の原作（典拠）は、ほとんどわかっていない。そのなかで『春色三題噺二編』に創作された〈二席目〉が残ったことで、演じられた落語の原作（典拠）がわかってくるのは喜ばしいが、いまこの〈二席目〉が演じられていないのは寂しいかぎりである。残った落語よりも消えた落語のほうがおおくあるように、もしかしたら三題噺から落語になったものが、同じようにあり、それが消えていったのかも知れない。それが幕末期の落語の世界であったとも思われる。

付『春色三題噺二編』と『圓朝全集』の本文校勘

「鰍沢」の〈二席目〉を『春色三題噺二編』と『圓朝全集』によって本文校勘をする。『春色三題噺二編』に、兼題「花火、後家、峠茶屋」がみられる。『圓朝全集』は〈二席目〉を上下にわけ〈前席〉〈後席〉としている。これは長講になるためにわけたものだが、実際に演じられたときも、わけて話されたのだろう。円朝は〈一席目〉と〈二席目〉を「二日讀切」で演じた。『圓朝全集』の〈二席目〉の冒頭で、

此のお噺は御維新《ごゐしん》の前本所《まへほんじよ》の黙阿彌翁《おう》が著述《かゝれ》ました三題噺で御座いまして、師匠（圓朝）が昔道具《だうぐ》噺《はなし》で二日《ふつか》讀切《よみきり》に致して大層流行《はやり》ましたが、唯今では餘り寄席でもお耳馴れませんお噺で、お題は花火、後家、峠茶屋と申します。

という。前半の〈前席〉はお花と宗次郎の馴れ初めとお花の癪と峠の茶屋での休息の場面であ

る。後半の〈後席〉は亭主が火縄で宗次郎を撃ち、うまく宗次郎を仕留め、茶屋の亭主が伝三、お花がお熊であるという正体をあきらかにする会話ではじまる。

凡　例

『春色三題噺二編』の底本は宮尾しげを旧蔵本を用いた。『春色三題噺二編』は『春色』と記し、『圓朝全集』は『全集』と記した。比較する文章は、『春色』の丁数の一丁の（オ・ウ）に従って区切った。引用文の末尾には（一オ〜十三オ）の丁数を記した。【校勘】では本文の相違をみるが、『圓朝全集』の本文にない箇所は（ナシ）と記した。本文校異のあとに、筆者の注記を※印で記した。なお、『春色三題噺二編』の本文は句読点のない原文通りにし、使用する字体も『春色三題噺二編』に合わせて『圓朝全集』も旧字体とした。これは本文を比較しやすくするためである。振り仮名は必要と思うもの以外は省いた。ただし会話の終わりに句点（なかには読点をつけたものもある）を入れた。『圓朝全集』にある句読点はそのまま残した。なお本文の小文字表記のものは小文字にした。なお、本文は原文通りなので統一していない箇所もある。

『春色』（一オ）

花火《はなび》　後家《ごけ》　峠茶屋《とうげぢやや》　　河竹其水作

男「いかに通り一扁の駕だと言て餘りふてへやつだ。女「最うよい加減になさいましょあんな者にかまッたとて仕方が有ません。男「夫達て峠迄と言ッて乗たのに先拂に銭を取て酒に酔て歩行ぬから下《おり》て呉ろと無法な言かたせめて問屋場まで連て往ッて拂た駕賃でも取かへさ

うと思ッたが

『全集』

此のお噺は御維新の前本所の黙阿彌翁が著述《かゝれ》ました三題噺で御座いまして、師匠（圓朝）が昔道具噺で二日讀切に致して大層流行ましたが、唯今では餘り寄席でもお耳馴れませんお噺で、お題は花火、後家、峠茶屋と申します。男「如何に通り一遍の駕籠だといつて餘《あん》まり太ぇ奴だ。女「もう宜い加減になさいましょ彼《あ》んな者に構ったッて仕方がありません。男「夫だッて峠までと云つて乗つたのに、先拂ひに錢を取って、酒に酔つて歩けねぇから下りて呉れろと無法の言方、切《せめ》て問屋場《とひやば》まで連れて往《い》つて拂つた駕籠賃でも取返さうと思つたが

【校勘】花火　後家　峠茶屋　河竹其水作―（ナシ）（ナシ）―此のお噺は～と申します　言て餘り―言いつて餘り　かまッたとて―構ったッて　歩行ぬ―歩けねぇ

※冒頭の「花火、後家、峠茶屋　河竹其水作」の兼題並びに作者名は、『全集』では省かれる。〈二席目〉であるので〈一席目〉の「鰍澤雪の夜噺」と同じく前書きとなるマクラがある。〈一席目〉の前書きは『全集』に「これは三題噺でございます」とだけある。〈二席目〉は『全集』解説には、初代三遊亭円右が口演したことになっているが、実際は二代三遊亭円橘であると記している。〈二席目〉は「晦日の月の輪」といい、「師匠（圓朝）が昔道具噺で二日讀切に致して」とある。つまり、〈一席目〉〈二席目〉を「つづき物語」の道具噺、正本芝居噺で演じていた。「道具噺」は鳴物入り道具

噺である。『春色』は三題噺であるから前書き、マクラがなく、すぐに会話からはじまっている。実際には、「一席目の後日談であります」とか、または「この三題噺は前席につづく物語であります」とかいってはじめたと思われる。落語の「つづき物語」は会話からはじまるものが、ほかにもあるので、当然のように会話ではじまってもおかしくない。

※※「唯今では餘り寄席でもお耳馴れませんお噺」というのは、『全集』の刊行された時代には演じられなくなった大正期、昭和初期のことをいう。この時期には〈一席目〉だけが演じられ、すでに〈二席目〉は演じられなくなっていたと思われる。

※※※ここで疑問が浮かんでくる。円朝が道具類を三代円生に譲った明治二年ころ（一八六九）、「道具噺をやめて素噺に転向した」という（『古今東西落語家事典』。平凡社。平成元年。一九八九）。この時期を明治五年（一八七二）ともいう（永井啓夫『三遊亭円朝』）。〈二席目〉が三題噺の会で発表されたのが、いつであったかはあきらかでない。『春色三題噺二編』は序に「慶應元初夏稿／同二寅春発行」とあるから、二編が出る前に〈二席目〉は口演されていたことになる。筋も知られていた。円朝は慶応二年（一八六六）以降にも道具噺を演じていたが、この三年後に道具噺をやめる。『全集』の終わり方にみる芝居噺の表現は、三遊亭一朝が昭和三年（一九二八）まで演じていた芝居噺を記したもので、一朝から八代林家正蔵（初代林家彦六）へと道具噺が伝承されたことになる。

※※※※正蔵が、一朝から教わった芝居噺をやるようになったのは、大正九年（一九二〇）の三遊

亭円楽になってからという。昭和五年（一九三〇）に一朝は八十四歳で亡くなる。『全集』の「鰍沢」は昭和三年の刊行以前に演じたものを記録したことになる。

※※※※※さらに〈一席目〉の「鰍沢」だけの芝居噺が残り、〈二席目〉が残らなかったのは長講だったからか。〈二席目〉を演じるには「つづき物語」として〈一席目〉を演じなければならない。円朝が演じたものは「道具噺で二日讀切」というから、〈二席目〉も道具を用いたことになるが、どの部分であったかはわからない。

『春色』（一ウ）

何をいふにも先を急ぐから虫を殺し言たいことも言ずに來たがこんないまく〱しい事はない。女「あんな駕に乗よりもいッそ歩行方《あるくはう》が氣が晴て宜《よう》ござりますョ。男「平地《ひらち》なら言ければ是から段々石高道《みち》首尾能《よく》峠が越《こせ》ればいゝが。女「ナニ越ないことはありませんョ。男「ひよつと途中で歩行《あるけ》ぬ時は脊負《おぶつ》て行わけにも行《ゆか》ずいッそ跡へかへッて泊らうか。女「跡へかへッて追手にでもつかまるとつまらないはネ。男「夫もさうだな併五ッ迄には越《こせ》やうから草臥《くたびれ》たらうが急いで呉ンねへト手に手をとりて行《ゆく》男は

『全集』

何をいふにも先を急ぐから虫を殺し云ひたい事も云はずに來たが、斯《こ》んな忌々《いまく〱》しい事はねえ。女「あんな駕籠に乗るよりも寧《いっ》そ歩行く方が氣が晴れて宜う御座いますよ。男「平地《ひらち》なら宜

いけれど是から段々石高道首尾よく峠が越えれば宜いが。女「ナニ越《こえ》ない事はありませんよ。男「萬一《ひょッと》途中で歩けぬ時は脊負って行く譯にも往《ゆ》かず寧《いっ》そ跡へ歸って泊らうか。女「跡へ歸って追手にでも捕ると詰らないわね。男「夫も然うだな、併し五ツまでには越《こえ》やうから草臥《くさびれ》たらうが急いで呉んねぇ。と手に手を取って行く。男の方は

【校勘】事はない―事はねぇ　とりて行―取って行く　男は―男の方は

『春色』（二オ）

年の頃廿七八越後紬《つむぎ》の替り縞の小袖に茶博多の帯御納戸眞岡の半合羽に小短き脇差を差紺の脚半に麻裏草履菅笠を肩にかけ新潟あたりの商人《あきんど》の息子と見へたり女は廿二三と見ゆれど六か七なる中年増《ちうどしま》御召縮緬の藍縞の小袖に白縮緬のゆまき紺博多の男帯をくる〳〵と巻《まき》さつまの紺がすりの單物を上ッぱりにして白地の手拭を冠りかの八百八後家と名を呼《よぶ》新潟の仇《あだ》ものかねて此男と深き中にて終《つひ》には互の身のつまりとなり信州善光寺に

『全集』

年の頃廿七八、越後縞《じま》の替り縞の小袖に茶博多の帯を締めお納戸眞岡《まをか》の半合羽《はんがっぱ》に小短かい脇差を差し紺の脚半に麻裏草履を穿いて菅笠を肩に掛けましたは新潟邊りの商人の息子らしく見えました。女の方は一寸見は廿二三にしか見えませんが、最《も》う廿六七の中年増《ちゆうどしま》、お召《めし》縮緬の藍縞の小袖に白縮緬の湯巻を〆《し》め紺博多の男帯をクル〳〵と巻き、薩摩紺飛白《がすり》の單物《ひとへもの》

を上《うは》つぱりにして白地の手拭を冠《かむ》りましたが、八百八《や》後家と稱へまする新潟の仇者《あだもの》、かねて此の男とは深い中にて終には互ひの身の詰りとなり、信州善光寺に

【校勘】茶博多の帯―茶博多の帯を締め　小短き―小短かい　草履―草履を穿いて　肩にかけ―肩に掛けましたは　息子と見へたり―息子らしく見えました　女は―女の方は一寸見は　廿二三と見ゆれど六か七なる―廿二三にしか見えませんが最ぅ廿六七の　ゆまき―湯巻を〆め　上ッぱり―上つぱり　冠り―冠りましたが　かの八百八後家―八百八後家　名を呼―稱へまする　此男と―此の男とは　深き中にて―深い中にて

『春色』（二ウ）

女のしるべが有《あつ》て是を便ッて新潟から二人連《づれ》で欠落《かけおち》なし椎谷柏崎の下《した》街道より信州善光寺へ志し明神峠へかゝりしなり、女「モシ宗次さん大そう寒いぢやァ有ませんか。男「モウ九月も末だのに里と違ッて山道ゆへ夜《よ》に入《い》ッては寒いはづだ。女「夫に暮て間もないのに何故今夜は闇《くらい》のだ子。男「たとへにもいふ廿日宵暗四ッからでなくては月が出ない。女「なんだか氣味のわるい所だが爰は何といふ所で有ます子。男「爰は越後と信濃の境明神峠といふ所だがモウ半道《はんみち》か一里足らず峠さへうち

『全集』

女の知己《しるべ》があつて是を便《たよ》つて新潟から二人連《づれ》で駈落を致し、椎谷柏崎の下街道から信州善光

寺へ志して明神峠へ懸って参りました。女「モシ宗次さん大層寒いぢやァありませんか。男「もう九月も末だのに里と違って山道ゆゑ夜に入っては寒いはずだ。女「夫に暮れて間もないのに何故今夜は闇いのだね。男「比喩《たとへ》にもいふ廿日宵暗《よひやみ》、四ツからでなけりやァ月は出ない。女「何だか氣味の惡い所だが此所《こゝ》は何といふ處ですえ。男「此所は越後と信濃の境明神峠といふ所だがもう半道か一里足らずだ峠さへ

【校勘】欠落なし―駈落を致し　志し―志して　かゝりしなり―懸って参りました　四ッからでなくては―四ツからでなけりやァ　月が出ない―月は出ない　所で有ます子―處ですえ　一里足らず―一里足らずだ　峠さへうち―峠さへ

『春色』(三オ)

越ば野尻といふ宿《しゆく》があるからそこへ往って今夜は泊らう。女「すんなら爰が咄しに聞た明神峠でござりますかへ。男「此間飛脚がきられた處だ。女「エヽト女はびつくりなし只さへ怖《こわき》旅の空人里放《はなれ》し山中ゆへ心細さに木の根に爪づき轉ぶとウンとさし込む積《しやく》。女「アイタヽ、、。男「アヽあぶない怪我でもしやァしないか。女「イヽエ怪我は仕ませぬがこわい〳〵で持病の積がアイタヽ、、。男「積がおこッたそいつは困ッたことだがひどく差込か。女「きつくも差込みませんが胸先できや〳〵いたします。男「ドレ己がチッと押て遣うマァこの上へ乗《のる》が

『全集』

越えて仕舞へば野尻と云ふ宿があるから其處へ往つて今夜は泊らう。女「然《そ》んなら此所が話に聞いた明神峠で御座いますかえ。男「此間飛脚が切られた處だ。女「えー。と女は恟《びつく》りいたし只さへ怖い旅の空、人里を離れた山中ゆゑ心細さに木の根に躓《つまづ》き轉んだまんま、ウンと持病の癪が差込んで來て。女「アイタヽ、。男「ア危険ない怪我でもしやァしないか。女「いゝえ怪我はしませんが怖い〳〵で持病の癪が、アイタヽタヽ。男「癪が起つた、そいつは困つたな烈《はげし》く差込か。女「きつくも差込《さしこみ》ませんが胸先でキャ〳〵致します。男「どれ己が些《ち》と押してやらう、マア此の上へ乗るが

【校勘】越ば—越えて仕舞へば　すんなら—然んなら　ござりますかへ—御座いますかえ　びつくりなし—恟りいたし　人里放し—人里を離れた　轉ぶと—轉んだまんま　ウンとさし込む積—ウンと持病の癪が差込んで來て　怪我は仕ませぬが—怪我はしませんが　困ッたことだが—困つたな

『春色』(三ウ)

いゝト笠とひとつに肩へかけし桐油を取て大地へ敷此上へ居らせて宗次は胸を押ながら。男「どうだお花爰等が能か。女「アイモウ少ト下を押てお呉《くん》なさいまし。男「だいぶ水落が張てゐるなトさも信切に介抱なす宗次の顔を星あかりに見つめてしく〳〵泣出せば。男「コレ何を泣のだ。女「考へて見るとお前様《さん》にお氣の毒でなりませんから。男「ナニ氣の毒とは何が氣の毒だ。女「何がと言て吾儕《わたし》ゆへ新潟の古町では加賀やといつては指折の荒物屋の息子さ

んこれが一の丁か二の丁の女郎衆《しゅ》でもあることか高がわづかのつとめにて舩頭

『全集』

宜い。と笠と一緒に肩へ掛た桐油《とうゆ》を取つて大地へ敷き此上へ坐らせて宗次は胸を押しながら。男「どうだお花此所等《ら》が宜いか。女「あい、もゥ少し下を押してお呉んなさいまし。男「大分鳩尾《みづおち》が張つて居るな。と親切に介抱をして呉れる宗次の顔を星明りに見つめてお花はシク〳〵泣出しましたから。男「コレ何を泣くのだ。女「考へて見るとお前さんにお氣の毒でなりませんから。男「ナニ氣の毒とは何が氣の毒だ。女「何がと云つて私ゆゑ新潟の古町《ふるまち》では加賀屋と云つては指折の荒物屋の息子さん、此れが一ノ丁《まち》か二ノ丁《まち》の藝子衆でもある事か高が些《わづ》かの勤めにて船頭

【校勘】肩へかけし—肩へ掛た　少《モゥ》ト—もゥ少し　介抱なす—介抱をして呉れる　しく〳〵泣出せば—お花はシク〳〵泣出しましたから　女郎衆—藝子衆

『春色』（四オ）

衆や旅人衆へ枕をかわす八百八後家見るかげもない吾儕をつれ産れ古郷を跡になし夜道もいとはず此やうに餘計なくろふをなさんすのがお氣の毒でなりませんもの。男「つまらねへことを言たものだ己《おれ》も七ッの時からして江戸の店に奉公なし首尾能勤めて新潟へかへッて來たも去年の春人胞《ゐな》は越後へ埋たれども水道の水が體《からだ》へしみそうたのんしが耳へ障り女房も多

く進められたが江戸のものをば女房に持たくおもふ處へ友達と一ッぱい呑だ崩れからふつといつた其晩に素性を聞ば江戸

『全集』

衆や旅人衆へ枕をかはす八百八後家、見る影もない私をつれ、産れ故郷を跡にして夜道も厭はず此の様に餘計な苦勞をなさんすのがお氣の毒でなりませんもの。男「詰らねぇ事を云つたもんだ、己も七ッの時から江戸の店に奉公して首尾能く勤めて新潟へ歸つて來たも去年の春、胞衣《えな》は越後へ埋めたけれど水道の水が身體《からだ》に染み、さうだのんしが耳へ障《さは》り女房も多く勸《すゝ》められたが江戸の女を女房に持ちてぇと思ふ處へ、丁度友達と一盃飲んだ崩れから、フッと往《い》つた其の晩に素性を聞けば江戸

【校勘】跡になし—跡にして　言たものだ—云つたもんだ　時からして—時から　奉公なし—奉公して　埋たれども—埋めたけれど　體へしみ—身體に染み　そうたのんし—さうだのんし　耳障り—耳へ障り　江戸のものをば—江戸の女を　持たくおもふ—持ちてぇと思ふ　友達と—丁度友達と

『春色』（四ウ）

生れ以前は名におふ吉原の玉屋のうちて二つ星身の不仕合に越後まで下ッて來たゆへ誰が附たか星下《くだり》といふ心にておぬしがことを花火後家一晩揚たが縁となり毎晩〳〵揚詰に終には世間へ不義理が出來古郷に居るのも居られぬゆへおぬしの伯母が善光寺にあると聞て夫を便

りにどんなしがない暮しをしても二人居るのを樂しみに連て迯は迯たれど氣の毒なのはおぬしより己が方が氣の毒だ。女「それ程迄に吾俶をばおまへは思ッてお呉のかへ。男「思はねへでどうするものか親兄弟を捨て來た

『全集』

生れ、以前は名におふ吉原の玉屋の家で二ッ星、身の不仕合に越後まで下つて來た故誰が附《つけ》たか星下りと云ふ心にておぬしが事を花火後家、一晩揚たが縁となり、毎晩々々揚詰に終には世間へ不義理が出來、故郷にさへも居られぬ故おぬしの伯母が善光寺にあると聞いて、夫を便りにどんなしがない暮しをしても二人居るのを樂しみに、連れて逃《にげ》は逃たれど氣の毒なのはおぬしより己《おれ》の方が氣の毒だ。女「それ程までに私をばお前は思つてお呉れのかぇ。男「思はねぇで何《ど》うするものか、親兄弟を捨《すて》て來た

【校勘】古郷に居るのも―故郷にさへも　連て迯は迯たれど―連れて逃は逃げたれど　己が方が―己の方が

『春色』（五オ）

のだ。女「しみ〴〵嬉しうございますョト惚た男の信切に積の痛さも打忘れすがり附て泣をりしもかすかに聞ゆる麓の鐘。男「ヲヽあの鐘はモウ五ッだこりやァ思ひの外遅くなつた少しよくは歩行て呉ンねへ。女「アイちつと快《よい》やうでございますト胸をおさへて立上れば宗次は桐

油を笠へ結びお花が手を取木の根を除《よけ》木《の》の間をもるゝ星明りにたどり〳〵てやう〳〵に一二丁も來りしが又もや積のさし込みに歩行《あるき》かねるを介抱なし。男「また差込か。女「アイどうも差込でなりませんが爰等に休む所は有ません

『全集』

のだ。女「染々《しみ〴〵》嬉しう御座いますよ。と惚た男の親切に癪の痛さも打忘れて縋《すが》り附いて泣折しも、幽かに聞ゆるは麓の鐘。男「ォゝあの鐘はもう五ッだこりやァ思ひの外遅くなつた、少し癒《なほ》りやァ歩行いて呉んねえ。女「あい些《ち》と快《よ》う御座います。と胸を押へながら起上《たちあが》るを宗次は桐油を笠へ結び附けてお花の手を取つて、木の根を除けながら木《こ》の間《ま》を漏るゝ星明りに辿《たど》り〳〵漸々一二町も參りましたが、又も癪が差込んで來て歩き兼るを介抱致し、男「また差込むか。女「あいどうも差込んでなりませんが此邊《このへん》に休む處はありますまい

【校勘】嬉しうございますョ—嬉しう御座いますょ　聞ゆる—聞ゆるは　よくは—癒りやァ　快やうで—快う　胸をおさへて—胸を押さへながら　立上れば—起上るを　笠へ結び—笠へ結び附けて　お花が手を—お花の手を　木の根を除—木の根を除けながら　たどり〳〵て—辿り〳〵　一二丁も來りしが—一二町も參りましたが　又もや—又も　積のさし込みに—癪が差込んで來て　介抱なし—介抱致し　爰等に—此邊に　有ません—ありますまい

『春色』（五ウ）

か子。男「峠へ懸ッては休む所はない一軒家の茶屋までくるしからうが歩行て呉《くん》ねへ。女「その峠の茶屋迄はまだ餘程有ますかへ。男「ナニわづか二三丁だ。女「夫じやァどうかして歩行て行ませう。男「ナニ已にしつかりつかまつて來《き》ねへトお花を小脇に抱ゆるやうに手を取ながら宗次郎はかすかに見ゆる峠茶屋の燈影《ほかげ》を目當に門《かど》へ來て。男「ヤレ〳〵嬉しや茶屋迄來た。女「お湯を一ッ貰ッてお呉ンなさい。男「ヲイ〳〵と言ながら椽ばなへ腰を懸、男「モシ御無心でございますがぬるくして湯を一ッぱいお呉なせへ。亭主「コリヤァお客さまでござり舛か

『全集』

か。男「峠へ懸つては休む處はない。一軒家《や》の茶屋まで苦しからうが我慢して歩行いて呉んねぇ。女「その峠の茶屋まではまだ餘程有ますかぇ。男「ナニ僅か二三丁だ。女「夫ぢやァ何うかして歩行いて往《ゆ》きませう。男「ナニ已に確《しつ》かりつかまつて來ねぇ。とお花を小脇に抱へるやうに致して、手を取りながら宗次郎は幽かに見える峠茶屋の燈影《あかり》を目當に漸々の事で其處まで參りまして、男「ヤレ〳〵嬉しや茶屋まで來た。女「お湯を一つ貰つてお呉んなさいな。男「おい〳〵。と云ひながら縁側へ腰を掛て、男「モシ御無心で御座いますが温《ぬる》くして湯を一ぱいお呉んなせぇ。亭主「此ァお客様でございますか

【校勘】か子―か　歩行て―我慢して歩行いて　抱ゆるやうに―抱へるやうに致して　宗次郎はかすか

に—宗次郎は幽かに　峠茶屋の燈影《ほかげ》—峠茶屋の燈影《あかり》　目當に門へ來て—目當に漸々の事で其處まで參りまして　お呉ンなさい—お呉んなさいな　椽ばなへ—縁側へ　コリヤアお客さまで—此ァお客様で　ござり舛か—ございますか

※いままで宗次であった男の名前が、ここでは「宗次郎」となっている。『全集』も「宗次郎は幽かに」とあり、「宗次郎」とする。『春色』を写していることがわかる。

『春色』（六オ）

たいぶ遲くお出なさいましたなトいふは立場《たてば》の亭主にて年の頃三十四五色の淺黒い男手織木綿の布子に夜具嶋の袖なし半天《ばんてん》古き手拭を冠り居爐裏で火を焚てゐるを見て。男「闇《くらい》には闇し足よわ連《づれ》で大きにおそくなりました。亭「今水をさましてチトおぬるうございますト盆の上へ茶をのせて出しながら。亭「これはお女中さまでございますか。男「峠へ懸ッて積におこられやう〱爰まで歩行て來ました。亭「夫は嘸御難義でございましたらう。男「イヤモウ困りきりましたサァお花これを呑な。女「アイ有がたう

『全集』

大層遲くお出でなさいましたな。と立場の亭主年齢三十四五、色の淺黒い男で手織木綿の布《ぬの》子《こ》に夜具縞《やぐじま》の袖無し半天を着て古い手拭を冠《かむ》り、居爐《ゐろり》で火を焚いて居るのを見て、男「闇いには闇し足弱連《あしよわづれ》で大きに遲くなりました。亭「今しがた水を差《さし》まして些とお温う御座います。

と盆の上へ茶を載せて出し、亭「これはお女中さまで御座いますか。男「峠へ懸つて癪に起られ漸々此所まで歩行いて來ました。亭「夫は嘸《さぞ》御《ご》難義で御座いましたらう。男「イヤもう困り切りました、さァお花これを呑みな。女「あい有難う

【校勘】たいぶ―大層　亭主にて―亭主　年の頃―年齢　半天―半天を　居爐裏で―居爐で　焚てゐるを―焚いて居るのを　今水を―今しがた水を　ございます―御座います　出しながら―出し　ござりますか―御座いますか　ござりましたらう―御座いましたらう

『春色』（六ウ）

ございます。亭「イヤモウ平地《ひらち》は僅に山道も名代にわるい明神峠男と違ッてお女中さまでは駕でなくては越《こさ》れませぬ。男「其駕も雇ッて來ましたがわるい奴《やつ》に出ッくわし途中から歸《かへ》しました。亭「さやうでござりましたか一躰お前さま方はどこへお出なさいますのでござります。男「信州の善光寺へお參りに行《ゆき》ますのサ。亭「そんなら松が崎か關山へお泊りなされば宜かつたに是から峠をお越なさるには四ッ半になりませう。男「跡へ泊れば宜かつたが何分《なんぶん》追手の懸るのでト言を聞て亭主はうなづき。亭「成ほど若ィ女中を連ての夜旅《よたび》深く

『全集』

御座います。亭「いやもゥ平地は僅か山道も名代に惡い明神峠、男と違ってお女中様ではお駕でなくッちやァ越されません。男「其駕籠も雇つて來ましたが惡い奴に出會《くわ》し途中から歸

しました。亭「左様で御座いますか、一體お前さん方は何處へお出なさるので御座います。男「信州の善光寺へお詣りに往《ゆ》きますのサ。亭「然んなら松ケ崎か關山へお泊んなされば宜《よ》かつたに、是から峠をお越しなさるのは四ッ半に成りませう。男「跡へ歸れば宜かつたが何分追手の懸るので……。亭「成程若い女中を連れての夜旅《よたび》、深く

【校勘】ございます—御座います　お女中さまでは駕でなくては越れませぬ—お女中様ではお駕でなくッちやァ越されません　さやうでござりましたか—左様で御座いますか　お出なさいますのでござります—お出なさるので御座います　お泊り—お泊ん　お越なさるには—お越しなさるのは　跡へ泊れば—跡へ歸れば　ト言を聞て亭主はうなづき—（ナシ）

※『春色』の「追手の懸るのでト言を聞て亭主はうなづき」の「ト言を聞て亭主はうなづき」が、なぜか『全集』では省かれる。

『春色』（七オ）

お聞申さずとも大概しれたお二人さまモシ後《あと》から尋ねてござッたら此方《ち》へお出のないやうに宜様《いゝやう》に言ませうから更ぬ内にちつとも疾く峠をお越なさいませ。男「何分お頼み申ますお花どうだちつとは宜《いゝ》か。女「どうも胸へさし込で歩行《あるかれ》そうもござりません。男「そいつは困ッたものだナ。亭「なんぞお藥のお持合せはござりませんか。男「何にも是といふ藥もないが慥《たしか》紙入の中に熊の膽《ゐ》があつた筈だお花先刻《さつき》の風呂敷包は。女「イヽェ吾儕や知りませんョ。

男「ナニ知らない夫じやァ駕へ附た儘忘れて來たか

『全集』

お聞き申さないでも大概知れたお二人さん、モシ人が尋ねて御座つたら此方《こつち》へお出でないやうに宜いように言ひませうから更けぬ中《うち》に些《ちつ》とも疾《はや》う峠をお越しなさいまし。男「何分お頼み申ます、お花どうだ、些とは快《よ》いか。女「どうも胸へさし込んで歩行けさうも御座いません。男「そいつは困つたもんだなァ。亭「何ぞお薬のお持合せは御座いませんか。男「何にも是といふ薬もないが慥か紙入の中に熊の膽があつた筈だお花先刻《さつき》の風呂敷包みは。女「いゝえ私やァ知りませんょ。男「ナニ知らねぇ、夫ぢやァ駕籠へ附けたまゝ忘れて來たか

【校勘】申さずとも―申さないでも　お二人さま―お二人さん　モシ後から―モシ人が　お出の―お出で　疾く峠を―疾う峠を　お越なさいませ―お越しなさいまし　歩行そうもございません―歩けさうも御座いません　困ッたものだナ―困つたもんだなァ　ございませんか―御座いませんか　知らない―知らねぇ

『春色』（七ウ）

知らん。女「ヱ夫ならァノ包を。男「薬斗りなら宜けれど路用の金を入て置た。亭「夫りやアトンだ。男「跡の立場に呑でゐたが未《まだ》あすこに居ればよいが、亭「モシどんな駕屋でござりました。男「四十ばかりて色の黒い小ひんにはげのある男と三十四五で眼の大きい額に疵の

ある男サ。亭「夫りやァわるいかごにのんなすッたに禿松《はげまつ》と疵虎《きずとら》といふ酒の上のわるい駕舁だ。男「名がしれたれば尚幸ひ一ッ走り往《いつ》て來やう。女「お前是から行なさんすのか。男「路用もあれば此儘に打捨ては置れない些《ちつと》のうちだ待てゐてくれ

『全集』

知らん。女「エヽ然んならアノ包みを…。男「藥ばかりなら宜《い》いが路用の金を入れて置いた。亭「夫りやァ飛だ事。男「跡の立場に呑んで居たが未《ま》だ彼處《あすこ》に居《を》れば宜《よ》いが。亭「モシどんな駕籠舁《かごや》で御座いました。男「四十ばかりで色の黒い小鬢《こびん》に禿のある男と六十四五で眼の大きい顔に疵のある男サ。亭「夫やァ悪い駕籠に乘《のん》なすつた禿松と疵虎といふ酒の上の悪い駕籠舁《かき》だ。男「名前が知れたら尚幸ひ、一ッ走《ばし》り往つて來よう。女「お前是から行きなさるかえ。男「路用もあれば此儘に打捨《うつちやつ》ちやァ置かれねえ、些との中《うち》だ待つて居て呉れ。

【校勘】ェ夫なら—エヽ然んなら　宜けれど—宜いが　トンだ—飛だ事　駕屋でござりました—駕籠舁で御座いました　三十四五で—六十四五で　額に疵の—顔に疵の　名がしれたれば—名前が知れたら　行なさんすのか—行きなさるかえ　打捨ては置れない—打捨ちやァ置かれねえ

『春色』（八オ）

女「夫だといつて吾俶一人で。男「そりやァ心細からうが御亭主も爰に居ればあんまり切なくば押てゞも貰うがいゝモシ御亭主何卒《どうぞ》歸ッて來る迄おたのみ申ます。亭「ハイ〳〵畏りま

した自己がお世話いたしませう。男「夫じやァお花一寸往《といっ（ママ）》て來るョ。女「はやく歸ッて來てお呉なさいョ。男「ナニ取かへしさへすりやァ直《すぐ》に歸つて來るト言ながら身支度なして出かくるを。亭「ア丶モシお客様一寸お待なされましトかたへに懸たる鐵炮を取り火縄へ居ろりの火をうつし。亭「此頃は熊が出て往來の者にか丶りますから鐵

『全集』

女「夫でも私一人では。男「夫れァ心細からうが御亭主も此所に居《を》れば餘《あん》まり苦痛《せつ》なければ押してゞも貰ふが宜《い》いモシ御亭主何卒《どうぞ》歸つて來るまでお頼う申します。亭「ハイ〳〵畏ました私がお世話致しませう。男「夫ぢやァお花一寸往《い》つて來るよ。女「早く歸つて來てお呉んなさいよ。男「ナニ取返しさへすりやァ直《すぐ》に歸つて來る。と身支度を致して出《いで》懸るを。亭「ア丶モシお客様一寸お待なさいまし。と傍《そば》にあつた鐵砲を取つて火縄へ居爐《いろり》の火を移し。亭「此頃は熊が出《で》て往來の者に懸りますから鐵

【校勘】夫だといつて―夫でも　一人で―一人では　切なくば―苦痛なければ　来るト言ながら身支度なして―來る。と身支度を致して　かたへに懸たる―傍にあつた　鐵炮を取り―鐵砲を取つて

『春色』（八ウ）

炮を持てござらッしやいまし是を半分進ませうト火縄を半分引切ッて火を移してさし出せば。男「夫りやァ御深切《しんせつ》に忝ないが自己は鐵炮の打やうを存ぜねば持て往ても却ッて邪魔モシ熊に

出逢たらいちもくさんに迯まする。亭「鐵炮が邪魔ならば火繩ばかりでも持て往ッしやれ。男「夫じやァ用心に持て往ませうか。亭「左様なさえませ夫でも用心になります。男「何ぶん跡をたのみますぜ。亭「ハイしつかりお預り申シました。男「ドレ一走り往て來やうト火繩の火影《ほかげ》をしるべになし

『全集』

砲を持て御座らッしやれ、是を半分上ませう。と火繩を半分引切つて火を移して出しましたから、男「夫やァ御親切に忝けないが私は鐵砲の打《うち》やうを存ぜぬ故持て往《い》つても却つて邪魔、モシ熊に出逢つたら一目散に逃ませう。亭「鐵砲がお邪魔なら火繩ばかりでも持て往《ゆ》かッしやれ。男「夫ぢやァ用心に持て往《ゆ》きませうか。亭「然《さ》うおしなさい、夫でも用心になります。男「何分跡を頼みますぜ。亭「ハイ確乎《しつかり》お預り申しました。男「ドレ一走《ひとはし》り往つて來よう。と火繩の火影を知るべにして、芝居なら花道へ引込む所で、元の麓へ取つて返しました。

【校勘】ござらッしやいまし—御座らッしやれ　進ませう—上ませう　さし出せば—出しましたから　存ぜねば—存ぜぬ故　迯まする—逃ませう　邪魔ならば—お邪魔なら　左様なさえませ—然うおしなさい　しるべになし—知るべにして、芝居なら花道へ引込む所で、元の麓へ取つて返しました

※『全集』が「芝居なら花道へ引込む所で、元の麓へ取つて返しました」とするのは、円朝が口演したようにするための一文である。いかにも円朝がいいそうな一文となっている。

『春色』（九オ）

足早に行《ゆく》旅人を見送り。亭「ア、モシお客さま舎《やどろ》木《ぎ》から左りの方は根ッ子だらけて道がわりいから右へ寄てござらッしやい跡は案事さつしやるなしッかり預りましたイヤ早い足だな火縄の火あしは小半町ト言ッ、旅人《りよじん》へ筒先むけねらひ定めて火ぶたを切りヅドンと打たる強薬《つよぐすり》地《ぢ》ひゞきなせし筒音に積に苦しむ件《くだん》の女起あがつて門《かど》を伺ひ。女「傳三《でんざ》さん手答へがあつたかへト言ば亭主は莞爾《につこ》と笑《ゑ》み冠りし手拭取捨れば月代延し草束《くさたば》ね袖なし半天《ばんてん》をぬぎながら

『全集』

（下）

亭「モシお客さん、舎木から左の方は根ッ子だらけで道が悪いから右へ寄って往《い》かつしやれ、跡は案じさつしやるな、しつかり預かりました、イヤ早い足だな火縄の火あしは小半町。と云ひながら其の旅人へ筒先を向けて狙ひを定めて火蓋を切り、ヅドンと打た強薬《がうやく》の地《ち》響《な》りをした筒音に、癪に苦しむ件の女が起上つて四方《あたり》を見て、女「傳三《でんざう》さん手應《てごたへ》があつたかえ。亭主は莞爾り笑つて冠《かむ》つた手拭を脱《と》れば月代延し草束《くさたば》ね、袖なし半天を脱《ぬ》ぎながら、

【校勘】足早に行旅人を見送り―（ナシ）　（ナシ）―下　ア、モシお客さま―モシお客さん　わりいから―悪いから　ござらッしやい―往かつしやれ　ト言ッ、旅人へ―と云ひながら其の旅人へ　筒先むけ―筒先を向けて　ねらひ定めて―狙ひを定めて　打たる―打た　強薬地ひゞきなせし―強薬の地響りをした

門を伺ひ—四方を見て　あつたかへト言ば—あつたかヱ　莞爾と笑み冠りし—莞爾り笑つて冠つた
手拭取捨れば—手拭を脱れば

※ここで、「下」とするのは、冒頭で「上」とある〈前席〉につづくことをいう。「上」の最後に、「芝居なら花道へ引込む所で、元の麓へ取って返しました」というのは、ここで宗次が本舞台から花道に引っ込む場面を想定し、この宗次を本舞台からみながら、手に鉄炮をもって、亭主が「ア、モシお客さま舎木から左りの方は根ッ子だらけて道がわりいから右へ寄ってござらつしやれ云々」といって鉄炮を撃つ場面になる。宗次が駕籠舁を追いかけているときに、鉄炮のヅドンの音によって宗次は殺される。「地ひゞきなせし筒音に積に苦しむ件の女起あがつて」でお花がお熊となり、「傳三さん手筈へがあつたか〳〵」という。亭主は伝三とわかる。「上」の最後は、宗次を亭主が鉄炮で撃つところの「旅人へ筒先むけねらひ定めて火ぶたを切りヅドン」。「このつづきは下で」といって、つぎの展開になる終わり方であったか。

『春色』(九ウ)

亭「火縄を目當にドッさりと狙ひはづさず打留《うちとめ》たお熊路用は手前《てめへ》持て來たらうなト火縄を消て内へ這入ればお熊も上に引ぱりし浴衣をぬいでぐる〳〵と巻《まい》たる帯の間より小風呂敷の包を出《いだ》し。女「そこに如才があるものか帯の結びと思はせて腰のはしよりへ留て置たョ。傳「四五日跡に手紙が來たから今日か〳〵と一昨日《おとゝい》から手前の來るのを待てゐた。くま「はや

く野郎を連出して來やうと法をかいたれど肝心のれこがないから其算段をさせるまで二三日
來るのが遅く

『全集』

亭「火縄を目當にドツサリと狙ひ外さず打留た、お熊路用は持て來たらうな。と火縄を消して内へ這入ればお熊も上に引張《ひつぱ》ッて居ました浴衣を脱いでぐる〳〵と巻いた帯の間から小風呂敷の包みを出して、女「其處《そこ》に如才があるものかね、帯の結びと思はせて腰の端折《はしより》へ留て置いたょ。傳「四五日跡に手紙が來たから今日か〳〵と一昨日から汝《てめえ》の來るのを待て居た。くま「早く野郎を連出して來《き》ようと法をかいたが肝心のレコがないから其の算段をさせるまで二三日來《く》るのが遅く

【校勘】路用は手前持て―路用は持て　上に引ぱりし―上に引張ッて居ました　巻《まい》たる帯の間より―巻いた帯の間から　包を出し―包みを出して　あるものか―あるものかね　手前の來るのを―汝の來るのを　法をかいたれど―法をかいたが

※『春色』にお熊が「はやく野郎を連出して」とある。いままで女・伝の会話としているが、ここだけ「くま」と書かれる。これを『全集』も同じく、「くま「早く野郎を連出して」という。ここでも『春色』を写していることがわかる。ここまで『全集』は口演にこだわり、円朝が話したこととするが、写した文章であることをあきらかにするのはなぜだろうか。『春色』の「亭」は伝三とわか

るので、「傳」としなければならない。『全集』も「亭」のままである。

『春色』（十オ）

なつたョ。傳「さうして路用は何程《いくら》ある。女「思ッたよりは少ないが二歩金で五十兩あるョト紙入より取出せば。傳「六七十兩と思ッたが御時節柄で安かつたな。女「傳三《でんざ》さん酒はあるかへ。傳「酒は一舛買て置た。女「しびれ藥は御免だョ。傳「おきやァがれトびんぼう徳利を火燗《ひがん》にかけ筒茶碗で呑ながら。傳「今も咄しの玉子酒しびれ藥ですでの事ころりと往生する所漸《やう〳〵》命は助かつたが毒氣《どくき》が殘つて體がわるく湯治がてらに草津から鬼仏の善光寺後生半分旅かせぎやらずの傳次にすゝめられ

『全集』

なつたよ。傳「然うして路用は何程ある。女「思つたよりは少ないが二分金で五十兩あるよ。と紙入から取り出せば、傳「六七十兩と思つたが御時節柄で安かつたな。女「傳三さん酒はあるかえ。傳「酒は一升買つて置いた。女「痺《しび》れ藥は御免だよ。傳「置《お》きァがれ。と貧乏徳利《どくり》を火燗に懸て筒茶碗《ぢやわん》で呑みながら、傳「今も咄しの玉子酒、痺れ藥で已《すで》の事コロリと往生する處、漸々命は助かつたが、毒氣が殘つて身體《からだ》が惡く湯治がてらに草津から鬼も仏の善光寺往生半分旅稼《かせ》ぎ、やらずの傳次《でんじ》に勸められ、

【校勘】火燗にかけ―火燗に懸て　鬼仏の―鬼も仏の　後生半分―往生半分

※『春色』の「傳「酒は一舛買て置た。女「しびれ薬は御免だョ」はいうまでもなく〈一席目〉にみる「しびれ薬」を指す。また『春色』の「傳「今も咄しの玉子酒しびれ薬ですでの事ころりと往生する所」も〈一席目〉での出来事である。この「今も咄しの玉子酒」が、『全集』でも「咄し」になっている。『全集』はすべて「話」にしているのに、ここだけ「咄し」であるのは、ここも写したことによる表記となろう。

『春色』（十ウ）

ごまの灰の寐所にせう事なしの峠茶屋。女「此方《こつち》もともにくすぶッて半年《とし》あまり居たけれどわづか四文や八文の茶代を取ちやァ湯水も呑ずどうでよごれた體ゆへ八百八後家と姿をかへうぶな息子をだまし込み路用を當《あて》に連出して爰で殺した其數も春から丁度七人目。亭「阿漕が浦じやァねへけれど度重なれば天の網迯れぬ事も知りながら止《やめ》られぬのが世のたとへ。女「國に盜賊家にまた鼠花火の花火後家盛りみぢかき身の上は薄《すゝき》花火の果《はて》は野に。傳「螢

『全集』

胡麻の蠅《はへ》の寐所《ねどころ》にせう事なしの峠茶屋。女「此方も共に燻ぶつて半年餘り居たけれど僅か四文や八文の茶代を取つちやァ湯水も呑めず、どうで汚れた身體ゆゑ八百八後家と姿をかへ、うぶな息子を欺し込み路用を當に連れ出して爰で殺した其數も春から丁度七人目。傳「阿漕が浦ぢやァねぇけれど度重なれば天《てん》の網、遁れぬ事も知りながら止《やめ》られぬのが世のたとへ。

女「國に盗賊家にまた鼠花火の花火後家盛り短かき身の上は薄花火の果《はて》は野に。傳「螢

【校勘】ごまの灰―胡麻の蠅

※『春色』の「爰で殺した其數も」も『全集』で「爰」とする。『春色』の「爰」は『全集』のほかの箇所では「此所」に直している。『春色』の「亭「阿漕が浦じやァねへけれ」は「傳」である。『全集』は「傳」に直している。

『春色』(十一オ)

と倶に消て行《ゆく》そのきやうぜうも木《き》の空か大黒花火の板附に首を並べる眉間尺。傳「めぐる因果は矢よりもはやい鐵炮花火の夫ッきり。女「誰も手向の水玉や。傳「線香花火の立人《たてて》もなし。女「果敢ねへ事と此やうに。亭「愚痴をいふのもこより花火の二人もよりが。兩人「もどつたナアト行末越方物語《こしかたものがたる》折しも烈《はげ》敷夜嵐に梢の音のドロ〱と小闇《こぐらき》隅にあらはれし以前の男が路用の金取らんとなすに心づき。傳「ャ我やァ先刻《さつき》の旅人《たびゞと》だナ。女「金がほしさに迷ッて來たか。男「ヱ、此金おのれに

『全集』

と共に消て行くその皃狀も木の空か大黒花火の板附けに首を並べる眉間尺。傳「めぐる因果は矢よりも早い鐵砲花火の夫ッきり。女「誰も手向《たむけ》の水玉や。傳「線香花火の立人《たてゝ》も無く。女「果敢ない事と此やうに。亭「愚痴をいふのもこより花火の二人も撚《よ》りが。兩人「もどつ

たなァ。と此時烈しき夜嵐に梢の音のドロ〱と小暗き隅に現はれた以前の男が路用の金を取らうするに心附き、傳「ャ我やァ先刻の旅人《りよじん》だな。女「金が欲しさに迷つて來たか。男「エー此の金己《おの》れに

【校勘】板附に―板附けに　立人もなし―立人も無く　果敢ねへ事―果敢ない事　ト行末越方物語折しも烈敷―と此時烈しき　あらはれし―現はれた　金取らんとなすに―金を取らうするに

※『春色』の「亭」は傳とあるべきところ。『全集』も「亭」となっている。『春色』も『全集』も「男「ェ、此金」は、ともに「傳」でなくてはならない。

『春色』（十一ウ）

渡そうか。傳「ェ、執念深い野良だナアト持たる徳利《とくり》投附れば姿は消て一言の陰火ゑん〱ともへあがり車軸を流す俄雨。傳「間抜亡者め消やァがつたか。女「ヲャ大そう降て來たじやァないかトいふ折門《かど》から欠込む旅人やつしの形《なり》に脚半草鞋笠の雫をふるひながら。旅人「ア、ひどい降でぐッすりになつた。傳「おめへは旅人かへェ、びつくりした。旅人「ハイ越後へ行《ゆく》旅人サ。女「わつちやァ又亡者かと思ッた。旅「ャさういふ声はト居爐裏にもへ立焚火のあかりに三人顔を見合せて。傳「わりやァいつぞや甲州で流れも

『全集』

渡さうか。傳「エー執念深《ぶけ》ェ野郎だなァ。と持《もつ》たる徳利を投附れば忽ち姿は消え失せて陰火え

ん〳〵と燃え上り車軸を流す俄雨に、傳「間抜亡者め消やァがつたか。女「オヤ大層降つて來たぢやァないか。といふ時門《かど》から駈込んだ旅人《たびゞと》、旅「アー烈《ひど》い降《ふり》でグツスリになつた。傳「お前は旅人かぇエーびつくりした。旅「ハイ越後へ行く旅人サ。女「私《わつ》ちやァ又《ま》た亡者かと思つた。旅「ヤ然ういふ聲はと圍爐裡に燃え立つ焚火のあかりに三人顔を見合せて。傳「汝《わりや》ァ何日《いつ》ぞや甲州で流れも

【校勘】執念深い―執念深ェ　姿は消て―忽ち姿は消え失せて　一言の陰火―陰火　俄雨―俄雨に　トいふ折門から―といふ時門から　欠込む旅人―駈込んだ旅人　やつしの形に脚半草鞋笠の雫ふるひながら―（ナシ）

『春色』（十二オ）

はやき早川を。「筏で逃た旅人か。旅「扨こそお熊に傳三郎。傳「死ンだと斗《ばかり》思ッたが。女「そんならこなたは死ずに居たか。旅「玉子酒の御馳走にあやうい命も毒消の御符《ごふう》と祖師の利益《りやく》で助かり兄が越後に居るゆへに夫を便ッて旅から旅敵が爰に居やうとは知らず信濃の須坂から夜道をかけし明神越思はぬ雨に欠こんだ頼む小影《こかげ》の峠茶屋爰で斗《はか》らず出合たはうぬ等が運も月の輪のお熊傳三二人とも命は貰ッた覺悟しろ。傳「こいつはたまらぬト居爐裏の鐶《くわん》子《す》うち

『全集』

早き早川を。女「筏で逃た旅人か。旅「扨こそお熊に傳《でん》三郎《ろう》。傳「死んだとばかり思つたが。女「然んなら此方《こなた》は死なずに居たか。旅「玉子酒の御馳走に既に命も毒消しの御符《ごふう》と祖師の利益《やく》で助かり、兄が越後に居る故に夫《それ》を便つて旅から旅、敵《かたき》が此所に居やうとは知らず信濃の須坂から夜道をかけて明神越、思はぬ雨に駈こんだ頼む木影の峠茶屋爰で圖らず出遇つたは汝等《うぬら》の運も月の輪のお熊傳三《でんざう》二人とも命は貰つた覺悟しろ。傳「此奴《こいつ》は耐らねぇ。と圍爐裡の藥罐を打《うち》

【校勘】「筏で迯た―女「筏で逃た　夜道をかけし―夜道をかけて　こいつはたまらぬ―此奴は耐らねぇ　鐶子うち―藥罐を打

※『春色』の「爰で斗らず出合たは」も、『全集』は「爰で圖らず出遇つたは」となっている。すぐ前でも『春色』の「爰に居やうとは知らず」を『全集』では「此所に居やうとは知らず」とするのは、あえて「爰」を「此所」と変えている。この場面が口絵に描かれる。この旅人こそ〈一席目〉の旅人で、〈二席目〉の口絵には「新七弟福吉」とある。

『春色』（十二ウ）

返せばぱつと立たる灰神樂焚火は消てくらがりに是幸ひと迯行《にげゆく》をやらじとさゝゆるだんまり模様しばし互にいとみしが雨のぬかりに踏辷り二人は谷間へ落いつたり。旅「南無三二人は遥の谷へトト岩へ片足踏かけて谷底きつと見こんだり爰が咄しの峠にて則二人が落《おち》でござりま

す。連中「株で落《おち》のない咄しかしめりきつた花火を見るやうに、いつでも中途で立消《たちぎへ》だそして趣向と題と別々で不取合《ふとりあはせ》な咄しだ。作者「不取合な所が後家でございます

『全集』

返せばパッと立つた灰神樂に焚火は消て暗黒《くらやみ》になつたを幸ひに逃出す處を、後ろからさゝえる暗争《だんまり》の模様暫く互ひに挑《いど》み合つて居りましたが、雨のぬかりに踏辷《ふみすべ》つて二人は谷間へ落入りました。旅「南無三二人は遥《はるか》の谷へ……。と岩へ片足踏かけて谷底をキッと見る。爰が嘶の峠で、二人が落《おち》でございます。「おい〱お株で落のない嘶か、しめり切つた花火を見るやうにいつでも中途で立消《ぎえ》だ、然うして趣向と題と別々で不釣合《ふつりあひ》な嘶だ。「不取合せな所が後家でございます。

【校勘】立たる灰神樂―立つた灰神樂に　くらがりに―暗黒になつたを　是幸ひと―幸ひに　迯行をやらじとさゝゆる―逃出す處を、後ろからさゝえる　だんまり模様―暗争の模様　しばし―暫く　いとみしが―挑み合つて居りましたが　踏辷り―踏辷つて　落いつたり―落入りました　きつと見こんだり―キッと見る　爰が咄しの峠にて―爰が嘶の峠で　連中「株で―「おい〱お株で　そして―然うして　不取合な咄しだ―不釣合な嘶だ　後家でござります―後家でございます

※『春色』の「爰が咄しの峠にて」を『全集』は「爰が嘶の峠で」といったままである。「咄し」も「話」ではなく「嘶」としたのは「咄し」を「話」に変えるのを忘れて「嘶」にしたからとみる。

「落のない咄しか」と「落のない噺か」、「不取合な咄しだ」と「不釣合な噺だ」も同様である。

校勘後記

本文校勘をしてみると、『春色三題噺二編』と『圓朝全集』は同文に近い本文である。なぜここまで近いのであろうか。円朝が口演した記録が残っていないので、門人の口演した二席目を載せたと『圓朝全集』はいう。表記のおおくに同じ表記をみる不自然さから、『圓朝全集』は『春色三題噺二編』の本文を写したとみて間違いない。『春色三題噺二編』の翻字をしながら、いかにも口演したようにみせるために、表記だけではなく表現までも変え、文章の追加もしている。この追加を口演のときのものとしているが、※印のところでも指摘したように、その追加が円朝の口演によったとみるのは、はなはだ疑わしい。しかも円朝らしさをだしている箇所でもない。

『圓朝全集』解説では、「圓右の二席目を參考として掲げたのであります。これは圓右と署名してありますが、實は圓橘だと云ふことであります」といい、円橘の名をあげるが、はたして円橘が口演したのかどうか。円朝の口演を聞いて覚えたとしても、『春色三題噺二編』のままの口演ではないか。岩波書店版『円朝全集』の後記に「ほぼ同文」というだけで、口演記録に対する疑点の指摘はない。『春色三題噺二編』を写して本文をつくり、一部には表現を変えた箇所があるといった説明はほしいところである。岩波書店版『円朝全集』に、『春色三題噺二編』の存在をあげながら、兼題「花火、後家、峠茶屋　河竹其水作」とある事実には触れずに其水説を伝聞のようにして、円朝作神話を肯定している。このように、〈二席目〉が円朝作ではないことを否定しないで、百年も伝承していることは、どうみてもおかしい。それを演劇史、文学史は訂正することなく記述している。『圓朝全集』が口演記録集であるならば、なぜ〈二席目〉は、いま演じられていないのか。そして〈二席目〉を門人が口演した記録が、この『圓朝全集』以外にみられないのはなぜなのか。この疑問に答えたものがない。

其水の三題噺を収める『春色三題噺二編』は、月例会で話したものに手を加えたものとみるが、円朝に与えた台本と同じとみていいのか、それとも異なる部分があったのかは、しっかりと考察しなくてはならない。円朝が演じたとするならば、落語家としての工夫、表現などがみられないのはなぜであるか。これを円朝が口演したままとみるのは疑わしいといわざるをえない。

おわりに

本書では、幕末期の笑話本をあきらかにするためには、三題噺の会の同人作品集を中心に考察しなければならないと述べてきた。そして三題噺をはじめた可楽の即興噺、即席噺の笑話を考えるとともに、三題噺の会の同人の作者たちの笑話をあげた。笑話の作者といっても、同人組織のなかでも優れた笑話を創作した人物たちであり、すべての同人が作者としてあげられているわけではない。そういうなかで重要な人物たちをとりあげ、また中心人物であった河竹其水は、歌舞伎と落語を新作したことと、其水の三題噺の本文と三遊亭円朝の落語「鰍沢」とを比較して、これまで誤った解釈を正してみた。其水の芝居噺である「鰍沢」の背景には四世市川小団次がかかわり、其水にとっての芝居噺は小団次のための創作であったが、小団次が没すると、落語台本を円朝に与えた、これは芝居噺の劇化を落語へと変更した台本であって、同じではなかったはずである。

すでに江戸時代の幕末期は封建社会の終焉の時代であり、次の時代の社会がどうなっていくのかを直接に肌で感じとっていた時期である。この時代を移行期、転換期、変革期とみるのは、開化期、明治期がはじまってからの言辞である。文学においては、開化期以前の幕末期の滑稽本、人情本、合巻の末路を興津要が六十二年も前に、『転換期の文学―江戸から明治へ―』のなかの「末期戯作の実体―粋狂連・興笑連をめぐって―」で、「末期戯作の低俗性」といって終末期の文学の生きる道が閉ざされたとみているが、これは三題噺の会に参加した戯作者たちの活躍があったので、笑話本としての同人作品集のことではない。「低俗性」というのは作者たちの生きる姿勢に対する言辞である。本書では、興津要がわずかしか触れなかった同人作品集とその作者たちの三題噺の視角から幕末期の笑話本について考察をした。

ところで幕末期の文化、演劇、芸能、絵画、文学に、あたらしさを生み出そうとした三題噺の会は、三題噺の作例を通して、兼題の語彙を用いた笑話が、近世初期からの長編笑話（長編小説）が仮名草子、浮世草子とむすびつき、短編笑話（短編小説）が滑稽本とむすびついた。笑話作者以外の落語家の笑話によって笑話は普及したが、落語家の作品集として残る笑話本の研究はされてこなかった。ことに幕末期の笑話本は落語とのかかわりをもつ作品群がおおくみられたが、落語家が亡くなると同時に作品はつくられなくなり、滑稽な短編の笑話集がつくられても、物語性をもつ登場人物の心情を描く人情本作品がつくられるようになって、読者の心は奪われていった。

永井啓夫は、講釈も「演題も軍団物から御家騒動物、政談などと次第に増加し（中略）落語が長篇の人情噺に傾斜すると同様に、講談も一層軟化して世話講釈の完成期を迎えることになった」と指摘した（「落語の周辺」。「國文學」十八巻四号。学燈社。昭和四十八年。一九七三）。永井は世話講釈を「繊細な描写を表現する」ものといい、これは歌舞伎の生世話物の影響によるという解釈は正しい。たしかに、落語が芝居噺、人情噺が好まれるものへと移っていった時期と重なっている。長編となると上中下、上下のつづき物語（つづき噺）がつくられた。長講の落語が演じられると、時間に収まり切らない部分を端折って短くして、登場人物の心の内を吐露し、人物像の心情を明確にするようになった。人情噺の落語が好まれたのは自然の成り行きだったといえる。歌舞伎で大詰めになると、すべての謎が氷解し、目指す一つの方向性がわかると、出演者一同が舞台に揃うことになっている。これは人間関係の複雑さを解き放した完結を示す終わり方の様式であった。人情噺も同じような終わり方をし、追い出し太鼓で終演を知らせた。

其水は「鰍沢」の〈一席目〉を「つづき物語」のはじまりとし、〈二席目〉で終える構想を練って落語を創作した。〈一席目〉から〈二席目〉への展開は、二つの山中という舞台を設定し、登場人物の名を変えて時間の経過を示した。歌舞伎の一幕、二幕といった感じであり、一幕二場ではない。実際の円朝の口演は、どのようなものであったのか。かつて式亭三馬が滑稽本『無而七癖酩酊氣質《なまえひかたぎ》』（文化三年。一八〇六）の凡例で、身振り浮世物真似師の桜川甚幸へ与えた台本を書いたのを、つぎのようにいった。

　此著作は素《もとより》一夕漫戯《いっせきまんげ》にて、櫻川甚幸に與へしを、書肆の需《もとめ》によりて小冊とせり。希《ねがはく》くば甚幸が身振《みぶり》にて見給へ。作意《さくい》あらはれて含笑《おかしみ》、又《また》讀むに勝《まさ》る。（中略）余《われ》かれを愛《あひ》する事久《ひさ》し、故《ゆえ》に此書を授《さづ》くといふ。

この三馬の気持ちと同じことを其水も感じ、円朝が演じる落語は、作者の其水が演じた三題噺よりも、演じる円朝の方が「勝る」と思ったはずである。円朝は座付落語作者の其水によって、新作落語を手にしたのは、三題噺があったからである。まったく異なるつくり方の落語には、落語作者が必要であった。過去の笑話本にも落語作者がいて、つくられた落語を伝承してきた歴史があきらかにしている。落語作者の存在は幕末期の落語を救い、つぎの時代の落語を変えるはずであったが、その実現はなかった。

三題噺の会には其水だけではなく瀬川如皐もいた。さらに戯作者の山々亭有人、仮名垣魯文もいた。作家の手本となる人物たちの参加が、円朝の「ものづくり」に役立ったのである。なかでも有人の存在はおおきく、のちに戯作作家の条野採菊と名乗る有人が「圓朝作話」「有人補綴」の合巻式草双紙を刊行し、円朝が其水作品を落語で演じたように、有人も円朝作品を合巻式草双紙にまとめた。これは三題噺の会が「ものづくり」の構図を育んできた成果といえる。

集まり、あるいは集団の文学は和歌、連歌が主流になったときのように、組織をおおきくする基盤を座の文学といった。三題噺の会が短い時間のなかで、おおきく展開できたのは、過去の組織をつくる過程を模倣したからである。それは目的意識を高めれば、たとえ時間が少なくてもまとめることができたからである。それを持続することで組織はまとまってきた。同人といえども笑話をつくるのに、兼題を入れるという条件がつくと、ある程度の笑話に対する知識をもっていなければ対応できない。しかも笑話好きであっても過去の笑話作品集を読んでいなければ、すぐに考えることもできない。過去には言葉を巧みにつかいこなす言語遊戯があったが、それがさまざまな文学を生み出したように、三題噺もその流れを活かして生まれたといえる。笑話をつくる過程で三つの語彙による条件を入れて、季節の歌、恋の歌などを詠んできた韻文の世界と同じように、笑話のつくり方を三題噺のつくり方に用いたのである。

落語家たちはこれまで〈落語の話型〉を核にした伝承落語を踏まえ、あたらしい落語をつくりあげる基礎をつくると、話型でつくられたものは、聞き手も安心感をもって聞いたが、そればかりでは期待感を裏切ることにもなった。それというのは話型が創作力をなくすとみたからである。だが、話型はあたらしい作品を仕上げるためには、型にはめるだけだから便利であった。ここに趣向を加えると異なる話型が生まれるのに気づく落語家がほとんどいなかったのが幕末期でもあった。「巨人の肩の上に立つ」という先人の積み重ねた発見の上に、あたらしい発見をすることの比喩（メタファー）があるように、落語もつくりだされてきたともいえる。この言葉は英語で stand on the shoulders of giants といい、学問にせよ何にせよ、人類は先人から得た知識を蓄積し、その上にさらなる知識を付け加えるという形で文明を進歩させてきたのである。

落語の原作（典拠）となる笑話のおおくが、あらたな趣向による笑話をつくりだしてきた。異なる内容にすることで、あたらしさをもつものに変化させてきたのである。たとえ綯い交ぜであっても筋の変容は歓迎され、それを伝統ととらえてきた。この伝統を省いたあらたなものをつくると、あたらしいものは過去にある古いものではない。そのための工夫、趣向があたらしい形をつくってきたのである。四角いものを丸くすることで、いままでになかった味わいを出す。元の四角がなければ丸は生まれない。四角は丸を生むための原型である。つまりあたらしいものをつくるには、手本がなければならない。その手本を抜きにして、あたらしいものは生まれないのである。過去の伝統を踏襲し、そこに価値を見出し、あたらしさを加える。この繰り返しによって有形のものを過去の伝統のなかから選びとってきたのである。無なるものから有が生じたといったのは老子であったが、無形のものが、あらたな有形をつくり、その無形を伝承するための型がつくられた。絵画においても図案帖からの模倣が画業の基礎となり、それを模写するのを修行といった。音楽においては限られた音階で創作しても、似た音は出てくる。あたらしさ、奇抜さは焼き直しによって練られ、そして再創造されてきたのである。

幕末期の笑話本は、笑話の歴史の最後を飾る作品群をつくったが、それが集団組織の三題噺の会によってつくられたことの意味はおおきい。笑話本は作者一人による作品と、噺の会による同人作品集の二つの系統があり、そのくりかえしによってつくられてきた。同人作品集のあとには、あたらしい作者が登場して笑話本を盛り上げるはずであった。その最後の同人作品集以後、あたらしい作者の登場がないまま幕末期の笑話本は終焉を迎えた。しかし、三遊亭円朝が、開化期、明治期に落語という媒体のなかで、あたらしい作者として登場することとなった。時代を超えて〈笑話本づくり〉のくりかえしは生きていたのである。こうして笑話本は終焉することもなく、あたらしい笑話本作者の円朝によって作品がつくられていった。円朝の作品は近代文学作品として評価されているが、笑話本を継承した、あたらしい笑話本作品をつくった人物とみていいだろう。幕末期の笑話本の時代に生きたことで、円朝はあたらしい時代の笑話本作品をつくることができたのである。

あとがき

本書は、三題噺の会の同人作品集を通して幕末期の笑話本を追究することにあった。三題噺の会のはじまりとなった三題噺にかかわる可楽から其水・円朝への流れをみて、笑話本と三題噺とのむすびつきをみた。

円朝が演じた落語を記録する速記の技術によって、落語は口語体で書いた読み物となった。いままでの文語体作品とは異なるものというが、もともと落語の原作（典拠）となった、おおくの笑話は、ほとんど会話体で展開しているので、すでに会話による口語文は読まれていたのである。円朝の落語家としての幕末期と開化期は、近代文学の礎となった時代であることは触れたが、円朝作品に坪内逍遥、幸田露伴、二葉亭四迷、夏目漱石、正岡子規、そして芥川龍之介といった作家たちが、近世落語の滑稽噺や芝居噺、怪談噺、人情噺、音曲噺などの異なる世界をみてきた。いままでにない文学作品を円朝の新作落語がつくりあげていたのである。

この円朝の作者時代をつくった基盤が三題噺の会であったことを考察してきた。しかしながら、三題噺をはじめた可楽の三題噺の作例は残っていない。三題噺の会の同人たちの作例も、わずかな人物たちのものしか残っていなかった。ほとんど三題噺を知る手掛かりのないものの考察は、無謀に近いことといえる。しかし通説の検証というものは資料があってできるが、資料の少ないものからの検証や、あきらかに検証できないものは、残る資料の読み直しから見出していかなくてはならない。またそのほかを想像することも必要であり、点と点が線とむすびついていくことがある。読みを通した検証に時間をかけて、類似のものを発見して実証していく研究は容易ではない。かつて浮世草子研究者の長谷川強博士（昭和二～令和六年。一九二七～二〇二四）に、浮世草子の作者について、大阪での学会発表をした折に、作者名の読み方を確かめたく尋ねたことがある。それに対して、「その読み方は私にもわからないが、あなたが読み方を提示したら、それが読み方の定説になる」といわれた。わからないものをあきらかにするのが学問の進歩であることを教えていただいた。興津要氏（大正十三〜平成十一年。一九二四〜一九九九）にもホール落語の会場で、近くの席に座ることが何度もあった。そのときに幕末期の笑話本や三題噺の考察をしていたならば、いろいろな質問ができたであろう。おおくの抜き刷りや書籍をもらいながら、幕末期の文学を研究する時間がなかった。暉峻康隆博士（明治四十一〜平成十三年。一九〇八〜二〇〇一）には「江戸の落語を、つぎにまとめないといけないね」とご自宅の炬燵をはさみ、酒を酌み交わしながら、「落語家とつきあってから冷酒を飲むようになった」などの楽しい話をしたことを思い出す。先学者との会話のなかに、おおく学ぶことがあった。ありがたい出会いに感謝したい。

本書をまとめるにあたり、其水の『甲劢記』については河竹登志夫博士と宮尾慈良博士のご協力を得た。実際に鰍沢にでかけて調査をしたときは、身延山大学延寿坊の町田是正氏にお世話になった。毒消しの御符をつくっていた紙業者を紹介してもらって訪ねた。すでに御符をつくらなくなっていると町田氏にいわれても、「御符の見本を見せてほしい」と業者にお願いしたが、やはりみせてはくれなかった。それは御符を飲んだ人が喉に引掛かって亡くなったので製造をやめたからである。いまはどうなっているのかはわからないが、御符は残っているともいう。

先学者たちのおおくの研究成果が役だったことに感謝し、またおおくの資料を保存される宮尾しげを記念會（宮尾幸子元代表、宮尾文榮元代表、宮尾奈ミ加副代表）の協力を得たことに御礼を申し上げる。

最後に、父宮尾しげを、母宮尾幸子と、母方の祖父笹川潔（東花）とその兄笹川種郎（臨風）の学識や業績によって、わたしの研究者としての道を歩んできた。こころから感謝したい。

二〇二四年七月二十四日　父の誕生日に

宮尾　與男

宮尾　與男（みやお　よしお）
1948年11月，東京都北区王子に生まれる。1976年3月，日本大学大学院文学研究科国文学専攻博士課程単位取得満期退学。武蔵野女子短期大学部，大東文化大学文学部，日本大学文理学部，同医学部，同理工学部講師を経て玉川学園女子短期大学専任講師。その後，玉川大学文学部，同通信教育部，日本大学文理学部，同理工学部，同短大部，同芸術学部，同通信教育部講師を歴任。日本近世文学会委員，全国国語国文学会編集委員，国文学研究資料館共同研究員，日本人形玩具学会委員，民俗芸能学会理事，国立劇場公演専門委員。
専攻／学位　近世文学・近世文化／文学修士
主著『江戸笑話集』（日本の文学・古典編46，ほるぷ出版，1987），『元禄舌耕文芸の研究』（笠間書院，1992），『元禄期笑話本集』（話藝研究會，1995），『上方舌耕文芸史の研究』（勉誠出版，1999），『江戸と東京風俗野史』（国書刊行会，2001），『上方咄の会本集成影印篇』（和泉書院，2002），『江戸艶笑小咄集成』（彩流社，2006），『図説江戸大道芸事典』（柏書房，2008），『対訳日本昔噺集』（全3巻，彩流社，2009），『醒睡笑　全訳注』（講談社学術文庫2217，2014），『きのふはけふの物語　全訳注』（講談社学術文庫2349，2016），『近世戯画集「狂齋百圖」を読む』（東京堂出版，2016），『滑稽艶笑譚　江戸小咄を愉しむ』（新典社新書77，2018）ほか。

幕末期《ばくまつき》の笑話本《しょうわぼん》　可楽から其水・円朝へ　　新典社選書 126

2024 年 11 月 9 日　初刷発行

著　者　宮 尾　與 男
発行者　岡 元　学 実

発行所　株式会社　新 典 社

〒111-0041　東京都台東区元浅草2-10-11　吉延ビル4F
ＴＥＬ　03-5246-4244　ＦＡＸ　03-5246-4245
振　替　00170-0-26932
検印省略・不許複製
印刷所　惠友印刷㈱　製本所　牧製本印刷㈱

ISBN 978-4-7879-6876-0 C1395
https://shintensha.co.jp/　E-Mail:info@shintensha.co.jp

新典社選書

B6判・並製本・カバー装　＊10％税込総額表示

㊺	続・能のうた　—能楽師が読み解く遊楽の物語—	鈴木啓吾	二九七〇円
㊻	入門　平安文学の読み方	保科　恵	一六五〇円
㊼	百人一首を読み直す2　—言語遊戯に注目して—	吉海直人	二九一五円
㊽	戦場を発見した作家たち　—石川達三から林芙美子へ—	蒲　豊彦	二五八五円
㊾	『建礼門院右京大夫集』の発信と影響	日記文学会 中世分科会	二五三〇円
⑩⓪	鳳朗と一茶、その時代　—近世後期俳諧と地域文化—	金田房子 玉城　司	三〇八〇円
⑩①	賀茂保憲女　紫式部の先達	天野紀代子	一二一〇円
⑩②	「宇治」豊饒の文学風土　—成立と展開に迫る決定七稿—	日本文学 風土学会	一八四八円
⑩③	とびらをあける中国文学　—日本文化の展望台—	高芝・遠藤・山崎 田中・馬場	二五三〇円
⑩④	後水尾院時代の和歌	高梨素子	二〇九〇円
⑩⑤	鎌倉武士の和歌　—雅のシルエットと鮮烈な魂—	菊池威雄	二四二〇円
⑩⑥	古典文学をどう読むのか　—シェイクスピアと源氏物語と—	廣田　收 勝山貴之	二〇九〇円
⑩⑦	東京裁判の思想課題　—アジアへのまなざし—	野村幸一郎	二二〇〇円
⑩⑧	日本の恋歌とクリスマス　—短歌とJ-pop—	中村佳文	一八七〇円
⑩⑨	なぜ神楽は応仁の乱を乗り越えられたのか	中本真人	一四八五円
⑪⓪	女性死刑囚の物語　—明治の毒婦小説と高橋お伝—	板垣俊一	一九八〇円
⑪①	古典の本文はなぜ揺らぎうるのか	武井和人	一九八〇円
⑪②	『源氏物語』の時間表現	吉海直人	三三〇〇円
⑪③	五〇人の作家たち　日本文学って、おもしろい！	岡山典弘	一九八〇円
⑪④	アニメと日本文化	田口章子	二〇九〇円
⑪⑤	円環の文学　—古典×三島由紀夫を「読む」—	伊藤禎子	三七四〇円
⑪⑥	明治・大正の文学教育者　—黒澤明らが学んだ国語教師たち—	齋藤祐一	二九七〇円
⑪⑦	ナルシシズムの力　—村上春樹からまどマギまで—	田中雅史	二三一〇円
⑪⑧	『源氏物語』の薫りを読む	吉海直人	三三〇〇円
⑪⑨	現代文化のなかの〈宮沢賢治〉	大島丈志	三三〇〇円
⑫⓪	言葉で繙く平安文学	保科　恵	二〇九〇円
⑫①	「源氏物語」巻首尾文論	半沢幹一	一九八〇円
⑫②	旅の歌びと　紫式部	廣田　收	二六四〇円
⑫③	旅にでる、エッセイを書く	秋山秀一	一八一五円
⑫④	源氏物語　女性たちの愛と哀	原　槙子	二八六〇円
⑫⑤	一冊で読む晶子源氏	伊勢　光 加藤孝男	二三一〇円
⑫⑥	幕末期の笑話本　可楽から其水・円朝へ	宮尾與男	四五一〇円